Hello Lovely

헬로 러블리

헬로 러블리

초판 1쇄 인쇄 2006년 11월 22일   초판 1쇄 발행 2006년 11월 30일

지은이 강서재   **펴낸이** 김태영

기획편집 2분사_분사장 김일희   **책임편집** 이수희
1팀_고정란 김은정 최유연   2팀_정소연 강정애 이수희   디자인_김미영 이성희

상무 신화섭   **콘텐츠기획** 노진선미 이유정 이화진   **제작** 이재승 송현주
마케팅 신민식 정덕식 권대관 송재광 박신용 김형준   **영업관리** 이재희 김은실
인터넷사업 정은선 왕인정 김미애   **홍보** 김현종 허형식 임태순   **광고** 김정민 이세윤 허윤경 임효구
경영지원 하인숙 김도환 봉소아 김성자 고은미 최준용   **인사교육** 송진혁

펴낸곳 (주)위즈덤하우스   **출판등록** 2000년 5월 23일 제13-1071호
주소 서울시 마포구 도화 1동 22번지 창강빌딩 15층   **전화** 704-3861   **팩스** 704-3891
홈페이지 www.wisdomhouse.co.kr
출력 엔터   **종이** 화인페이퍼   **인쇄·제본** (주)현문

ⓒ강서재, 2006 ISBN 89-5913-184-9 03810

Hello Lovely

헬로 러블리

강서재 장편소설

예담

요즘은 몇 개의 명품을 갖고,

몇 명의 남자에게 섹스어필 하는지가

여자의 능력이 돼 버렸어.

하지만, 그게 전부는 아닐 거야….

차례

아무리 근사한 옷을 걸쳐도 흥이 나지 않았고, 신상품이 잔뜩 소개된 카탈로그가
배달돼도 심드렁했다. 심지어 〈섹스 앤 더 시티〉에서 캐리가 선보이는 구두나,
허리가 잘록해 보이는 드레스조차 더 이상 나의 흥미를 끌지 못했다. 중증이었다.
원인을 찾아 방황하는 내게 신의 계시처럼 해답이 들려왔다.
"네게 필요한 건 남자라는 이름의 액세서리를 장착하는 일이란다!"

아, 현기증이…. 도대체 어느 대학에서 저런 웃음을 가르친 거야? 나는 본능적으로
그의 네 번째 손가락을 살폈다. 다행히 그의 손가락은 아직 그 어떤 여자로부터도 오
염되지 않았다. 반지가 끼워진 멋진 남자의 네 번째 손가락은 여자를 환장하게 만들
지만, 반지가 아직 끼워지지 않은 빈 손가락은 여자를 아주 미치게 한다. 순간 구미
가 확 돌았다.

비 오는 날 우산 씌워줄 놈 없으면 어때? 내 마음대로 가고 싶은 데 가고, 냉면 위에 얹혀
나온 계란 반쪽을 놓고 신경전 벌이지 않아도 되고, 잘 생긴 남자를 보면 아무 때나 웃음
을 흘려도 되고, 모텔비 낼 돈으로 네일 케어를 받을 수도 있는데. 외로움을 견디다 못해
이웃집 담을 넘으면 어때? 남자란 무릇 노트북과 같아서 가만히 기다리고 있으면 성능
은 몇 배로 업그레이드되면서 가격은 저렴한 사양이 계속 쏟아질 거라고!

세상엔 두 부류의 사람이 존재한다. 늪의 바닥이 단단하다는 것을 아는 사람과 그렇
지 못한 사람! 이는 곧 끝까지 가본 사람과 중도에 대충 발을 뺀 사람의 차이일 것이
다. 나는 사랑에 있어 한 번도 바닥까지 가본 적이 없다. 매사 바겐세일 사냥에 나선
여자처럼 아홉 가지 장점이 있어도 한 가지 단점을 발견하는 순간 내려놓고 말았고,
차차 겪어보기는커녕 첫눈에 확 당기는 것만 고집했다.
이번엔 달랐다. 늪 바닥이 얼마나 단단한지 한 번쯤 확인해 볼 의지가 생긴 것이다.

박 물 관 이 라 도   좋 고
백 화 점 이 라 도   좋 아
어 디 든   남 자 가   있 다 면
당장
카드 빚을 내서라도 달려가겠어

어느 쇼핑 퀸, 소개팅 전선에 나서다

까짓, 간단히 해치워주지!

이것도 일종의 쇼핑이라면 쇼핑이니까. 시장에 나와 있는 수많은 제품 가운데 가장 내 영혼을 울리는 것으로 골라잡는 행위라는 점에서 말이다.

전 세계 인구가 60억이니까 지구상엔 그 중의 절반, 즉 30억 명의 남자가 존재한다. 그 중에서 이십대 후반, 삼십대 초반 남성이 전체의 30퍼센트를 차지한다니, 와! 대체 몇 명이야? 무려 10억 명의 후보자가 존재하는 셈이다. 표본 집단이 이렇게 큰데 그중에 하나 골라잡는 게 뭐 그리 어려운 일인가. 더구나 쇼핑이라고 하면 근 삼십 년 동안 내가 유일하게 지구력을 발휘해가며 갈고 닦고 기름 쳐왔던 전공 분야 아닌가.

바야흐로 토요일 오후 두 시.

누구나 공감할 '짝짓기의 황금 타임'을 입증이라도 하듯, 시내 모처의 호텔 커피숍엔 다 자란 남녀가 교미기에 접어든 암수처럼 장사진을 치고 있다. 한눈에 보아도 품목이 다채롭다. 원래 물건이란 그 등급을 잘 따져서 분류해놔야 하는 법이거늘, 물론 다년간의 쇼핑 경력을 자랑하는 내게는 별 문제가 아니다. 될성부른 명품 알아보는 눈이 귀신이란 말이지.

창가 테이블에 앉은 저 남자? 흐음, 반듯한 이마와 차분한 콧날이 그럴듯해 보이지만 알고 보면 너무 깔끔해서 피곤한 스타일이지. 앙고라 스웨터처럼 행여 보풀이라도 일어날까 상전 모시듯 해야 할걸? 어디 보자, 그 옆의 남자는…? 어머나, 저 거만한 표정 좀 봐. 사흘이 멀다 하고 여자를 갈아 치우면서 마치 기록을 갱신한 운동선수처럼 자랑스러워 할 작자가 분명해. 게다가 변색의 우려도 있겠어. 세탁기를 한 번에 못 돌리고 일일이 분리 세탁해야 할 텐데. 미쳤어, 내가 그 고생을 하게? 이크, 그 옆에 앉은 남자는 사은품을 잔뜩 얹어주기 전에는 눈길조차 주고 싶지 않아.

그래도 호텔 커피숍 정도면 수질 관리가 되고 있을 줄 알았는데 그렇지만도 않네? 어떻게 된 게 하나같이 '부도났습니다. 눈물의 땡 처리' 수준이니…. 걸칠 수 있다고 해서 무조건 옷이라고 할 수는 없지. 콜라 한 병 값이면 입장할 수 있는 싸구러 클럽도 여기보다는 낫겠나.

앗, 그런데 방금 반짝인 건 뭐였지?

시장 분위기를 파악하고는 실망의 터닝을 하려는 찰나, 내 신경을 강하게 자극하는 뭔가가 있다. 그래, 바로 저기, 대리석 조각 뒤쪽에 앉은 저 남자! 온몸에 흐르는 기품, 좔좔 묻어나는 귀티! 솜씨 좋은 가정부가 왁스칠을 잘하는 것만으로는 만들어 낼 수 없는 내공이 느껴진다. 하나같이 세탁소 양복을 빌려 입고 나온 듯한 중생들 틈에서 은은한 파스텔톤 니트에 아이비리그 장학생 같은 슈트를 받쳐 입은 '고저스'한 패션 감각을 보라고! 자고로 저 정도의 품격과 감각이라야 여자친구에게 명품 백을 면봉보다 더 가뿐하게 안기고도 생색조차 내지 않지. 주인장 참 장사할 줄 모르시네. 저런 특상품은 매장에 감춰두지 말고 쇼윈도에 전시해야 하는 거다.

심장에서 불꽃이 이는 사태가 발생했으니 절로 다급해진다. 마음에 드는 물건을 발견했을 땐 지체없이 쇼핑의 제1법칙(이거다!' 싶은 것을 발견했을 때는 1초의 망설임도 허락지 마라)을 실행해야 한다! 괜찮은 물건일수록 노리는 여자들이 많은 게 인지상정이다. 지난봄 정기세일 때 '세탁하면 색이 변하지 않을까' 하는 짧은 생각을 하는 사이, 어느 억세게 생긴 여자에게 밀라노풍 원피스를 뺏기고 얼마나 많은 밤을 위장장애와 신경장애로 지새웠던가.

그렇다면 선택은 하나. 내 신경을 단번에 사로잡은 저 남자를 잽싸게 골라 들고 점원을 향해 외치는 거다.

"카드 되죠?"

에그머니, 나의 '베컴'을 향해 돌진하려는 순간 제지하는 손이 있다. 설마 벌써 진품을 알아보고 덤비는 계집애가? 아니다. 손의 주인공은 여자가 아니다. 모자와 제복을 갖춰 입고 하얀 면장갑을 낀 남자가 실내에 깔린 연주곡만큼이나 교양으로 위장한 얼굴을 하고 내게 묻는다.

"저, 찾으시는 분이…?"

아니, 이 사람이 지금 뭐라고 하는 거야. 저기 내 남자가 있는 게 안 보여?

뿌리치고 안으로 들어서려는데 이번엔 좀더 강하게 태클이 들어온다.

"찾으시는 분의 성함을 알려주시면 제가….."

그러더니 종 달린 팻말을 흔들어 보인다. 딸랑딸랑…

아차차! 순간 머쓱해진다. 내가 지금 무슨 짓을 한 거야? 명품관에 와서 남대문시장 물건 사듯 하지 않았는가. 나는 선착순 백 명에 한하는 쿠폰을 오려들고 백 미터 출전선수처럼 달려온 싸구려 쇼핑객이 아니다.

금실 언니가 알려준 이름이 뭐더라…?

참회하듯 수줍은 미소를 지어 보인 나는 마치 『노블레스』나 『에비뉴엘』과 같은 명품 잡지에서 보아둔 브랜드를 상기하듯, 며칠 전 주선자가 알려준 이름을 조심스럽게 떠올려본다. 나에게서 이름 석 자를 받아든 메신저는 구름 위를 걷듯 테이블 사이로 미끄러져 들어갔다.

후후, 팻말에 적힌 자기 이름을 보면 그는 기다렸다는 듯 손을 번쩍 들겠지? 그럼 나는 '아이 참, 수줍어 죽겠네' 하는 미소를 함빡 물고 종종 걸어가면 되는 거야. 어어. 그런데 저 녀석, 팻말을 보고도 반응이 없다. 이봐요, 당신 이름도 몰라? 순간, 뜻하지 않은 곳에서 번쩍 치켜드는 손이 있었으니…. 으헉, 저게 뭐야?!

"볼 것도 없어. 너한테 딱이야!"

이런 달콤한 말로 내 귀를 간지럽게 했던 금실 언니의 죄목은 무엇일까? 시간 낭비죄? 섣부른 기대로 애먼 심장 흥분시킨 심장농락죄? 그것도 아니면 사기죄?

아무리 봐도 지금 내 앞에 물건이랍시고 팔리겠다고 나온 남자는 원단에서 기능, 디자인에 이르기까지 한마디로 '영 아니올시다' 이다. 염색약을 사면 따라오는 사은품처럼 생겼잖아. 어떻게 이런 녀석이 명품 매장에까지 흘러들었을까.

그렇다! 녀석은 명품 매장 옆 매대에서 팔리는 싸구려 면 티 같은 존재인 것이다. 왜, 명품 세일할 때 보면 그런 거 있지 않던가. 행사장 입구 쪽에 마련된 손바닥만 한 매대에 아무렇게나 수북이 쌓인 싸구려 면 티들. 그런 물건을 내놓는 업주들의 속내가 그렇지. 주머니 사정이 뻔한 여자들이 실컷 명품으로 눈요기를 한 다음 허탈하게 돌아서는 순간, 아무것도 사지 않고 돌아가기엔 억울한 마음에 면 티라도 한 장 집어드는 그런 심리를 이용하겠다는 것이다.

가만, 그렇다면 금실 언니 말이다. 이런 식으로 구렁이 담 넘어가듯 시동생을 내게 떠넘기다니, 이거야말로 악덕상술 아닌가. 시부모도 아니고 시동생에게 삼 년째 밥 해주려니 어지간히 처분하고 싶었을 그 심정 이해 못하는 바 아니지만 그래도 이건 너무했다.

"사람 하나는 정말 진국이라니까!"라며 말끝마다 호들갑을 떠는 폼이 어째 수상쩍더라니! 곰탕 국물 내는 것도 아니고, 사람이 진국이어서 어디에 쓸 거야? 우아한 이브닝드레스를 찾는 여자에게 '몰스킨(굵고 두꺼운 위사를 사용한 면직물로 작업복에 주로 쓰이는 원단)'으로 만든 드레스를 안기며 물세탁은 물론 십오 년은 거뜬하게 입을 수 있다고 오버하는 주인만큼이나 한심하다.

그 순간, 애써 억눌려 있던 나의 부아를 건드리는 상황이 발생했다. 방금 나의 심장에 화인(火印)을 박은 명품 남자 말이다. 캔 맥주처럼 박스째 쌓아놓고 하나씩 꺼내 마시고 싶은 저런 근사한 남자를 누가 차지할까 못내 궁금해 흘끔거리고 있는데, 웬 여자가 또각또각 걸어와 그의 앞에 멈춰 섰다. 머리끝부터 발끝까지 명품으로 치장한 채 '나 이 정도는 아무렇지 않게 걸칠 수 있는 여자라구!' 하는 듯 팔짱에 다리까지 꼬며 나의 아니, 나의 것이 될 뻔한 남자 곁에 앉는 게 아닌가!

여자로 태어나 가장 참을 수 없는 상황은 바로 이런 때가 아닐까. 모두 갖고 싶어 군침을 삼키는 옷을 태연자약 걸친 여자를 지켜보는 것. 그것도 나보다 잘난 것 하나 없어 보이는 여자가 말이다.

이런 약 오르는 미당에 헤빌쭉한 얼굴도 내 취미며 특기를 묻는 이놈의 '진국'은 뭔가.

왜요? 취미는 쇼핑이요 특기는 명품이라고 하면 하나 사주시게요? 왜 이러세요? 저로 말씀드릴 것 같으면요, 빚을 내서라도 명품 아니면 절대 상대도 않는 여자다 이겁니다. 쳇!

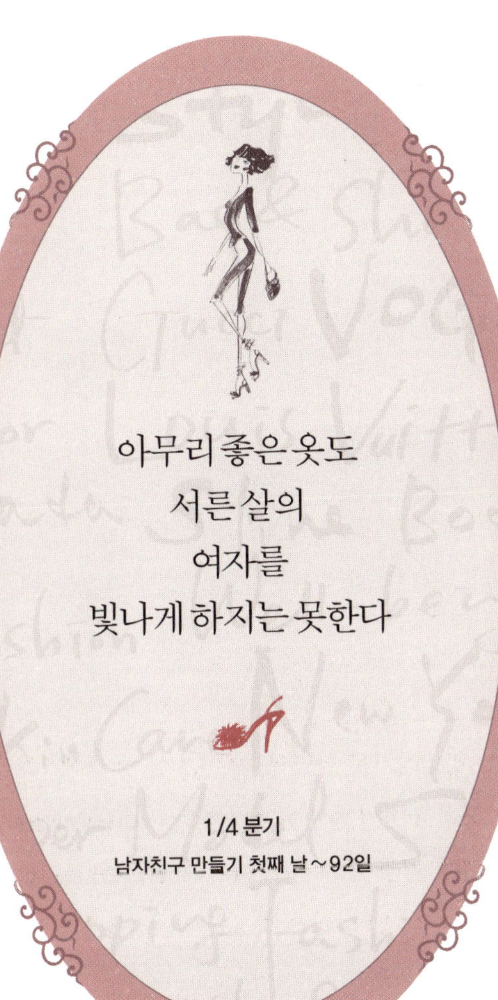

아무리 좋은 옷도
서른 살의
여자를
빛나게 하지는 못한다

1/4 분기

남자친구 만들기 첫째 날 ~ 92일

나는 어쩌다
남자친구 만들기
대장정에 나서는가

남자친구 만들기 첫째 날
나이에 대해 생각한 횟수 총 7회

똑같은 방송작가로 살면서, 누구는 삼 년 만에 1억을 모았다
고 온 천하에 떠벌이면서 유세가 대단한데(눈꼴시어 죽는 줄 알았
네, 흥!) 나는 기껏 남자친구 따위나 만들겠다고 결의하다니.
초장부터 체면이 안 서기는 하지만 이야기를 시작해볼까 한다.

내 이름은 장만옥!

장만옥이라고 해서 홍콩 영화의 르네상스를 이끌었던 영화
배우 장만옥(張滿玉)과 어떤 연관성을 찾으려고 하지는 말자.
'가득 찰 만(滿)'에 '보배 옥(玉)'자를 써서 '만옥'이다.

내가 태어났을 때 달이 휘영청 밝았는데 그걸 보고 필이 꽂

히신 할아버지, 일필휘지로 갈겨쓰신 글자라고 한다. 할아버지는 나름대로 일찍이 천자문에 소학(小學), 대학(大學)까지 뗄 만큼 총기가 대단하셨던 당신에게 크나큰 자부심을 느꼈을 터. 하지만 눈에 넣어도 아프지 않을 손녀가 자라 갓 소녀 티를 내보려고 할 때, 멀지도 않은 곳 홍콩에서 얼굴 좋고 몸매 되는 장만옥이라는 여자가 너무 뜨는 바람에 당치 않은 오해에 휘말리게 되리라는 것은 예측하지 못하셨다. 사람들은 내가 배우 장만옥의 미모와 재능을 흠모한 나머지 개명한 게 아닌가 의심하려 들었다. 옆집 고양이가 가출했다는 말만 들어도 눈물 글썽이는 예민한 사춘기에 단순히 우연의 일치일 뿐이라고 일일이 해명하는 건 상당히 귀찮고도 서글픈 일이었다.

하지만 뭐, 괜찮다. 중요한 것은 오늘날 나 자신이 어엿한 아가씨로 잘 성장했다는 거니까. 가끔 밤샘 작업을 해야 하는 것이 흠이라면 흠이지만 방송작가라는 어엿한 직업이 있어 명함을 만들 수 있고, 매달 충실하게 나오는 원고료를 받아 멋진 옷도 사 입고 좋은 화장품도 바를 수 있다. 가끔은 브로드웨이에서 날아온 값비싼 오페라 공연을 관람하면서, '난 매일 이렇게 살아요~'라는 식으로 콧대를 세울 수도 있지. 스타벅스 커피를 들고 여의도 증권가의 횡단보도를 건너고 있는 내 모습은 숫제 뉴욕 출장을 밥 먹듯 하는 부류로까지 보일 정도다. 남자들은 나만 보면 노골적인 추파를 날리지.

덕분에 난 아직까지 불면증이니 자기비하 같은 우울한 것들을 모르고 살았으며, 홍대 앞 바에서 칵테일을 마실 때에도 경찰 몰래 흥분제 같은 걸 섞지 않아도 기분 좋게 취할 수 있다. 세상엔 이렇게 재미있는 것투성이인데 교회와 정신병원은 왜들 저렇게 지천으로 널린 거야?

아, 그랬던 나에게, 그렇게 잘 나가던 나에게… 문제가 생겼다. 암세포처럼 그것이 정확하게 언제부터 시작됐는지는 모르겠다. 언제부터인가 아무리 근사한 옷을 걸쳐도 흥이 나지 않았고, 우편함에 신상품이 잔뜩 소개된 카탈로그가 배달돼도 심드렁했다. 심지어 〈섹스 앤 더 시티〉에서 캐리가 선보이는 구두나, 허리가 잘록해 보이는 드레스조차 더 이상 나의 흥미를 끌지 못했다. 중증이었다. 원인을 찾아 방황하는 내게 신의 계시처럼 해답이 들려왔다. 그게 전부 남자가 없어서란다. 뭐라고? 남자라면 튀김용 젓가락이나 개수대 고무꼭지 같은 것 아니었어? 없으면 아쉬울 것 같지만 막상 생긴다 해도 크게 달라질 것 없는 존재 말이다. 그런데 아니란다. 남자친구는 꽃다운 열여섯 시절에도 없을 수 있고, 스물 몇 살에도 없을 수 있지만 여자 나이 서른이라면 얘기가 달라진단다.

적당한 불만과 의심은 세상을 제대로 사는 101가지 방법 중의 하나라고 믿어 의심치 않는 나는 볼멘소리로 대꾸한다.

"수작 부리지 마세요. 서른이 어떻다고?"

그러나 내가 그렇게 반항하는 것이 당연하다는 듯, 일 초의 망설임도 없이 타이름은 계속된다.

"아무리 좋은 옷을 입어도 더 이상 빛나지 않는 데는 이유가 있는 법이지!"

그 말은 차라리 충격에 가까웠다. 그러고 보니 옛날엔 청바지에 면 티만 걸쳐도 제법 깜찍한 비주얼을 자랑하던 내가 요즘 들어 웬만한 옷은 부끄러워 걸칠 수가 없다. 하루가 다르게 빛을 잃어가는 나의 옷발은 디자이너들의 실력이 형편없어서가 아니라 순전히 나한테 문제가 있었던 것이다.

"이제 네게 필요한 건 남자라는 이름의 액세서리를 장착하는 일이지!"

아니나 다를까, 어느새 내 또래 여자들은 하나둘씩 '남편'이라는 이름의 '냉장고'를 거실 한가운데 들여놓고 있었다. 진도가 느린 여자들이라도 따분한 주말을 정답게 속살거릴 시시껄렁한 녀석 한둘쯤은 거느리고 있으니…. 저것들이 언제 저렇게 여우 짓을 한 거야? 나랑 백화점 세일이네 뭐네 쫓아다니느라 바빴던 것 아니었어?

같은 편인 줄 알았던 여자들에게 한방 먹었다는 배신감은 문제도 아니다. 얼마 전만 해도 커리어 우먼이니 뭐니 치켜세우다가 슬슬 노처녀 딱지를 붙이려 드는 사회를 보라고. 심지어 비열하게 낡이 빠진 변 국장은 내놓고 막말을 해댄다.

"시청률이 바닥을 기는 것도 당연하지. 남자 하나 어쩌지 못하는데 오천만이나 되는 시청자를 무슨 재주로 홀리겠어?"

억울한 꼴 당하는 것을 세상에서 가장 싫어하는 나는 입술을 깨문다. 좋아, 까짓 남자친구? 무슨 수를 써서라도 만들고 말겠어. 지금까지는 별 생각이 없어서 그렇지, 내가 마음만 먹었단 봐! 남자들, 다 죽었어!

내가
여태 혼자인 이유

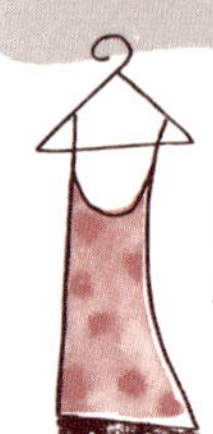

남자친구 만들기 3일째
사기충천, 다 덤벼!

본격 레이스에 돌입하기 전에 시장조사는 기본이렷다. 거리
마다 차고 넘치는 게 남자라지만, 매장에 걸린 옷이 많을수록
나에게 딱 맞는 한 벌 고르기란 더 힘든 법이다. 하지만 며칠
달고 다니다 던져버릴 핸드폰 고리 하나라도 폼 나는 것 아니
면 상대하지 않는 우리 여자들이라면, 머리 아프게 재고 따질
것 없이 딱 한 가지만 기억하면 된다.

'옷이든 남자든 여자를 빛나게 할 때라야 가치가 있다.'

우리가 숱한 카드 대금 연체의 압박을 견디면서도 주말이면
이 백화점, 저 백화점을 수소문하고 다닌 게 뭣 때문인데? 다

나를 빛나게 해줄 뭔가를 찾기 위한 전투였다 이 말씀이다.

결론적으로 지구상의 모든 남자는 세 부류로 구분된다.

살짝 걸쳐주는 것만으로도 후광을 어리게 하는 '명품 백' 같은 남자, 딱히 빛난다고까지는 할 수 없지만 그런 대로 어디 가서 빠지지는 않는 '휴대폰' 같은 남자, 마지막으로 갖고 있다는 것만으로도 안쓰럽고 빈티 나는 '무좀약' 같은 남자다.

먼저 '명품 백'으로 분류되는 남자들을 만나볼까? 가볍게 걸치고 나서는 것만으로도 온몸에 빛이 나는 이들은 외국 유학은 기본으로 다녀왔으며 MBA 자격증이 운전면허증보다 당연한 부류다. 영어를 모국어보다 더 자연스럽게 구사하고, 명함에 찍힌 직함을 보면 아직 솜털이 보송보송한 나이임에도 불구하고 최하 팀장, 가장 흔한 게 실장이다.

PDA에 저장된 지인 주소록은 인명사전을 방불케 하고, 대학 동창 모임이라고 하면, 외모는 한국 사람이 분명하되 '철수'나 '동석' 같은 토종 이름 대신 '브라이언'이나 '제이슨'이라는 영어 이름으로 서로를 부른다.

어딜 가나 전용석이라는 게 있고, 어려서부터 유모와 개인 비서를 두고 자란 덕에 조바심을 내거나 바쁘게 뛰어다니는 법이 없으며, 격앙된 어조로 상대방을 설득하려 드는 법도 없다. 주식을 사고파는 것은 자장면 주문보다 더 일상적이며, 보통 사람들이 정부의 세금 정책에 열을 올릴 때 이들은 월가에서 타전된 연방준비은행의 금리 인상 소식에 촉각을 곤두세운다. 걸려오는 전화는 대부분 영어로 받으며 중요한 미팅이 있다고 하면 내일은 십중팔구 뉴욕에 가 있다.

　이런 남자를 만날 때는 조심해야 한다. 분식회계니 뭐니 하는 비양심적인 수법으로 몇 백억을 꿀꺽한 사람이 검찰에 출두해서, ‘모든 건 사법부가 판단할 일이다’라며 큰소리를 쳐도 뻔뻔하다고 손가락질해서는 안 된다. 그 ‘뻔뻔한’ 사람이 친구의 아버지이거나 친척 또는 그의 아버지이기 때문이다. 다행스러운 것은, 그런 걸 모른 체하는 게 꼭 분통 터지는 일만은 아니라는 사실이다. 상위 몇 퍼센트의 사람들 중심으로 돌아가는 정부 정책이나 사회 분위기에 열만 받다가 내 주변에도 그런 말도 안 되는 특혜를 누리는 계층이 존재한다는 것이 묘한 안도감을 준다. 그래서일까? 이런 부류의 남자들에게는 보통 남자들이 흉내낼 수 없는 ‘여유’라는 게 있다.

　한마디로 정리하자면, 아무렇지 않게 여자친구에게 명품을 선물하면서도 정작 여자친구가 주는 것이라면 김밥 꼬다리라 해도 감사카드를 쓸 것 같은 매너로 무장된 남자, 이런 남자를 애인으로 둔 여자는 굳이 남 앞에서 침 튀겨가며 자랑할 필요가 없다. 오히려 즉각 출동 가능한 앰뷸런스 번호라도 하나 외워두는 것이 유용할 것이다. 남자를 대동하고 나서는 순간, 반경 백 미터 안에 있는 여자들은 부러움과 질투로 죄 졸도해버릴 것이기에.

　여자라면 누구나 꿈꾸는 이런 남자들은, 애석하게도 아무나 가질 수 없다는 데 그 특징이 있다. 그리하여 우리는 그들을 ‘명품 백’이라 부른다.

다음으로 '휴대폰'으로 분류되는 남자들은, 수도권 전철 2호선이나 5호선 역 주변에 있는 빌딩으로 출근하는 부류들로 앞쪽은 한글, 뒤쪽은 영문으로 인쇄된 명함을 소지한다는 공통점이 있다. 하지만 평생 가봐야 명함 뒤쪽에 적힌 '제프리'나 '찰스' 같은 이름을 써먹을 일이 없다.

이들은 직업과 책상 위치는 달라도 사무실에 앉아 하는 일이라곤 '오늘 점심에 뭘 먹지?'라든가 '퇴근하면 어디서 한잔 하지?' 하는 궁리라는 점에서 공통적이다. 상사 몰래 야한 동영상을 보는 노하우는 진작에 개발했으며, 취미는 수영이나 골프라고 공공연히 말하지만 정기적으로 운동할 정도의 끈기도 여유도 없다. 야근이나 회식 자리에 참석해 변함없는 회사 충성도를 증명해야 하기 때문이다.

나날이 두둑하게 늘어가는 뱃살은 일종의 로열티랄까? 일년 365일, 해고와 승진에 대한 불안에 시달리는 만큼 영어 공부에 대한 압박을 등에 지고 살며, 인맥이라고 해봐야 잘나가는 여배우의 모바일 섹시 화보 출시 정보를 공유하는 대학 동창에서 못 벗어난다.

여자친구 앞에서는 "나 없으면 어떻게 회사가 돌아가겠어!"라며 우쭐대고 "이놈의 회사, 조만간 때려치우고 내 사업을 해야지, 더러워서 원…" 하며 떠들어대지만, 직장 상사의 부당한 대우에 무심코 얼굴이라도 붉힌 날에는 건물 옥상에 올라가 담배를 뻑뻑 피우며 '내가 왜 그랬을까? 못난 놈!'을 연발하며 자학한다.

과중한 업무와 스트레스 탓에 여자친구와 나란히 누운 침대에서는 좀처럼 흥분하지 못하는 이들이지만, 입사 동기가 자기보다 연봉이 많다는 사실을 알면 정확히 0.1초 안에 숨이 넘어가고 0.2초 안에는 피를 토한다. 이들이 분개하는 분야가 또 있다. 구내식당 메뉴판에는 분명 소고깃국이라고 적혀 있었는데 고기는 없고 멀건 국물만 나올 때다.

실제 나는 회사 인트라넷 게시판을 도배하다시피해서, 소고깃국이 나올 때는 그릇 당 일곱 점 이상의 고깃덩어리를 주겠다고 항복을 받아낸 대학 동창을 알고 있다. 그건 녀석이 입사 4년을 통틀어 일궈낸 전무후무한 업무 공과다.

고개만 돌리면 즉시 목격할 수 있는 이런 남자들은, 하나쯤 갖고 있어 나쁠 건 없지만 그렇다고 애인이라고 내놓고 자랑하기엔 다소 민망하다는 점에서 '휴대폰' 으로 분류된다. 자기 딴에는 새로 장만한 휴대폰이 100만 화소네, 64화음이네 하면서 호들갑을 떨고 싶을 테지만, 요즘 세상에 휴대폰 없는 사람도 있나? 쟁기질 하는 농부조차 휴대폰으로 다방 커피를 배달시키는 모바일 강국, 우리 대한민국! 그러니 꿈만 꾸면 누구나 가질 수 있는 '휴대폰' 은 '명품 백' 이 죽도록 갖고 싶지만 도저히 형편이 허락지 않을 때, 아쉬운 대로 기분 내는 정도로 생각하면 무리 없겠다(으음, 돌 좀 날아오겠군).

마지막으로 '무좀약' . 이들에 관해서는 너무 허접하여 일일이 열거하기조차 잉크가 아까운데, 한마디로 무좀약처럼 갖고 있다는 것 자체가 남부끄러운 그런 남자를 총칭한다.

이들은 여자를 빛나 보이게 하기는커녕, 오히려 여자에게 기생하여 빛을 보는 무리들이다. 그러나 개중에는 재주도 좋지, 외형상 '명품 백'의 그것으로 완벽하게 위장하는 테크닉을 가진 무좀약도 있다는 사실. 좋은 차에 훌륭한 레스토랑에, 회원권이 있어야 출입 가능한 피트니스 클럽까지!

. 하지만 엊그제 막 할부로 뽑은 차의 대금을 갚는 날은 남북통일보다 늦게 올 것이며, 밖에선 요리장이 직접 조리한 식사 아니면 입도 대지 않을 것처럼 까다롭게 굴지만 평소엔 대문 앞 가정식 백반 집에 외상 장부책을 마련해놓고 밥을 대 먹고 있으며, 중국집에서는 밀린 자장면 값 때문에 수배령을 내린 참이다. 지갑 속에 카드가 빽빽한 건 전부 돌려막기 하느라 만들어낸 것이고, 그나마도 신용한도 초과와 연체로 거래가 막혀 있어서 전국은행연합회나 금융거래위원회에서 그 이름 밑에 빨간 줄을 그어놨기 십상이다.

그쯤 되면 더 이상 카드 발급이 안 되기 때문에 종로 뒷골목에서 아멕스와 똑같은 가짜를 장당 삼천 원에 만들어 갖고 다니는 지경이 된다. 인생이 시드콤인 줄 아시나?

그 주제에 어찌 그런 허세가 가능하냐고? 이렇게 눈치가 없어서야…. 당연히 전에 사귀던 여자들에게 기생하던 삶의 산물 아니겠는가. 자기 없으면 회사 망한다고 큰소리치는 '휴대폰'은 그래도 순진한 거다. 입만 열면 '죽이는 아이템'이 있다고 떠벌리는 '무좀약'은 사업 자금이 필요하다며 툭하면 여자들의 지갑에 입맛을 다신다. 하루 이틀만 기다리면 외국에서 송금될 달러가 있는데 당장 막아야 할 어음이 있다는 식으로 돈을 빌려 달라고 하지만, 평소에는 '밥 먹을 시간도 없다'며 바쁘다던 그들이 송금 받는 것은 질색을 하고 직접 만나 받으려 한다. 계좌에 입금되는 순간 내내 벼르고 있던 온갖 금융권에서 홀라당 빼가 버릴 것을 알기에.

사귀던 여자와 헤어지기라도 하면 자기가 줬던 건 휴대폰에 붙인 스티커까지 철저하게 수거해가면서도 빌린 돈은 절대 갚을 생각을 하지 않는다는 것도 이들의 특징. 기다리다 지친 여자가 골백번 하고 싶던 말을 참다 못해 줄이고 줄여서 갚아달라고 하면 이렇게 윽박지른다.

"내가 여자 돈 떼먹는 치사한 놈으로 보여? 너 자꾸 남자 자존심 긁을래? 관두자, 관둬! 그렇게 못 믿겠으면 끝내자구!"

어찌나 길길이 뛰는지 여자는 내가 너무 심했나 싶어 자학할 정도이다.

이들은 여자의 물질적 원조 없이는 단 하루도 연명할 수 없는 족속이므로 항상 차기물주를 수배 중이며, 여자친구의 통장 잔고를 두더지 속살 파먹듯 깔끔하게 파먹었을 무렵 자연스럽게 다른 여자로 갈아타기를 시도한다. 물론 사귀던 여자와의 관계 정리는 그의 잠자리 매너만큼이나 너저분하기 마련이다.

신기한 건 이런 남자들일수록 여자들이 목을 맨다는 사실이다. 여자가 먹는 밥에 몰래 이상한 약이라도 타는 것일까? 이런 남자를 애인으로 뒀다면 절대 남 앞에 내보여선 안 된다. '무좀약' 을 샀다 하여 '나 어제 쇼핑했어' 라고 자랑할 수는 없는 노릇 아닌가.

전혀 이해 못하는 바는 아니다. 오랜 세월 외로움과 고독에 몸부림치며 살다 보면 그저 바지만 걸쳤을 뿐인 남자라도, 간지럽고 짓무르는 발가락 무좀 때문에 어지간히 속 썩다 만난 '무좀약' 처럼 반갑기 그지없으리라. 하지만 거기까지.

자기 혼자 무좀 박멸하면서 밤마다 희열을 느끼면 되는 것이지, 그걸 남자친구랍시고 친구들에게 자랑했다가는 레즈비언임을 고백한 여자들과 다름없는 신세가 될 것이다. 즉 친구들이 면전에서 대놓고 얼굴을 구기진 않지만, 당사자가 없는 자리에서는 주문한 식사가 나올 때까지 지겹도록 씹어댈 것이라는 소리다.

자, 이렇게 되면 시장 분석은 끝났고 갈 길은 정해졌다. '명품 백'을 향한 빛나는 전투를 개시하는 거지. 편의상 그것을 구찌 정도라고 해두자.

이렇게 말하면, 꼭 토씨를 다는 사람이 있을 것이다.

"꼭 제 주제는 모르는 것들이 명품만 따지지, 쯧쯧."

으음, 초장부터 자랑을 늘어놓고 싶진 않았는데 어쩔 수 없지. 확실히 해두고 넘어가는 게 미덕이니까.

내가 얼마나 얼굴 되고 몸매 되냐 하면 말입죠, 어렸을 때 하루는 엄마에게 물었다.

"엄마, 나만 이렇게 예쁘게 생겨서 어쩜 좋아? 친구들 보기 너무 미안해요."

엄마는 이렇게 말씀하셨다.

"그러니 넌 남에게 큰 빚을 지고 있는 거야. 이담에 크면 좋은 일 많이 하면서 살아야 한다. 알았지?"

이토록 알아듣기 쉽게 말했으나 여전히 의혹의 눈초리를 거두지 않는 사람들, 정말 그렇게 예쁜데 왜 여태 안 팔렸냐고요? 왜들 그렇게 인생을 모르실까? 나도 그게 정말 억울한데요, 예쁜 게 무조건 좋은 게 아니더라고요.

남자들로 말하자면, 고교 시절 딱지 맞은 악몽 때문에 예쁜 여자를 은근히 경계하는 족속이라지 않습니까? 제기랄!

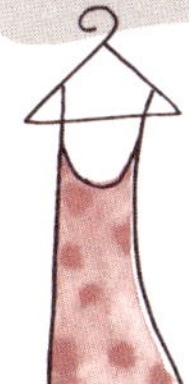

남자친구 만들기 17일째
오늘 하루 쇼핑 금액 79만 원.

'무좀약'이나 '휴대폰'을 남자친구로 둘 생각이 전혀 없는 나는, 소개팅 건수마다 마지막 세일 쿠폰을 쓰는 여자처럼 신중하게 고르고 또 골랐다. 그리하여 '남자친구 만들기 프로젝트'를 시작한 이래 대망의 첫 소개팅 상대로 점찍은 남자는 청담동에 개원했다는 어느 정신과 의사였다.

'사' 자가 붙었다 하여 무조건 낙점한 건 아니다. 내가 점수를 후하게 준 건, 그의 진료과목!

우울증이 쌀알보다 흔하고 정신분열은 한 집 건너 한 집이라는 요즘 세상에, 정신과 의사라면 벌이가 얼마나 쏠쏠하겠는

가. 나는 매일 밤 그가 갖다주는 현금 뭉치를 세다가 지쳐 변기에 코피를 쏟을지도 모른다. 크큭!

정갈하게 머리 말리고 손톱 손질까지 마친 뒤 옷장을 여는 순간, 생각지 못한 복병을 만난 나는 휘청거렸다. 중요할 날일수록 옷장이 우리에게 주는 결론은 딱 하나다.

"이를 어째, 입을 만한 옷이 하나도 없네!"

순간, 맥박이 빨라진다. 어떻게 잡은 자리인데 근사한 옷 한 벌 없이 나갈 수는 없다. 누가 뭐래도 소개팅에선 겉모습이 전부니까!

다행히 위기에 강한 나의 잔머리는 시내에 들러 옷 한 벌 사입는 것으로 결론을 내렸다. 빠듯하긴 하지만 서둘면 전혀 불가능한 일도 아닐 것 같다. 나는 빛보다 빠른 타키온의 속도로 (아마 그랬을 거라는 얘기다) 튀어나갔다. 하지만 주말 오후, 소공동 패션 5번가로 가는 길목은 북새통이 따로 없다.

꽉 막힌 도로에 갇혀 있자니, 이내 발톱 뽑힌 고양이처럼 안절부절하지 않을 수 없었다. 정부는 뭐 하는 거야, 대체! 자가용 요일제만 운영하지 말고, 별 볼일 없는 인간들은 토요일마다 집에 처박히라는 법령을 제정하란 말이지!

참다 못해 택시에서 내려 죽어라 뛰었다. 5번가 L패션관에 들어섰을 때, 머리는 헝클어지고 얼굴은 땀으로 범벅이 되었다. 그러나 중요한 건 제한 시간 안에 그럴싸한 옷 한 벌을 찾아내야 한다는 사실이다. 그런데… 나를 보는 사람들의 이상한 눈초리.

가만 있자, 저 눈빛은? 하도 익숙하다 보니 그 이유를 깨닫는 데는 그리 오랜 시간이 필요하지 않았다.

한참 뛰어다니고 나면 브래지어가 하늘 높은 줄 모르고 올라가 버리는 건, 막 2차 성징을 시작하는 여중생 시절에나 그런 줄 알았다. 하지만 아니었다. 나는 서른이 된 지금도 절대 천방지축 뛰어서는 안 된다. 몇 발자국만 무리해도 금세 자기 자리를 이탈해 목까지 치켜올라오는 이놈의 브래지어!

황급히 가슴께를 내려다보니 역시나 브래지어가 블라우스 밖으로 삐져나올 태세였고, 아아, 애처로워라. 내 가슴은 저기 저 아래, 민둥산에 포도 두 알 심어놓은 듯한 형상으로 존재를 알리고 있었다.

그렇다. 내가 여태 혼자인 것은 남자들이 예쁜 여학생에게 딱지를 맞고 상처를 받아서가 아니라, 아무리 후하게 반올림해도 한국 여성의 표준 신장과 몸무게에 턱없이 부족한, 한마디로 자라다 만 신체의 전형이기 때문이다. 이 대목에서 잠깐! 얄밉도록 정확한 깨철이의 비아냥을 들어보시라.

"만옥아, 네가 왜 여태 남자친구가 없는 줄 알아? 너를 만지면 이제 막 사춘기에 접어든 여동생을 만지는 것 같단 말이지. 그거 웬만큼 부도덕한 놈이 아니고는 감당하기 힘든 감정이라고. 킥킥!"

내가 옷에 목숨을 거는 것은 이런 태생적 악조건에서 비롯되었다고나 할까. 하지만 웬만한 옷으로는 수돗물처럼 철철 흘러넘치는 빈티가 해결되지 않는다. 이름하여, 고―도―빈―티!

제기랄, 이제 속 시원한가?

땅굴이라도 파고 숨어버리고 싶었지만 애써 태연한 척 브래지어를 끌어내린 뒤 침착하게 행동에 들어갔다. 간간이 나를 의식한 바람 빠진 웃음이 들렸지만 깡그리 무시했다. 가슴이 좀 납작하면 어때서? 수박만 한 가슴을 달고 다녀봤자 요통밖에 더 생겨? 너희들이 비웃는 이 납작한 가슴으로도 나는 지금 킹카를 만나러 가는 길이란다.

그때였다. 본격적인 탐색을 위해 둘러보던 매장 안에서 내 눈길을 강렬하게 자극하는 것이 있었다. 은은한 겨자빛이 감도는 시폰 느낌의 원단에 목선과 허리선을 따라 벨벳을 덧두른 원피스! 더구나 가슴선을 따라 넣은 세심한 셔링 처리까지, 이거야말로 볼륨이라곤 약에 쓰려고 해도 없는 나 같은 여자를 위해 태어난 옷이 분명했다.

사흘 굶은 늑대처럼 눈에 불을 켜고 두리번거리던 내가 우뚝 멈춰 서서 눈을 빛내자, 나를 소 닭 보듯 하던 점원 얼굴에 일순 화색이 돈다.

"어머, 손님! 정말 보는 눈 있으시네요. 이거 신상품인데 다 빠지고 하나 남았잖아요."

그러고는 판매 지침 제1장 1절에 나와 있을 법한 조항들을 격앙된 톤으로 읊어대기 시작했다.

"이 옷은 아무나 소화 못해요. 손님 정도는 돼야죠!"

탈의실을 나서자, 잔뜩 별렀을 점원의 멘트가 쏟아진다.

"어머나, 딱 손님 거네요!"

저 식상한 멘트 하나에 얼마나 많은 여자들의 지갑이 농락당하는가. 하지만 그 소리를 듣는 순간, 마땅히 값을 치르고 그 옷의 주인이 돼줘야 할 것 같은 우쭐한 의무감이란!

옷을 입고 비춰 본 거울 속 내 모습은 아닌 게 아니라 새초롬하게 변해 있었다. 누가 나를 A컵도 벅찬 조무래기로 보겠어? 그렇다면 이제 남은 것은? 쇼핑의 제1법칙에 따라 옷을 움켜쥐고 외치는 거다.

"카드 되죠?"

직원은 능숙하게 "그럼요!"라고 응수하고, 나는 보란 듯이 금빛 찬란한 카드를 건넸다. 이 얼마나 환희에 찬 순간인가!

"저 손님….'

카드를 그어본 점원의 얼굴에서는 방금까지의 친절한 미소가 거짓말같이 사라졌다.

"손님, 죄송하지만 이 카드는 한도 초과로 나오는데요."

현기증이 난다.

"그럴 리가요?"

"죄송하지만 다른 카드는…?"

"잠, 잠깐만요."

서둘러 지갑을 열고 다른 카드를 꺼내려다 멈칫했다. 잊었어? 이 카드는 지난달 돌려막기 이후 사용중지 상태잖아. 초조하고 착잡한 속마음을 누르고 잔기술을 발휘한다.

"(지갑을 열어 현금을 살피는 척하며) 그럼, 현금으로…."

물론 그럴 마음도 현금도 없다. 다만 지불 능력도 없이 앞뒤 안 가리고 옷부터 꿰입는 한심한 여자라는 오해(사실인걸?)를 불식시킨 뒤, "어머, 이를 어째? 현금이 부족하네요"라고 둘러댈 참이었다.

말이야 바른 말이지, 요즘 세상에 현금을 79만 원씩이나 가지고 다니는 여자가 어디 있어? 일수 찍는 아줌마도 아니고. 하지만 나의 고단수 전략에도 불구하고 점원은 '너 같은 애한테 한두 번 당하니?' 하는 얼굴로 바뀐다.

"탈의실은 저쪽입니다!"

아, 절대 와서는 안 되는 상황에 처해버렸다! 그렇다고 내가 물러날 줄 알고? 옷을 벗어놓고 가느니 차라리 영혼을 두고 가겠어.

"저기요, 제가 이 옷을 꼭 입어야 하거든요. 일단 입고 가구요, 이따 저녁에 현금 찾아 와서 계산하면 안 될까요?(비굴한 미소) 아이참, 지난주에 언니 결혼 선물로 덩치 큰 걸 샀더니 한도가 초과됐나 보네."

내 말을 귓등으로 듣는지 여직원은 숫제 나를 벌레 보듯 한다. 계집애, 정말 너무하네. 여자에게 있어 때로 옷 한 벌이 얼마나 절실한지 말 안 해도 피차 잘 아는 사람들끼리 그렇게 정색하면 어쩌자는 거야? 아무리 잘난 척하는 여자라도 생리대가 없어 발을 동동 구르는 상황이 되면, 백마 탄 남자가 무슨 소용이냐고. 그저 자기와 똑같은 또 다른 여자에게 손을 내밀거면서. 의리라곤 눈곱만치도 없는 계집애 같으니!

그때였다. 언제부터 거기에 있었는지 저쪽 구석에서 나를 힐끔거리는 남자 직원이 눈에 들어왔다. 그래, 차라리 저 녀석이 낫겠어! 웬만하면 이런 말 안 하려고 했는데, 여자들이 사라져야 하는 건 복잡한 도로 위에서만이 아니다. 의리 없이 구는 여자들은 남김없이 행성을 떠나야 한다. 여자의 적은 여자라는 옛 성현 말씀이 틀린 것 하나 없다니까.

내가 고개를 돌려 구원을 바라는 눈길로 빤히 쳐다보자 성큼성큼 다가온 그가 입을 열었다.

"죄송합니다만, 규정상 그럴 수가 없습니다."

뭐야, 한술 더 뜨잖아. 얼굴도 희멀건 것이 영 시시껄렁하게 생겨서는, 겨우 한다는 소리가 뭐, 규정…? 아, 규정이란 얼마나 편리하고도 막강한 파워를 가졌는가.

하지만 밀려선 안 된다. 아무리 처지와 조건이 받쳐주지 않아도 굴하지 않고 밀어붙이는 것, 그것이야말로 여자를 강하게 만드는 옷 한 벌의 미덕이란 말이다.

"그러니까 제 말은요, 어치피 이 매장 영업은 밤 열 시까지잖아요. 그 시간까지만 갖다 드리면 안 될까 하는 거죠."

하지만 이 녀석, 지극히 사무적인 얼굴로 꿈쩍하지 않는다. 될 대로 되라지.

'몰라요! 이 옷 없이는 한 발짝도 움직일 수 없어욧!' 하고 세게 나가려고 했는데….

귀한 옷에 얼룩 묻기 전에 얌전히 벗어놓으시죠 하는 듯한 녀석의 눈을 보자 심장이 보글보글 끓어오르는가 싶더니, 약속 시간을 훌쩍 넘어선 시계 바늘이 감지되면서 눈물부터 터져나 왔다.

녀석이 차라리 "이 아가씨가 어디서 수작을 부려? 경비, 이 여자 끌어내!" 하는 식으로 험하게 굴었더라면 그렇게까지 처절해지진 않았을 것을. 더 어이없는 건 찔끔거리던 내 눈물이 어느새 통곡으로 변했다는 점이다.

"으허허허헉! 꺼이꺼이!"

이거야 원, 나조차도 미친 계집애라고 욕이 나올 지경이다. 그런데 이게 웬일인가? 갑자기 터져버린 눈물에 포커페이스 일변도였던 점원의 태도가 홱 바뀐다.

"앗, 손님! 정 그러시다면…."

멀쩡한 아가씨가 마스카라 번져가면서 통곡해대니 까딱했다가는 대낮부터 무슨 험한 꼴 볼지 모른다는 위기감이었겠지.

아무렴 어떤가. 어쨌거나 이로써 나는 나를 빛나게 해줄 원피스를 휘감는 데 성공했으니! 옷 한 벌 장착하고 뭐 그리 굉장하다고 사탕 뺏겨 울고 난 아이처럼 진정되지 않는 울음을 꿀룩꿀룩 삼키며 매장을 나설 땐 어찌나 극적이던지, 아카데미 시상식에 초대받은 여배우가 된 기분이랄까.

그런데 가만 있자, 현금 대신 맡기고 온 내 명함 말이다. 어째 범죄 현장에 부러진 손톱을 흘리고 온 것만큼이나 찝찝하다. 처녀 귀신에게 홀렸다 풀려난 선비처럼 넋 나간 표정으로 나를 보던 점원 녀석의 심란한 표정은 또 어떻고….

모르겠다. 지금 그런 것에 신경 쓸 때가 아니잖아. 속히 장소 이동!

현장에 도착한 나는 그만 숨이 멎는 줄 알았다. 명품이 좋은 건, 단숨에 사람을 흥분시키기 때문이다! 누가 그랬던가! 의사니 뭐니 하는 것들은 내세울 것이 '공부하는 머리' 밖에 없는 남자들의 마지막 비상구라고?

고른 치열을 하얗게 드러내고 웃는 근사한 외모의 정신과 의사를 보는 순간, 온몸에 막혀 있던 혈관이 일제히 열리고 오장육부가 개선 행진곡에 맞춰 행군하는 느낌이었다.(남자들아, 알아두려무나. 이러니 여자들이 명품이라면 사족을 못 쓰는 거다)

더구나 늦어서 미안하다고 사과하는 내게 "원피스가 근사한데요~!"라는 말로 분위기를 환기시키는 그 매너는 게이 아니고는 기대할 수 없을 줄 알았다. 시답잖은 취미며 특기나 묻는 얼간이들과는 격이 다른 대화가 오가는 동안, 분위기는 급속히 화기애애해졌다. 이런 멋진 남자가 어째서 나 같은 여자와 마주하고 있는지 신기한 뿐이었다.

"작가님들은 정말 대단해요. 저는 논문 한 줄만 쓰려고 해도 머리에서 쥐가 나거든요."

와하하, 귀여운 사람 같으니. 그랬다. 상상력 부족한 우등생들이 흔히 갖는 '글쓰기'에 대한 환상을 그 역시 가지고 있었던 것이다. 방송작가들에게 유난히 연구원이나 의사 남자친구가 많은 것도 그 때문이다(단단히 속고 있는 거지 큭!).

"사실 글을 쓴다는 건 피를 팔아 돈을 만드는 매혈(買血) 행위와 같죠. 한 줄도 쓸 수 없을 땐 내가 애초에 왜 글을 쓰기 시작했을까, 스스로를 저주하고 싶어진답니다. 웃호호호!"

세상에, 나 지금 무슨 말을 한 거야? 매혈 행위라니! 하여튼 작가 아니랄까봐 어디서 주워들은 건 많아 가지고. 어쨌거나 그 말은 파괴력이 굉장했다.

"어휴, 작가님처럼 훌륭하신 분이 그런 말씀하시면 저 같은 사람은 다 죽으라는 건가요? 하하하!"

풋, 나한테 단단히 빠졌다는 것을 굳이 숨길 마음도 없다는 투잖아. 하여튼 남자들은 흥분하면 무조건 덤비고 보는 게 문제야. 이렇게 되면 남은 일은 시골에 계신 엄마한테 전화를 넣는 일뿐이군. 엄마, 아무래도 나 결혼하게 될 것 같아!

그나저나 바빠지게 생겼다. 어떤 디자이너의 웨딩드레스가 좋을까? 피부는 단기 속성 코스로 집중 관리 들어가야 할 테고…. 후후, 그것 보세요. 내가 뭐랬던가요? 지금까지 내가 생각이 없어서 그렇지, 마음만 먹으면 남자들 다 죽었다고 했잖아요.

순간 서너 테이블 건너에 앉아 아닌 척하면서 나를 째려보는 여자와 눈이 마주쳤다. 명품 남자를 아무렇지 않게 척 걸치는 여자를 보고 있자니 약 올라서 견딜 수 없다는 거겠지. 얼마 전까지만 해도 내가 딱 그 꼴이었다. 같은 여자에게서 '정말 재수 없어!' 하는 눈빛을 받는다는 게 이렇게 기분 좋은 일인지 예전엔 미처 몰랐다. 그래, 마음껏 저주하렴. 너의 저주가

화산처럼 솟구칠수록 나는 행복의 나라로 가리니!

"그래서 말인데요, 작가님. 저도 작가님 프로그램에… 어떻게 좀 안 되겠습니까?"

"……!?"

가만, 방금 내가 무슨 소리를 들은 거야?

방송작가로 일하다 보면, 별의별 출연 청탁이 많다. 무작정 전화를 걸어 만나자고 졸라대는 사람, 읍소형으로 매달리는 사람, 사돈의 팔촌까지 동원해 방송에 줄을 대보겠다고 앞뒤 안 가리고 달려드는 사람…. 그런데 언제부터 그 따위 정치적인 것들이 신성한 소개팅 전선까지 오염시키기 시작한 거야?

정리하자면, 기술팀 장 차장님에게 우리 프로그램의 작가를 만나게 해달라고 간청했던 건, 작가를 사귀고 싶어서가 아니라 출연 청탁을 위해서라는 것? 이런 젠장!

"출연료 같은 건 바라지도 않아요. 아시다시피 요즘 병원들이 워낙 경쟁이 심해서요. 동네 구멍가게보다 많은 게 병원이란 밀도 있잖아요. 네?"

어이없고 황당해 미처 표정 관리를 못 하고 있는 내 앞으로 그는 뭔가를 스윽 밀어놓았다. 리본 달린 그 상자에 무엇이 들었는지 꼭 열어봐야 알까? 그는, 아니 그 자식은! '여자에게 명품을 면봉보다도 더 사소하게 안기는' 바로 그런 남자였던 것이다. 오매불망 꿈에서 그리던 남자를 이따위 한심한 시나리오로 만나다니! 내가 기껏 이런 꼴 보겠다고 그 난리를 피우면서 여길 나왔단 말인가?

아까부터 나를 째려보고 있던 여자와 다시 눈이 마주친 것도 그때였다. 조금 전까지만 해도 나에 대한 시샘으로 어쩔 줄 몰라 하던 기색은 온데간데없고 '흥, 알 만하다'는 표정으로 입가에 잔뜩 조소를 띠고 있는 게 아닌가.

뭐야, 저건 재벌가 아들 물고 늘어져 난잡하게 놀다가 명품 지갑 하나로 간단히 정리당하는 어느 싸구려 계집애를 볼 때나 짓는다는 바로 그 표정? 아냐, 계집애야! 나 엄연히 직장도 있고 명함도 있어. 미국 비자도 있다고, 보여줘?

그대, 남자들의
영혼을 사로잡을
무기는 가졌는가

남자친구 만들기 34일째
브래지어 내리키기 13회(기억하는 횟수만)

혼자 북 치고 장구 치다가 뒤통수 한 대 맞고 나니, 기분이 좀 그렇다. 그렇다고 술이나 담배의 기운을 빌기 위해 슬리퍼 찍찍 끌고 동네 구멍가게로 달려갈 생각은 없다. 어차피 만만하게 굴러 들어온다면 그건 '명품 백'이 아니다. 단돈 만 원에 되는 거였다면 애초에 구찌를 꿈꾸지도 않았을 거란 말이지.

얼마 전, 새로운 작가가 우리 팀에 합류했다.

그런데 이 S라는 계집애, 왠지 사람 불안하게 만든다. 딱히 예쁜 것 같진 않은데, 이상하게 온몸에 교태가 자르르 흐르는 묘한 분위기를 풍긴다. '출현'과 동시에 본능적으로 여자들의 말초신경을 잔뜩 긴장하게 만드는 그런 부류. 가슴 큰 청순녀 스타일이라면 이해가 빠르겠다.

손바닥만 한 핸드백 말고는 다른 건 들어본 적도 없을 것 같은 여자가 고작 수습 딱지 뗀 경력으로 시사고발 프로그램에 갈아타다니. 보나마나 어리고 예쁜 여자라면 사족을 못 쓰는 변 국장의 적당한 농간이 배후에 있었으리라. 정의감이 불끈 솟는다. 아무리 혼탁한 세상이라 해도, 아직 정의가 시퍼렇게 살아 있음을 몸소 보여주고 말리라. 방송국이 무슨 룸살롱인 줄 아시나? 어리고 젊으면 무조건 간택이게.

더구나 나는 남자친구를 만들겠다고 작정한 몸. 내 주변에 남자들의 주의를 분산시키는 암적 존재는 살려둘 수 없다(반경 10킬로 이내에 용납할 수 없는 건 바퀴벌레만이 아니다). 『삼국지』에서 관우가 적진을 향해 나가기 직전, 뜨거운 술 한 잔을 따르고는 이렇게 말했다고 한다.

"이 술이 식기 전에 돌아오겠소!"

내 심정이 딱 그거라니까.

아이템 회의 시간.

맹한 S로 하여금, 몸매 하나 믿고 살기엔 인생 그렇게 녹록지 않다는 것을 보여주리라. 듣자 하니 전에 있던 프로그램에서도 남자 PD들 휘어잡아서는 까마득한 선배 작가들조차 몸종 부리듯 했다지? 하지만 넌 드디어 임자를 만난 거야. 아마

회의가 끝날 때쯤이면 인생이 뭔지 깨달았다며 내 손을 부여잡
고 감사의 눈물을 줄줄 흘리게 될걸?

"누구 뭐 그럴 듯한 것 좀 없어? 요새 시청률 영 바닥인데 화
끈한 것 좀 가져오라구!"

여자든 아이템이든 무조건 화끈해야 한다고 부르짖는 저 놈
의 변 국장은 언제나 인간이 될까? S를 옆에 앉히려고 회의실
에 들어서자마자 자리 신경전을 벌인 건 어떻고? 하지만 지금
변 국장의 말꼬리나 잡고 늘어질 때가 아니다. 나는 기다렸다
는 듯 입을 열어 기선을 제압했다.

"제가 생각해본 것은요."

일제히 내게 쏠리는 팀원들의 시선들. S도 동공 풀린 눈으로
나를 본다.

"방글라데시 등지에서는 요즘 여성들을 대상으로 염산 테러
가 빈번히 벌어지고 있어서 사회적인 문제래요. 한 해에만 수백
명에 육박하는 여자들이 염산 테러를 당하는데, 이유가 기막혀
요. 자신의 청혼을 거절한 데 앙심을 품고 자고 있던 여자의 얼
굴에 염산을 뿌리는 남자가 있는가 하면, 남편의 명예를 더럽혔
다고 해서 아무런 죄책감 없이 염산을 뿌려댄다지 뭐예요."

말이 채 끝나기도 전에 황 PD의 추임새가 터졌다.

"야, 센데~!"

후후, 방송작가 하면서 희열을 느끼는 순간이 바로 이때 아
니겠어? 아이템 회의에서부터 분위기를 주도하는 작가라니,
나 이렇게 능력 있어도 되는 거야? 흐흐흐.

"하도 심각해서, 사회단체에서 당국의 법적 조치를 촉구하고 있지만 문제는 이들 국가 종교가 이슬람이다 보니 명예살인라는 게 있다는 거죠. 남자의 명예를 더럽힌 여자는 죽여서라도 명예를 회복해야 한다는 거예요. 게다가 우리 돈으로 칠백 원만 있으면 쉽게 염산을 살 수 있는 사회적 환경도 이런 범죄를 더욱 부채질하고요…."

보아하니 변 국장도 혹하는 눈치다. 그럼 그렇지! 맹한 S의 눈을 보며 나는 거만하게 '굳히기 멘트'를 날렸다.

"인터넷 최다 검색 뉴스였다니까요. 이런 아이템은 먹힌다는 거죠. 하하하!"

예상대로 팀원들 일제히 내 아이템에 고개를 끄덕이며 한마디씩 보태는 마당에 S가 난데없이 순진한 목소리로 분위기를 깼다.

"제가 잘 몰라서 하는 말인데요. 인터넷에서 그만큼 많이 읽은 기사라면, 웬만한 사람은 다 아는 것 아닌가요?"

아니, 저것이 지금 뭐라고 나불대는 거야?

물론 틀린 말은 아니다. 하지만! 방송이라는 것이 어떻게 맨날 하늘 아래 듣도 보도 못한 것만 하겠는가? 비록 인터넷 뉴스로 떴다 해도 본격적으로 파헤치고 들어가보면 몇 줄 기사로는 다 담을 수 없는 영상 프로그램만의 전달력이 담보된다. 그게 우리 고발 프로그램의 힘인데, 애초에 뭘 좀 알고 떠드시지.

그런데 믿을 수 없는 일이 벌어졌다.

그때까지만 해도 내 아이템에 혹한 게 분명했던 사람들이 물벼락 맞은 고양이처럼 일제히 수그러드는 게 아닌가.

"내 말이! 하여튼 장 작가는 적당히 때우겠다는 발상 좀 버리라구!"

으음, 뭐가 이래? 하지만 아무래도 좋다. 나는 사람들의 동의 따위에 연연해하는 작가가 아니라는 듯 태연하게 다음 안건으로 넘어갔다.

"선거철이 다가오잖아요? 그래서 말인데요, 요즘 삼청동에 여덟 살짜리 꼬마 동자가 용하다고 소문이 나서 금배지 지망생들이 꼬마 동자 알현 한번 하겠다고 난리도 아니래요. 한 번 보는데 복채 몇 백만 원쯤은 우습고, 웃돈까지 챙겨줘도 차례가 올까 말까 해서 요즘 보좌관들이 그쪽으로 출근하느라 정신없대요. 대기표라도 받겠다고."

이 몸으로 말할 것 같으면 정치 쪽에도 밝은 시사 고발 프로그램 전문 작가! S 넌 핸드백이나 들고 왔다 갔다 하는 주제에 다가오는 국회의원 선거 날짜나 알고 있는지 모르겠구나. 변 국장은 이번에도 혹하는 마음을 감추지 못한다.

"여덟 살짜리가 점을 봐? 이야, 원래 어린애들 영발이 죽여준다더니. 설마 그것도 인터넷에 뜬 건 아니겠지?"

"저를 너무 띄엄띄엄 보시는 거 아니에요? 제 대학 동창이 국회의원 보좌관으로 있는데, 며칠 전에 술 먹다가 입수한 따끈따끈한 정보라고요."

그런데 또 다시 "정말 몰라서 묻는 건데요"라는 순진한 목소리가 분위기를 깬다. 여자라면 누구나 짐작할 수 있으리라. 순진한 얼굴로 판 깨는 여자들.

"나중에 국회의원들이 명예훼손이라고 고발하면 어떡해요?"

그러자 변 국장이 재빨리 표정을 바꾼다.

"아무래도 그렇지? 금배지들은 일단 건드리면 괴로워."

이거 지금 어떻게 돌아가는 상황? 이쯤 되니 표정 관리 힘들어진다.

세 번째 아이템을 애기할 때는 '이번에도 초 치기만 해봐. 뱀을 풀겠어!' 하는 각오로 얼굴이 살벌하게 달아올랐다.

"고딩 동거족들을 취재하죠."

이젠 길게 애기할 기력도 없다. 또 뭔 소리가 나오는지 보자구. 그런데 일순간 침묵이 흐른다. 뭐야, 이 침묵의 뜻은? 주위를 둘러보니 변 국장의 표정이 제법 진지하다. 그럼 그렇지, 먹힐 줄 알았다. 이거야말로 시청률과 사회 고발, 두 마리 토끼를 잡는 훌륭한 아이템이 아니겠는가.

대학생도 아니고 고등학생들마저 동거를 한다니 기성세대는 "세상 말세요~" 하고 개탄을 금치 못할 것이며, 젊은 사람들은 잔뜩 호기심에 찬 눈으로 채널을 고정할 것이다.

S의 등장에 나만큼이나 비위 상해 있던 막내 작가도 '선배, 이번 건 확실해요!' 라는 듯 내게 '브이 자' 를 그려 보인다. 저걸 봐, 우리의 변 국장 나리께서 "으음" 하는 낮은 신음 소리와 함께 코 평수를 잔뜩 늘리고 계시잖아. 뭔가 인정하고 싶지는 않지만 인정할 수밖에 없는 상황에 나타나는 신체 변이 중 하

나다. S도 이번엔 순진한 척하기 민망한지 멀뚱멀뚱 앉아 있다. 아무렴, 사람이라면 그래야지. 이로써 희대의 마녀는 찍 소리도 못해 보고 사냥을 당하고 마는가. 흐흐흐.

그런데 다음 순간, 침묵을 깬 변 국장의 말에 나는 입이 딱 벌어지고 말았다.

"우리 S작가는 이 아이템 어떻게 생각하나?"

뭐야, 지금 경력 칠 년이 되어가는 베테랑 작가의 아이템을 이제 막 굴러 들어온 애송이에게 검열 받는단 말야?

"글쎄요…."

꼬투리 잡을 게 없었는지 S가 말꼬리를 흐리자 변 국장이 손사래를 쳐가며 수선을 떨었다.

"그래, 왠지 좀 진부하지? 게다가 아무리 신세대들이라고는 하지만 어떤 정신 나간 애들이 '우리 동거해요'라고 카메라 앞에 서겠어? 성적인 호기심을 적당히 자극시켜서 시청률 좀 올려보겠다는 옐로 저널리즘이라구!"

순간, 피가 거꾸로 솟는다. 누구 사제 폭탄 제조법 나와 있는 인터넷 사이트 주소 좀 알려줘!

변 국장, 은근슬쩍 S에게 몸을 기울여 묻는다(여성부에 고발할까보다).

"우리 언니는 피가 젊으니까 아이디어도 참신할 텐데…."

S는 수줍은 듯 몸을 한 번 꼬아주더니 뭔가를 부스럭거린다.

"저… 대단한 건 아니구요, 신문에서 이런 걸 봤는데…."

쯧쯧, 지금 신문에서 기사 오려 와서 아이템이라고 내놓는 거야? 들여다보니, '직장에서 성희롱 당하는 남자들'에 관한 건데 이미 예전에 방송했던 아이템이었다. 한심했지만 관록이 붙은 선배답게 점잖게 한마디했다.

"이거 예전에 방송했는데, 아이템 리스트도 안 보고 회의 들어왔나봐?"

싸늘한 내 말에 서클렌즈를 굴리던 S가 이내 풀이 죽는다. 그럼 그렇지! 외모만 믿고 살기엔 인생, 그렇게 녹록한 게 아니라니까. 회심의 미소를 감추며 신문 기사를 툭 던졌는데, 그게 글쎄 팔랑 미끄러지더니 회의 탁자 밑으로 떨어져버렸다. 떨어진 신문을 주우려고 S가 몸을 굽히는 순간, 우리 모두는 보고야 말았다. 옷 안쪽으로 훌러덩 보이는 아찔한 S의 가슴골을! (내가 미쳤지! 그걸 왜 던져서는 일을 만드냐고!) 으아! 저게 가슴이야, 수박이야? 일제히 확대되는 우리 팀 남자들의 동공은 더 가관이었다. 이십 분에 한 번꼴로 섹스를 생각하는 게 남자라더니… 변 국장은 집단 구타를 당하고 있는 어린 학생이라도 발견한 것처럼 화들짝 나를 저지하고 나섰다.

"에이 장작! 한 번 했다고 또 하지 말란 법 있어? 그런 식으로 따지면 우리가 할 수 있는 게 몇 가지나 되겠어?"

또 시작이다. 딴엔 그것도 유머랍시고 나무 토막 같은 내 신체적 컴플렉스를 꼭 건드려가면서 '장작' 타령이니 더 이상 유치할 수가 없다. 난 장작이 아니라 장 작가라고!

한쪽에서는 다 늙은 변 국장 따위에게 S의 관심을 뺏기는 것이 피 끓는 나이에 자존심이 상했는지 황 PD도 정색하며 나섰다.

"맞아, 이런 아이템 은근히 먹힌다니까. 남자들은 여자와 달라서 성희롱 당했을 때 인간적으로 느끼는 모욕감이 또 다르다잖아! 남자가 돼서 오죽 변변찮으면 여자한테 당했다고 할까봐 어디 가서 하소연도 못하고."

당시 마땅한 남자 피해자를 찾지 못해 사흘 밤낮을 뛰어다니면서 '이런 거지 같은 아이템 두 번 다시 하면 내가 사람이 아니다'라고 길길이 뛰던 황 PD의 모습이 아직도 눈에 선한데…. 이건 완전히 S가 하는 일이라면 자신들을 성추행해도 감지덕지하겠다는 투잖아. 뜻밖의 상황 앞에 나는 갑자기 조국을 뺏긴 독립투사처럼 다급해졌다.

"잊었어? 그때도 피해자 섭외 겨우 했잖아!"

"장작, 어떻게 프로그램을 쉽게만 만들려고 해? 원고료 받기 미안하지도 않나봐?"

이것으로 게임 끝!

갑자기 온몸에 소름이 돋는다. 여자의 가슴이 그렇게 위력적인 줄 예전엔 미처 몰랐다. 여지는 무엇으로 사는가? 톨스토이 양반도 생각 못했을 그 실체를 오늘 확인했다. S에게 인생을 가르쳐주겠다고? 나야말로 인생이 뭔지 알게 해줘서 미치게 고맙다며 그녀의 가슴골에 얼굴을 묻고 눈물 줄줄 흘릴 판이다. 이거야 원, 펄쩍 뛰어 오르려다 그대로 아스팔트 바닥에 납작하게 퍼져버린 개구리 꼴이 되고 말았다.

이렇게 되면 중고등학교 시절 우리를 가르쳤던 선생님들을 전부 법정에 세워야 한다. 수업 끝나면 도시락 까먹기 바쁘고, 야자 시간엔 살금살금 도망갈 궁리나 하던 우리한테 뭐랬지? 지금도 우리의 적들은 책장을 넘기고 있다고? 그 말이 살벌하게 들렸던 나는 감기는 눈꺼풀을 억지로 치켜뜨기 위해 치약과 물파스를 발라가며 필사적으로 공부했다. 내 몸이 자라다 만 것도 한창 잘 먹고 잘 자야 할 때에 허구한 날 밤샌 탓이라니까요(어쭈, 공부 좀 한 것 같잖아?). 오 분 더 공부하면 대학이 바뀌고, 대학이 바뀌면 신랑감이 바뀐다고? 웃기지 마셔. 진짜 여우들은 그 순간 가슴 사이즈를 키우고 있었다.

갑자기 온몸에 소름이 확 돋는다.

대학 때, 도무지 곁을 주지 않던 선배에게 용기를 낸 적 있었다.

"선배, 저랑 진지하게 한 번 사귀어봐요. 저도 알고 보면 괜찮은 여자라구요."

그러자 선배는 정색했다.

"만옥아, 남자들은 말이다. 차차 정드는 거 별로 안 좋아해. 첫눈에 맛이 확 가는 걸 좋아하지."

사정이 이러할진대 장만옥! 너 지금 무기도 없이 포연 가득한 전장에 뛰어든 거야? S처럼 가슴 큰 여우들이 득실대는 정글에서 '무좀약'도 아니고 '휴대폰'도 아니고 '명품 백' 같은 남자를 만나겠다고?

아, 위대한 장만옥…

열흘간 총 여섯 건!

최근 시간을 쪼개가며 해치운 소개팅 횟수는 다이아몬드가 촘촘히 박힌 여배우의 드레스보다 경이롭다. 마음만 먹으면 남자 따위는 아무것도 아니라고 큰소리 뻥뻥 쳤는데 초장부터 체면 구기는 상황의 연속이다. 이 와중에 '네가 그 몰골로 성공하면 내가 성을 간다'고 조롱하는 무리마저 생겨났으니, 적당한 오기와 은근한 반항으로 한 시대를 풍미하고자 하는 나로서는 하루라도 빨리 그럴듯한 전리품을 내보여야 한다는 중압감에 시달리고 있었다.

그런데 요 며칠 남자라고 만나보니, 명품 백 같은 남자친구? 일찌감치 꿈 깨는 게 현명하겠다 싶다.

우선 소개팅 강조 주간 서두를 장식한 지난 금요일 저녁 일곱 시, 시내 플라자 호텔.

인터뷰하기로 한 사람이 약속 장소에 나타나지 않는다는 황 PD의 곤란한 전화를 받고도, 대안을 모색하기는커녕 득달같이 달려나간 자리였다. 방송이야 펑크 나면 그만이지만 내 청춘을 펑크 낼 순 없잖아.

다행히 현장엔 빠지지 않는 외모에 월화드라마 남자 주인공의 단골 직업인 펀드매니저가 앉아 있었다. 그러나 이 같은 환희와 호감은 그가 입을 여는 순간 싹 달아났다.

방송국에서 일한다고 했더니 '그 방송국에 내가 아는 국장이 있는데요', 프랑스 파리 이야기가 나오면 '제가 가 봤는데 말이죠', 오프라 윈프리 이야기를 했더니 '그 여자 확실히 흑인이라 그런지 발음이 영 그렇지 않아요?' 날로 오르는 휘발유 값 이야기할 때는, '저처럼 경제를 공부한 사람 입장에선 말이죠'….

됐네요, 입을 때마다 털이 빠지는 코트라도 당신보다는 덜 짜증나겠어!

두 번째 소개팅은 일기예보조차 예보하지 못한 국지성 호우가 밤새 쏟아지는 바람에 시내가 쑥대밭이 됐던 다음 날 오후 두 시였다. 혹시라도 폭우에 내 소개팅 약속이 떠내려갈까봐 허술한 지붕 밑에 사는 영세민마냥 밤새 한숨도 못 잤다. 그도 그럴 것이 주선자의 코멘트가 이랬거든.

"집안이 좀 살고, 인물도 좋고, 취미는 패러글라이딩이야."

확실히 상대는 186센티에 적당한 근육질을 자랑하는 모델 같은 남자였다. 하지만 남자든 여자든 제일 꼴불견인 것은 자기가 킹카라는 걸 뼛속 깊이 의식하고 있는 케이스다.

사무실 복사기에 종이만 걸려도 여자들이 자기를 찾고, 생수통 좀 갈아달라고 해도 하나같이 자기만 찾으니, 회사에서 연봉을 두 배로 올려줘야 한다나?

"좀 웃기시네요(이미 포기)."

"이런, 벌써 눈치 채셨군요? 유머감각이야말로 우리 회사 여직원들이 절 좋아하는 가장 큰 이유죠. 하하하."

세상에…! 누군가 지퍼가 열렸다고 말해주면 '뭐야, 줄곧 내 거기에서 시선을 떼지 못하고 있었던 거야?' 라고 할 놈 아닌가. 나 아직 이런 남자에게 엎어질 만큼 급하진 않아. 다음!

세 번째 남자는(이젠 직업이고 뭐고 말하기도 귀찮아!) 폴리에스테르 양복바지 밑으로 보이는 가느다린 발목과 흰 양말이 너무나 애처로운 남자였다. 생긴 것 같지 않게 돈을 어찌나 밝히던지.

'프리랜서시면 상당히 불안하시겠어요? 남자 PD들하고 사이는 좋으세요? PD가 일하기 싫다고 하면 바로 잘린다면서요? 4대 보험도 보장 안 된다던데….'

어쭈구리, 나보다 내 직업을 더 잘 아는 놈일세. 4대 보험쯤은 정부 지원 없어도 충분히 해결할 만큼 버니까 신경 끄세요.

남 걱정 말고 자기 빈티나 좀 해결하면 좀 좋아? 폴리에스테르 양복에 흰 양말을 신고 나왔을 때부터 알아봤다.

결국 만 원 하는 커피 값을 각자 지불하고 깔끔하게 헤어졌다. 만약 커피를 얻어 마시고 돌아왔다간 다음 날 방송국 앞에서 천막 치고 농성을 했을 거다. 자기가 커피 샀으니 어서 밥을 사라고! 한 번 빨면 유아복이 되는 니트만큼 어이없는 녀석일세 그려.

네 번째는 섹스가 세상에서 가장 쉬웠다는 녀석(이제 남자라는 말도 아까워)이었다.

"같이 자고 싶은 여자를 만났다 싶으면, 우선 교외의 근사한 카페로 가는 겁니다. 커피 종류만 메뉴판 세 페이지를 넘어가고, 커피 거품 내는 법을 배우기 위해 바리스타가 파리 유학을 다녀온 그런 곳 말이에요. 보통 그런 까페에서 여자들은 분위기에 주눅 들기 마련이죠. 그럴 때는 점잖게 '이 집은 커피를 참 잘해요'라면서 친절하게 대신 주문해 주는 겁니다. 남자가 부가가치세 10퍼센트씩 꼬박 붙는 고급 레스토랑으로 안내하면서 주방장 솜씨까지 훤히 꿰고 있으면 말이죠, 손목만 잡혀도 은장도를 휘두를 것처럼 굴던 여자라도 그날 밤 헤어질 때쯤엔 집 앞 계단에서 입술 정도는 허락하게 돼 있어요. 화끈한 여자들은 바로 침대 속으로 끌어들이기도 하죠. 여자들이란…. 이런, 제가 초면에 너무 많은 얘기를 했나요?"

그래 이 자식아, 알면 입 좀 다물어줄래?

다섯 번째 상대는 지금까지 사귀었던 여자들을 한 명씩 도

마 위에 올려놓고 회를 뜨듯 헐뜯느라 시간 가는 줄 모르는 녀석이었다. 유년기 때 어떤 일을 겪으면 저렇게 될까? 예민한 시기에 부모의 정사 장면과 맞닥뜨리기라도 한 거야? 딴에는 여자들의 한심한 취향과 어리석은 안목 때문에 여태 솔로라는 것을 항변하고 싶었는지 몰라도 듣고 있는 나는 이런 생각밖에 들지 않았다. 오죽하면 여자들이 떠났을까. 갈수록 답답해지는 건 정부의 세금 정책만이 아니다.

마지막 여섯 번째 자식은, 변 국장보다도 더 먼저 비닐봉지에 담아 야산에 갖다 버리고 싶은 녀석이었다. 시종 내 말은 듣는 둥 마는 둥 오로지 내 가슴만 뚫어지게 보더군. 흡사 은퇴 후 젖소 농장을 운영하려는 노신사마냥 의심의 눈빛으로 '젖은 좀 나오려나?' 하는 표정이었다.

제기랄! 나를 찬양할 준비가 안 돼 있는 녀석은 강아지 저녁으로나 던져주겠어!

여기까지다. 깨철이는 누가 그 많은 소개팅을 다 주선해 줬냐고 재주도 좋다고 하지만, 그걸 끌어내기 위해 어떤 거래가 오고 갔는지는 일일이 열거하지 않겠다. 다만 인간이 할 수 있는 모든 방법을 다 동원했다는 것 정도만.

본론으로 돌아가서 눈물 나는 전투 끝에 내가 얻은 거라곤 작금의 연애 시장이 얼마나 암울한지에 대한 통찰뿐이다. 나오는 남자들이라곤 어떻게 된 게 하나같이 고속도로 휴게소에서 파는 지방 토산품 같다. 한 번쯤 둘러보기는 하지만 좀처럼 지갑을 열고 싶은 마음이 들지 않는다는 점에서.

나도 안다. 원래 시장엔 이런 제품 저런 제품 막 깔리는 법이고, 숨어 있는 진주를 찾아내는 것이야말로 쇼핑의 진면목이라는 걸. 하지만 나오는 족족 첫 소개팅 상대였던 정신과 의사와 함께 한 박스에 넣어 원자력 발전소 폐기물 처리장으로 보내고 싶어지니, 슬슬 원초적인 공포가 뒷골을 엄습하기 시작했다. 괜찮은 물건은 진즉 다 팔리고 얼간이만 남은 거 아냐?

여자들이 백화점 세일 시즌이 되면 꼭두새벽부터 신문지 뒤집어쓰고 앉아 줄을 만드는 이유가 뭐겠어? 늦으면 국물도 없다는 걸 본능적으로 알고 있기 때문이다. 그런데도 이제 와서 명품 백을 찾겠다고 나서다니, 왠지 폐장한 해수욕장에 나 홀로 수영복을 입고 서 있는 기분이다.

이런 절망적인 마당에 소개팅을 주선한 최 작가가 찾아와 나를 깨끗이 확인 사살해버린다. 상대 남자로부터 '모름지기 여자와 낚시는 손맛인데 걸어다니는 옷걸이 같은 애를 어디에 쓰라고 소개했냐?' 면서 욕을 바가지로 얻어먹었단다.

남자친구니 뭐니, 모두 없었던 일로 하고 자유로운 삶으로 복귀할까 싶다. 나 그동안 남자 없이도 잘만 살았고, 시즌마다 신상품이 넘쳐나는 세상이 아름답기만 했다. 사만다를 방불케 할 정도로 화끈한 남성편력을 자랑하는 여고 동창 Y조차 화려했던 그쪽 생활을 정리하고 쇼핑 쪽으로 복귀하지 않았던가.

"아무리 멋진 남자와의 잠자리라도 그 여흥이 구두 한 켤레만도 못 해!"라는 명언을 남기면서….

숱한 남자와 염문을 뿌렸던 마릴린 먼로도 자신의 진정한 잠자리 친구는 샤넬 No.5라고 했으며, 니콜 키드만은 다이아몬드만이 여자의 진정한 친구라고 부르짖었으며, 소피아 로렌은 화장실 청소복으로 에르메스를 입을 수 있는 날이면 죽어도 여한이 없겠다고 했으며, 샤넬은 옷은 사랑만큼 필요한 사치라고 했으며, 캘빈 클라인은 패션이야말로 최고의 섹스라고 했으며, 마돈나는 '미스터 프레지던트' 앞이라도 절대 무릎 꿇지 않지만, 멋진 구두를 위해서라면 기꺼이 무릎을 꿇겠다고 했지(헥헥). 그렇다! 나에겐 쇼핑이 있다. 외로운 내게 사랑의 찬가를 불러주고 슬픈 내게 희망이 되어주는 이름도 찬란한 쇼핑!

그때였다.

"이봐, 약한 소리 말고 기운 좀 내시지. 불가능, 그것은 아무것도 아니라구. Impossible is nothing!"

뭐라고? 누가 이런 맹랑한 소리를 지껄이는 거야? 격려사의 출처를 가늠해보니, 허구한 날 사다날랐던 작대기 세 개짜리 운동화가 신발장 안에서 까불고 있다. 신발짝 주제에 어디서 아는 체는?

하지만 틀린 말은 아니다. 얼간이와 데이트를 하면 얼간이와 결혼할 확률이 그만큼 줄어든다는 말도 있잖아. 그래, 다시 한 번 용기를 내보자. 그동안 산 운동화가 몇 켤레인데, 이럴 때 한번 속아보는 것도 나쁘지 않겠어. 그리고 말이야 바른 말이지, 매일 밤 지구상에 얼굴을 내미는 정자가 몇 마리인데 설마 정신 제대로 박힌 정자 한 마리 없을라구.

내가 서둘러야 하는
진짜 이유

남자친구 만들기 92일째
망할 변 국장!
제발 다리 좀 오므리고 앉으면 안 되겠니?

신발짝의 당돌한 격려 때문만이 아니더라도, 내가 필사적으로 변하는 건 시간 문제였다. 나에겐 땡빚을 내서라도 원하는 건 손에 넣고 마는 바겐세일 사냥꾼의 기상이 있다. 어딘가 나를 위한 멋진 옷이 존재할 터인데, 그걸 내가 사지 않으면 다른 여자들이 입고 돌아다닐 것 아닌가. 그 생각을 하면 분해서 잠이 오지 않는다.

간밤에 이런 일까지 있었다니까.

전방에서 보초 서는 늠름한 대한 건아를 믿고 부모형제들이 단잠을 이루고 형광등마저 꾸벅꾸벅 졸고 있던 야심한 시각,

황 PD와 편집을 하다 말고 대판 싸움이 붙었다. 편집하다가 PD와 작가 간에 언쟁이 일어나는 건 흔하다. 게다가 이틀째 내리 밤샘을 하니 둘 다 신경이 어지간히도 사나워져 있었다.

싸운 이유는 간단했다. 황 PD가 인터뷰해온 내용이 마이크 고장 탓인지 하나도 알아들을 수 없었다. 그 상태로는 도저히 방송할 수 없으니 새로 인터뷰를 하자고 했던 것인데, 귀찮기도 했겠지. 더구나 취재원은 충청도에 살고 있으니.

하지만 싸우다 말고 담뱃갑을 집어던지는 건 무슨 경우인가. 순식간에 일어난 일에 나는 어안이 벙벙했고, 황 PD 본인도 당황한 기색이 역력했다.

"미안 미안, 내가 잠깐 이성을 잃었나봐. 정말 실수였어."

그는 얼른 정신을 수습하고 내 눈치를 살핀다. 어쩌겠어, 지금은 바쁘니까 일단 마감부터 하자고 무시했고, 이내 편집이 재개되었다. 그런데 바쁘게 움직이던 황 PD의 손이 갑자기 멈추었다.

"뭐 해, 시간 없는데!"

나의 재촉에도 황 PD의 손은 여전히 움직이지 않았다. 따가운 시선이 느껴져 고개를 들어보니 내 얼굴을 빤히 바라보고 있었다.

"왜 그래?"

머쓱해져서 퉁명스럽게 분위기를 떨치려고 하는데, 황 PD가 불쑥 손을 뻗더니 내 뺨을 어루만졌다.

'이런 변태 같은 놈!' 하고 주먹을 날리려고 했는데, 어찌된

일인지 내 몸은 머리와 다르게 움직였다. 나도 모르게 그만 그윽해지는 심장. 단 한 번도 그를 이성으로 생각해본 적 없었는데…. 좀 생긴 건 인정한다. 그러나 돈 많은 이혼녀 하나 물어서 팔자 고치는 게 꿈이라는 이 남자, 결코 내 타입이 아니다. 하지만 내 안에 있는 또 하나의 내가 속삭였다.

'이상형과 함께 침대에 골인하는 커플이 몇이나 되겠니? 꿍쳐두었던 지폐처럼 이젠 마음을 펼쳐 보여야 할 때야. 미운 정도 정이라고, 언제부터인가 녀석에게 슬쩍 기대고 싶었던 마음을 부인하지 말라구.'

그렇다고 여기에서 이러는 건 아무래도 위험하다! 누가 지나가다 우릴 보기라도 하면 어떻게 해? 다른 편집실에도 밤샘 편집하는 PD와 작가들이 많은데, 이러다간 내일 아침 방송국 사내 게시판에 '모 PD, 모 작가와 편집실에서 사고 치다!'는 제목의 동영상이라도 떠다닐 판국이다. 가만, 그렇다면 방송가에 떠도는 루머들이 전부 헛소문만은 아니었던 거야? 연예인 모 씨가 주차장에서 누구와 어찌어찌하다가 경비 아저씨한테 걸렸다든가, 세트 뒤에서 모 PD와 작가가 키스하다 걸렸다는 이야기 말이다. 나는 마음이 급해졌다. 그런 소문이라도 퍼지는 날엔 할머니가 내 머리채를 질질 끌고 영동 고속도로를 걸어 강원도 산골로 들어갈 것이다. 씨, 키스까지는 하고 말았다.

하지만 더 이상은 안 된다. 여기서 멈춰야 한다.

"저리 못 가, 이 얼간아!"

그런데 황 PD는 상황을 되돌리기엔 이미 늦었다는 표정이다. 사실 그건 내가 더 잘 알고 있었다. 이성의 통제를 받기엔 우린 둘 다 너무 멀리 와버렸다. 에라, 모르겠다! 막말로 우리가 서로 임자가 있는 몸도 아니고, 피 끓는 청춘 남녀인데 무슨 일이 좀 벌어진들 도덕적으로 사회적으로 무슨 흠이 있겠어? 솔직히 바닥에 누우면 유리창 밖에선 보이지도 않을걸?

으음, 황 PD는 어느새 내 몸 가까이 밀착해 있고 귓불에 와 닿는 그의 입김은 점점 농염해지고 있다. 이러다 정말 대형사고 치겠어.

나도 몰라. 그냥 눈을 질끈 감는 거야!

그런데…. 아무리 기다려도 소식이 없다. 이상한 생각이 들어 살짝 눈을 떠 보니 황 PD가 어느 틈에 싸늘하게 식은 얼굴로 소 닭 보듯 나를 보고 있었다. 기껏 마음의 준비를 했는데 뭘 주저하는 거야?

안타까운 내 마음을 아는지 모르는지 황 PD는 내 귀에 대고 속삭였다.

"계란 좀 사."

뭐, 계란을 사라고? 황당해서 눈만 말똥말똥 뜨고 있으니 답답하다는 투로 재차 말했다.

"계란 좀 사라고, 싱싱한 계란이 한 판에 3천 원밖에 안 한다니까! 오늘 새벽에 암탉이 낳은 따끈따끈한 계란이라구! 알이 굵고 싱싱하니 어서 와서 사!"

기분이 이상해. 모든 게 아득하게만 느껴져…. 그것도 잠시, 흠칫 놀라 눈을 떠보니 창밖에서 계란 장수의 호객 소리가 요란하게 들려왔다.

"계란이 왔어요, 계란! 싱싱한 계란이 한 판에 삼천 원입니다, 삼천 원!"

제기랄, 내 몸은 여태 뜨겁고 말이다.

여자가 서른이 되도록 혼자여서 곤란한 점은 여러 가지가 있다.

다크서클이 눈에 띄기만 해도 "우리 창작, 아무래도 너무 굶주린 모양이야. 눈 밑 검어진 것 좀 봐. 내 마음이 다 아프네" 하며 급하면 자기라도 부르라는 뉘앙스로 이죽대는 비열한 변 국장의 농간도 견뎌야 하고, 내가 혼자인 이유를 놓고 멋대로 지껄이는 구설수에도 오르내려야 하고, 함께 가주는 친구가 없어 개봉영화는 번번이 놓치고, 삼겹살이 먹고 싶어 미치겠어도 1인분 팔겠다는 선량한 업자가 없고 보니, 회식 날까지 어떻게든 참아야 하고, 주말마다 전화해서 나의 스케줄을 '검열'하는 엄마의 전화도 받아야 한다. 하지만 가장 견디기 어려운 건, 남자 없이 혼자 잠든다는 사실이다.

오늘로 남자랑 키스해본 지 259일째.

정상적인 대한민국 성인 여자들의 평균치를 놓고 보면 태양계에서조차 퇴출된 명왕성처럼 아득한 숫자다. 259일째 키스를 못하고 있는 여자는 기러기 남편을 둔 아내거나, 수녀님이거나, 나의 할머니이거나.

더욱 곤란한 것은 내 몸이 259일째 혼자 잠들어도 아무렇지 않기엔 지극히 정상적인 성인 여자의 몸이라는 것을 시도 때도 없이 증명하려 든다는 점이다. 도파민, 엔도르핀, 페로몬에 이르기까지 우리 몸이 내뿜을 수 있는 호르몬이란 호르몬은 퐁퐁 샘솟고 있으니 밥을 먹다가도 외롭다는 생각에 맥이 탁 풀리고, 일하다 말고 야한 상상을 하고 있는 나를 발견할 때마다 못된 짓 하다 걸린 아이처럼 가슴이 철렁한다.

더 열 받는 건, 꿈에 등장하는 파트너의 수질이다. 기왕 꿈이라면 파트너들도 좀 그럴듯할 일이지! 얼마 전까지만 해도 나의 꿈엔 사춘기 시절에 흠모해마지 않던 영어 선생님이나 방송국 엘리베이터에서 단둘이 마주쳤던 남자 배우들이 주로 등장했다. 그런데 이젠 나의 취향과 식성을 일절 무시하고 아무나 밀고 들어오니 분개할 수밖에! 하나같이 봄여름가을겨울 점퍼 하나로 버티는 PD 아니면 덥수룩한 카메라맨들이니…. 왜들 이러세요? 아무 때나 열려 있는 24시간 편의점 취급하지 말라구요.

흐음, 황 PD까지 봤으니 이젠 바닥을 친 건가?

자고로 바닥을 치면 이제 경기는 회복세로 접어드는 일반 남았으렷다? 으헉, 아니다. 변 국장이 남았어. 화장실에서 나올 때 기름기 줄줄 흐르는 얼굴로 능청스럽게 지퍼를 올리면서 나오는 나의 징글징글하고도 지긋지긋한 상사 나리 말이다. 꿈에 변 국장을 보느니 차라리 혀를 깨물고 죽는 편이 낫겠어. 이러니 내가 팔자에 없는 남자친구 만들기 전선에 버선발 바람으로 뛰어다녀야지 도리가 있나.

인생이란 참 얄궂다. 오늘이 최악일 거라며 애써 버티면 내일은 또 다른 최악이 찾아오지.

궁금한 것 한가지. 계란 장수들은 어떻게 꼭 결정적인 순간에 끼어드는 걸까? 하긴 부모랑 같이 사는 여자들은, 엄마들이 그렇게 약을 올린다지?

단돈 만 원에 되는 거였다면
나는 구찌를
꿈꾸지 않았을 거야

2/4 분기

남자친구 만들기 93일~182일

싱글에게 토요일 밤
열 시는 도덕적 잣대가
무의미하다

남자친구 만들기 97일째
키스한 지 264일째

때는 바야흐로 주말 저녁.

나는 황금 주말에 혼자 잠드는 여자들이 보이는 전형적인 행태를 답습하고 있었다. 낮 시간엔 백화점과 쇼핑몰을 섭렵하며 커리어우먼처럼 보이는 데 성공하지만, 욕망의 파라다이스가 일제히 문을 닫는 밤이 되면, 마땅히 의지할 곳을 찾지 못한 자아는 급격히 표류하기 시작한다.

케이블 채널에서 흘러나오는 연예인들의 말장난과 지나치게 오버하는 방청객들의 리액션이 더욱 공허하게 들리는 이 밤, 지진을 대비하여 비상식량 마련하듯 사들인 일회용 밥과

국을 전자레인지에 데우고 있으려니 주말이니 뭐니 하는 것들의 목이라도 졸라버렸으면 싶어진다. 게다가 키스한 지 264일째라는 안쓰러운 관용사가 붙고 나면 상황이 더 긴박해지지.

나만 빼고 세상 모든 사람이 행복한 것 같다는 억울함에, 가슴 한구석에선 불특정 다수에 대한 막연한 분노가 끓어오른다. 심지어 으슥한 골목에 몸을 숨기고 있다가 막 데이트를 마치고 귀가하는 여자들의 길을 막고 서서 '재미 좋으시군. 행복에 겨운 그 얼굴에 염산을 뿌려 주겠어!' 하고 협박하고픈 망상마저 고개를 쳐든다.

그렇다. 여러분은 지금 어느 성실한 사회인이 하루아침에 사회 불안 세력으로 돌변하는 드라마틱한 순간을 목격하고 계신다.

결국 '건포도 클럽'* 멤버 중에서도 베스트인 차차를 이끌고 부득불 클럽으로 행차했던 건 그 때문이었다. 염산을 뿌리다 말고 신고를 받고 출동한 경찰을 향해 이렇게 외쳐댈 수 없는 노릇 아닌가.

"세상이 원망스러웠어요! 나를 부시하는 인간들, 다 골딩 먹이고 싶었다구요!"

* 방송국 내 절벽 가슴을 가진 작가들 대여섯 명의 모임으로, 한 달에 한 번 정도 모여 새로 확보한 가슴 키우는 운동 비법 등을 공유하거나, 가슴 큰 여자들에 대한 근거 없는 낭설과 모함을 일삼으며 스트레스와 울분을 풀곤 했던 지하비밀조직. 행여 멤버나 현장이 PD들에게 발각이라도 되는 날엔 그 자리에서 극약을 삼키겠노라는 사뭇 비장한 각오로 매 회동이 이뤄지곤 했음

고맙게도 클럽은 나의 기대를 저버리지 않았다. 귀가 찢어질듯 한 음악, 번쩍거리는 현란한 조명 속에 수많은 남녀가 질편하게 비틀거리고 있었다. 여기라면 외로움을 피하기엔 더할 나위 없겠지. 아낌없이 뿌려댄 향수는 남자들의 후각을 자극할 것이고, 두껍게 덧바른 화장은 내 정체를 완벽하게 위장해줄 테니까.

여기서 잠깐, 나의 클럽행에 대해 깨철이는 이렇게 딴죽을 걸었다.

"들어본 칭찬이라곤 귀엽다는 말이 전부인 여자가, 감히 '섹시하다' 는 찬사를 기대할 정도가 아니면 콜라 한 잔도 얻어 마실 수 없는 곳엘 가다니, 너무 무모한 것 아냐?"

후후. 걱정해주는 건 고마운데, 방법이 다 있단다! '불가능은 아무것도 아니다' 라고 잘난 체하던 녀석을 기억하시는지. 도무지 가망 없는 양쪽 가슴에 그 녀석의 형제, 작대기 세 개짜리 면양말 한 짝씩을 넣어주니 감쪽같지 뭔가!

과연 가슴이 불룩해지니 불가능, 그것은 아무것도 아니었다. 도처에서 추파를 던지니 나를 따라 가슴을 부풀린 차차는 신기해 죽겠다는 표정이다(양말짝이라고 비웃을 일이 아니다. 수입품이랍시고 돈만 잡아먹는 실리콘 패드는 명함도 못 내밀겠더라니까).

채 십 분도 안 돼, 우린 인상이 괜찮은 녀석 둘과 합석하는 데 성공했다. 제법 예의를 갖추어 소개하기를, 외국계 M&A 전문기업에서 일하는 컨설턴트라고 했다. 차차는 '정말일까?' 하고 눈을 빛내지만 알게 뭔가. 그 중에서 신랑감을 고를 것도 아니고 주말에 아이를 맡길 것도 아닌데.

제일 짜증나는 게 한두 번 쓰다 버릴 비닐우산 사면서 매장에 있는 제품이란 제품은 죄다 뜯어보는 애들이다. 이런 데서 아무리 진지한 척해 봐야 내일 아침이 되면 녀석의 이름이니 직업이니 하는 것들은 숙취보다 더 빨리 잊혀질걸?

클럽에서 통용되는 뻔한 공식대로 약 십여 분에 걸쳐 경제와 날씨에 관한, 해도 그만 안 해도 그만인 대화를 나누며 탐색전이 시작되었다. 그러더니 자기들끼리 눈치가 오가고, 한 녀석이 춤추자며 나를 이끌었다. 오호, 이 스피드 좀 보게. 녀석의 손이 내 허리를 곧장 감고 들어오는 건 어떻고? 제법 수완이 좋군. 빨라도 너무 빠른 스피드에 잠깐 머릿속이 복잡하기도 했지만 불필요한 절차 따위는 과감히 생략하는 게 바로 이곳의 미덕이 아니겠는가. 숱한 청춘남녀들이 기성세대의 온갖 비난을 무릅쓰고 만들어놓은 금과옥조와도 같은 불문율을 나 따위가 어떻게 깨뜨린단 말인가.

지금 이 순간 술과 음악을 빙자해 비틀거리는 우리는 너무나 잘 알고 있다. 저 육중한 클럽 문을 열고 밖으로 나가는 순간, 남자가 내 허리에 손을 얹기까지는 한 달을 기다려야 할지, 일 년을 기다려야 할지 모른다는 것을. 아니, 끝끝내 그런 날이 평생 오지 않을 수도 있다. 바로 그것이 매일 밤 젊은 남녀들을 클럽으로 이끄는 유혹일 것이다. 아무렴, 로마에 가면 로마법을 따라야지.

마음을 열자 사랑은 담을 넘는 밤도둑보다 더 민첩하게 찾아들었다. 녀석과 나는 십 년 사귄 연인처럼 자연스러웠으니까. 그런데, 딱 거기까지였으면 좋았을 것을….

녀석의 손끝이 어느 순간 끈적끈적해지고 있었다. 그게 무슨 뜻인지 모른 척하기엔 연기력이 부족한 나는(나에겐 S와 같은 연기력이 받쳐주지 않는다) 어떻게든 응답을 해야 했다. 순식간에 머릿속은 광케이블이 매설된 도심 땅속보다 더 복잡하게 얽혀버렸다. 만난 지 한 시간 만에 키스하고 그날 밤 보름달이 채 기울기 전에 침대로 직행하는 것은, 〈섹스 앤 더 시티〉의 사만다를 추앙하는 여자라면 누구나 한 번쯤 꿈꿔봄직한 판타지이다. 하지만 그건 어디까지나 방영 시간 이십오 분 안에 모든 걸 해치워야 하는 시트콤에서나 가능한 일 아니겠어? 무엇보다, 첨단 도시 뉴욕에 사는 여자들이나 되니까 그렇게 하고도 얼굴 들고 사는 거지.

순간 날 낳은 부모님이 원망스러워진다. 가슴을 주신 것도 아니고, 머리를 주신 것도 아니고, 키를 주신 것도 아니고. 그렇다면 이런 데서 저지를 수 있는 배짱이라도 물려주셨어야죠!

그런 내게 찾아든 한 줄기 구원의 빛이 있었으니, 바로 술이었다. 일단 생각은 접어두고 연거푸 술을 들이켰다. 취기가 오를수록 인생 간단해지더군. 딸꾹! 시시한 도덕 같은 것들은 냉동실 얼음칸에 잠깐 처박아두는 거야. 남자 없이 혼자 잠드는 여자들에게 토요일 밤 열 시는 도덕적 잣대가 무의미하니까. 아무렴, 쾌감은 모든 것에 우선하지, 딸꾹!

이성을 마취시키겠노라 벌컥벌컥 들이부은 술이 과해지자

뜻밖의 문제가 발생했다. 알코올에 익숙하지 않은 내 오장육부가 토요일 밤 열기 속의 청춘들보다 더 형편없이 엉켜버렸던 것이다(가슴도 없어, 담배도 못 펴, 술도 약해. 도무지 쓸모라고는…). 이내 나는 변기에 머리를 처박고 욱욱대는 볼썽사나운 꼴이 되어버렸다.

굳이 이렇게까지 솔직할 필요는 없지만, 화장실에 도착하기도 전에 참을 수 없는 잔해들이 분출되고 말았다. 나름대로 빼입고 왔을 녀석의 넥타이에 증거를 남긴 것도 같고(갈수록 태산)…. 내가 미쳤지, 미쳤어! 한참 뒤에야 겨우 몰골을 수습해서 나왔는데,(수습됐던 거 맞아?) 녀석은 이미 온데간데없이 사라진 뒤였다.

"야, 이 녀석! 거기가 불룩해진 바지를 해가지고 꺽! 어딜 간 거야? 꺽!"

게슴츠레한 눈으로 아무리 사방을 둘러봐도 녀석은 코빼기도 보이지 않았다. 나쁜 자식, 취한 여자를 내동댕이쳐놓고 혼자 줄행랑을 쳐? 남자로부터 버림받았다는 생각은 그나마 어렵게 유지하고 있던 나의 이성을 금세 무너뜨리고 말았다.

"당장, 그 자식 잡아 대령하란 말이야!"

차라리 술을 더 내놓으라고 난동 부리는 여자라면 동정이라도 받겠지. 엉망으로 취해서는 남자 내놓으라고 고래고래 소리를 지르는 여자라니, 술기운에도 클럽이 엉망이 되는 게 느껴졌다.

어느덧 깍두기급 아저씨들이 우르르 달라붙어 물 흐리는 나를 제지하기에 이르렀다. 하지만 그럴수록 나는 더 술기운에 악에 받쳐 미쳐가고 있었다.

"그 놈만 대령하면 조용히 물러갈 거라니까. 이거 놓으라구. 못 놔?"

사람들은 술렁술렁, 바닥은 울렁울렁, 모두가 나를 피한다. 내 손이 닿으면 몹쓸 병에라도 옮는다는 듯 께름칙한 표정들. 그 순간 난처한 듯한 표정으로 인파를 헤치며 나오는 낯익은 얼굴이 있었다.

"아, 자기야, 여기 있었구나!"

그럼 그렇지, 녀석은 나를 두고 도망간 게 아니었다.

"이봐요, 정신 좀 차려봐요."

"정신? 껵. 자기야, 나 말짱해! 자기도 화장실 갔다 온 거야? 난 자기가 날 두고 가버린 줄 알았잖아. 껵!"

하지만 내 이성은 여기까지였다. 그 남자의 향수 때문이었을까? 시간이 지남에 따라 급속도로 농도를 더해가는 알코올 때문이었을까? 기운을 잃고 푹 그의 품으로 고꾸라져버렸다. 아득한 의식으로나마 그가 축 늘어진 나를 힘겹게 부축해 나가는 것이 느껴졌다.

갑자기 상쾌한 바람이 싸아 볼을 스치면서 클럽의 요란한 음악 소리가 아득해졌다. 남자가 나를 클럽 밖으로 데리고 나온 모양이다. 어어, 자기야, 어디로 가는 거야… 하지만 내 몸을 추스르기엔 여전히 역부족이었다.

껵껵. 이렇게 무너지면 안 되는데… 세상이 흉흉한데 혹시라도 이 녀석 위험한 짓을 하면 어떡해?

하지만 그런 와중에 속옷은 세트로 말끔하게 사 입고 온 것하며, 발뒤꿈치 굳은살까지 깔끔하게 다듬고 오길 잘했다고 내심 안심하는 나는 뭐지?

나라는 애는 내가 보기에도 잔망스러워.

하지만, 내가 하는 일이 다 그렇지 뭐.

정신이 들었을 때는 다음 날이었고, 나는 호텔 침대에 널브러져 있었다. 잠에서 깬 내가 제일 먼저 한 일은, 화들짝 이불을 들춰 복장 상태를 확인하는 거였다. 다행히 머리부터 발끝까지 단추란 단추는 죄 채워진 채 스타킹까지 신고 있었다. 휴, 큰일 날 뻔했잖아.

안도감도 잠시, 기분이 어째 좀 그렇다.

단둘이 호텔까지 들어오고도 남자를 순순히 내보내는 나라는 인간 말이다. 나 여자 맞는 거니? 그 녀석은 남자 맞고?

하지만, 여기저기 말라붙은 토사물 찌꺼기를 보고 있자니, 간밤에 내가 얼마나 한심했을지 짐작되고도 남았다. 그런 여자를 보고도 성욕이 이는 남자라면 그것도 한심한 노릇이지. 나처럼 키스한 지 264일째 되는 남자라도 고개를 설레설레 흔들고 갈걸? 아이, 쪽팔린 계집애. 도대체 나를 뭐라고 생각했겠어? 몰라. 사람이 취할 수도 있는 거지 뭐. 자기라고 한 번도 취해본 적 없을라구. 그 덕분에 정조는 지켰잖아(퍽도 자랑스럽겠다!).

그래도 그 남자, 요새 남자들 같지 않게 의리 있다.

어차피 다시 볼 사이도 아니고, 그냥 도망간들 누가 뭐랄 사람도 없는데 취한 나를 모텔도 아닌 호텔방씩이나 되는 곳에 눕혀놓고 가다니. 호텔비도 상당할….

혹시 그 자식? 황급히 주변을 둘러보니 다행히 핸드백은 있었다. 부랴부랴 지갑을 열어보니 카드도 그대로다.

가슴을 쓸어내리려는 찰나 이번엔 지금까지와는 다른 허전함이 가슴에 사무친다. 딱 꼬집어 말할 순 없지만 한없이 허전한 그 뭔가…. 이를 어째! 양말 한 짝이 사라져버렸다. 브래지어 속에서 제자리를 지키고 있는 왼쪽 가슴은 불룩하거늘, 어디 갔는지 종적이 묘연해진 오른쪽 가슴은 민둥산에 얹혀진 포도 한 알처럼 민망하다. 침대 밑, 화장실, 카펫까지 샅샅이 들춰봤지만 양말짝은 보이지 않았다.

차라리 카드를 흘렸대도 그렇게 안타깝진 않았을 거다. 어차피 지갑 빵빵하라고 넣어다니는 장식품인걸. 하지만 양말짝은, 나의 양말짝은!

불룩한 가슴이 어떤 효력을 발생하는지 알아버린 이상, 이제 그것 없이는 한 발짝도 움직일 수가 없어! 아아, 쿠오바디스, 나의 여신!

그건 그렇고 대체 차차 이 계집애는 어떻게 된 거지?

며칠 뒤, 차차가 나를 찾아왔다.

다 죽게 생긴 얼굴이었다. 칠 년을 알고 지냈지만 그런 심란한 얼굴은 처음이었다. 흔한 말로 그날 밤 함께 춤추던 녀석하고 사고를 쳤단다. 난 왜 만날 이 모양일까. 그저 남 좋은 일만 시키지. 싫다는 차차를 억지로 끌고 간 것도 나였고, 왠지 양심에 찔린다는 걸 낯선 남자랑 춤 좀 추는 게 뭐 그리 대수냐고 떠밀었던 것도 나였다. 약 올라 죽을 지경이었지만 우선은 다 죽게 생긴 친구를 살려놓고 볼 일이었다. 즉흥적으로 생각해낸 멘트를 줄줄 읊었다.

"자학할 필요 없어. 살다보면 누구나 그런 사고 한두 번쯤 당하는 거 아니겠어? 더구나 따지고 보면 너는 엄연한 피해자야! 예고도 없이 달려드는 미친 자동차를 우리가 어떻게 알고 피하겠니?"

방송 짬밥 칠 년을 허투루 먹은 건 아니었는지 약발이 있었다. 다 죽어가던 차차의 얼굴에 살짝 생기가 돌기 시작했다. 내친김에 한마디 더 보탰다.

"대신 이제부터 그 일이 새나가지 않도록 철저히 비밀을 유지해야 해. 진실이란 남의 입에 오르내리는 순간 추악해지는 법이거든. 마치 여배우의 섹스 비디오 같은 것이지."

신이시여, 정녕 이 멋진 말이 제 입에서 나왔단 말입니까? 그런데 아무리 나의 멘트가 기발했어도 그렇지, 조금 전까지만 해도 청산가리라도 삼킬 것 같던 차차가 언제 그랬냐는 듯 말짱해져서 가는 뒷모습을 보고 있자니 불쑥 이런 의혹이 치밀었다. 계집애, 저거 선수 아냐?

더 약 오르는 건, 그 녀석 굉장했다구? 내가 미쳐요 아주.

남자친구 만들기 116일째, 카드 청구서 날아온 날.
A사는 총 132만 원(주말인데 만날 사람도 없고
하도 울적해서 구두나 보러 갔는데
한 켤레로는 정이 안 가서 한 켤레 더 샀더니…)
B사는 37만 원, C사 것까지 합하면….
괜찮아. 어떻게든 되게 돼 있어.

최근 새롭게 도전한 소개팅 전적은 4전 4패!

식음을 전폐하고 내달렸지만 나가는 족족 미안한 기색도 없이 나를 차버리더군. 게다가 소개팅을 위해 미용실 문턱이 닳도록 드나들고, 열심히 사 나른 옷과 구두는 카드빚으로 고스란히 남았다. 옷장과 신발장엔 패잔병의 물품이 그득 쌓여갔고 카드는 아차 하는 순간 연체될 위기니, 매일 하는 일이라곤 취재 노트에 카드 대금 돌려 막을 방책을 연구하는 노릇뿐이다.

결국 내 삶은 우울증 치료제와 치사량의 수면제를 입속에 털어넣는 날들의 연속일 수밖에. 그 와중에도 작대기 세 개짜리 신발은 연일 "만옥아, 불가능, 그것은 아무것도 아니야! 제발 포기하지 말고 힘내!"라고 악다구니를 써댔지만 손톱만큼의 위로도 도움도 되지 않았다.

흥, 불가능이 아무것도 아니라고? 허구한 날 좁아터진 신발장 속에 갇혀 있는 주제에 인생을 알겠어? 그렇게 자신 있으면 입만 나불대지 말고 지가 한 번 살아보라지.

내로라하는 패션 기획실로부터 난데없이 전화가 날아든 건 그즈음이었다.

그날도 간밤의 숙취로 인해 해가 중천에 뜨도록 이불 속을 뒹굴고 있었으니, 전화벨이 울렸을 땐 보나마나 아직 출근하지 않고 뭐 하냐는 황 PD의 전화인 줄 알았다. 그런데 수화기 건너편의 여자는 우아한 목소리로 "여기는 ○○ 패션 기획실입니다" 하는 게 아닌가. 지나가는 개도 알 만한 대기업 기획실에서 나한테 무슨 볼 일이…?

"저희 ○○ 패션관이 명동에 새롭게 오픈을 하는데요, 사회 각 분야 여성 인사들을 초청해 프리 오프닝을 할 예정입니다. 장만옥 작가님께서도 다음 주 수요일 시간이 허락되시면 모니터 쇼에 초대하고자 전화 드렸습니다. 정식 초대장을 회사로 발송해드렸는데, 확인하지 못하셨나요?"

술이 확 깼다. 패션관이 문을 열기도 전에 미리 들어가보다니! 초대장을 못 받은 건 당연하지. 수많은 카드 대금 독촉장 속에 파묻혀 있는 걸 무슨 수로 골라내겠어.

그날 오후, 방송국에 도착하자마자 내 앞으로 온 우편물을 긁어모았다. 찾았다! 초대장의 디자인도 어찌나 아름다운지. 고급스러운 향기까지 은은하게 풍긴다. 황홀한 마음에 초대장을 쓰다듬으며 펼쳐본 나는 눈이 뒤집힐 뻔했다. 상세한 프리오프닝 쇼 안내와 함께 모니터 사례비로 거금 백만 원을 지급한다는 게 아닌가! 세상에, 남자니 뭐니 배배 꼬이기만 하더니 내 인생에 이런 횡재수가 있었네? 좋았어!

뉴욕의 맨해튼 5번가에 즐비한 고급 명품 매장을 본 따 만들었다는 패션관은 입구에서부터 꿈의 파라다이스였다. 패션지 기자들이 와서 연신 카메라 셔터를 터뜨리고 초대 손님 가운데에는 뭔가 있어 보이는 외국인들까지 끼어 있어 분위기는 한껏 고취되었다.

안내 데스크에서 방문자 확인을 하면서 "아, 장만옥 작가님. 명단에 있으시네요!"라는 말을 들었을 때, 마치 상류층에 진입하는 티켓이라도 받은 기분이었다.

품격을 갖춘 매장은 작품 한 점당 가격이 1억부터 시작하는 고가의 미술품만큼이나 황홀한 아이템들로 눈이 부실 정도였다. 구두, 핸드백, 액세서리까지 내가 꿈꿔오던 모든 것이 거기에 있었다. 밤에 몰래 트럭을 대절해 깔끔하게 털어갈 방법이 없을까? 으악, 저건 〈섹스 앤 더 시티〉에서 캐리가 이혼한 빅을 만나러 갈 때 들었던 백이잖아! 이거, 개관하면 도시 여자들, 몸 좀 달아오르겠어.

나 외에도 모니터 쇼에 초청받은 것으로 보이는 십여 명의 여자들이 눈에 띈다. 들뜬 마음에 가볍게 눈인사라도 하려고 했지만 한결같이 '나한테 함부로 말 걸지 말아줘요'라고 말하듯 도도한 표정이어서 그만뒀다. 그렇다고 기분 나쁜 건 아니었다. 오히려 평생 한 번 올까 말까한 곳에 와 있다는 걸 실감할 수 있었다.

역시 방송작가는 좋은 직업이야. 작가가 아니었다면 내가 무슨 수로 이런 곳에 초대받을 것이며, 동방신기 얼굴 한 번 보겠다고 방송국 앞에 진을 치는 십대 애들로부터 '저 언니는 좋겠다. 방송국을 맘대로 드나들 수 있으니…' 하는 선망의 눈초리를 받아볼 것이며, 정치인들에게 아무렇지 않게 점심을 얻어먹을 것인가. 게다가 오늘은 백만 원을 받는 대가로 적당히 주최 측의 자랑을 들어주고 몇 자 끼적거리면 되는 거다.

쇼가 끝나고 이어지는 리셉션은 더욱 환상적이었다.

한쪽에 마련된 바에는 영화에서나 본 것 같은 온갖 칵테일과 고급 과자들로 넘쳐났다. 아무리 이런 분위기에 익숙한 여자처럼 굴려고 해도 태생이 있는지라 이내 쫄쫄 굶다 뷔페에 처음 온 아줌마처럼 달려들었다. 내가 이런 걸 언제 먹어봐? 돈 내는 것도 아닌데, 배 터지기 직전까지 채워넣고 보는 거다.

또 한 잔의 칵테일을 들이켜는 내 눈에 주최 측으로 보이는 한 무리의 사람들이 모니터 요원들에게 인사를 건네는 장면이 포착되었다. 그 중에서도 가운데 있는 남자! 하~. 까마귀들 틈에 백로가 홀로 노닐고 있구나.

한눈에 보아도 중요 인물임이 분명한 그 남자는 훤칠한 키

에 범인(凡人)들과는 차원이 다른 후광이 어려 보였다. 나도 몰래 소리 없는 감격이 터졌다. '잭팟!'

조금 있으면 내 차례가 다가오겠구나. 순간 흥분으로 온몸이 뻣뻣해졌다. 가족 중에 심장이나 혈관 질환으로 죽은 사람이 없다는 게 얼마나 다행인가.

한참 넋을 잃고 바라보는데 저 이목구비가 어쩐지 낯익다. 어디서 봤더라? 방송국에서 본 사람은 아닌 것 같고,(저렇게 말끔한 사람은 방송판엔 없다!) 나랑 소개팅 한 남자도 아닌 것 같고 (저런 킹카를 내가 기억 못할 리 없다)….

분명 오늘 처음 보는 얼굴이 아닌데 누구더라? 슬슬 불안해진다. 어디선가 만난 게 분명하거늘, 정작 어디서 무슨 일로 만난 사이인지 가물가물하기만 하다면… 답은 하나다. 원 나잇 스탠드!

아, 이렇게 말한다고 해서 나를 헤픈 여자 취급하진 말아주시길. 누구라도 젊은 날의 한 페이지는 그렇지 않던가. 술기운이 아니면 절대 불가능했을 잠자리 한두 번쯤은 갖고 있는 법이지(아님 말고!).

나는 다급해졌다. 그가 나를 알아보기 전에 어서 빠져 나가야 한다. 하지만 내 발목을 잡는 것이 있었으니, 바로 사례비 백만 원! 그 돈이면 잔뜩 밀린 연체 대금을 일부 상환할 수 있고, 당분간 체납의 압박으로부터 한숨 돌릴 수 있을 것이다.

엄마야, 내가 허둥지둥하는 사이 그는 벌써 내 쪽으로 걸어오고 있다. 어째야 하나. 이젠 도망가기에도 늦었고 에라 모르겠다.

나는 꼿꼿이 고개를 들고 정면승부하기로 결심했다. 그가 나를 보고 아는 척을 하더라도 죽어라 오리발을 내미는 거야. 제 아무리 누군가를 기억한다 해도 상대가 "어머, 전 오늘 처음 뵙는데요?" 하고 정색을 하면 오히려 자기 기억력을 의심하는 게 사람 심리니까.

하지만 웬걸? 내게 다가와 악수를 청하는 그의 눈빛에선 어떤 미동도 느껴지지 않았다. 세상에, 나를 기억하지 못하는 것이다. 안도하는 마음도 잠시, 서글퍼졌다. 뜨거운 밤을 보내고도 누군가의 기억에서 그렇게 깨끗이 사라지고 마는 평범한 존재였던 거니, 장만옥! 그러나 온통 C컵투성인 세상에서 초라한 A컵으로 살다보니 그런 사사로운 상처에는 이제 딱지가 앉았다.

짐작한 대로 그는 이번 쇼를 기획한 장본인이고 잇따라 오픈될 매장을 관리할 총괄본부장이라고 자신을 소개했다. 근사했다. 남자의 사회적 지위를 알게 되면 호감도가 자연 급상승하는 법이지.

"참석해주셔서 감사합니다. 오늘 쇼는 잘 보셨습니까?"

의례적인 질문이었겠지만 나는 술도 들어갔겠다, 어차피 얼굴도 몰라보니 안심도 되겠다, 들뜬 마음에 오버하고 말았다.

"옷이라는 게 옷걸이에 걸리기 위해 만들어지는 게 아니잖아요? 기왕이면 사람 몸에 걸릴 수 있는 예쁜 옷을 많이 만들어주세요."

잠시 침묵.

아차차, 무슨 대통령 후보가 재래시장에 납신 것도 아니고 나랏님 손 한번 잡아보려고 발버둥치면서 "없는 사람 위한 정책 많이 펴주십쇼" 하는 꼴이다.

주책스러운 내 말에도 그는 '당신의 한 표가 금표입니다' 라는 듯 싹싹하게 굴었다.

"일리 있는 말씀이십니다. 옷을 무척 좋아하시나봐요?"

이럴 수가! 이건 형식적인 인사가 아니라 진짜 대화라구, 대화!

"물론이죠. 일부 몰지각한 사람들은 헝겊 쪼가리 몇 장 겹쳐 놓은 것이라고 치부하지만, 옷은 판타지예요! 나에게 부족한 뭔가를 보완해 더 나은 내가 될 수 있게 하는 최고의 마법이죠. 그걸 두고 천 쪼가리에 돈을 쓰냐며 손가락질 하는 사람들은 정말 딱해요. 옷은 이 지구상에서 우리 여자들로 하여금 여자인 것을 감사하게 만드는 유일한 존재라고요."

내 말을 듣던 그가 싱긋 웃었다. 아, 현기증이…. 도대체 어느 대학에서 저런 웃음을 가르친 거야? 하버드야? 메사추세츠야? 나는 본능적으로 그의 네 번째 손가락을 살폈다. 다행히 그의 손가락은 아직 그 어떤 여자로부터도 오염되지 않았다. 반지가 끼워진 멋진 남자의 네 번째 손가락은 여자를 환장하게 만들지만, 반지가 아직 끼워지지 않은 빈 손가락은 여자를 아주 미치게 한다. 순간 구미가 확 돌았다.

그럴수록 내 머릿속에서는 이전보다 더 치열한 전투가 시작됐음은 물론이다. 우리가 어디서 만났는지 그가 기억해내기 전에 먼저 선수를 쳐야 한다. 혹시라도 일이 잘 돼서 사귀게 됐는데, 나중에라도 그에게 이런 말을 들으면 곤란하잖아.

'어디서 많이 봤다 생각했는데, 이제 떠올랐어. 우리 그때 재작년에 모모 모텔에서 뒹굴지 않았던가?'

가물가물한 기억을 해결하지 못한 채, 모든 행사가 끝났다. '사례비 따위 주니까 받기는 받겠지만 난 경박하게 액수 같은 걸 따지는 여자가 아니에요.' 하는 무심한 얼굴을 애써 가장하고 봉투를 받아들자마자 구석진 자리로 달려가 열어보았다. 믿을 수 없다! 뭐야, 장난하자는 거야? 안에는 십만 원권 수표 두 장에 만 원짜리 한 장이 전부였다. 나는 붉그락푸르락 열이 오른 얼굴을 애써 진정시키며 담당자에게 걸어갔다. 어떤 경우라도 돈 몇 푼에 연연해하지 않는다는 교양 있는 몸가짐을 잊어선 안 된다.

"여쭤볼 게 있어요. 호호. 뭐 중요한 건 아니지만, 모니터 평참가비가 말이죠. 들은 것과는 달라서 혹시 착오가 있는 게 아닌가 싶어요."

그때 담당자 뒤에서 대화를 나누고 있던 한 남자가 고개를 돌려 나를 바라보았다. 엄마야~! 본부장이었다. 돈이 모자라다고 쫓아온 나를 얼마나 경멸할까? 숨이 가빠지면서 쓰러질 것 같았지만 평정심을 잃어선 안 된다. 나는 그가 내 말을 못 들었길 기도하면서 미소를 보냈다.

그가 입을 열었다.

"장만옥 작가님, 지난번 옷값을 제하고 드렸습니다."

어머, 그가 내 이름을 기억하고 있어! 하는 기쁨도 잠시, 뒤이어 나온 그의 말을 놓고 내 두뇌는 삽시간에 엉켜버렸다.

맙소사! 기억 속의 안개가 확 걷히면서 모든 의문이 일거에 풀렸다. 가물가물 낯 익던 그는, 속물 같은 정신과 의사를 만나러 나가던 날 원피스 한 벌을 놓고 실랑이를 벌였던 그 매장에서 돈이 없어 울며불며 사정한 끝에 명함을 주고 나왔던 희멀건한 남자 직원이었던 것이다. 아니, 매장 직원이었을 리가 없지. 지금 그는 어엿한 왕자님이라구.

그랬다. 그들은 내가 잘 나가는 방송작가여서 초빙한 것도 아니고, 나의 신용카드 사용 기록을 분석해 패션에 일가견이 있을 거라 기대했던 것도 아니다. 단지 밤 열 시까지 돈을 들고 오겠다며 새끼손가락 걸고 약속했던 내가 한 달이 지나도록 소식이 없자 이 방법을 택한 것이다.

모든 사태가 파악되면서 내 얼굴은 터질 듯 달아올랐다. 부끄러워 고개를 들 수가 없었다. 한편으로는 울컥하는 심정이었다. 고약한 사채업자가 눈덩이처럼 불어난 사채를 도저히 갚을 능력이 안 되는 녀석을 죽도록 두들겨 팬 뒤 이렇게 내뱉는 상황과 다를 바 없지 않은가.

"돈이 없으면 몸으로라도 때워야지!"

폭풍처럼 밀려오는 수치심과 분노에 심장이 먼저 흥분하고 말았으니 울먹울먹 또다시 눈물이 솟구칠 판이었다.

심상치 않은 기운을 느꼈는지 당황한 점원은 아니, 총괄본부장은 서둘러 변명이라도 하려는 듯 한 걸음 다가왔다. 그런 점잖은 자리에서 코를 벌름거리며 겨우 감정을 추스르고 있는 여자라니. 가만 뒀다간 무슨 험한 꼴을 당할지 모른다는 위기감 때문이겠지. 순간 내가 할 수 있는 일이라곤 빛보다 빠른 타키온의 속도로 그 자리를 박차고 나오는 일뿐이었다.

너무해, 정말 이렇게 멋대로 날 쉽게 봐도 되는 거야? 비록 지금 꼴은 이래도, 언젠가는 구찌로 가득 찬 옷장을 갖고 말 거라고!

다음 날 나의 절망에 달랑 숟가락 하나 들고 가세하는 또 하나의 비극적 사건이 있었다. 지난번 클럽에서 뺐었을 때 분실한 작대기 세 개짜리 양말. 같은 걸 찾느라 서울 시내 온 매장을 이 잡듯 뒤지다 지쳐 제조회사 측에 문의를 했는데 그에 대한 답변 메일이 왔다.

장마옥 고객님께
언제나 저희 제품을 애용해주셔서 감사합니다.
문의하신 상품의 재고를 확인해본 결과 안타까운 소식을 전해드리게
되어 유감입니다.
참으로 이상하게도 그 제품을 찾는 여성 고객님들이 많아 단 한 족의
제품도 확보하지 못했습니다. 죄송합니다.
앞으로도 저희 제품에 지속적인 사랑과 관심 부탁드립니다.

○○스포츠 고객만족부

세상에, 이젠 양말짝을 놓고도 경쟁인가? 크리스마스 시즌용으로 푹신하게 나온 거라, 그게 딱이었는데…. 울고 싶어진다!

그나저나 신기하다. 5번가 점원 말이다. 지난번 그 매장에서는 '꼭 손님을 위한 옷이네요' 라며 평생 판매지침서가 일러 준 가식적인 웃음이나 팔 남자로 보였는데 그렇게 잘 빼입고 본부장이란 직함으로 패션기자들 앞에서 브리핑하는 걸 보니, 감쪽같이 패션 사업가의 전형 아닌가. 얼핏 휴 그랜트 분위기가 났던 것도 같아.

역시 똑같은 옷도 세탁소 옷걸이에 걸려 있을 때와 명품관에 걸려 있을 때는 천지 차라니까!

예쁜 것들이 저주스러운 건,
자신의 무기를
악에 쓰기 때문이다

이상하다.

자존심 상하기로 치면 그보다 더 잔인한 상황이 없고, 연결
될 일은 단 1퍼센트의 가능성도 없건만, 5번가 점원 때문에 좀
처럼 안정을 되찾을 수가 없다. 아주 근사한 옷을 매장에 두고
온 것처럼 눈을 떠도 그 생각이 나고 눈을 감아도 온통 그 생각
뿐이니, 텔레비전을 보다가도, 마트에서 장을 보다가도 상상
속의 그에게 말을 걸고 있다.

"자기야, 오늘 저녁 메뉴는 뭐가 좋을까?"

"나 좀 봐줘요. 앞머리 내리는 게 더 예쁘지 않아요?"

그뿐인가, 다른 옷은 이제 눈에 차지도 않는다. 심지어 금실 언니가 유학파 남자를 소개시켜준다고 했는데도, 유학만 갖다 오면 뭘 해? 직업이 좋아야지라며 콧방귀도 뀌지 않았으니. 이렇게 눈이 높아져서 어쩐담.

하지만 요즘 나를 미치게 하는 건 따로 있다. 지금껏 나는 가슴 크고 엉덩이 예쁜 여자들은 단지 몽정기 소년들의 꿈속에나 동원될 뿐이라고 철석같이 믿어왔다. 그래서 S같은 여자가 제아무리 내 앞에서 눈꼴사나운 짓을 해도 용케 미치지 않고 버틸 수 있었다. 그래, 믿을 거라곤 가슴밖에 없을 테니, 그렇게라도 한평생 버텨야겠지. 그런데 아니었다.

시대에 따라 확장일로를 걷고 있는 그 '크기'만큼이나 유방은 '기능'에 있어서도 엄청난 진화를 거듭하고 있었으니…!

며칠 전, 우리 팀은 동남아 여성과 한국 남성들의 매매혼 과정에서 이뤄지는 비인간적 행태를 고발하는 프로그램을 제작 방송했다. 보지 못한 분들을 위해 잠깐 내용을 언급하자면, 베트남 호치민 시의 한 중개업체를 방문해 한국 남성들이 베트남 여성들을 고르는 맞선풍경으로 프로그램은 시작된다. 오로지 한국 남성에게 간택 당하기만을 기다리는 배고픈 신부들의 모습은 21세기 성 노예를 연상케 했다.

한국 남자가 오십여 명의 베트남 여성을 한 줄로 세워놓고 면접을 했는데, 오로지 남자 측에서만 질문할 수 있었고 예비 신부들은 질문에 대답할 의무만 있었지 궁금한 걸 물어볼 권리는 없었다. 그뿐 아니라 한국으로 시집오기 위해서는 병원에서 '처녀증명서'를 발급받아 제출하는 것이 필수라는 게 아닌가.

국제결혼 전문브로커들은 '처녀일 경우 가격이 비싸다'고 말하면서 현지 여성들을 하나의 상품으로 취급하고 있었다. 그런 과정을 거쳐 어렵사리 한국으로 시집오면, 그녀들을 기다리고 있는 건 대개 끝없는 노동과 구타, 성적 학대였다. 결국 견디지 못한 신부들은 또 다른 사지로 내몰릴 것을 빤히 알면서도 도망치곤 했다. 그 과정에서 나온 결혼알선업체의 또 다른 홍보문구가 '절대 도망가지 않습니다'였으니 이 얼마나 서글픈 현실인가.

이러한 방송이 전파를 타게 되면 후폭풍이 엄청나리라는 것은 짐작할 수 있다. 거리마다 동남아 매매혼을 부추기는 플래카드가 붙어 있지만 이면에 횡행하는 비인간적인 작태를 사람들은 전혀 모르고 있으니 말이다.

그런데 방송이 끝나고 홈페이지 시청자 게시판에는 전혀 뜻밖의 방식으로 난리가 나고 있었다. 보통 이런 경우 예상할 수 있는 시청자 반응은 대략 이렇다.

'어떻게 21세기에 저런 말도 안 되는 일이 버젓이 벌어지고 있냐' '인간 말종이다!' '저런 비인간적인 일에 관련된 사람들을 색출, 엄벌에 처하라!'

온갖 분노와 성화로 난무하는 게시판을 볼 때면 작가로서 묘한 쾌감마저 느껴지곤 한다.

그런데 웬걸? 네티즌들은 우리 방송이 순 조작이니, 사기니

하는 문제로 뜨거운 설전을 벌이고 있었다. 사건의 발단은 누군가 올린 익명의 게시물에서 비롯되었다. 피해 여성으로 인터뷰한 베트남 신부가 진짜 피해 여성이 아니라, 돈을 받고 인터뷰에 동원된 베트남 여성 노동자라는 거였다.

원래 이런 고발 방송이 한번 나가면 관련업체들은 영업에 막대한 타격을 입을까 두려워 별의별 저항을 하기 마련이다. 당장 가입하겠다고 찾아왔던 남자들도 슬그머니 철회해버리고, 기존 가입자들도 환불해달라고 아우성을 칠 테니 말이다. 보나마나 이번 글도 국제결혼 알선업체에 종사하는 자가 우리 방송을 음해하기 위한 몸부림일 것이다. 나는 당장 제작진의 이름으로 엄중한 반박의 글을 올렸다.

그러나 게시물을 올린 익명의 주인공은 여전히 주장을 굽히지 않았다. 심지어 방송에서 인터뷰한 여자로부터 '범행 일체를 직접 자백받았다'며 큰소리를 치고 있었다. 정말 악착같군. 하지만 나라고 물러설손가? 그런 일은 있을 수도 없으며, 당장 신분을 밝히지 않으면 프로그램에 대한 명예훼손으로 고발하겠다고 제법 세게 나갔다. 게시판은 진실을 밝히라는 네티즌들의 아우성으로 난리법석이었다. 뭔가 잘못되어 가고 있었다.

불길한 예감에 뜬눈으로 밤을 새우고 날이 밝자마자 부랴부랴 방송국으로 출동했다. 밤사이 상황은 더 악화되고 있었다. 사무실에 울리는 전화란 전화는 온통 항의전화였고, 시청자 게시판은 밤새 스무 페이지를 넘겼다. 더구나 조작이라고 주장하는 익명의 글은 조회 수가 10만에 육박하고 있었다.

네티즌들은 오히려 작가라는 인간이 정말 뻔뻔하게 나온다며 원래 방송하는 인간들은 다 그 모양이냐, 나가 죽으라는 둥, 지구를 떠나라는 둥 온갖 악성 댓글을 달았다.

뭔가 잘못 돌아가고 있었다. 수상한 냄새가 났다. 나의 의심을 부채질하는 것은 평소와는 달라도 너무 다른 황 PD와 변 국장이었다. 보통 이런 경우, 국장은 방송심의위원회에 불려가 고초를 당할 생각에 줄담배를 피워대는 것이 정상적이다. 물론 그 전에 '장 작가, 도대체 프로그램을 어떻게 만든 거야!' 노발대발하며 나를 잡아먹으려고 하는데 여태 조용한 걸 보면 나만 모르는 모종의 음모가 있었던 게 분명했다.

변 국장은 나와 시선이 마주치는 것을 피하며 얌전하게 앉아 황 PD와 소곤소곤 귓속말까지 주고받았다.

진의를 아는 데에는 그리 오랜 시간이 걸리지 않았다. 방송은 조작된 것이었다. 말하자면 이렇다. 동남아 신부들의 인권을 위해 싸우는 한 운동단체로부터 피해여성 명단을 건네받은 나는 그 중 다섯 명의 신부와 전화로 취재를 마치고 인터뷰 양해를 구했다. 그리고 명단을 S에게 넘겨주면서 황 PD와 스케줄을 맞춰 촬영을 하라고 지시했는데, 복잡하게 돌아가는 연애사 때문에 정신이 없었던 S가 착각을 하는 바람에 당일 한 명의 스케줄이 꼬여버렸다. 나머지는 구구절절 설명하지 않아도 짐작되리라.

S는 인터뷰 스케줄을 제대로 맞추지 못한 것에 추궁받을 것이 두려워(암, 내가 가만 뒀을 리가 없지) 가리봉동 옷 공장에서 일

하는 베트남 아줌마를 데려다 인터뷰를 한 것이다. 글을 올린 사람은 바로 그 아줌마가 일하는 공장의 사장이었다. 그는 충심으로 한국 방송의 미래를 걱정하고 있었던 것이다.

나는 할 말을 잃고 말았다. 방송이 조작이었다는 것도 허탈했지만 무엇보다 변 국장의 행태를 보시라. 보통 때라면 작가를 무꽁지 자르듯 싹둑 자르거나 마녀 사냥 하듯 작가에게 모든 책임을 뒤집어씌우고 문책을 해서라도 사태를 진압할 인간이지만, 그 배경에 S가 있고 보니 마치 자기가 저지른 죄인 양 최선을 다해 그녀를 옹호하고 있었다. 비열한 변 국장이라면 그러고도 남는다지만 프로그램 담당자인 황 PD마저 상황을 이렇게 내모는 데 일조했다니 믿을 수 없었다.

방송계에서 잔뼈가 굵은 사람이라면 이럴 때 자존심에 금이 가야 옳다. 섭외를 잘못한 S의 멱살을 잡아도 모자랄 판에 시청자와 방송심의위원회 그리고 무엇보다 나에게서 S를 보호하고자 안간힘을 쓰고 있었던 거다.

언젠가 내가 자막 하나 잘못 챙겨서 오류가 났을 때, 방송이 장난인 줄 아냐고 비아냥거리고 초등학교부터 다시 졸업하고 오라며 있는 대로 나를 긁어댔던 인간들이 저럴 수가 있나?

나는 S를 조용히 화장실로 불렀다(제기랄, 폼이 안 나!). 이왕 사고는 터졌지만, 후배를 아끼는 마음에서 직업윤리의식에 관한 훈화말씀을 내릴 참이었다.

"S야, 이건 순전히 선배로서 널 아끼는 마음에서 하는 말이니까 잘 들어. 방송이란 말이지…"

그, 그런데 그 엄중한 순간, 하필이면 S의 출렁이는 가슴으로 시선이 갈 게 뭔가. 덕분에 나는 잔뜩 별렀던 대사를 홀랑 까먹고 페이스 잃은 마라토너처럼 휘청거렸다. 머릿속은 백지처럼 하얘지고, 당장이라도 S의 풍실한 가슴이 뭉실뭉실 하늘로 날아올라가 버리기 전에 움켜잡아야 할 것 같은 망상마저 들었다.

망할 것, 이놈의 계집애는 날마다 가슴에 물을 주는 게 분명해! 상황은 거기에서 맥없이 종료! 여자인 나조차 이 모양인데 남자들을 무슨 수로 욕하겠어. 잘 키운 가슴 앞에 이성적이기를 바라는 건, 한낱 나의 허황된 욕심일 뿐이다. 그러게 내가 이럴 줄 알고 애초에 싹을 자르려고 했던 건데.

결국, 내가 할 수 있는 마지막 일은 제작진으로서 모든 사태에 대한 책임을 지고 사과의 글을 올리는 것이었다.

"저렇게 흥분한 시청자들을 진정시킬 필력은 아무리 봐도 우리 장 작가뿐이지! 안 그래? 우리 장 작가의 글발이면, 게시판은 금세 조용해질 거야. 다들 내 말에 동의하지?"

비열한 변 국장! 사고는 S가 치고 수습은 내가 하다니. 아니, 이럴 때라도 나밖에 없다고 치켜세워주니 고맙다고 해야 하는 건가?

내가 진땀을 빼며 되도 않는 사과의 글을 쓰고 있을 때 S는 뭐 했게요? 어린 나이에 험한 일 겪게 돼서 많이 놀랐겠다며 황 PD와 변 국장이 사주는 위로주 받아 마시러 나갔다. 어느 분위기 호젓한 방석집에 들어앉아 연신 놀란 가슴을 쓸어내리고 있겠지.

그녀의 가슴골이 만들어내는 엄청난 자력 앞에 도대체 제정신인 것이 하나도 없다. 흡사 블랙홀처럼 모든 걸 빨아들여 버리니, 세상은 이제 그녀를 중심으로 돌아가는 판국이다. S가 데이트 있다며 달려 나가면 PD들은 의욕 없는 얼굴로 손 놓고 기다리고, S가 간밤의 숙취가 안 풀려 일찍 들어가고 싶다면 편집 일정마저도 뒤로 미루고 S의 잠을 보장해준다. 이따금 S가 목에 키스 마크라도 찍은 채 출근하는 날이면 PD들은 마치 자기 부인을 도둑맞은 남자들처럼 어쩔 줄 몰라 한다. '내 밥에 누가 손댔어?' 하는 꼴들이라니.

그럴수록 S는 '머리 좋은 여자들 머리로 승부하고, 가슴 큰 여자는 가슴으로 승부하는 거죠 뭐' 하듯 한껏 가슴골을 팽팽하게 치켜올린다.

반면 사무실에서 나는 존재감 제로, 내가 하는 말은 그들의 귓등에도 닿지 않는다. 심지어 '장만옥 효과'라는 게 생겨나서 무슨 말 좀 하려고 하면, 키스한 지 287일이나 되는 여자는 입 다물고 얌전히 물러나시지 하는 식이다.

하지만 S가 입을 열면 모두들 신의 교시처럼 엎드리지. 어쩌다가 그녀가 서류 한 장만 흘려도 다들 어디 숨어 있다가 나타나는 건지 일제히 우르르 쏟아져 나와 호들갑이다.

"다친 데는 없어요?" "병원부터 가자구요. 어서 업혀요!"

상황이 이렇게 돌아가거늘, 가슴 크고 엉덩이 예쁜 여자들은 몽정기 소년들의 꿈에 출연하는 게 전부라고 믿었던 나는 얼마나 순진했는가. 본디 수유기관으로 출발했던 가슴은 엄청 난 진화를 거듭하여 전지전능한 능력과 위용을 자랑하는 필살 의 무기로 거듭나고 있었던 것이다.

하지만 예쁜 것들이 저주스러운 진짜 이유는, 자신의 무기 를 악에 쓴다는 점이다. 타의 추종을 불허하는 무기씩이나 가 졌으면서 좀 그럴듯한 곳에 쓰면 어디가 덧나느냔 말이다.

이런 영화가 있었다. 할리우드에서 제작한 하이틴 영화였는 데, 학교에 백혈병으로 투병하는 친구가 있었다. 그런데 형편 이 어려워 치료비를 마련할 수 없자 전교생이 모금 운동에 나 섰다. 특히 가슴이 풍선만 한 여자애들의 아이디어가 깜찍했 다. 하얀 블라우스 한 장만 달랑 걸치고 세차를 해서 그 수익금 을 친구의 치료비에 보태자는 것이었다. 세차해 달라는 차는 끝도 안 보일 만큼 줄을 섰고, 세차를 하겠다는 건지 자기들끼 리 물 뿌리기를 하며 놀겠다는 건지 알 수 없었지만 하여튼 여 자아이들의 싱그러운 미소와 물에 젖어 몸에 착 달라붙은 하얀 블라우스는 참으로 눈부신 명장면을 연출했다.

어린 마음에 단단히 감동 먹은 나는 '어서 어른이 되어 나도 저런 좋은 일 많이 하고 살아야지' 하고 결심했는데 언감생심!

내가 S에게 그런 것까지 바라는 건 아니다. 다만 가뜩이나 하루살기 팍팍한 우리네 밥그릇까지 침범하지 말란 말이다.

우리가 어떻게 하루하루를 연명하는지 눈물 없인 들을 수 없을걸? 원고료 한 번만 밀려도 당장 신용불량자로 전락하고, 물건 살 때 단돈 천 원만 깎아도 좋아 미친단 말이다. 이토록 소박한 우리들한테 자꾸 그러면 못쓴다. 세상에 제일 악질인 게 시장통에 좌판 놓고 장사하는 아줌마들 돈을 갈취하는 삼류 양아치들 아닌가.

결국 십대 사내아이들의 꿈속으로 초대받을 일조차 없는 우리의 미래는(우리, 맞는 거죠?) 정해졌다. 사무실에서도 애정전선에서도 발붙이지 못하고, 매일 밤 옆집 남자 창문을 넘는 도발이나 상상하며 살겠지. 내 가슴이 1인치만 컸어도 5번가 점원을 어떻게 좀 해보는 건데…. 상식 있는 여자로서 지금 이 몰골로는 동네 슈퍼 가는 것조차 눈치가 보인다. 이런 꼴을 해서는 집에 처박혀 있지 않고 자꾸 돌아다녀 죄송하네요. 결국 나는 고양이나 키우면서 뜨개질을 하다 늙어갈거야.

오늘도 S는 타인의 친절이 필요할 때면 살짝 몸을 꼬고는 가슴을 찰랑 흔들어 준다. 우, 굉장한 솜씨야. 교주로 모시겠다는 무리마저 생겨나겠어.

망할 변 국장은 방송심의위원회 심의회의에도 결국 나를 끌고 갔다. 안 끌려가본 사람은 모른다. 문제 학생을 어떻게 처벌할까 논하는 교무회의실보다 열 배 살벌하고, 사형 선고를 내리는 법정보다 백 배 살 떨리는 곳. 심의위원들은 조금이라도 웃었다간 당장 머리 위에서 쟁반이라도 떨어지는 줄 아는지 과장되게 점잖은 얼굴로 일관한다. 섣불리 변명하려 들었다가는 오히려 괘씸죄가 추가되기 십상이니 무조건 잘못했습니다로 일관하는 게 상책. 중징계가 내려질 줄 알았는데 다행히 한 등급 아래인 제작진 경고 선에서 끝났다. 심의회의 참석에 필요한 자료 준비부터 최후 변론까지, 이것저것 챙기고 고생한 건 난데 변 국장 무릎엔 또 S가 앉더군. 쳇!

그 녀석은 영어를 끝내주게 잘했다.

대한민국에서 영어 잘하는 남자에 대한 판타지 한 토막 갖고 있지 않은 여자가 있을까?

똑같은 남자라도 난데없이 길을 물어오는 외국인과 능숙하게 대화하는 걸 보게 되면, 갑자기 '이제부터는 이 남자에게 잘해줘야겠어!' 하는 마음이 진심으로 우러나는 게 우리 여자들이다. 후줄근한 옷차림을 하고 다니는 남자가 어느 순간 한없이 진가를 감춰둔 숨은 진주로 보이면서 굳이 그럴 것 없다는데도 극구 생선 가시를 발라 밥숟가락에 얹어주고 싶어지고,

애교는 약에 쓰려고 해도 없던 여자라도 듣는 남자가 민망해할 정도로 콧소리가 시도 때도 없이 퐁퐁 터지기 마련이다. 남자를 우습게 알다가도 간도 쓸개도 없는 여자처럼 태도가 돌변하는 데에는 다 이유가 있다. 요즘 세상엔 '영어 로열티'라는 게 존재하지 않던가. 영어를 능숙하게 구사하는 남자는 직장에서 동기들보다 빨리 윗사람들 눈에 들 수 있다는 점에서 장래가 촉망된다. 외국 여행 중 호텔 예약에 문제가 있어 냄새 퀴퀴한 복도 쪽 방을 배정받았더라도 능숙한 영어로 호수가 보이는 전망 좋은 방으로 바꾸어 줄 것을 요구할 수 있다. 영어가 서툴러 버벅거리는 통에 수상한 사람으로 오인받아 괜히 이민국 감방에 마흔여덟 시간씩 감금당했다는 외신이라도 접해봐라. 영어 잘하는 남자처럼 폼 나고 든든한 게 또 있을까?

하다못해 나중에 아이의 영어과외비는 아끼는 셈이 되니 그 돈으로 피부 관리실을 다녀도 좋을 것이다. 그러니 겨우 세 번 만났을 뿐인데, 마치 G마크가 박힌 핸드백을 발견한 여자처럼 마음을 뺏겼다고 해서 나한테 죄를 물을 수는 없을 것이다.

무엇보다 영어를 한다는 녀석들만이 가능한 침실 판타지라는 게 있다지 않던가. 보통 남자들이 단말마 같은 탄성조차 인색하거늘, 영어 좀 한다는 녀석들은 제법 굴러가는 발음으로 '오, 갓! 오, 지저스!'를 연발한다니, 마치 전성기 시절 디카프리오와 정사하는 듯한 착각마저 든다. 그러니 어찌 나약한 내가 넘어가지 않으리오.

그런데 문제는 내 눈에 좋은 건 남들 눈에도 좋아 보이는 법이니, "제겐 당신이 샤워하는 시간조차 고문이에요!"라며 호텔 방에 들어서자마자 녀석을 거칠게 침실로 잡아끈 여자가 한둘이 아니었다는 사실이다.

반면, 나로 말씀드릴 것 같으면 불멸의 A컵, 자라다 만 여중생의 몸이고 보니 침실까지는 좀더 시간이 필요해요라는 식으로 손목만 조몰락거리게 했으니 '디스코 추고, 오스카 와일드의 비디오를 보고, 바브라 스트라이샌드의 노래를 듣는 남자(한마디로 게이)'가 아닌 이상, 나 하나 바라보고 있을 리 만무했다.

게다가 그는 나 몰래 '과외'를 뛰고 있었는데, 어찌나 스케줄이 화려한지, 주말반은 물론 직장인반에 일요일반, 특별반까지 두루 운영하고 있었다. 내가 모든 걸 알아차리고 그렇게 과외를 뛰다가는 정작 본업을 제대로 수행할 수 없을 거라 경고했지만 오히려 녀석은 요즘 같은 세상에 투 잡, 쓰리 잡은 또 하나의 능력일 뿐이라고 일축했다.

듣고 보니 그것도 맞는 말 같았다. 명품을 손에 넣으려면 그 정도 고통은 감내해야겠지. 하지만 돈벌이가 좀 된다 하여, 직장은 명함에 써 넣을 소속 정도로만 치부하고 과외 쪽으로 필사적으로 매달리자, 나의 인내가 한계에 다다랐다.

"적어도 한 여자에게 사랑한다고 말했으면 그건 그 여자하고만 밥 먹고, 그 여자가 올려주는 생선살만 받아먹는다는 거 아니야?"

이런 내 말에 그가 뭐라고 대답했게?

"쉬트(Shit)!"

아무리 삼 년째 영어 기초반에 머물고 있는 나라고 해서 어찌 그 뜻을 모르겠는가. '변' 밟았다는 거잖아.

더 붙잡고 무슨 말을 하랴. 짝퉁으로 분류된 핸드백은 더 이상 옷장을 차지할 이유가 없으니, 분리수거함에 깔끔하게 털어 넣었다. 더 이상 핸드백을 메고 나오지 않는 내게 친구들은 핸드백의 소재를 묻겠지?

당장 결혼이라도 할 것처럼 난리를 피웠으니, 사실대로 말하기엔 자존심이 허락지 않았다. 녀석이 몹쓸 병에 걸려 몰디브로 요양하러 떠났다고만 했다.

우리 여자들에게 명품 봤다고 허리 꺾고 고래고래 외치게 하기로 둘째가라면 서러운 그룹이 있다. 해외 유학파!

토종 남자들과 똑같은 이목구비와 신체 조건을 가졌더라도 한창 호르몬 분비 왕성하던 시절에 햄버거와 버터를 먹어서일까? 신기하게도 해외 유학파라고 하면 성장기 된장국과 쌀밥을 먹고 자란 남자들에서는 느낄 수 없는 특유의 아우라가 있다. 보통 남자들이 프로축구나, 기껏해야 일본으로 간 이승엽 경기를 케이블 채널로 볼 때, 아메리칸 풋볼 리그에 등장하는 선수들의 백넘버를 줄줄 외는 그들을 볼 때면 당장 달려들어 키스라도 퍼붓고 싶어진다.

뉴욕 전철노선을 수도권 지하철 2호선보다 더 확실히 꿰고 앉아 브루클린으로 통하는 다리 위에서 찍은 사진을 보여줄 때면 당장 몸을 허락해도 생각 없이 구는 일이 아닐 것 같다. 발

렛 파킹(valet parking)이 발레리나가 나와서 주차를 대신해 주는
것 아니냐는 썰렁한 농담을 하지 않는 건 어떻고?

주말 저녁엔 클럽에 가서 금발의 백인 여자와 어울렸다는
말조차 낭만적으로 들린다.. 강남 룸살롱에서 여자 끼고 술 마
셨다는 것과는 차원이 다르다. 사업차 만나는 사람들은 전부
빌 게이츠일 것 같다. 옷장에는 뉴욕이나 하버드가 큼직하게
찍힌 티셔츠가 수북하고, 양말조차 아이비리그 마크가 찍혀 있
다. 무엇보다 해외 유학파들은 그의 집안이나 출생, 양육 배경
이 어찌 되는지 추측하고 파헤쳐보려 애쓰지 않아도 된다는 점
에서 강력한 파워를 지녔다. 적어도 아들 녀석을 외국에 유학
보낼 정도의 경제력은 된다는 얘기니까. 종합하면 요즘 시대에
유학파라는 것보다 더 확실한 신분증은 없는 셈이다.

거기에 여자에 대한 매너는 오죽하겠는가?

일찍이 백 년 전, 유길준이 『서유견문록』을 썼을 때, 서양인
들에게서 우리가 배워야 할 것으로 여자에 대한 태도를 포함시
키지 않았던가. 반미를 외치다가도 그들이 여자를 대하는 매너
를 보면 갑자기 친미로 돌아서고 싶어질 정도이다.

그러니 칠 년씩이나 뉴욕에서 유학했다는 녀석 앞에서 속눈
썹이 파리하게 떨리도록 참한 척 연기한 나는 죄가 없다.

하지만 세상일이라는 게 꼭 그렇게 마음먹은 대로만 돌아가
는 것이 아니니, 유학파라고 해서 무조건 진보요 첨단을 달리
는 게 아니다. 원래 외국에서 살다 보면, 거리에서 키스하고 골
목에서 섹스하는 광경을 보다 못해 보수적으로 변하는 건 시간

문제란다. 그래서 자기 여자만큼은 절대 자취도, 유학도, 클럽도 경험해본 적이 없어야 한다나?

그래도 명품이니 그 정도 불편쯤은 감수하려고 했다. 얻는 게 있으면 잃는 것도 있을 테니까. 하지만 아무리 그래도 그렇지, 여자를 자동차 변속 기어처럼 자기 손 안에 쥐고 흔들어야 만족하겠다는 식이면 어쩌면 좋은가.

"결혼하면 일은 그만두시겠지요?"

그의 질문에 나는 별 뜻 없이 대답했다.

"요즘 결혼했다고 일 그만두는 여자가 있나요?"

그랬더니 정색하는 꼴 좀 보게나.

"만옥 씨, 페미니스트인 줄 몰랐군요!"

한술 더 떠, 말이 나온 김에 확실히 해둬야겠다는 듯 덧붙이는 말이 가관이다.

"여자는 남자가 백 원 벌어오면 백 원어치 살림하고 천 원 벌어오면 천 원어치 살림하면서 사는 게 최고죠."

마이클 잭슨이 아직 전 세계인의 우상이던 시절에나 가능했을 법한 이야기를 저렇게 천연덕스럽게 내뱉다니!

"요즘 분 같지 않게 보수적이시네요" 하고 핀잔을 주었더니 한 마디도 지지 않는다.

"그렇게 대가 세니까 여태 남자 친구가 없지."

됐네요, 아저씨! 여자가 무슨 자동차 키에요? 자기 손에 쥐고 흔들어야 직성이 풀리게? 아저씨 같은 사람은요, 평생 자신의 오른손이나 침실 파트너로 쓰면서 행복하게 사시라구요, 오른손이 마비되도록요!

그리하여 또다시 명품은 내게서 멀어졌다.

이번에는 친구들에게 벌써 열흘째 중환자실에 누워 있는데 의사 말이 당장 죽어도 이상할 것 없다고 해서 마음의 준비를 하는 중이라고 했다.

'영어파'와 '유학파'의 뒤를 잇는 이 시대 또 하나의 명품의 전형이 있었으니, 바로 '엘리트'!

어찌하여 우리 여자들은 엘리트라는 말만 들어도 가슴이 뛰며, 당장 구두 벗어던지고 뛰어 나갈 자세가 돼 있는가. 사전적 의미로는 '매스(mass, 대중)'와 대립되는 개념으로, 일반적으로는 정치·경제·사회·문화의 각 영역에서 정책의 결정, 조직의 지도, 문화의 창조에 참여하는 소수자를 말한다.(어쭈, 제법인데) V.H.파레토는 엘리트의 자격이 시대에 따라 변하며, 어떤 때는 남성 또는 여성이, 어떤 때는 고령자가, 어떤 때는 육체적으로 강한 자가, 또 어떤 때는 지식이나 도덕성이 뛰어난 자가 엘리트라고 정의했다. 그렇다면 지금 한국의 엘리트란 어떤 사람을 지칭할까?

과거엔 의사나 변호사처럼 '사'자 붙은 사람이었지만, 요즘엔 금융권 종사자들이 신흥 엘리트로 급부상했다. 돈이 곧 권력이 되고 법이 되고 미덕인 세상이 아닌가. 그런 세상에 금융권에 종사한다는 것은 물고기가 드나드는 길목을 지키고 있는 것과 같다.

보통 남자들이 열심히 돈 맥을 캐기 위해 재테크 클럽에 가입하고 신문에 난 경제 기사를 스크랩할 때, 이들은 사무실 책상에 앉아서도 월가의 알짜 정보를 척척 챙기고, 현지 돌아가는 상황을 실시간으로 알려주는 정통한 소식통 한두 명은 기본으로 있다. 보통 남자들이 한 밑천 만들어보겠다고 발이 퉁퉁 부르트도록 부동산 경매니 뭐니 알아보러 다닐 때, 이들은 우습게도 앉은자리에서 몇 천, 몇 억을 배당받는다. 보통 남자들은 차 한 대 뽑기 위해 36개월 할부를 해야 하지만, 이들은 그 해 주가만 좋으면 연말 보너스로 기분 좋게 한 대 뽑고도 돈이 남아 점당 십만 원짜리 포커 판도 벌일 수 있다.

연말 성과급 잔치가 벌어질 때가 되면, 청담동의 '나간다'는 언니들이 이들의 흘러넘치는 주머니를 공략하기 위해 '특별전담반'을 꾸릴 정도라니 말 다했지 뭐.

그러니 상대가 금융권 종사자라는 이유만으로 그 남자의 사무실 앞으로 달려간 것도 모자라 무려 한 시간이나 늦게 나타났음에도 생글생글 웃음을 판 나에게 돌을 던질 수 있는 여자가 과연 몇 명이나 될까. 누가 펀드 매니저와 사귄다고 하면, 당장 매미처럼 착 달라붙어 환심을 사려는 게 우리 여자들 아니었어?

"어머 얘, 네 남친 쪽 물이 그렇게 좋다며? 네 남친한테 말 좀 잘해서 나 소개팅 어떻게 안 될까? 응?"

그런 남자가 사정권에 들어왔을 때에는 무슨 수를 써서라도 애프터를 받고 봐야 하고, 다음 데이트에는 필시 근교로 드라이브 정도는 가야 한다는 불문율을 만든 것도 우리 여자들이다. 나로서도 간만의 호기를 놓칠 수는 없었다.

확실히 세계 10위권에 드는 경제대국인 대한민국에서 경제 금융의 돈 맥을 쥐고 있는 남자와의 데이트란 연봉 협상에 목숨 거는 샐러리맨들의 그것과는 비교할 수 없는 짜릿함이 있었다. 기껏 '돈 없으면 안 되는 인생이라니까' 라며 술잔 기울이면서 체념하는 세상에, 앉은자리에서 가능한 현금 동원력이 최하 10억은 되고, 전화 한 통화면 30억, 하룻밤 정도 말미를 주면 100억까지도 가능하다는 얘기를 들을 때면 당장 뉴욕 소호의 명품숍에서 직접 보내준 기사 딸린 리무진을 타고 쇼핑하고 있는 내 모습이 그려졌다.

하지만 잘 나가는 금융권 종사자들이라고 해서 함정이 없는 건 아니었으니, 녀석 하는 짓이 철저하게 경기를 탄다는 점이 문제였다. 경기가 좋아 주식 값이 천장을 칠 때는 당장 런던 브라운 스톤에 사는 남자처럼 굴다가도 주식이 바닥을 치면 카드 대금 갚기도 벅찬 나를 상대로 담보 대출이라도 받자고 덤빌 기세였다.

압권은 누구보다 리스크 관리에 능할 것 같았지만 그 점에 있어서는 특히나 재주가 없었다는 사실이다.

지금까지 어떤 여자와도 피임 기구를 써본 적이 없음을 무슨 대단한 능력이라도 되는 듯 지껄일 때면 당장 녀석의 입이 활동하지 못하도록 최하 이십 년은 금고형에 처하고 싶어졌다. 부끄러운 줄도 모르고 한다는 소리가 이 모양이다.

"원래 리스크라는 건 말이지, 리스크가 발생했을 때 손해 보는 쪽에서 관리하는 거 아니겠어?"

눈치가 없는 건지 없는 척하는 건지, 마냥 어이없어 하는 내 손목을 뻔뻔하게 이끌더군.

"리스크에 대한 철저한 대비책 없이는 꿈도 꾸지 마세요!" 하고 쐐기를 박았더니, 이런 파렴치한 놈을 봤나. 숫제 나를 '당신 아이를 가졌어요'라며 회사 앞에 찾아와 울먹이는 여자 보듯 하더군.

하기야, 한국경제가 오늘날 왜 이렇게 됐겠는가. 리스크 관리엔 굼벵이 구르는 재주만큼도 없는 사람들이 리스크 관리의 천재들이랍시고 자리를 차지하고 있으니!

녀석의 소재를 묻는 친구들에게는 이제 막 벽제 화장터에서 오는 길이라고만 했다.

연기에 너무 몰입한 탓이었을까. 그의 정치적 사망을 기정사실화하기 위해 슬픈 척했을 뿐인데, 나도 모르게 눈물이 찔끔 났다. 친구들은 맛있는 밥을 사며 진심으로 나를 위로하려 했지만 그게 다 무슨 소용이람. 정말로 내게 필요한 위로는 나밖에 모르는데.

힘내라, 장만옥! 단돈 만 원에 가질 수 있는 거였다면 애초에 구찌를 꿈꾸지도 않았을 거잖아, 흑!

남자친구 만들기 149일째
S가 생리대 있냐고 물었다. 나 쓸 것밖에 없다고 했다.
고소해 죽는 줄 알았다. 제법 급해 보이던데, 큭.

남들은 통근 전철에서도 짝을 만나고, 노래방에서 방을 잘못 찾아 들어갔다가도 눈이 맞아 연인이 됐다는데 어떻게 된 게 계절이 바뀌고 매장마다 계절 신상품으로 넘쳐나도록 내게는 아무 일도 일어나지 않았다.

혹시나 하는 마음에 한껏 멋 부리고 전철도 타고, 동호회에도 가입해봤지만 키스한 지 316일이 되도록 내 가슴에 굴러 들어오는 자전거 한 대 없었다. 이런 지경까지는 안 가려고 했는데 급기야 연애 지침서를 펼쳐보기 시작했다.

하늘을 봐야 별을 딴다고 남자 있는 곳을 찾아가라고 하도 강조하기에 집에 있는 멀쩡한 세탁기를 두고 동네 빨래방까지 원정을 나갔다. 세탁 종료 버튼이 울리기 전에 영혼을 울리는 멋진 남자의 추파를 받게 될 거라고? 웃기고들 계신다. 짱짱하던 스웨터가 다 늘어지도록 세탁기를 돌려댔지만, 아무 일도 일어나지 않았다.

커피 한 잔을 마셔도 혼자 궁상맞게 자판기 커피 뽑아 마시지 말고 스타벅스에 가서 길게 줄을 서서 기다리라고? 주문한 커피에 휘핑 크림 잔뜩 얹혀 나오기도 전에 뒤에 선 남자로부터 눈인사를 받게 될 거라고? 더 이상 사기 치지 마라. 위장에 구멍이 나도록 빈속에 커피를 퍼마셨지만 내게 돌아온 현실은 새벽에 난데없는 위경련이 일어나 부축해주는 이 없이 홀로 병원 응급실을 전전하는 것이었다.

진짜 그렇게 해서 남자를 만났다는 여자가 있긴 한 거야? 억울해서 출처를 따져본 적도 여러 번. 그런데 신기하게도 드라마 같은 데서나 일어나는 일들이 우리네 현실 어딘가에서도 엄연히 벌어지고 있긴 했다. 심지어 술 취해 전봇대를 붙잡고 토하다가 등 두드려준 인연으로 결혼했다는 커플도 있었으니.

내가 남자친구를 찾아 헤맨 지 백 일이 훌쩍 넘도록 이렇다 할 소득을 올리지 못하고 있으니, 깨철이는 때를 놓칠세라 비웃음을 날린다.

"왜 여태 그 모양인지 알려줘? 만옥이 네가 주제는 모르고 너무 높은 곳만 쳐다보기 때문이지. 그렇게 쓸데없이 눈만 높으니 운명의 반쪽이 아니라 반쪽 할아비가 와도 못 알아볼 수밖에!"

웃기시네. 구찌 아니면 차라리 죽음을 달라고 내가 몇 번을 말해? 어디 한번 누가 이기나 해보자고!

신장 184센티, 체중 76킬로, 금융업계 종사자로 연봉은 약 5천만 원, 보너스 타면 7천에 육박한다.

그를 만난 건 일 년 전, 거래 은행에 상담을 하러 갔을 때였다. 당시만 해도 결제 담당자인 그와 나 사이에는 흔히 볼 수 있는 친절한 은행원과 고객 그 이상도 그 이하도 아니었다.

그런데 최근 들어 우리 사이에 급격한 변화가 생겼다. 그는 아침 저녁으로 전화를 걸어 목소리를 들려주는가 하면 휴일에도 문자 메시지를 날린다. 다만 그 내용이 아름답지 못한 게 흠이라면 흠일까.

"장만옥 씨, 이번에도 연체하시면 강제 추징 들어갑니다!"

더 심상치 않은 건, 압박의 강도가 하루가 다르게 심해지고 있다는 사실. 나보다 나의 통장 잔고를 더 잘 알고 있으니 '이 여자, 점잖게 해서는 도저히 안 되겠군!' 하는 상태에 이른 것이다. 그렇다고 옷장 속에 소중히 모셔진 옷을 팔아 변제를 하라니, 이런 몹쓸 녀석을 봤나! 돈 쪼들리면 마누라라도 갖다 팔 녀석일세. 옷이 나에게 어떤 의미인지 안다면 그렇게 함부로 지껄일 수 없거늘.

옷은 척박하고 제멋대로인 이 세상에서 나를 버티게 해주는 플랑크톤이다. 하늘거리는 저 하얀 원피스가 아니었으면 변 국장이 주는 스트레스에 못 이겨 극약을 삼켰을지 모른다. 명품관에 걸린 옷을 보며 주기적으로 흥분하지 않았다면 또는 반값 세일을 향해 육상 선수처럼 달음박질치지 않았다면 좀처럼 흥분할 일 없는 내 심장은 박동쳐야 할 이유를 잃고 이미 정지해버렸을 것이다.

심지어 나는 모든 직장인의 고질적인 월요병을 퇴치하는 비법도 갖고 있다. 주말에 머리핀이라도 새로 하나 장만해보라. 어서 출근하고 싶어 안달이 나지. 그런데 이런 고마운 것들을 내 손으로 내다 팔라고? 정 급해지면 장기라도 팔아서 어떻게 해볼 테니 그 따위 한심한 소리는 변기에 던져넣고 물을 내려버렷!

카드가 펑크 나고 은행연합회에서 관리 들어간다고 협박해와도 절대 옷을 포기할 수 없는 진짜 이유는 따로 있다. 옷은 내게 있어 빈티에 대항하는 유일한 무기이기 때문이다.

빈티와의 전쟁은 지금으로부터 십 년 전으로 거슬러 올라간다. 개울에선 아이들이 먹을 감고 들꽃을 따 먹어도 될 만큼 깨끗한 강원도 청정지역에서 나는 어린 시절을 보냈다. 서울에 있는 대학에 합격한 나는 뛰는 가슴을 진정시킬 수 없었다. 사춘기 시절 내내 키워왔던 서울 판타지를 드디어 실현할 날이 온 것이다.

또래 여자애들과 대학 노트를 끼고 새초롬하게 캠퍼스를 걷고 있으면, 서울 말씨를 쓰는 남자애들이 다가와 말을 걸겠지? "너 이름이 뭐니?", "이따 강의 끝나면 나하구 영화 보러 가지 않겠니?”

상상만 해도 가슴이 뛰었다. 하루라도 빨리 세련된 서울 걸로 거듭나고 싶었던 나는 당당히 서울에 입성한 뒤, 주말이면 가끔 내려오라는 할머니의 걱정도 모른 체했다.

강원도 산골짝에서 ‘뭐뭐 했드래요’ 라는 말만 듣다가 ‘뭐뭐 했니’ 라는 소리를 듣고 있으려니 애간장이 다 녹을 것 같았다. 서울 남자들은 싸울 때 언성조차 내가 밥 먹을 때 내는 소리보다 더 조용하고 부드러웠다.

하지만 한 학기가 끝나가도록 간지러운 서울 말씨로 속삭이는 남자애들의 추파는커녕, 같은 과 여자애들과도 말 한마디 제대로 섞지 못하는 나날이 계속되었다. 그들에게는 다가설 수 없는 미지의 장벽이 있었다. 눈물겨운 노력 끝에 장벽의 실체를 알아냈을 때는 울고 싶어졌다. 학과 동기들 사이에 나는 ‘지지리 빈티 나는 애’ 로 통하고 있었던 것이다.

고향에서는 제법 ‘귀엽다’ 는 말 정도는 듣고 살았건만, 십대도 아닌 이십대 여자가 ‘귀엽다’ 는 건 빈티의 완곡한 표현일 뿐이었다. 서울의 이십대 여자들은 ‘S라인’ 을 교회 십자가처럼 신봉하고 있었다. 가슴을 키우고, 콧대를 높이고, 다리가 부러지는 한이 있더라도 힐을 신어 허리선을 살리고, 밤마다 랩으로 땀구멍을 막고, 종아리 근육을 잘라내가면서까지 S라인이 되기 위해 목숨을 바칠 각오가 돼 있었다. 심지어 소문난 영문과의 퀸카도 천하의 S라인을 위해 갈비뼈를 뽑는 수술을 감행했다는 소문이 캠퍼스를 휘감았다.

그런데 나는 도서관에서 열심히 전공서적을 파고 있었으니, 고등학교 시절의 오류를 되풀이하고 있었다. 뒤늦게 사태를 파악한 나는 그동안 너무 태평하게 굴었던 데 대한 반성의 뜻으로 처절하게 변신했다.

하지만 엄마가 다달이 돼지 쳐서 부쳐오는 돈으로 패션을 꿈이라도 꾸겠는가. 어떻게든 그 천형을 떼고 싶었던 나는 부랴부랴 과외를 뛰기 시작했다. 대학생 특유의 낭만 삼아 뛰는 그런 과외가 아니라, 감사원 감사에 걸린 은행 직원처럼 주말은 물론 휴일까지 반납하고 불철주야 코피를 쏟아가면서 대여섯 건의 과외를 겹치기로 뛰고 또 뛰었다.

같은 과 친구들은 노랗게 뜬 내 얼굴을 보고 공부를 많이 해서 그러는 줄 알고 하나같이 안쓰런 표정들을 지어 보였다.

'그래, 넌 공부라도 해야겠지!'

그나마 있는 피골마저 하루가 다르게 상접하고 있었지만 빈티를 떨치기 위한 나의 투쟁은 계속됐다.

그리하여 나는 1997년 7월 24일, 이날을 잊지 못한다. 내 생애 최초로 게스 청바지를 샀던 날이자, 마침내 내가 여자로 태어난 날이다. 옷 한 벌의 위력은 과연 굉장했다. 여자 친구들은 나를 '빈티 나는 애'로 부르는 대신 '게스 걸'로 불렀다. 학적부에 올라 있는 이름 대신, '초록색 샤넬 가방 멘 애'라든가, '루이비통 구두 신은 여자 아이'가 더 익숙한 호칭이 되었다. 패션에 눈뜬 나는 그제야 서울 아이들의 틈으로 들어갈 수 있었다.

1997년도 8월 12일 오후 1시 55분. 이날도 잊을 수 없다. 간지러운 서울 말을 쓰는 남자가 처음으로 내게 다가온 역사적인 날이다.

햇살이 무자비하게 내리쬐는 무더운 날이었고, 나는 다음 강의를 위해 캠퍼스를 뛰어가던 참이었다. 목적지인 강의실 문 앞에는 우리 과 남자애 셋이 서서 이야기를 나누다 말고 뛰어오는 나를 바라보고 있었다. 그 가운데 한 녀석이 옆에 있던 자판기로 다가가 허리를 굽히는가 싶더니 막 도착하여 숨이 턱까지 찬 내게 시원한 레몬 음료를 건네는 게 아닌가. 그러면서 던진 한마디 말을, 여자인 나는 죽는 날까지 잊지 못한다.

"그거 아니? 넌 꼭 레모네이드 같아!"

신입생 환영회 때 나와 같은 조였고, 단체 개사곡까지 부르면서 한 자리에 어울렸지만 오다가다 마주쳐도 한 번도 알은체 않던 녀석이었다. 이때 나는 평생의 가르침을 계시받았다. 과연 여자에게 있어 옷의 위력은 절대적이라는 것.

말하자면 이런 거다.

"양키스팀이 왜 매번 이기는지 아니?"

"홈런 타자가 많기 때문이죠."

"아냐, 그건 상대 팀조차 양키스의 줄무늬 유니폼에 넋을 빼앗기기 때문이야."

"…… ."

정말 그랬다. 패션은 가장 합법적으로 진실을 은폐해주었다. 반짝이는 구두의 로고는 나무젓가락 같은 다리로 올라갈 시선을 붙잡아주었고, 왼쪽 가슴 상단에 찍힌 브랜드명은 절벽 가슴을 가늠하지 못하도록 보는 이의 시선을 혼란시켰다. 모 배우가 CF에서 하고 나왔던 것과 똑같은 머플러를 했을 땐 턱 선이 예쁘다는 소리를 들었고, 메이드 인 홍콩이 선명하게 프린트 된 캘빈 클라인 속옷을 입었을 때엔 귀신같이 나를 모텔로 끌고 들어가 한 번만 봐 달라며 애원하는 녀석도 있었다.

눈 딱 감고 지른 43만 원짜리 하얀 원피스를 입었던 날 밤엔, 목련꽃 그늘 아래서 거짓말처럼 아름다운 첫 키스를 했다.

여자 동기들 누구나 동경하는 훤칠한 키의 모 선배가 "만옥이 지갑 근사한데?"라고 하던 날, "프라다예요"라고 대답했을 땐 너무 좋아서 이대로 프라다를 껴안고 돌이 돼도 여한이 없을 것 같았다.

그런 나에게 이제 와서 옷을 갖다 버리라고? 차라리 삼손더러 이발을 하라고 하지. 더구나 지금은 남자친구를 만들겠다고 나선 마당이 아닌가? S처럼 0.1초 만에 남자들의 영혼을 사로잡을 무기를 확보하지 못한 나로서는 틈만 나면 찍고 바르고 걸쳐주기를 게을리 할 수 없다. 남자들은 섹시한 여자들에게만 발언권을 주잖아.

이를테면 경제학 용어로 '투자지출'이라는 것이다. 지출은 지출이되, 뭔가를 얻기 위한 지출이란 점에서 투자란 말씀이다. 내가 온갖 카드의 압박과 설움에도 불구하고 철 따라 새 옷으로 옷장을 채우고 갓 출시된 브랜드를 향해 전력질주하는 것은, 다른 여자들이 영어 학원에 등록하고 경제 주간지를 정기 구독하는 것과 일맥상통한다. 나를 위한 투자라는 점에서.

더구나 요즘은 몇 개의 명품을 갖고, 몇 명의 남자에게 섹스어필 할 수 있는지가 여자의 능력이 돼 버린 시대 아닌가. 오죽하면 있는 집에선 딸 아이 돌잡이 품목에 명품이 등장한 지 오래란다. 여자아이에게 필요한 건, 연필이니 실이니 하는 잡동사니가 아니라 일찌감치 명품에 대한 '감'을 학습하는 것이다. 그래야 나중에 자라서 좋은 남자를 가려내는 눈이 생긴다나?

실제로 사채도 불사하고 명품으로 휘감고 놀다가 부동산 보유세만 한 해 기천만 원씩 내는 집에 시집간 K는, 딸이 예닐곱 종에 달하는 명품 돌잡이 품목 가운데 제일 비싼 구찌 지갑에 손을 대자 이렇게 호들갑을 떨었다.

"어머니 이것 보세요, 애가 벌써 구찌를 알아보네요!"

이야기하다 보니 기분이 꿀꿀해진다. 난 몰라, 쇼핑이나 갈까봐. 한 바퀴 돌고 나면 지금보다는 나아질 테지. 하루가 멀다 하고 독촉 전화 받는 주제에 돈이 어딨냐고? 괜한 걱정 붙들어 매시라. 납부 고지서는 한 달 후에나 날아온다는 사실. '지불능력'은 몰라도 '구매능력'만큼은 시퍼렇게 살아 있다.

난 이래서 쇼핑이 좋다. 언제나 현재에 충실할 것을 가르치지.

귀여울 뿐인 여자가
남자를
만날 수 없는 이유 1

남자친구 만들기 158일째
남자친구가 없어서 좋은 건 남자만 생기면
모든 게 완벽해질 거라는 환상을 품을 수 있다는 것뿐.

최근 나는 그동안의 연애전술을 심각하게 재고하기로 했다.
팬티 한 장이라도 이름 없는 건 목에 칼이 들어와도 싫다고 한
게 엊그제였지만, 이젠 걸칠 수만 있다면 천 원에 세 장짜리라
도 황송해하며 넙죽 받아들 지경이 되었다. 깨철이 말이 백 번
옳다. 주제 파악은 못하고 눈만 높았음을 인정한다.

남자친구? 이제 바지만 둘러도 좋다. 멀쩡한 여자로 태어나
키스한 지 325일째 접어들게 되면 누구라도 나처럼 될 것이다.
심지어 신자로 가입하면 당장 무료 합동결혼식을 시켜준다는
어느 종교단체에 귀의할까 심각하게 고려하는 지경이라니까요.

소개팅을 주선해주던 지인들도 이젠 지쳤는지 이렇게 충고 했다.

"가까이에서 찾아보면 어떨까? 너도 잘 알 거 아냐? 치르치르와 미치르 남매가 그토록 찾아다녔던 행복의 파랑새도 알고보니 집에 있었다는 동화나 등잔 밑이 어둡다는 속담 말야."

고맙기는 하지만 절망적인 조언이었다. 내 주변 남자들의 작황이란 조선시대 대기근보다 흉흉한걸.

방송국 남자들? 자기들이 어디 내놓을 만하다면 굳이 카메라 뒤에 숨어서 일하는 쪽을 택했겠냐고요. "저 자식, 제대로 대본도 못 외는 놈이, 반반한 거 하나 믿고…"라는 불만을 입에 달고 사는 그들이 말이다. 하지만 가망 없던 나에게 난데없이 C가 떠오르면서 희망의 서곡이 울려 퍼지기 시작했다.

C를 알게 된 건, 내 생애 최초로 산 노트북이 말썽을 일으켰을 때 애프터서비스 기사로 내 방 문턱을 넘으면서부터이다. 당시 녀석은 복학을 기다리는 아르바이트생이었다. 이후 내 노트북은 주인 잘못 만난 탓에 두어 번 더 다운이 됐고, 그 와중에 우린 휴대폰 문자를 주고받는 친근한 사이로 발전했다.

차차 친해지면서 녀석은 내가 힘들 때 술도 같이 마셔주고, 바겐세일 기간에 종종 쇼핑백을 들고 따라다니며 군말 없이 기사 노릇을 해주었다. 그리고 보면 잠자리 궁합만큼이나 중요한 게 쇼핑 궁합이라는 말도 있지 않은가. 함께 쇼핑할 수 있는 남자라면 8할은 검증받은 셈이다.

여기까지 생각이 미치자, 나도 모르게 입 안 가득 침이 고인다. 누가 클릭하기 전에 얼른 '찜하기' 버튼을 클릭하고 볼 일이다.

그런데 말처럼 쉽지 않다. 몇 년 동안 친구 이상도 이하도 아니었거늘, 하루아침에 남자친구로 만든다는 게 아무래도 만만할 것 같지 않다. 대뜸 사귀자고 할 수는 없는 노릇이잖아. 이때 내가 추앙해마지 않는 연애 고수 K의 해법은 간단했다.

"같이 자봐!"

남녀관계에서 진도를 빼는 데엔 섹스만큼 확실한 수단이 없단다. 지침을 하달 받은 나는 난생 처음 프로젝트 브리핑에 나선 대기업 신입사원처럼 신중에 또 신중을 기했다.

우선 그를 자연스럽게 내 방으로 유인하기 위해선 구실이 필요하다. 디자인 회사에 갓 입사한 그는 팀에서 큰 프로젝트를 맡아 마감이니 뭐니 야근하느라 석 달째 통 얼굴을 볼 수 없었다. 그렇다면 놀자고 불러낼 수는 없을 테고 역시 컴퓨터를 미끼로 쓰는 수밖에 없다. 나는 당장 전화를 걸었다.

"나 어떡해? 당장 내일까지 원고를 써야 하는데 갑자기 노트북이 또 말썽이야. 부팅도 안 되고 완전히 먹통이네. 원고 마무리 못하면 난 잘리고 말 거야! 지금 와줄 수 없어?"

울먹임에 가까운 내 목소리에 녀석은 난감한지 한참 뒤에야 대답했다.

"선배들도 모두 야근을 하고 있어서 나만 빠져 나가긴 좀 어려울 것 같은데…. 그래도 애써볼게."

나는 회심의 미소를 지으며 전화를 끊었다. 확답은 안 했지만 컴퓨터 뜯는 기술만큼이나 의리도 확실한 녀석은 이십 년 전에 돌아가신 작은아버지를 팔아서라도 달려와줄 것이다.

나는 콧노래를 부르며 옷장을 열어젖혔다. 오늘의 거사를 위한 나의 드레스 코드는 단추 많은 옷으로 낙점! 이건 남자들의 조건반사를 이용하자는 고도의 심리 작전이다. 워낙 빈티나는 몸이고 보니, 아무리 한 방에 단둘이 있다 하여 C가 나에게 달려들 리 만무하다. 그러니 종소리만 들으면 먹이를 기대하고 침을 흘렸다는 파블로프의 개처럼 단추만 보면 뜯고 싶어지는 남자들의 속성을 활용하는 거다.

내친김에 거금을 들여 산 페로몬 향수도 개시했다. 이성을 유혹하는 또 하나의 강력한 커뮤니케이션 수단, 페로몬! 코코 샤넬은 향수를 뿌리지 않는 여자에게 미래가 없다고 했다지? 살짝 뿌리고 나니 나조차도 나를 쓰러뜨리고 싶다.

마지막 비장의 카드는 술! 아껴뒀던 와인을 따기로 했다.

주종을 맥주로 할까 하다가 화장실 다닐 생각을 하니 아니다 싶다. 소변을 보러 화장실 들락거리는 여자를 보고도 성욕을 느끼는 인간이라면, 비데를 자위기구로 쓴다는 어느 변태 녀석과 동급일 것이다.

술을 준비한 데는 녀석의 주의를 흐트러뜨리자는 의도도 있었지만 실은 나를 위한 배려이기도 했다. 거사를 앞두고 있으려니 바짝바짝 침이 마르면서 긴장이 되는 걸 어떡해. 용불용설이라고 제대로 흥분할 수 있을지 걱정돼서 미칠 지경이다. 오랫동안 쓰지 않았던 비디오 플레이어 전원을 켤 때처럼 조마

조마한 마음을 아실런지요. '이게 아직도 돌아가려나?'

게다가 곧 죽어도 브랜드 아니면 안 된다고 난리를 치던 내가 이젠 실속이라는 명분을 내세워 동대문 쇼핑에 나선 참 아닙니까? 애써 아무렇지 않은 척하지만 속은 말이 아니라고요.

잠시 후, C는 과연 내 아지트의 초인종을 울림으로써 나의 유인 작전에 걸려들었다.

"작은아버지가 돌아가셔서 문상을 가야 한다고 둘러댔지."

짜식, 하여튼 순진하다니까. 지금 자기 앞에 어떤 욕망의 덫이 놓여 있는지 꿈에도 모른 채 서둘러 달려온 녀석을 보니 마치 무거운 보따리 좀 들어달라며 어린 소녀를 유인하는 유괴범의 심정이었다.

그건 그렇고 이 방에 남자가 들어온 게 얼마 만인가!

그 사실만으로도 단번에 가슴이 벅차올랐다. 더 황홀한 것은, 녀석이 완벽하게 내 예상 시나리오대로 움직여 준다는 사실이다. 노트북 전원이 켜지지 않도록 고장 난 플러그에 연결해 놓은 나의 얄팍한 간계를 모르고 "도대체 뭐가 문제지?" 연신 고개를 갸우뚱하며 내 노트북을 뜯어보는 녀석을 지켜보고 있으려니 인생, 왜 이렇게 아름다운 거야?

그런데 한 가지 결정적인 계산착오가 있었다.

밤 열 시께 내 방 문턱을 넘은 녀석은 자정이 가까워지도록 연신 노트북만 붙잡고 진땀을 빼지 뭔가. 녀석이 파블로프의 개처럼 고장 난 컴퓨터만 보면 끝장을 볼 때까지 뜯어보는 데 혈안이 된다는 걸 간과한 것이다. 밤은 속절없이 깊어만 가고 속이 바싹바싹 타들어가는 내가 할 수 있는 일이라곤 애꿎은 와인을 들이키는 것뿐이었다.

'이 얼간이! 지금 한가하게 노트북이나 만지작거릴 때가 아니야. 진짜 부팅이 필요한 건 바로 나라고!'

급기야 자정이 넘어가는 걸 의식한 C는 일어서며 말했다.

"여자 혼자 사는 집에 너무 오래 있었네. 오늘은 늦었으니까 이 노트북 내가 가져가서 아침까지는 무슨 일이 있어도 고쳐줄게. 괜찮겠지?"

순간, 의도했던 분위기와 다르게 흘러가는 상황에 나는 그만 불에 덴 고양이처럼 이성을 잃어버렸다. 경찰이 현관문을 두드리고 있을 때의 도둑처럼 아무거나 집어 들고 튀어야 할 것 같은 다급함! 나는 냅다 녀석을 향해 몸을 날렸다.

쿠당탕탕!

나의 갑작스런 돌격에 녀석은 플러그를 손에 쥔 채 뒤로 자빠졌다.(전선이 확 당겨지면서 노트북이 바닥에 호되게 추락했다. 고장났을까? 이미 늦었어!). 마치 고향에 두고 온 애인 생각하다가 일본군의 가미카제 공격을 당한 진주만의 미군 병사처럼 속수무책이더군. 하지만 저 당혹감의 이면에는 미처 몰랐던 나의 여성성을 발견한 신선한 충격이 자리하고 있겠지? <u>호호호</u>, 남녀상열지사를 치르고 나면 모든 게 명확해질 거야! 이미 녀석의 눈빛이 말도 못하게 흔들리고 있잖아.

'좋았어! 이젠 지퍼를 내리기만 하면 돼!'

그런데 내 손이 목적지에 당도하기도 전에, 녀석이 나를 세차게 밀쳐냈다. 머릿속으로 착착 다음 단계를 밟아가던 나는 맥없이 침대 다리 쪽으로 벌렁 나가떨어졌다. 그 바람에 브래지어 안에 접어 넣은 양말이 훌쩍 튀어 나오려고 해서 재빨리 손으로 다잡은 것이 내가 할 수 있는 유일한 일이었다.

녀석은 나를 잡아 일으켜줄 생각은커녕, '어떻게 이런 짓을?' 하는 표정으로 나를 내려다보고 있었다. 흡사 짐을 들어다 주었던 착한 소녀가 인질범에게 '어쩜 이러실 수 있어요 아저씨?' 하는 눈빛이었다.

"그런 눈으로 보지 마. 나 방금 다쳤다구!"

하지만 질질 짜는 빈티 걸은 더 끔찍하다는 듯 C는 싸늘하게 돌아서더니 벗어뒀던 신발을 꿰신고 나가버렸다. 꽝! 닫힌 현관문을 무기력하게 바라보고 있으려니 무참했다.

망할 K년! 뭐, 저질러보라고?

돌아올 수 없는 루비콘 강을 건넌 심정이 이토록 안타까울까. 아쉬운 마음과 후회에 가슴만 쳤다(칠 가슴이나 있고?).

말도 못하게 끔찍하다는 식으로 나를 보던 녀석의 눈빛은 차라리 고문이었다. 나 같은 A컵은 헤플 권리도 없나는 거야?

이렇게까지 기를 쓰는 데도 안 되는 걸 보면, 정말 변 국장 비아냥대로 나는 '남자 하나 어쩌지 못하는 변변치 못한 여자'라는 걸 인정해야 하는 건가? 아, 이 괴로운 심사를 달랠 수 있는 건 섹스뿐이거늘 답이 없어 답이….

대한민국에서 '굴곡' 없는 여자의 삶이란, 정말이지 '굴곡' 진 것이야.

귀여울 뿐인
여자가
남자를 만날 수 없는 이유 2

남자친구 만들기 169일째
야호! 생리 때라 가슴이 커졌어.
하지만 아무도 알아보는 사람이 없다. 훌쩍.

그저 귀엽기만 한 여자가 남자친구를 만들 수 없는 이유는 또 있다.

며칠 전, 어떤 녀석을 만나 어찌어찌하다가 '문득 정신을 차려보니 모텔이었더라'는 황당한 일이 발생했다. 그렇다고 그때의 차차처럼 클럽에서 취한 채 만난 남자도 아니었고(역시 차차는 선수였다. 겁도 없이 여전히 놈과 만나고 있다) 엄연히 소개 받은 남자였다. 우연히 금실 언니 미니홈피에서 녀석의 사진을 보게 됐는데 C의 사건으로 울적하던 차에 인상이 워낙 준수하기에 다리를 놓아달라고 채근했다.

그런데 금실 언니, 은근히 내켜하지 않는 눈치가 아닌가. 넘보지 말라는 건 더 갖고 싶다고, 나는 오기에 불타올랐다.

황금 같은 주말, 언니의 베이비시터로 두어 번 뛰어준 뒤, 드디어 소개팅을 하는 데 성공했다(치사하게 소개팅을 위해 조건을 거는 사람들, 지구에서 사라져야 한다).

막상 얼굴을 대하고 보니 그는 좀 어려운 데가 있었다. 두루마리 화장지를 쓰는 여자와 고급 물티슈를 쓰는 남자와의 어색한 조합이라고나 할까?

그런데 남녀관계와 정치는 예측할 수 없기에 위대하다고 하더니, 어쩌다 보니 어색한 통성명을 나눈 지 정확히 3시간 20분 48초 후에 나는 그의 오피스텔에 앉아 있었다. 녀석이 바에서 와인 잔을 기울이다 말고 "여기 와인 맛이 썩 좋지는 않군요. 저의 집에 마침 괜찮은 품종이 있는데, 한번 맛보실래요?" 하고 속보이는 추파를 던졌던 것이다.

우리는 곧장 장소를 옮겼다. 그런 시나리오의 결말이란 빤하지 않은가. 재킷을 벗고 단추를 두 개쯤 풀어헤친 녀석은 할로겐 레인지 위에 올려놓은 라면 물보나 너 빨리 달아올라 버린 것 같았다. 당황했지만 그렇다고 "약속과 다르잖아요, 몰라요!"라며 뛰쳐나올 정도로 순진한 이 장만옥이 아니다. 우리 여자들도 때론 성능 좋은 필립스 전기포트처럼 예열 없이도 순식간에 끓어 넘칠 수 있다.

여기서 또 말해야 해? 하는 나도 지겨우니 듣는 여러분은 더 지겨울 텐데, 아무튼 그날로 나는 키스한 지 무려 336일째란 말이다! 그렇다고 해서 넙죽 어서 오십쇼 했다가는 녀석의 사냥 본능이 사라질까봐 적당히 추임새를 넣었다.

"어머나? 이러시면 안 되는데…."

그렇게 적당히 몸을 빼면서 약을 올리자니 나까지 흥분되는 게 이래저래 나쁘지 않았다. 그런데 방금 전만 해도 와인에 대한 견해를 늘어놓으며 점잔을 빼던 그가 채 십 분도 안 돼 돌변하니 나마저도 덜컥 했다.

이 녀석, 나를 너무 쉬운 여자 취급하는 거 아냐?

남자들은 여자를 보면서 제일 먼저 '이 여자와는 어디까지 갈 것인가' 견적을 낸다던데. 한 번 만나고 말 여자라고 결론이 나면 그날 안으로 갈 수 있는 데까지 무조건 가보는 거고, 오래 만나고 싶은 여자라면 화장실에서 혼자 해결하는 한이 있어도, 여자를 고이 지켜준다고 하던가? (뭘 지킨다는 건지, 원)

그렇다면 만나자마자 곧바로 침실로 이끄는 이 녀석은? 답이 너무 간단하다. 나를 한두 번 보고 말 여자로 결론지은 것이다. 하긴 애초에 사랑을 원했던 거라면, 뭐가 아쉬워서 불멸의 A컵을 선택했겠어. 이십 대 탄력 넘치는 여자애들이 지천에 널렸는데.

언젠가 삼십대 고학력 전문직 여성들만 골라 희롱하고 다닌 혐의로 체포된 희대의 카사노바를 취재했을 때 들은 얘기다.

"가장 즐기기 쉬운 상대는 뭐니뭐니 해도 삼십대 초반의 싱글 여성이죠. 그녀들은 겉으로는 고고한 척하지만 하나같이 외로움을 심장 한쪽에 달고 살거든요. 말로는 큰소리를 뻥뻥 쳐요, 남자 따위 없어도 얼마든지 잘살 수 있다고. 하지만 그 여자들도 집에 가면 무릎 꿇고 기도하죠. '하나님, 남자 하나만 보내주시면 정말 착하게 살게요' 뭐 이렇게 말입니다. 하하."

사기 혐의로 경찰서에 끌려온 주제에 배짱 좋더군. 그런데 오만방자한 그의 이야기를 들으면서도 화를 낼 수 없었던 것은 도둑이 제 발 저린다고 마치 내 속을 훔쳐보는 게 아닌가 싶어서였다.

"그 여자들, 사무실에선 비서를 통해 걸려오는 국제 비즈니스 전화 아니면 상대도 안 할 것처럼 딱딱하게 구는데 말이죠, 휴일만 돼 봐요. 어느 놈팡이한테라도 전화가 걸려오지 않을까 싶어서 머리를 감을 때도 세면대에 휴대폰을 올려놓아야 안심이 되고, 심지어 벨이 울리는 듯한 환청을 듣고는 허둥지둥 손에 범벅이 된 비누거품을 씻어낸 뒤 전화기를 확인하죠. 화려한 오페라나 음악회 따위를 전전하는 건 그런 공공장소 아니면 반경 1미터 안에 남자를 들여놓을 재간이 없기 때문이고요, 명품을 사들이면서 '나를 위해 이 정도는 할 수 있어!' 라고 잘난 척하지만, 그건 순전히 거액을 낭진하고 나면 당분간 그 돈을 어떻게 메워야 하나 궁리하느라 사사로운 외로움 따위는 잠시 잊을 수 있기 때문이죠. 평소에는 남자들을 뭐 밝히는 짐승이라고 씹어대면서도 남몰래 야한 동영상 사이트를 즐겨찾기 해놓고, 전철에서는 바로 앞에 서 있는 남자의 거기에서 눈을 못 떼죠. 어쩌다 남자랑 눈이라도 마주치면 '제 앉은키의 눈높이가 딱 거기라서 그런 거예요' 라고 하듯 안색 하나 변하고 않고 시치미를 뚝 뗍니다. 그런 형편이니 감언이설로 비위를 맞춰줄 필요도 없고 굳이 고급 레스토랑까지 가서 비싼 저녁으로 유혹하지 않아도 돼요. 그냥 두 번째 손가락만 까딱해도 바로 품 안으로 뛰어드는데 뭘요."

들는 내내 내 얘기 같아서 입맛이 썼다.

"물론 재미는 떨어지죠. 나도 명색이 남잔데 한 살이라도 어리고 예쁜 여자가 더 구미가 당기지 않겠어요? 하지만 생각해 보세요. 일주일 내내 직장 상사한테 깨져가면서 실적 보고하고, 기획서에 묻혀 살다 보면, 더 이상 몸뚱이에 1그램의 에너지도 남아 있질 않아요. 그런 마당에 이십대 여자를 한 번 침대로 끌어들일라치면 근사한 저녁에 낭만적인 드라이브를 제공하고도, 무려 열 번씩이나 도끼질을 해야 넘어올까 말까예요. 잠깐 기분 좀 내자고 주말에까지 '액션플랜'을 짜야 하는 건 도저히 체력이 달려서 불가능하다니까요. 그러니 삼십대 여자와의 데이트는 금요일 저녁에 먹는 치킨에 생맥주 한 잔과 같다고나 할까요? 몸에 해롭다는 걸 뻔히 알면서도(뭣이?!) 일부러 물좋은 술집 찾아갈 여력도 돈도 없을 때 대충 때우는 요식행위라는 점에서요. 폼은 안 나지만 양주 먹고 취하나, 싸구려 호프 마시고 취하나 매한가지 아니겠습니까? 하하하!"

날바람둥이가 할 말 못할 말 가리지 않고 거침없이 뱉어낸 이야기가 떠오르자, 나는 들소처럼 달려드는 녀석을 제지하지 않을 수 없었다.

"택시!"

몇 분 후, 나는 밤공기를 가르며 달려오는 택시를 잡아타고 그의 오피스텔을 뒤로하고 있었다. 시험에 들지 않길 잘했어. 아무리 궁하다고 지금까지 지켜온 정절을 이렇게 무너뜨릴 수는 없잖아?

하지만 그런 만족은 하룻밤으로 족했다. 그건 내 생애 몇 안 되는 대 실수였음이 드러났기 때문이다.

다음 날 금실 언니를 만나자마자 따졌다.

"언니, 어쩜 그런 사람을 소개시켜줘?"

"왜? 별로였어? 개, 진짜 괜찮은 앤데…."

"만난 첫날부터 덮치려 들더라. 내가 그렇게 막 보였어, 언니한테는?"

순간 눈을 가늘게 뜨며 나를 바라보는 언니의 표정은, 너같은 애와 아는 사이라는 게 창피하다는 얼굴이다.

"너 이렇게 촌스러운 애였니?"

"난… 아무리 그래도 만난 첫날부터 그러는 건 좀…."

언니는 내 말이 끝나기도 전에 코웃음을 쳤다.

"그렇다면 나는 뭐니? 첫날밤 직행하고도 잘먹고 잘사는 우리 부부는 뭐냐고?"

말문이 막힌 내가 너무 순진한 척했나 싶어 우물쭈물하자 언니는 고개를 절레절레 흔들더니 중얼거렸다.

"하여튼, 사랑이 뭔지도 모르는 애들이 꼭 스킨십 진도표나 짜고 있지."

가슴 싸하게 후회가 밀려드는 참에 금실 언니는 소개팅 전에는 일절 알려주지 않은 정보를 하나씩 흘렸다. 부친의 직업이며 회사 자본금이며 자산 규모 같은 것들 말이다. 입이 떡 벌어졌다. 그런 남자라면 나를 '추행'한 게 아니라 '간택'한 게 아닌가!

"언니도 참…! 그걸 왜 이제 얘기해?"

황송한 줄도 모르고 속물 취급하며 자리를 박차고 나와버렸으니, 우리의 귀공자께선 얼마나 황당하셨을까? 더 맥이 풀리는 건, 금실 언니가 "그래서 걔가 어쨌길래 이 야단이야?" 라고 채근하는 바람에 찬찬히 되짚어 생각해보니 마땅히 꼬투리 잡을 거리가 없었다는 사실이다. 따져보면 우리 둘 사이에 이렇다 할 만한 어떤 일도 발생한 게 아니었다. 단지 그가 음악을 틀고 내 옆으로 와 앉았고, 옷에 흘린 와인을 크리넥스로 닦아준 수준이었으니, 그 정도는 누구라도 할 수 있는 것 아니겠어?

"하… 하지만 일이 꼭 벌어져야 벌어진 건가? 그대로 내버려두었으면 뭔 사단이 나도 단단히 났을 거라구!"

궁색한 변명을 늘어놓는 나를 바라보는 금실언니는 '너 언제 사람 될래?' 하는 표정이다. 이상하네. 그땐 정말 위험한 것 같았는데….

전화를 걸어 미안하다고 할까 하고 심각하게 고민하다 가 그만뒀다. 싸늘하게 식어버린 몸을 다시 데우기에 이 몸은 너무 소박하다 (휴대폰이라도 흘리고 왔더라면 좋았잖아!).

이로써 또 하나의 뼈 아픈 진리가 생겨난 셈인가. 그저 귀엽기만 한 여자는 뭘 해도 안 된다. 절망적인 일이야. 이젠 뭐가 옳고 뭐가 그른지 판단력조차 흐려진다. 이래서 브레히트는 섹스를 하지 않는 인간과는 같이 일하지 말라고 했던가. 도무지 제대로 된 사고를 할 수가 없어. 키스한 지 337일째 되는 여자가 공중파 방송 프로그램을 만들고 있다는 건, 약에 취해 택시를 모는 기사만큼이나 말이 안 된다.

갈수록 첩첩산중이다. 얼굴이 예쁜 것도 아니고, 몸매가 끝내주는 것도 아니고, 이젠 뇌기능마저 피해의식과 결벽증에 단단히 찌들어버렸다. 이렇게 맛이 간 상태로 남자친구씩이나 만들겠다고 '구천'을 떠돌고 있는 거니?

아, 정말이지, 위대한 장만옥.

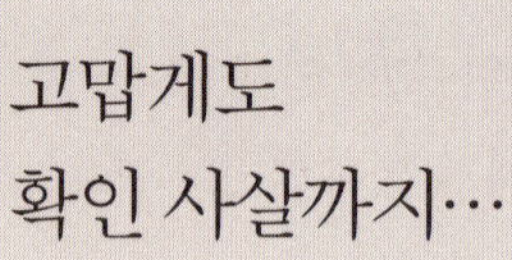

보통 여자들은 스타벅스에서 아이스 커피를 내놓기 시작할 때 여름을 실감한다지만, 내 경우는 좀 다르다. 바로 저것들! 하라는 일은 않고 화장실 구석이든 방송국 계단이든 틈만 나면 쪼그리고 앉아 휴대폰을 귀에 붙이고 온갖 애교를 떠는 후배 작가들이 내겐 여름이 왔다는 신호다.

"아잉, 몰라! 창피하게 비키니를 입으라는 거야?"

코맹맹이 목소리로 앙탈을 부릴 땐 언제고 전화를 끊자마자 득달같이 인터넷 검색창에 '비키니 왁싱하는 법'을 쳐넣는 꼬락서니란…

그날도 다름없이 불쾌지수 높은 여름날이었다.

아이템을 찾는다는 명분으로 인터넷에 빠져 파도타기를 하고는 있지만 이번 여름도 틀린 건가 싶어 심사가 뒤틀리던 참이었다. 그때 갑자기 사무실 입구가 환해졌다.

방송국 앞 꽃집 아저씨가 크고 탐스러운 장미 꽃다발을 들고 성큼성큼 걸어 들어오고 있는 게 아닌가. 제작국의 PD, 작가들이 일제히 술렁거리기 시작했다.

"저렇게 큰 꽃다발은 처음 본다! 누구한테 온 거야?"

모두들 따분하던 차에 재미있는 구경거리를 만난 듯 눈을 빛내지만 나만은 심드렁하다. 뻔하지 뭐. 못해도 한 달치 자가용 기름 값은 줬을 텐데, 저런 꽃은 전부 가슴 큰 여자들의 전유물 아니야? 어떤 얼간이가 올 여름 바캉스에 S에 대한 소유권을 선점하겠다고 수작을 부리는 거겠지.

그런데 실내 공기를 명쾌하게 가르는 아저씨의 목소리.

"장만옥 씨 계십니까?"

나, 나한테 온 거라고? 믿을 수 없어 멍하니 서 있는데 꽃집 아저씨는 묵직한 꽃다발을 척 안기더니 사인해달라며 인수증을 내밀었다. 누가 보냈는지 카드도 없다.

놀란 건 나보다 팀원들이 더했다. 저쪽 구석에서 변 국장과 황 PD, S, 막내 작가를 비롯한 전 스태프들 모두 얼빠진 얼굴로 나를 바라보고 있었다.

그때 휴대폰이 울렸다. C였다. 내 방으로 유인당했다가 울먹이며 나를 박차고 달아난 그 녀석 말이다.

"어머, 웬…일이야? 잘 있었…어?"

그토록 애절한 사과의 문자와 메일을 띄워도 감감무소식이
더니… 순간 느낌이 왔다. 아하, 이 녀석이 보낸 선물이구나.

그럼 그렇지. 천하에 A컵이라고는 하지만 나도 엄연히 여자
이고 잘만 보면 매력이 넘치는데, 이제서야 나의 진가를 알아
챈 거다.

"방금 받았어! 이렇게까지 할 필요는 없는데."

"받아? 뭘 받아?"

부끄러운지 오리발이다. 귀여워. 사실 이런 깜짝 이벤트는
저지를 땐 몰라도 막상 저지르고 나면 괜히 머쓱하지. 안다 알
아! 예상대로 그는 할 말이 있다며 만나자고 했다. 올 것이 왔
구나! 그가 내게 고백해 오면 나는 짐짓 상처받은 것마냥 토라
져 있다가 마지못한 척 배시시 웃으며 그의 죄를 사하면 된다.

카페 문을 들어서자 곧바로 C가 눈에 띄었다. 근 한 달 만에
다시 만난 녀석은 어딘지 분위기가 훨씬 섹시했다. 반가움에
손을 흔들던 나는 그의 옆에 앉은 남자를 보는 순간 발을 헛디
뎌 휘청거렸다. 녀석은 내가 평생을 걸고라도 찾아다니고 싶은
남자와 함께였다. 단 둘이 만나는 게 아니었어? 이건 무슨 분
위기? 나에게 소개팅을 시켜 주려고?

아니다, 아니다. 두 남자 사이에 뭔가 다른 것이 있다. 예감
이 좋지 않은 뭔가가. 내 마음에 급속도로 먹구름이 낀다.

"만옥이 너한테 이 사람 소개시켜 주려고."

'이 사람'이라는 단어에 묘한 뉘앙스를 담아 발음하며 C는

옆에 있는 남자를 사랑스러운 눈빛으로 바라보았다. 저건….

순간의 충격은 실로 얼마짜리 쇼핑을 해야 감당이 될지 모르겠더군. 더한 건, 녀석이 그런 엄청난 결단을 내리는 데엔 그날 나와 있었던 모종의 사건이 결정적이었다나. 사춘기 이후 불안하게 외줄타기를 했던 성 정체성에 있어 더는 부정한다고만 될 일이 아니라는 것을 그날 일을 계기로 깨달았단다.

정말이지 귀엽다는 말 다음의 칭찬을 얻는 데 실패한 여자들은 전부 나가 죽어야 한다. 황진이 같은 여자들은 돌부처조차 돌아앉게 만들었다는데, 내가 기껏 한다는 짓이란 멀쩡한 남자를 게이로 만들어버렸으니, 신은 대체 내게 해준 게 뭐 그리 많다고 이리도 가혹하실까.

하기는 생각하기에 따라 꼭 그렇게 비관적인 상황만도 아니다. 어떻게 보면 좋은 일이기도 하지. 이로써 대한민국 여자들이 요새 남자친구보다 더 갖고 싶어 한다는 게이 친구가 생긴 거잖아. 지미 추 열 켤레보다 게이 친구 한 명 있는 게 더 있어 보이는 시대니까. 여자친구에게는 못 하는 얘기도 게이들에겐 다 털어놓을 수 있다. 하하하!

질곡과 수난으로 점철된 나의 남자친구 만들기 대장정은 이렇게 잔뜩 물만 먹고 있었다.

이쯤 되니 덜컥 공포가 밀려왔다. 아무래도 그 무섭다는 팔자 탓인 게 분명하다. 나보다 더 못 생긴 여자들도 하나같이 남자가 있고, 머리 큰 여자도 남자가 있고, 가진 건 쥐뿔도 없는 집 여자라도 부자와 척척 결혼만 잘 하잖아. 그렇다면 애초에 나는 평생 혼자 늙어 죽을 팔자로 태어난 것인지도 모르겠다. 그건 빈티 나는 여자는 죽었다 깨어나도 남자와 한 침대에 들 수 없다는 것보다 더 무서운 경고로 들린다. 결국 차차의 달콤한 꼬임에도 끄떡없던 내가 한 장에 백만 원씩이나 하는 여우 부적을 사고 말았다. 일본에서 왔다는 여우 부적은 초경을 치르기 전 암컷의 거시기를 말려 만들었다고 하는데, 그것까지 추가하고 나니 내 몸은 온통 부적 천지다.

베개 속엔 남자 속바지로 만든 부적, 침대 밑엔 친구들이 생일 선물로 해준 장군님 부적. 언젠가부터 내 친구들 사이에선 생일 선물 일 순위로 부적이 급부상했다.

언젠가 한 가장이 한강에 투신해 죽었는데 그 남자의 지갑에서 복권만 수십 장 발견됐다고 한다. 죽기 직전까지 한 회도 빼먹지 않고 사들인 복권만 보아도 살아생전 얼마나 그 삶이 팍팍했을지 우리 사회를 참으로 처연하게 만들었다. 내가 죽으면 어떻게 되는 건가? 여기저기서 쏟아지는 부적이 남자 없이 잠들어야 했던 내 고단했던 싱글로서의 삶을 말없이 증거할 것 아닌가. 이 한 몸 죽어 남자친구 없는 여자들을 위한 각종 정책이나 세금감면책, 안 되면 명품 할인 정책이라도 정부에게 촉구할 수 있다면 그런 죽음도 나쁘진 않겠지.

그 와중에 작대기 세 개짜리 그 녀석은 또 얼마나 속 뒤집어지는 소리를 늘어놓았는지 모른다. 불가능은 아무것도 아니라고 자꾸 사람을 보채니, 녀석의 목이라도 조르고 싶어졌다. 난

힘들어할 권리도 없다는 거야? 이럴 땐 그냥 힘들어하게 날 좀
내버려두란 말야!

앗, 가만 있자. 그렇다면 그 꽃은 누가 보낸 거지? 변 국장
말대로 홍콩 장만옥의 열성 팬이 잘못 보낸 걸까?

그런데 망할 C 녀석은 정말 여성성을 잔뜩 내재하고 있었던 거야?
'남자친구' 생기니까 '여자친구'는 거들떠보지도 않았다.

일주일이 지난 어느 따분한 오후, 나는 생기 잃은 꽃을 보며 멍하니 앉아 있었다. 시들어서 꽃이라기보다 아예 야채가 되어 버렸지만 차마 버릴 수 없었다. 나에게도 누군가의 지갑을 열게 하는 매력이 살아 있음을 증명하는 유일한 존재니까.

그렇다. 나는 희망을 움켜잡아야 한다. 이 꽃은 실제 상황이다. 누군가가 나를 흠모하고 있는 것이 분명해. 그렇다면 대체 누구란 말인가?

처음 내가 꽃을 받았을 때 경악하던 팀원들은 그 뒤 아무 일이 일어나지 않자 급속도로 관심을 잃어가고 있었다. 하지만 나의 애정사에 관심의 촉수를 거두지 못하는 비열한 변 국장만은 끝까지 능글맞게 지분거렸다.

"혹시 자작극 아냐? 기왕이면 실용적인 것으로 하지, 왜 꽃을 했어? 돈도 솔찬히 들었겠어. 안 그래, 장작?"

"자작극은 아무나 하는 줄 알아요? 그것도 있는 여자들이나 하는 선진국형 범죄라구요. 쥐꼬리만 한 원고료부터 올려주고 그런 말 하면 좀 좋아요?"

자작극 꾸밀 돈이 있으면 당장 '맥' 에 달려가 새로 나왔다는 살구빛 립글로스를 사겠다. 시골 아낙도 아니고 다 떨어져가는 립스틱을 면봉으로 파서 바르는 건 더 못하겠어.

변 국장, 어찌나 끝까지 사악하게 구는지, 나를 조롱하기 위해 일부러 자기 돈을 써서 벌인 자작극이 아닐까 하는 의심마저 든다. 아냐, 그럴 리가 없어. 꾹 참고 기다려보자. 언젠가는 꽃을 보낸 장본인이 내 앞에 나타날 거야.

'만옥 씨, 당신을 늘 지켜보고 있었습니다.'

이런 고백을 듣는다면 나는 고마움과 감격으로 눈물을 핑핑 쏟을 것이다. 아니, 따귀라도 한 대 올리며 이렇게 외칠지도 모른다.

'어디 숨어 있다가 이제 나타난 거야? 내가 그동안 얼마나 외로웠는지 알아?'

달콤한 상상에 빠져 실실 웃고 있는 나를 보더니 변 국장은 '머리에 꽃만 꽂으면 완벽하겠어' 하는 얼굴로 고개를 절레절레 흔든다. 그순간 책상 너머로 꽃집 아저씨의 대머리가 또다시 어른거렸다. 나도 모르게 벌떡 일어서자 아저씨도 나를 기억한다는 듯 곧바로 내 앞으로 다가와 꽃다발을 안겼다. 아저씨는 인수증을 내밀면서 내게 은밀한 눈짓을 보냈다.

왜 저래? 아저씨의 눈길을 따라가보니 꽃다발 사이에 작은 카드가 꽂혀 있었다. 오 하느님! 이번에야말로 그가 정체를 드러내는 거라고! 카드를 열어보는 손이 사뭇 떨렸다.

'이번 주 토요일 오후 2시. 삼청동 G카페'

심장이 터질 것 같아 심호흡을 했다. 반듯반듯 귀여운 글씨 좀 보라구! 지금껏 나를 스쳐간 숱한 남자들을 떠올리며 그이일까? 저이일까? 하며 범위를 좁히는 일은 황홀하다 못해 짜릿했다.

약속 당일!

변 국장이 다음 방송분 아이템에 대해 얘기하자는 말도 못 들은 척하고 쏜살같이 튀어나갔다.

약속 장소에서 나를 맞이한 사람은?… 뚱 PD였다.

순간 휘청했다. 부적도 믿을 수 없어 교회에 나가 새벽기도까지 하면서 빌고 또 빌었건만, 내 치성에 감동해서 신이 내린 선물이라 믿어 의심치 않았던 남자가 하필 뚱 PD라니!

이 녀석으로 말할 것 같으면 내가 아는 사람을 죽 모아놓으면 D석 183번째쯤에나 겨우 앉을 수 있으면 다행이다. 한마디로 존재감 제로. 여태 방송국 이야기가 심심찮게 나왔거늘, 그에 관한 에피소드라곤 단 한 번도 없었던 것을 보면 모르겠는

가. 나와는 벌써 일 년도 넘게 같은 프로그램에서 일하고 있다. 그 말은 곧 밥을 먹어도 백 그릇은 넘게 먹었다는 얘기고, 편집하면서 지샌 밤만 해도 그 어떤 남자보다도 많다는 의미다. 그럼에도 불구하고 그에 대해 일언반구도 하지 않았다면 짐작 되시리라.

줄어들 줄 모르는 체지방은 밤마다 자기 뱃살을 잘라 다시 먹는 게 아닌가 싶을 정도로 공포스럽고, 냉면을 먹을 때조차 육수를 줄줄 흘리는 남자와는 어지간한 박애주의에 입각하지 않고서는 말조차 섞고 싶지 않다. 양심은 있는지 쥐약 섞인 고기를 잘못 먹은 저팔계처럼 이런 말로 운을 떼더군.

"…장 작가 쿵쿵, 마… 많이… 놀랐죠? 쿵!"

알면서도 그래, 이 자식아? 청심환이라도 준비하라고 빨간 안내문을 추가했어야지.

두말할 것 없이 돌아섰다. 누가 보기라도 하면 무슨 창피인가. 하지만 체지방 이 자식은 불쌍한 표정으로 들러붙는다. 이런 인간들 고약한 게 바로 이런 거다. 지지리 불쌍해서 내놓고 욕조차 할 수 없게 만들시. 아무리 그래도 낭신은 안 되겠어. 자선사업이 필요하다면 차라리 아프리카 난민을 돕겠다고.

어딘가 변 국장이 숨어서 이 장면을 지켜보며 멋대로 비웃고 있을 것만 같다.

'이건 자작극보다 더 한심하군. 차라리 동성애로 전향하지 그래? 킬킬킬'

집으로 오는 전철을 타서도 머릿속은 텅 비었다. 얼굴은 사색이고 숨 쉬는 것도 귀찮았다. 결국 그런 건가? 아무리 난 괜찮은 여자라고 악을 써도, 결국 남들 눈에는 내가 그 정도로밖에 보이지 않는다는 거잖아. 천하의 뚱 PD 같은 녀석조차 함부로 넘볼 생각을 하는 쉬운 여자.

생각해보면 나는 늘 그런 식이다.

친구랑 옷을 사러 가도 점원은 친구에게 그 매장에서 가장 고급 상품을 권하고, 내게는 싸고 실용적인 옷을 권한다. 레이스 달린 원피스는 언감생심, 강아지에게 던져줘도 시원치 않을 옷만 자꾸 들어 보이며 아주 잘 어울릴 거라고 호들갑이다. 어쩌다 럭셔리한 매장에 발이라도 들여놓으면 기분 나쁘다는 식이고, 어떤 옷에 시선을 고정시키면 대뜸 '그건 좀 가격이 나가요.' 하면서 껌 팔러 들어온 허름한 노인 취급을 하지.

결국 나 같은 여자는 아무리 기를 써봐도 물빨래할 수 있는 '몰스킨'이 최상이라는 건가? 정말 너무들 한다. 평소엔 자기 입으로 '이류'라고 노래를 하는 애가 새삼 뭘 그러느냐고? 내가 나를 이류라고 하는 것과 남들이 그렇게 말하는 건 엄연히 다르단 말이다.

동공 풀린 눈으로 옆 사람의 신문으로 무심코 시선을 옮기는데 신경을 건드리는 게 있다. 어디에서 많이 본 듯한 얼굴이 신문 지면에서 싱긋 웃고 있다. '21세기, 촉망받는 아시아의 젊은 CEO 10인'이라는 헤드라인 바로 밑에 페라가모 정장을 입고 활짝 웃고 있는 한 남자, 5번가 점원이었다. 순간 답답했던 심장에 박하 향이 퍼지듯 환해졌다. 체면도 없이 뭐라고 적

혔나 보려고 고개를 늘이니, 참다 못한 아저씨는 신문을 버리고 벌떡 일어나 자리를 옮겼다. 나는 얼른 신문을 집어들며 방긋 웃어주었다. 복 받으실 거예요, 아저씨!

집에 오자마자 부랴부랴 그의 사진을 오려 침대 맡에 붙였다. 싱그러운 그의 미소를 뚫어져라 바라보고 있으니 뭔가 확정리되는 느낌이 들었다.

"그래, 내 길은 정해졌어. 이제부터 이 녀석을 향해 달리는 거야!"

다들 나를 너무 쉬운 여자로 취급하니까 갑자기 오기가 발동했다고나 할까? 날 비웃는 인간들 모조리 한 방 날려주겠어. 5번가 점원 정도 되는 '명품 백'을 척, 걸치고 나타나면 변 국장이고 뚱 PD고 S고 할 것 없이 죄 신음을 내며 쓰러져버리겠지? 그럼 난 유유히 앰뷸런스를 불러주면 되는 거다. 와하하!

하지만 말이 5번가 점원이지, 그는 전망 좋은 시내 고층 빌딩 한가운데 탁 트인 사무실과 근사한 영문 이름과 개인 수행비서를 거느린 '명품 백'의 전형 아닌가.

월가로 바로 연결되는 핫라인을 갖고 있으며, 석사 과성을 마친 하버드에선 그의 졸업 논문이 후배들에게 제2의 경제학 교재로 숭배받는다는 남자. 말하기 전엔 실수가 없도록 머릿속에서 검열한 다음 정갈한 어조로 정곡을 찌르는 통에 웬만해선 그의 의견에 이의를 제기하는 사람이 없고, 대학원까지 마친 다음엔 자진해서 귀국해 병역까지 마쳤다. 그것도 육군 병역 이 년 만기짜리로!

제일 중요한 여자관계? 십 년 넘게 외국물을 먹고 귀국한 지 얼마 되지 않아, 아직 정식으로 교제하는 여자는 없다. 하하하!

어떻게 이렇게 잘 아냐고?

후후, 그건 내가 십 년째 '위시 리스트' 맨 상단에 올려놓고 있는 '구찌 원피스'와 같다. 몇 년도 어떤 제품이 얼마에 팔렸는지, 재고가 몇 벌이었는지까지 구찌 본사 마케팅 담당자조차 놀라 자빠질 만큼 시시콜콜 파악하고 있지.

실은 인터넷 검색창을 두들겨 알아낸 정보들이다. 좌르르 쏟아지더군. 그는 '업계'에서 제법 잘나가는, 나만 모르는 킹카였다.

나? '장만옥'이라고 치면 홍콩의 여배우 장만옥만 무수히 검색된다. 뻔하잖아? 내 이름 석 자는 내가 수백만 원짜리 도메인을 사서 등록하기 전엔 어림없을 테지.

아무리 홧김이라지만, 단점이라곤 나에게 데이트 신청 한 번 하지 않았다는 것뿐인 남자를 탐하다니, 괜찮겠냐고?

왜 또 이러실까? 언제는 우리가 앞뒤 재가면서 질렀던가요? 카드 좋은 게 뭐겠어요? 일단 긁고 보는 거지! 중요한 건, 우물쭈물하는 사이 눈치 빠른 선수들이 홀라당 채갈 거라는 사실이죠. 더구나 우리 그이 정도면, 입맛 다시고 있는 여자가 한둘이 아닐걸요?

새로 산 핸드백의 가치는
일제히 터지는
친구들의 탄성에 있다

3/4 분기
남자친구 만들기 183일~274일

남자친구 만들기 183일째
막 세수하고 나온 싱그러운 내 얼굴은
솔직히 내가 봐도 진짜 봐줄 만하다.
하지만 남자랑 같이 자야 그런 모습도 보여주지.
이것이 장만옥의 딜레마다.

와하하, 지지리 되는 일 없는 이류 인생이 위대할 수 있는 건, 반전이라는 게 가능하기 때문이다. 태어날 때부터 부족한 것 없이 모두 갖춘 일류들을 보라고. 구렁텅이에 빠질 일도 없고 진흙탕에 뒹굴 일 없으니 늘 좋을 것 같지만, 그네들의 삶엔 반전이랄 게 없다. 하여, 극적 긴장감이란 게 무척 떨어지지.

유한부인들 하는 짓을 보면 이해가 빠르다. 마약 없이는 남자와 잠자리도 갖지 못한다잖아.

나 오늘 왜 이렇게 흥분했냐고? 차근차근 말씀드립죠.

덜컥 목표물로 설정된 5번가를 공략하기 위해서 나는 백 개도 넘는 시나리오를 구상하며 시간을 보내고 있었다.

"어쩐 일이야?"

"그냥요, 보고 싶어서…."

이런 사이가 아니고서는 남녀 간에 한 번 만나려면 뭔가 그럴 듯한 핑계가 필요하다.

그가 다니는 길목에 내 작가수첩을 흘려봐? 단골 극장을 알아내 한껏 차려입은 모습으로 그의 옆자리를 탐해봐? 그것도 아니면 달리는 그의 차에 뛰어들어봐? 한쪽 다리에 깁스한 나를 출퇴근 시켜주는 동안 나의 숨은 매력을 발견하고 달려들지 모르잖아.

하지만 섣불리 나섰다가 오히려 일을 그르치는 수가 있다. 죽어라 용써봐야 기껏 남 좋은 일만 시키고 손가락만 빨고 있는 게 내 인생 패턴이 아니었던가.

이럴 때 S 같으면 무엇이 두려울까? 멋대로 찾아가서 '차 한잔 하실래요?' 라고 가슴 한 번 흔들어주면 목표 달성이겠지. 드라마 같은 데서도 그러잖아. 쭉쭉빵빵 잘빠진 애들은 누굴 한 번 찍었나 하면 따지고 고민하는 법이 없다. 곧상 그 남자 식상으로 찾아가 동료들과 퇴근하는 그의 앞길을 대뜸 가로막고는 "술 한잔 사주세요" 하면 아무리 어이없는 표정을 짓던 남자라도 다음 장면에선 분명 여자와 마주 앉아 술잔을 기울이고 있다. 그것도 멤버십으로만 운영할 것 같은 고급 호텔 바에서 말이지. '이 여자, 왠지 사람 빠져들게 하는 묘한 매력이 있어' 라는 판에 박힌 독백과 함께.

그런데 상심한 나를 하늘이 도왔다.

한가한 토요일 오후, 갑작스럽게 각 방송사마다 긴급 속보를 타전했다. 시내 모처에서 새로운 명품관이 개장하면서 선착순 백 명에게 샤넬 향수 정품을 나눠주는 이벤트를 했던가 보다(난 왜 몰랐을까?). 그런데 문을 여는 동시에 도시에 사는 처녀란 처녀들은 죄다 몰려들었다고 해도 과언이 아니었으니, 순식간에 현장은 서로 밟고 밟히는 아수라장이 돼버린 것이다.

속보로 보도된 현장은 자살 폭탄 테러 현장이라 해도 믿을 만큼 처참했다. 호흡 곤란을 호소하는 사람들, 피를 흘리며 들것에 실려가는 사람들도 다수, 뒤늦게 소방차와 경찰차까지 출동해 질서가 붕괴돼버린 현장을 정비하느라 애를 먹고 있었다. 그런데 취재기자 뒤로 보이는 매장이 눈에 많이 익었다. 그렇다, 언젠가 나를 모니터 요원으로 초빙했던 바로 그 명품관이었다. 순간, 동물적인 본능이 깨어나는 느낌! 신은 이렇게 내게 5번가 점원을 허락하는구나!

나는 잽싸게 아이템 회의를 소집해 당장 이번 명품관 소동을 취재하자고 제안했다.

"…명품을 걸치면 자기 신분이 높아지는 것처럼 착각하는 한심한 여자들이 이런 안전사고를 부른 거라고요! 나아가 대한민국이 오늘날 명품공화국이 된 것도 순전히 골 빈 명품 중독자들 때문 아니겠어요? 대중들도 이제는 마녀 재판을 원한다니까요."

빚을 내서라도 명품을 걸치고 봐야 한다고 부르짖던 여자가 하루아침에 돌변하여 명품이라면 사족을 못 쓰는 사회의식부터 개선해야 한다고 펄펄 뛰니 변 국장은 오늘 점심 구내식당 메뉴에 뭐가 잘못 들어갔나 의심하는 눈치다.

다른 팀원들도 뜨악한 눈빛이긴 마찬가지.

나 역시 석연치 않다. 내 발등을 찍는 기분이라고나 할까? 하지만 어떻게든 그를 만날 수 있다면, 백 번이고 천 번이고 명품녀를 '골빈 여자'로 매도할 수 있지. 나 스스로 마녀가 되어 화형식이라도 자청할 각오가 돼 있다고.

결국 나의 침 튀고 핏줄 돋운 희대 명연설은 팀원들의 마음을 움직였고, 바야흐로 나는 꿈에 그리던 5번가 점원을 다시 만날 찬스를 갖게 됐다. 빙고!

어쩐지 그날 아침, 브래지어 안에 양말짝을 넣어 가슴골이 한 큐에 만들어질 때부터 예감이 좋았다.

보통 여자들은 아이라인 그려지는 모양으로 그날의 운을 점친다는데, 나는 이러고 산다(괜찮아. 언젠가는 이런 아픔을 웃으면서 이야기할 날이 올 거야. 암!).

취재차 뚱 PD를 대동하고 만난 5번가 점원은 다소 초췌해 보였다.

충분히 짐작할 수 있었다. 뭐 하나 터졌다 하면 하이에나처럼 달려드는 언론들이 그를 얌전히 내버려두었을 리 만무하다. 요 며칠 사이 안전사고에 대한 책임을 추궁하는 인터뷰가 한두 건이었겠는가. 거기다 숟가락 하나 더 얹는 나 자신이고 보니 미안할 뿐이다. 하지만 사랑은 험난한 여정이지.

위안도 잠시, 인터뷰를 빙자하여 용케 그를 다시 만나기는 했지만 이 자리가 소개팅도 아니고, '취미가 뭔가요? 주말엔 뭐 하세요?' 이런 걸 물어볼 수 있는 분위기가 못 된다.

"명품을 사은선물로 주면 사람들이 많이 몰릴 것을 예측하지 못하셨습니까?" "주최 측에서 지나치게 안일하게 대응하여 사고를 더 키운 것 아닌가요?" "애초에 이런 패션관을 오픈한 것 자체가 뉴욕 패션이니 뭐니 하면 사족을 못 쓰는 여자들의 심리에 기댄 상업주의의 극치라는 지적에 대해 어떻게 생각하시죠?"

기껏 질문이라곤 이런 수준이니, 어느 미친 남자가 청문회 심사관처럼 구는 여자에게 로맨스를 느끼겠어? 게다가 나라는 인간은 카메라 앞에만 서면 백팔십 도 달라진다. 완장 증후군이라고 흡사 완장을 찬 공산당처럼 반동분자를 색출하기 위해 '조사하면 다 나와, 허튼소리 하면 알지?' 하는 식이니, 평소에도 내 인터뷰를 지켜본 사람들은 닳고 닳은 전과 18범의 흉악범조차 묻지도 않은 공범 이름까지 다 불고 말 거라며 혀를 내두르곤 한다.

더구나, 지금까지 내가 5번가 앞에서 보인 추태가 있는데 안면 싹 바꾸고 제법 문제의식을 가진 작가처럼 굴고 있으니 누가 봐도 시트콤이다. 한편으론 나를 '공과 사를 구분할 줄 아는 멋진 프로'라고 생각하지 않을까 하는 희망이 스치기도 했다. 자기 일에 최선을 다하는 여자란, 때로 막 세수하고 나온 여자친구처럼 달라 보이는 법이지.

그도 노련한 전문배우처럼 굴긴 마찬가지였다. 나의 속사포 같은 공격적인 질문에도 차분한 태도를 잃지 않았으니, 역시 명품은 명품이었다. 집 한 채가 다 타버리는 대형 화재에도 스위스의 이름 난 장인이 만들었다는 명품 시계는 그을음만 약간 묻었을 뿐, 의연하게 째깍째깍 일 초의 오차도 없이 돌아가고 있었다더니 언론의 시달림에도 냉철하고 침착하게 대처하는 5번가의 눈빛은 오히려 그의 진가를 한층 부각시켰다.

"철저한 준비는 물론이고 사고 시 즉각 대응했어야 했는데 죄송합니다. 시청자 여러분께 불쾌감을 드린 데 대해 사과드리며, 아울러 피해를 입은 고객 여러분께는 저희 측의 성의 있는 보상이 있을 것입니다."

아, 저 진실한 모습!

보통 사람들 같으면 오히려 이런 사고를 계기로 매장이 대대적으로 홍보되었다며 안 보이는 데서 허리를 꺾고 웃느라 정신없을 텐데 말이지. 너무 비극적이어서 눈물이 다 날 정도다.

'막말로 당신이 무슨 죄가 있어요. 명품에 목마른 여자늘에게 '골 빈 여자들'이라고 윽박지르거나 하는 남자들 천지인 이 세상에 그걸 공짜로 안기겠다는 발상을 당신 아니면 누가 하겠느냐고요. 잘못이라면 대책없이 몰려간 우리 여자들이 잘못한 거죠. 한국에 온 지 얼마 안 된 탓에 아직 우리를 잘 몰랐던 게 당신의 죄라면 죄랄까.'

제길, 다 집어치우고 그와 단둘이 술이나 한잔 털어넣으면서 인생 얘기나 했으면 좋겠다. 피로와 중압감에 지친 그를 내 무릎에 눕히고는 머릿니나 잡아주며 세상 시름으로부터 보호해줄 수 있다면….

그러나 검사와 피의자처럼 지극히 공적인 관계로 카메라 앞에 마주 앉은 우리 둘 사이엔 사적인 감정이 비집고 들어올 틈이 없다. 별다른 입질도 못 해본 채, 시간은 째깍째깍 잘도 흘러갔다. 어느새 마지막 질문을 던질 땐, 어찌나 구슬픈지 혀마저 꼬이더라니까.

"끝으로… 하셜 말쓰미(켁~), 하실 말쒸미(켁켁!)… 말씀이 이따면요?"

뚱 PD는 조명발, 화장발, 성형발, 옷발은 없어도 말발 하나만큼은 기가 막히게 타고난 여자가 오늘따라 왜 저래? 하는 얼굴로 눈치를 줬지만, 뚱 PD 네가 어떻게 사랑을 알겠니?

결국 이렇다 할 시선도 주고받지 못한 채 인터뷰는 끝나고 말았다. 아, 어떻게 잡은 기회인데… 애써 커리어 우먼인 척 사무적으로 "인터뷰에 응해주셔서 감사합니다!" 하고 돌아설 때, 얼마나 애절한지 당장 그의 바짓가랑이라도 붙잡고 늘어지지 않은 게 신기할 뿐이다.

'우리 한번 진지하게 사귀어볼래요? 저도 알고 보면 괜찮은 여자예요. 아, 이 가슴요? 얼마 전부터 닭날개 운동 하루에 3백 번씩 하고 있어요. 가슴이 왕창 커진다는 독일제 전동 마사지기도 꾸준히 돌리고 있고요. 곧 좋아질 거라구요. 맞다, 생리 때가 되면 이보다는 좀더 커지기도 해요!'

뭐라는 거야? 이런 미친….

하늘도 우리의 비극에 취해 단단히 감동 먹었던가 보다. 모든 것을 포기하고 엘리베이터를 탔을 때 비서가 쫓아왔다.

"잠깐만요!"

엘리베이터 열림 버튼을 누르고 기다리는 내게 『B사감과 러브레터』에 나오는 사감처럼 생긴 여비서가 날카로운 시선을 내게 던지며 웬 봉투를 건네주는 것이 아닌가.

"작가님께 이걸 전해 드리라고 하셔서요."

엉겁결에 받아들고 인사하는 사이 엘리베이터 문이 닫히고 내려가기 시작했다. 뚱 PD나 나나 당황한 얼굴로 봉투를 내려다보았다. 국내 제일 패션기업의 로고가 금빛으로 휘황찬란하게 박혀 있는 고급 봉투가 제법 두툼했다. 궁금해서 눈을 희번덕거리며 뚱 PD가 기웃거렸다.

"뭐지? 방송 잘 내보내달라는 뇌물 아닐까요?"

여자의 직관으로 알 수 있다. 이건 틀림없이 5번가가 내게 보낸 메시지였다.

"회사 연혁 같은 소개 자료겠지. 글쓸 때 참고하라고."

봉투를 열어 보니 과연 안내 책자가 들어 있다. 호기심을 잃은 뚱 PD는 이내 카메라로 시선을 돌리고 인터뷰 영상의 화질을 점검하기 시작했다. 그 사이 나는 몸을 슬쩍 틀어 조심스럽게 봉투 속을 재차 점검했다. 과연 책자 사이에 하얀 메모지가 꽂혀 있었다.

'어디 가서 한잔 할래요?'

이런 제기랄! 너무 좋아도 욕이 나오는군.

다른 것도 아니고 남자가 여자더러 한잔 하자는 건 기꺼이 여자를 위해 지갑을 열겠다는 것이고, 남자가 지갑을 열겠다는 건 여자에 대한 마음이 열리기 시작했다는 것을 뜻한다. 남자의 지갑이 열리면 그 다음은 여자의 블라우스 단추가 열리는 법이지. 후후, 네네, 어디 블라우스 단추뿐이겠어요? 어찌나 완벽한 시나리오인지 눈치도 없이 자꾸 나를 데려다 주겠다고 하는 뚱 PD를 뿌리칠 땐 마치 결혼을 반대하는 부모 따돌리고 야반도주하는 스릴이 느껴질 정도였다.

아르마니 정장을 입은 남자와 단둘이 바에 앉는 기분은 상상했던 것보다 훨씬 근사했다. 물론 불편한 마음이 전혀 없는 건 아니었다. 마치 손목을 잡아 벽에 밀어붙이기는 했으나 감히 키스할 용기를 내지 못하는 사춘기 소년처럼 그 역시 나를 초대는 했지만 마땅히 분위기를 주도하진 못했다.

다행히 그런 어색한 침묵이 오래가진 않았다. 그가 와인을 주문할 때, '샤토 마고'를 발음한다는 것이 그만 '사또!'로 새고 만 것이다. 나는 푸하하하! 웃음을 터트리고 말았다. 이내 얼굴이 홍당무처럼 빨개진 그도 소리 내어 웃었다.

격조 있는 바의 분위기에 어울리지 않게 소란스러운 웃음을 웃는 동안 우린 살짝 눈을 맞추기까지 했다. 그 와중에 필시 같은 것을 깨달았음이 분명했다. 굳이 딱딱한 예의나 절차 따위를 따지기엔 이미 우린 많은 것을 겪은 사이라는걸.

시끄러운 음악과 현란한 조명이 없고, 자신의 경력과 직업 그리고 배경을 날조해 환심을 사지 않더라도, 남녀 관계란 때로 불쑥 가까워질 수 있음을 이전엔 몰랐다.

한번 파도를 탄 분위기는 금세 또 한 번의 굽이를 넘었다.

처음엔 본론만 콕 찍어 완벽한 문장만 구사하던 그가, 어느 순간 나에 대한 첫인상을 이야기하고 있었으니까.

"브리야 사바랭이라는 사람, 알아요?"

내가 어깨를 으쓱하자, 그는 와인잔을 가볍게 흔들어 향을 잠깐 음미하더니 말했다.

"네가 뭘 먹었는지 얘기해주면 네가 어떤 사람인지 말해주마, 이렇게 장담한 사람이죠. 저 역시 패션업에 종사하다 보니 사람을 처음 대할 때, 그 사람이 뭘 입었는지를 봅니다. 그럼 그 사람이 어떤 사람인지 대강 답이 나온다고나 할까요? 그런데…."

그는 내 얼굴을 유심히 쳐다보며 웃었다. 입만 웃는 게 아니라 눈도 다정하게 웃고 있었다.

"그런데 웬걸요, 그게 통하지 않는 여자가 있지 뭡니까. 말하자면 충격이었습니다."

칭찬인지 욕인지 구분이 잘 안 갔지만(욕에 더 가까운 것 같다) 중요한 건 그게 아니다. 남자든 여자든 상대방에 대한 첫인상을 언급한다는 건 서로에 대해 더 알고 싶다는 다른 표현이다.

"그런가요." 하고 대답하며 슬쩍 바를 한번 둘러보았다.

후후, 역시 여자들이 시샘에 찬 눈빛으로 이쪽을 보고 있군. 원통하기도 하겠지. 이렇게 굉장한 남자가 나한테 흠뻑 빠져 근사한 웃음을 흘리고 있으니. 나와 눈이 마주친 한 여자는 하녀에게 상류사회 테이블 매너를 가르치는 마음씨 착한 백작 보듯 5번가를 바라보며 콧잔등을 찡그리고 있었지만, 나는 너무나 잘 알고 있다. 그건 내가 굉장한 백을 메고 나갔을 때 '끼얍~' 하고 일제히 터지는 친구들의 탄성과 다를 게 없다는 사실을.

이렇게 되면 더 이상 와인을 마시는 복잡하고 지루한 매너 따위를 일일이 떠올려가면서 긴장할 필요가 없다. 설령 내가 벌컥벌컥 와인을 들이켜고 소주에나 어울리는 효과음(캬~)을 내더라도 그는 이렇게 나올 것이다.

'당신은 내가 봐오던 여자들과는 달라도 너무 달라요.'

자, 이런 상황을 명료하게 정리하면 다음과 같다. 전지현이 모델로 나섰다고 해서 지오다노조차 명품으로 분류해야 한다고 억지를 쓰는 나 같은 평민이, 목욕탕 때수건조차 명품을 쓰는 남자를 정복하고 말았다는 말씀!

나, 아직 죽지 않았던 거다! 세상은 여자들의 가슴골의 위력으로 굴러간다는 말, 취소다. 그러고 보면 그이는 정말 대단해. 세상의 타락한 법칙이 정한 가격표로 물건의 가치를 짐작하지 않잖아. 여자의 가슴 사이즈와 신분 따위에 연연해하지 않는 남자를 만났다는 사실이 어찌나 자극적인지, 테이블 밑에서 그의 다리를 희롱하고 싶어지더라니까.

이런 내 속은 알지도 못하면서 그는 연신 나와 눈을 맞추고 웃는다. 헤어지는 순간의 애틋함은 어떻고? 물론 총총 뛰어가는 내 손목을 거칠게 휘어잡고는 허리가 꺾어지도록 퍼붓는 굿나잇 키스는 없었다. 하지만 괜찮다. 비록 키스는 없었지만 그는 내게 더한 것을 주었으니까. 출입구 앞에서 그를 돌아봤을 때, 내 뒷모습을 오래도록 보고 있었던 게 분명한 그의 눈빛은 필경 이렇게 텔레파시를 보내고 있었다.

'조금만 기다려요. 당장 아버지께 승낙을 받아 돌아오겠소!'

그가 키스를 아껴두는 것도 나를 오래 만날 여자로 분류했기 때문이리라. 나도 뭔가 답을 해줘야 할 것 같아서 살랑살랑 아쉬운 작별의 손을 흔들며 이런 텔레파시를 보냈다.

'너무 서둘지 말아요, 저 아무 데도 안 가고 꼼짝 않고 기다릴게요.'

어둠 속이었지만 그의 눈빛이 사랑으로 충만해지는 걸 느낄 수 있었다. '드디어 헤세나 투르게네프 소설 속에나 존재할 것 같던 소녀의 발랄함과 노인의 지혜를 가진 여자를 만났어!' 하는 듯한 희열이 만면에 가득했다고. 그것으로 우린 이미 정신적인 섹스를 나눈 기나 다름없었다.

어쩜 좋아, 그는 내게 홀딱 반한 거야!

완벽한 데이트,
그 다음 날

남자친구 만들기 184일째
휴대폰 여닫다 하루가 저무네.

어쩌면 그는 급하게 해외출장 갈 일이 생겼을지 몰라. 공항에서 출국 수속을 마치고 전화하려고 했지만 깐깐하게 생긴 그 여비서가 지금 그럴 시간이 없다며 빨리 비행기에 오르라고 난리를 쳤겠지.

안절부절못하며 뉴욕에 도착했을 땐, 곧바로 그쪽에서 제공한 차에 올라타 회의석상으로 달려가야 했을 거야. 장장 열두 시간이 넘는 마라톤 회의 끝에 한숨 돌리나 싶었지만 비서가 쫓아와 이어지는 리셉션 현장으로 가야 한다고 재촉했을 테고. 리셉션이 끝나고 호텔로 돌아왔을 땐, 겨우 여유가 생겼지만 내 전화번호를 갖고 오지 않았다는 사실을 뒤늦게 알고 절망했겠지. 헉, 그러고 보니 우린 그 흔한 전화번호 교환식조차 치르지 않았잖아. 어젠 둘 다 어지간히도 넋이 나갔었던 거야. 방송국에 전화해서 우리 프로그램 사무실을 찾으면 되겠지만 그걸 생각해냈을 때 한국은 이미 캄캄한 한밤중. 시차를 고려해 다시 전화를 하려고 했을 때엔 또다시 비서가 들이닥쳐 당장 회의에 참석하지 않으면 수백억 달러가 눈앞에서 사라지는 꼴을 볼 거라고 경고했을 거다.

놀고먹는 졸부의 아들도 아니고, 일에 관한 집중력이 타의 추종을 불허하는 그는 어느 날 문득, 벌써 며칠이 훌쩍 지났다는 걸 깨닫고 생각하는 거야. 이렇게 되면 차라리 전화를 하기보다는 귀국해서 '깜짝 놀랐지~' 하는 게 낫겠다고. 또 혹시 알아? 명품 지갑을 안겨주기 위해서 지금쯤 뉴욕 5번가 명품숍을 뒤지고 있을지. 하긴 여자에게 용서를 구하고 싶다면 명품 지갑처럼 확실한 건 없지. 이왕이면 구찌가 좋은데….

굿나잇 키스만 없었을 뿐 모든 게 완벽했던 데이트를 하고 나서 갑자기 연락이 두절된 남자는 멀쩡한 여자를 미치게 하기에 충분했다. '이대로 헤어지다니, 이처럼 저주받은 인내력과 윤리의식은 난생 처음이오' 라는 눈빛을 빛내던 남자가 다음날 오후가 되도록 전화 한 통이 없었다.

종일 사무실에 울리는 모든 전화에 신경이 쏠리고, 내 휴대폰은 30초 간격으로 열렸다 닫히기를 반복했다. 화장실에서 일을 볼 때조차 혹시라도 전화를 못 받을까 싶어 손에 꼭 쥐고 볼일을 보았다.

그렇게 애간장을 태우면서 무려 일주일이라는 시간이 흘렀다. 혹시 밀라노에서 3백억짜리 계약서에 사인을 마치고 호텔로 돌아오는 중에 무장괴한의 습격을 받은 건 아닐까? 아니면 교통사고? 집 뒷마당에 있는 풀에서 수영하다 익사한 건 아니고? 면도하다가 목에 있는 정맥을 건드렸을지도 모르지. 며칠째 행적이 묘연한 것을 수상히 여긴 비서가 119를 불러 오피스텔 문을 따고 들어갔을 땐 이미 늦어버렸는지도 몰라. 그렇다면 나라도 달려가야 하는 거 아냐?

진정하자, 진정해. 매스컴이 조용한 걸 보면 그런 험한 일이 있는 건 아닐 거야. 전화를 걸어봐? 그러다 덜컥 받기라도 하면? 얼뜨기 같은 목소리로 "차차 휴대폰 아닌가요? 잘못 걸었네요"라고 용케 수습했다 하더라도, 끊고 나서 밀려들 치욕과 분노를 어찌 감당하려고. 아차, 이런 한심한! 전화번호도 모르는 주제에!

이쯤에서 깨철이 등장(이젠 네가 뜸하면 내가 서운할 정도야).

드디어 내가 미친 거란다. 한마디로, 남자가 밥 한 번 같이 먹자고 하니까 '오늘은 그날이라서 곤란해요' 이렇게 콧소리를 내는 꼴이라고. 하지만 뭐, 키스한 지 350일째라는 걸 감안하면 양호하다나. 누가 손만 내밀면 덥석 넘어지려고 하는 게 오랫동안 혼자 잠드는 여자들의 공통점이라니.

으음, 저 자식 말은 마치 목사님 설교 같다. 귀에 썩 편안하게 들리지는 않지만 구구절절 옳다. 하지만 이번만은 깨철이 너도 별 수 없어. 네가 그날 녀석의 눈빛을 못 봐서 그런 소릴 지껄이는 거다. 우리가 나눈 정신적인 섹스는 오스카상을 수상한 감독이라도 연출해내지 못할 수위였다고. 이 만옥 누님이 한 수 가르쳐줄까? 연애가 위대한 건, 남들이 백날 현미경을 놓고 들여다본다 해도 절대 알 수 없는, 당사자들만의 뭔가가 존재하기 때문이란다.

하지만 깨철이는 전날 밤의 감흥이고 뭐고, 생선회 뜨듯 깔끔하게 정리해버린다.

"피할 수 없다면 즐겨라, 그런 마인드 아니겠어? 설마 섹스도 없이 널 들여보냈다고 해서 그가 너를 평생의 여자로 점찍었다는 착각은 하지 마. 내가 진즉 말 안 했던가? 널 만지는 건 웬만큼 부도덕한 놈 아니고는 못하는 짓이라고!"

이런 미네랄, 정말 그랬던 거야?

하긴 그 부류의 남자들은 절대 남 앞에서 흐트러진 모습을 보이지 않는 걸 미덕으로 알고 성장하는 족속이라 했다. 어려서부터 대중의 관심을 끌고 무리에서 주인공이 되는 것이 익숙한 그들이거늘 복잡한 심사를 대학 동문들에게 털어놓겠어, 깐깐한 아버지한테 털어놓겠어? 그건 괴로울 때, 우리가 말 못하는 강아지를 붙잡고 하소연하는 것과 똑같은 심리일 것이다. 눈물 좀 흘렸기로서니 강아지 주제에 내가 질질 짰다고 어디 가서 떠들어대길 하겠어, 나를 만만하게 보겠어?

거친 콧김이 뿜어져 나온다. 나쁜 놈! 진짜 그런 거라면 사지도 않을 옷을 왜 그렇게 입어보고 만져보고 난리를 친 거야. 적어도 립스틱은 묻히지 말아야 다른 사람에게라도 팔 것 아니냐고! 그렇게 완벽한 데이트를 해놓고 이제 와서 살 생각은 없다는 식으로 오리발을 내밀면, 나는 이제 앞으로 뭘 믿고 남자들에게 순정을 바치냐고!

이 대목에서 동대문에서 옷 장사만 이십 년째라는 경분 언니는 이렇게 일축한다.

"이 바닥이 다 그런 거 아니겠어요? 원래 살 생각도 없는 인간들이 유난을 떨면서 입어보고 다른 색상은 있나 없나 난리를 치죠. 물론 정말 사려고 했는지도 모르죠. 하지만 다른 가게에서 더 근사한 옷을 발견하는 순간, 그전에 찜해놨던 옷은 깡그리 머릿속에서 지워버리는 거, 언니들도 다 경험하셨잖아요? 아까 산다고 하지 않았냐고 하면 뭐라고 그러는 줄 알아요? 그 옷을 입어봤을 때는 그게 자기 진심이었다고 말합디다. 다른 옷을 보기 전까지는요."

그 녀석만은 지금까지 봐오던 남자들과는 다를 줄 알았는데…. 하긴 남자가 다 거기서 거기인 줄 뻔히 알면서 애초에 기대를 가진 내가 어리석었다.

잔뜩 심통이 나 있다가도 사이즈를 칭찬해주면 언제 그랬냐는 듯이 우쭐하는 한심한 족속이야말로 남자이며, 바다 건너가 그 어렵다는 MBA씩이나 기껏 따오고도, 하룻밤 십만 원이면 되는 쉬운 여자들을 동원하지 않으면 계약 한 건도 제대로 성사시키지 못하는 게 남자다.

자기들 입으로 남성성의 극치라고 내세우는 의리와 우정이라는 것도 알고 보면, 함께 어울리는 친구 중에 누군가 여자를 임신시켰다고 털어놓으면 비밀유지 잘 되는 산부인과를 물색해주는 것에 불과하고, 여자친구가 임신했다 하여 결혼한다는 친구가 있으면 '저 자식이 남자 망신 다 시킨다'며 모임에서 제명하겠다고 협박하지.

참, 친구가 사귀던 여자에게 결별을 통보하겠다고 하면, 반드시 섹스를 치른 후에 말을 꺼내야 한다고 일러주는 것도 그들만의 아름다운 의리다. 결별을 통보하고 나선 섹스를 할 수 없을 테니!

세상에서 제일 아까운 게 콘돔 사는 돈이라며 입을 모으고, 어쩌다 여자 사원이 입사하면 가슴 사이즈부터 발목의 두께까지 가늠해가며 침실 테크닉에 대한 추측으로 열띤 토론의 장을 벌이지. 세상을 향해 유일하게 큰소리를 낼 땐 월드컵 시즌 때뿐일걸? 어쩌다 결정적 순간 헛발질하는 선수가 있으면, 이 나라에 발도 못 붙이게 영구 추방해야 한다느니 생난리를 피우는 건 어떻고? 그런 남자를 물끄러미 지켜보고 있는 여자친구의 머릿속엔 간밤에 문전처리가 미숙해 허둥지둥하던 그의 모습이 생생한데 말이다. 그라운드의 선수들은 골키퍼라도 있지, 간밤엔 노마크 찬스 상태였는데.

그래, 다 집어치울까봐. 지난번에 그만뒀어야 하는데 빌어먹을 신발짝이 뭘 안다고 까불어서는….

따지고 보면 남자친구 없어서 좋은 점이 얼마나 많은가?

비 오는 날 우산 씌워줄 놈 없으면 어때? 대신 내 마음대로 가고 싶은 데 가고, 먹고 싶은 거 먹고, 냉면 위에 얹혀 나온 계란 반쪽을 놓고 신경전 벌이지 않아도 되고, 잘 생긴 남자를 보면 아무 때나 웃음을 흘려도 되고, 모텔비 낼 돈으로 네일 케어를 받을 수도 있는데. 아무렴, 없어도 돼.

외로움을 견디다 못해 이웃집 담을 넘으면 어때? 함께 영화 봐주겠다는 남자가 없어 길 가는 남자 누구라도 붙잡고 말을 걸고 싶어지면 어때서? 남자란 무릇 노트북과 같아서 가만히 기다리고 있으면 성능은 몇 배로 업그레이드되면서 가격은 저렴한 사양이 계속 쏟아질 거라고! (으음, 꼭 그래야 하는데…)

씨, 저놈의 변 국장은 왜 또 저러시나? 가뜩이나 되는 일도 없는데, 나를 못 잡아먹어 안달이다. 너무 그러지 마시구랴. 나 없이 프로그램 돌아갈 거 같아? 성질이 어쩌네 저쩌네 하면서도 뭔 일만 터졌다 하면 나부터 찾아대잖아? 그런데도 사사건건 시비를 거시니, 제기랄! 언제 날 잡아서 한 번 자든지 해야지 원.

아무리 수학 때문에 자살하는 여고생이 있다고 해도 같은 반에는 만점 받는 학생이 있기 마련이고, 아무리 바느질이 어렵다 해도 사진처럼 정교한 풍경화 병풍을 8폭씩이나 수놓는 여자가 있는 것처럼, 남자친구를 만드는 데 있어서 보통 여자들이 무수한 시간과 공을 들여 하나 건질까 말까 하는 사이 껌 씹는 것보다 더 간단히 남자를 넘어뜨리는 고수들이 있다.

굳이 예를 들자면 S 같은 여자애들이다.

나 같은 사람은 아무리 치성을 드려도 남자들에게 애프터 받기가 하늘의 별따기인데 그녀는 이승엽이 따로 없다. 타석에 들어서기만 하면 홈런이고 못해도 2루타이니, 출근시켜주는 남자와 퇴근시켜주는 남자가 다르며, 명품의 신제품 출시 동향은 일일이 체크할 필요가 없다. 여배우 코디네이터보다 더 발빠르게 공수해 바치는 남자들로 차고 넘치니까.

참을 수 없는 건, 그런 여자들을 좋아하는 남자치고 정신 제대로 박힌 남자 없을 거라는 내 믿음은 전혀 근거가 없다는 사실이다. 나도 그런 줄 알았고 그것만이 내 마지막 위안이었건만, 그런 여우들이 소장하는 남자들은 하나같이 1994년 미국 EMI에서 발매한 퀸의 앨범과 같다. 어느 트랙을 틀어도 환상이니 버릴 게 없다. 도대체 비결이 뭐냐고 비결이?

당장 S를 납치 감금해서 '하나도 숨김없이 불기 전엔 다신 세상 구경할 생각도 하지 마!'라고 하고 싶지만 그렇다고 순순히 자백할 계집애도 아닐 뿐더러, 이참에 건수 잡았다는 식으로 나를 물고 늘어질 게 뻔하다.

순간, 뇌리에 한 줄기 청량한 바람이 스쳤다.

나한테는 K가 있었어!

집안이고 뭐고 나보다 나을 것 하나 없는 주제에도 부동산 보유세만 기천만 원씩 내는 재벌가에 당당하게 입성한 K! S에 비하면, 그녀는 대모격이다.

당장 전화를 걸어 매달렸다.

있는 애들이 더한다고, 굳이 나한테 비싼 밥을 얻어먹어야겠다고 해서 떨리는 손으로 그녀가 지정한 레스토랑에 전화를 걸어 예약을 했다. 이것도 투자지출이라는 거겠지? 희대 빈티

걸인 내가 디바로 숭배해야 마땅한 이 계집애는 대낮부터 고급
와인을 마시고 싶다고 억지를 부린 뒤 눈물을 머금고 시켜준
와인을 받아들고 나서야 생긋 웃더니 말했다.

"남자 꼬드기는 거? 글쎄, 나한텐 달걀 프라이를 하는 것보
다도 간단한 일이어서 비법이고 자시고 할 것도 없는데…"

K는 가련한 내 얼굴을 잠시 바라보다가 동정심이 생겼는지
찬찬히 입을 열었다.

"우선 청순가련형의 외모는 필수야. 머리부터 발끝까지 청
순함을 뚝뚝 흘리는 여자들은 잠자리와 근사한 식사를 걱정하
는 법이 없지. 물론 청순함이란 부동산 경매와 같아서 돈이 된
다는 걸 모르는 사람이 없지만, 아무나 덤벼든다고 되는 건 또
아니지. 하지만 너무 어렵게 생각할 일만도 아니야. 아쉬운 대
로 그 지긋지긋한 파마를 풀고 엘라스틴 성분 듬뿍 발라 찰랑
찰랑 만들고, 가끔 지중해 산토리니에서 이온 음료 광고를 찍
는 여자 모델들처럼 하얀 스카프로 묶어주는 센스 정도면 아쉬
운 대로 괜찮아."

나는 받아 적다 말고 외쳤다.

"하얀 스카프? 너무 구식 아니야? 요즘은 청순가련형보다
는 세련된 도시형 워킹걸이 대세 아니었어?"

K는 와인을 음미하며 고개를 저었다.

"실전 경험은 없으면서 연애지침서를 너무 많이 봤군. 청순
가련한 여자가 때에 따라 세련되고 이지적이기까지 하면 금상
첨화라는 것이지, 청순함을 배제한 지성미나 세련미는 회차 지

난 로또 복권과 같아. 언뜻 보면 굉장한 것 같지만 아무런 효력이 없는 거라고. 어떻게든 지적이고 세련된 스타일로 승부하고 싶다면 말리고 싶은 생각은 없어. 인터넷 애인 구하는 사이트에 가보면 ‘온몸에 털이 수북한 여자’ 를 찾거나, ‘키스할 때 타액이 강을 이루는 여자’ 라야 한다는 남자들도 수두룩하니까.”

나는 백기 투항하는 심정으로 마지못해 고개를 끄덕였다.

“청순가련형으로 무장해서 남자들의 영혼을 일단 사로잡았다 싶으면, 슬슬 내숭으로 요리를 시작할 때야. 가끔 내숭 떠는 여자를 벌레 보듯 하는 여자들이 있는데 뭘 몰라도 한참 모르는 거지. 내숭은 신이 특별히 우리 여자들에게만 허락한 최고의 선물이거든. 우리 여자들이 동물들의 암컷과는 달리 배란기를 감쪽같이 숨길 수 있는 것도 다 그런 깊은 창조자의 뜻이 숨어 있는 거라고. 내숭 떨고 살아라, 뭐 그런 거 말야. 아무리 상사 앞에서 육두문자를 써가며 핏대 올리는 여자라도, 사랑하는 남자 앞에선 눈조차 제대로 못 맞추는 그런 연기가 필요해.

자기주장 확실하고 똑 부러진 여자? 사무실에 차고 넘치는데 남자들이 미쳤다고 그런 여자에게 밥 사주고 술 사주면서 환심을 사려고 들겠어? 그런 여자들한테 데어서 직장을 때려치워도 몇 번은 때려치우고 싶은 게 요즘 남자들이라고. 남자들이 여자들로 하여금 자기주장 확실히 펴도록 허락하는 공간은 오로지 침실뿐이란 걸 잊지 말아야 해. 만옥이 너 평소 성격으로 봤을 때 이 부분은 참 걱정이 되지 않을 수가 없구나. 실수로 평소 본색을 드러내 신경질을 부렸다고 해도, 절대 당황하지 마. 가끔 식당이나 백화점 매장에서 울고 있는 아이를 보거든 해맑게 웃으면서 달래주는 센스만으로도 얼마든지 남자들을 안심시킬 수 있으니까. 남자들은 아이 좋아하는 여자는 자기 아이도 사랑으로 키울 거라고 믿거든.

자기 마누라가 자식들 밥도 안 챙겨주고 춤바람 나는 건 아닌지 공포를 갖는 남자들이 의외로 많다는 사실 아니? 빈말이라도 시부모님과 함께 살아도 좋다고 말하고, 영화를 볼 때면 피가 낭자하게 튀는 폭력 무협물이라도 눈물 한 방울 흘려주는 거야! 할 수 있지?"

"으음, 나 안구 건조증 있는데⋯."

"쯧쯧, 토 달지 말고 안경점에서 인공 눈물이라도 사서 들어가. 오천 원밖에 안 해. 그게 여의치 않다면 악관절에서 삐걱 소리가 나도록 하품을 해서라도 눈물을 유도하고. 간혹 엔딩 스크롤이 지겹게 오래 올라가는 영화가 있어. 그럴 땐 어렵게 짜낸 눈물이 불이 켜질 때쯤이면 말라버리기 일쑤지. 그러니 타이밍을 잘 맞추는 것이 중요해. 영화 보면서 눈물 흘리는 모습을 보면 남자들은 감수성이 풍부한 여자를 만났다는 만속감에 마치 처녀랑 동침하는 양 수선을 피울 거라고!"

아, 내 입에선 나도 모르게 탄식이 새나왔다.

"남자들이 여자에 대해 갖는 판타지 중의 하나는 조신하게 앞치마를 매고 우렁각시처럼 식탁을 차리는 거야. 물론 하루 세 끼에 간식까지 밖에서 해결하는 우리가 무슨 수로? 하지만 곧 죽어도 8첩 반상, 임금님 수랏상도 차릴 수 있다고 떠벌여."

"미쳤구나! 그러다 밥이라도 해달라고 하면 어떻게 해?"

K는 가소롭다는 듯 내 말을 일축한다.

"하여튼 초보 티를 내요, 초보 티를. 남자들이란 초밥 잘 만드는 여자를 만나면 '세상에, 이런 일이' 라고 감탄사를 연발하면서도 결국은 자기 지갑을 털어 장안 최고의 초밥을 사주고 싶어하거든! 어쩌다 도시 근교로 드라이브를 가거나 할 땐, 김밥 도시락 정도 준비해서 진짜 요리 실력이 있다는 걸 증명할 필요는 있어. 그렇다고 진짜 만들라는 건 아니야. 요샌 골목마다 솜씨 좋은 김밥집이 얼마나 많게? 김밥만 찬합에 옮겨 담고 포장용기는 없애버리면 간단해. 누가 봐도 며칠 전부터 장을 봐서 새벽같이 일어나 준비한 지상 최고의 만찬으로 돌변하지. 김밥천국 아줌마 손맛인 줄도 모르고 감격하면서 먹는 남자들을 보면 연민이 느껴지지만 그런 것엔 둔해져야 해. 연애시장이라는 게 원래 좀 몰인정한 곳이야. 나, 그렇게 딱 한 번 쇼 하고는 평생 고급 일식집 초밥 먹고 살잖니. 이제 막 산지 직송된 싱싱한 생선은 회를 떠서 얼굴에 붙여 마사지까지 하고 산단다. 호호."

헉, 먹기에도 아까운데 마사지까지?

그래서 그런지 그녀 주변엔 아직도 "학생이세요?" 하며 치근대는 남자들로 넘친다. 애가 둘씩이나 되는데도.

"적당한 내숭으로 남자를 예열했으면, 본격 가동을 할 때야. 남자를 확 손에 쥐어야 하는 단계라고. 걱정할 건 없어. 무척 간단해. 침실에서 딱 한 번만 칭찬해봐. 아무리 목석같이 굴던 남자라도 당장 하늘의 별이라도 따다 바치려 할 거야. 엄마 몰래 냉장고에 들어 있는 갈비도 훔쳐서 여자친구한테 갖다 바치고, 사채업자에게 쫓기는 신세가 될지언정 여자친구가 갖고 싶어 하는 속옷은 목숨 걸고 사주지. 그러고도 간이 남아 있다면 그거라도 빼주겠다고 할걸. 이 시대 남자들은 직장 상사의 칭찬보다 침실 파트너의 칭찬에 더 목마르거든.

오렌지 주스 병을 딸 때, '아, 힘들어' 하면서 살짝 남자에게 도움을 청하는 것도 돈 안 들이고 남자를 순종하게 만드는 방법이야. 사실 우리라고 뚜껑 하나 돌릴 힘 없겠어? 하지만 요즘 남자들, 직장에서든 어디서든 워낙 기죽고 사는 세상이다 보니 주스 병 하나 따주고도 십칠 대 일로 싸워 이긴 학교 전설이 된 양 기세등등하지. 내가 아직 이 사회에서 필요한 존재구나 하면서 돌아가는 길에 눈물도 훔칠 거야. 내 손 아플 필요 없겠다, 남자들 기도 살려주겠다 일석이조 아니겠어?"

들고 있자니 입이 다물어지지 않는다. K는 결코 몸매 하나만을 믿고 세상을 사는 단세포가 아니었다. 치밀한 분석에서 우러나오는 노하우들! 나는 족집게 강사의 말을 받아쓰는 수험생처럼 정신없이 노트에 요점을 적으며 그녀에 대한 찬양의 멘트를 날렸다.

"정말 대단해. 남자들 마음까지 배려하고. 지쳐 있는 남자들에게 한 줄기 휴식 같은 여자가 되라. 이 말이지?"

K는 제대로 탄력받았다.

"그렇다고 순정까지 바칠 생각은 하지 마. 남자 하나에 몸과 마음을 다 바쳐 충성하는 것을 굉장한 미덕이라도 되는 것처럼 떠드는 여자들이 많은데, 그거 좋지 않은 습관이야. 그래봤자 돌아오는 건, 잡은 고기엔 미끼를 주지 않는다는 말밖에 더 있어? 더구나 태생적으로 수컷들은 순순한 암컷에겐 매력을 못 느껴. 시정잡배들까지 다 달라붙어 어떻게 한번 요리해보나, 여기저기서 눈에 불을 켜고 노리는 암컷이라야 해볼 만하다고 생각하지. '전 이미 당신의 여자예요' 라고 옷고름 푸는 여자처럼 매력 없는 게 어디 있겠어? 남자들은 천성적으로 정자전쟁을 치르려 태어난 존재들이야. 숱한 다른 정자들을 물리치고 자기 정자를 남겨야만 남자라는 사실을 확인받을 수 있거든.

내 경험을 말하자면, 어떤 얼간이가 있었어. 집안도 좋고 얼굴도 괜찮았지. 그런데 이 자식, 천하의 나를 소 닭 보듯 하는 거야. 자존심이 무척 상했지. 그럼 누가 이기나 한 번 해봐? 하는 오기가 생기더라. 그래서 하루는 밥을 먹다가 일부러 들으라고 '나는 월요일부터 토요일까지 요일별로 남자가 꽉 찬 상태라 정신과 치료라도 받아야 할 지경이다' 라고 불평을 했어. 그랬더니 아니나 다를까 이 녀석, 갑자기 눈을 번뜩이면서 뭐라는지 알아? 남은 일요일을 자기한테 달라고 떼를 쓰는 거야. 난 말도 안 되는 소리 하지 말라는 식으로 세게 나갔지. 내 모공도 하루쯤은 쉬어줘야지 않겠느냐 하는 식으로 도도하게 말야. 그러자 그 녀석, 일요일마다 십일조에 감사헌금, 선교헌금, 건축헌금까지 몽땅 나한테 갖다 바칠 테니 제발 자신의 신앙이 돼달라고 애걸하는 거야. 남자들이 헤픈 여자를 싫어한다는 건 내가 알기로 살이 빠져서 턱 선이 갸름해졌다는 여배우의 변명에 버금가는 사기라고. 알겠어?"

순간 떠오른다. S가 목에 키스마크를 달고 출근하는 날이면 안절부절 못하는 우리 팀 남자들의 모습이. 정말 어쩜 K의 말은 한 토막도 버릴 게 없구나. 재벌 며느리 될 만해!

"내가 너무 사납게 양다리를 걸친다고 비난하는 무리도 있는데, 여자는 태생적으로 한 남자로부터 모든 걸 충족받기엔 부족한 존재야. 쇼핑을 생각하면 쉽지. 똑같은 치마라도 집에서 슈퍼갈 때 입을 치마가 필요하고, 사무실 출퇴근용 치마가 따로 있고, 잠잘 때 입을 면 치마가 필요한 법이잖아. 남자도 마찬가지야. 용도대로 구비하고 있다가 심심할 때, 맛있는 것 먹고 싶을 때, 오페라가 보고 싶을 때, 대화를 하고 싶을 때 등등 기호와 취미별로 골라 장착하면 돼."

"그렇게 많은 남자들을 한꺼번에 관리하면 헷갈리지 않니? 머리가 나빠서 들키면 어떡해?"

"말했잖아. 남자들은 오히려 질투에 불타 적극적으로 달려든다니까. 내가 결혼을 어떻게 할 수 있었게? 이띤 남자랑 신나게 영화 보고 차 마시고 딴 짓도 하고 밤 늦게 돌아오는데, 집 앞에서 딱 걸린 거야. 그때 날 기다리던 지금의 남편이―그때는 그냥 여러 남자 중 하나였지―내 손을 거칠게 확 낚아 채더라고. 그 소심한 우리 그이가 날 담벼락에 사납게 밀어붙이면서 뭐라고 했는지 알아?

'앞으로 영화가 보고 싶으면 나한테 전화해, 알겠어?'

그 남자, 그렇게 흥분하는 거 처음 봤어. 그러더니 다음 날로 나한테 죽자고 매달리더라고. 결국 너도 알다시피 그 요란뻑적지근한 집으로 시집가면서도 혼수 하나 장만하지 않았잖아. 우리 남편? 아직도 나라면 깜박 죽잖아. 깔깔깔."

정말 부러워 죽겠다. 나는 침을 뚝뚝 흘리며 자신감 넘치는 K를 멍하니 바라보았다. 저런 게 진짜 멋진 여자고, 여자로 태어난 걸 감사하게 되는 이유인데, 난 뭘까.

"그런데…."

나는 갈라진 목소리로 조심스럽게 물어본다.

"그렇게 많은 남자를 만나고 다니면서도 용케 버텼네? 카드 연체 압박 같은 건 없었어? 나, 지금 피가 말라 죽겠어."

"도대체 연애하면 돈 든다는 건 누가 만들어낸 논리라니? 나, 결혼 전에 그렇게 화려하게 여러 남자랑 놀았어도 카드 펑크 난 적 한 번도 없어. 그 많은 남자를 만나면서 내가 지불한 데이트 비용은 여태 쓰레기봉투 사느라 들인 돈보다 적을 걸?"

"뭐야, 만날 얻어먹기만 한 거야? 아무리 여자라지만 요즘 시대에 좀 그렇다"

"이런, 왜 아직도 모르실까. 컴퓨터나 인터넷만 휴대용이 개발된 게 아니야. 휴대용 페미니즘이야말로 이십일 세기 과학과 문명이 낳은 최고의 산물이지. 주머니에 넣고 다니면서 필요할 때만 살짝 꺼내 쓰고 다시 손바닥만 하게 접는 폴더식 페미니즘이 상한가야. 그렇게 남자들 등골 파먹다간 지옥 간다고 저주하는 여자들도 많은데, 남자들이 바보도 아니고 연애할 때 손익분기점 뽑아보는 건 우리보다 그쪽이 더 탁월해. 밥값이든 술값이든 자기 주머니에서 나오는 게 아까워지는 순간 언제든 등 돌리는 게 남자야. 손해 보는 것 같으면 사놓은 콘돔도 환불하고 관계를 끝내려 할걸? 그런데 나 와인 한 잔 더 시켜도 될까?"

그때까지 토씨 하나까지도 빼먹지 않고 연신 받아 적던 나는 행여 K의 목이라도 마를까봐 넙죽 엎드린다.

"뭐든 말만 해. 여기요!"

웨이터가 다가와 와인을 따랐다. 고개를 끄덕하며 미소를 지어 보이는 K에게서 눈을 떼지 못하던 웨이터는 당황한 듯 총총히 물러났다. 역시 K는 남자의 영혼을 단 일 초 만에 사로잡는 굉장한 여자였어. 나의 이런 속내를 다 안다는 듯, K는 한결 도도해진 목소리로 말을 이었다.

"마지막으로 이건 너한테 꼭 필요한 얘기라 해주는 거니까 잘 들어. 여자들이 연애할 때 가장 똑똑하게 굴어야 할 때가 언제인 줄 알아? 바로 헤어질 때야. 헤어질 때 그 이유나 알자고 매달리는 여자들, 구질구질하게 제발 좀 그러지 말았음 좋겠어. 일 년 열두 달 무료 접속에 케이블 채널 무료 시청권까지, 누가 봐도 옮길 수밖에 없는 환상의 서비스를 찾아 다른 초고속 인터넷 회사로 갈아타기 하면서도 해지 사유는 '이민 간다'고 둘러대는 게 남자야. 여자한테서 누릴 거 다 누리고 떠나는 이유를 솔직하게 말할 남자가 과연 있을까?

남자들은 사귀던 여자가 이별 통보에 충격받고 약을 먹거나 회사 앞에 와서 자해 공갈을 하면 어쩌나 또는 다른 여자와 결혼해서 잘 살고 있는데 어느 날 보모로 들어와서 가정을 풍비박산 내면 어쩌나 하는 근본적인 공포를 갖고 있어. 굳이 이렇게 복잡하게 따질 것도 없어. 우리가 언제 남자 찰 때 진실을 말해본 적 있었니? 다 똑같은 거야. 그런데도 헤어지는 이유라도 알자고 눈물 바람으로 매달리다니…. 그렇게 해서 듣는 말이 이런 수준이라면서?

나는 너같이 착한 여자에게 도저히 안 어울려라든지 널 행복하게 해줄 자신이 없어. 이딴 거 말야. 그걸 곧이곧대로 믿는 여자들은 또 뭔데? 얼얼해질 정도로 화끈한 섹스는 신앙과 부모조차 잊게 한다는 말도 못 들어봤나봐? 남자들이 여자 버리고 떠날 때는 딱 한 가지 이유밖에 없어. 한 번 차이는 여자가 또 차이는 거 알지? 백날 성격 고쳐봐야 무슨 소용이야? 그 다음 남자도 결국 빤한 말만 남기고 도망갈 텐데, 뭐."

저주를 해라, 저주를 해! 왠지 나 들으라고 아예 작정하고 하는 소리인 것 같다. 망할 것! 그래도 속으로는 벌써 '얼얼해질 정도로 화끈한 섹스는 신앙과 부모조차 잊게 한다'는 말에 밑줄 쫙 그었고, 형광펜으로 색칠하는 것도 모자라 별 다섯 개나 그려 넣었다.

다시 한 번 입술 끝이 가늘게 찢어지는 웃음을 흘리며 K는 냅킨으로 입가를 톡톡 찍어내더니 이렇게 덧붙였다.

"중요한 말을 까먹었네. 기껏 레시피대로 했는데 맛 없는 경

우가 있잖아? 그렇다고 요리책을 쓴 사람에게 항의해선 곤란
해. 요리에는 손맛이라는 변수가 있거든. 요리책은 순서와 요
령을 알려줄 뿐이지 맛까지 보장할 순 없어. 공식대로 다 되면
인생 쉽게? 굳이 말하자면 이런 거야. 누구나 구찌를 꿈꾼다고
해서 아무나 구찌를 가질 수는 없다! 호호호.”

　나는 약이 올라 벌렁거리는 가슴을 쓸어내리며 카드 계산서
에 서명을 했다. 못된 것. 그래, 가슴 큰 너 혼자 다 해 먹어라!

　차차가 독립한다는 소식을 전해왔다. 같은 건포도 클럽 멤버라도
확실히 차차는 한 수 위다. 집이 회사에서 멀기나 하면 몰라. 나이
찬 여자가 부모의 반대를 무릅쓰고 독립하는 데에는 딱 한 가지 이
유밖에 없다. 지난번 클럽에서 만난 놈팡이와는 여전히 뜨거운 눈
치이다. 요즘 얼굴에 혈색 도는 것 좀 봐. 계집애 완전 선수라니까.

남자친구 만들기 198일째
키스한 지 365일째
기어이 일 년을 채우고 말았어!

인생이란 참 우습다.

숱한 시행착오 속에 얻은 교훈을 겸허히 받아들이고 바지만 둘러도 좋다는 자세로 임했건만, 그저 반경 백 미터 안의 남자라고는 어디 솜씨 좋은 킬러 있으면 사채를 끌어다 써서라도 청부하고 싶어지는 한심한 인간들뿐이니 어쩌면 좋은가.

1인분은 안 판다는 삼겹살집 아저씨는 이미 오래전에 리스트에 등재됐고, 휴대폰 메시지 도착을 알리는 신호음에 가슴 철렁해지는 주말 오후에 은행보다 싼 대출을 해주겠다고 문자를 보내는 스팸 광고 업체, 독신세를 만들어야 한다는 얼토당

토않은 소리를 연구결과랍시고 언론에 뿌린 모 경제연구소 연구원에 이어 최근에는 혼자 장 봐서 들어오는 내게 '남자친구도 없나봐'라고 은근히 속을 떠보던 아파트 경비 아저씨가 추가됐다. 자기가 무슨 할리우드 타블로이드판 기자야? 남의 성생활까지 간섭하려 들게?

그리고 혼자서만 이미 189번째 중복 링크된 인간이 오늘 190번째 등재라는 진기록을 세웠으니, 바로 변 국장이다. 그나마도 몇 년간 얼굴 맞대고 일한 애증이 있어 웬만하면 참으려고 애쓰는데도 그런 독보적인 기록을 수립할 정도니 정말이지 상종 못할 인간이다.

오늘은 그 인간과 진짜 크게 붙었다. 프로그램 제작과 관련해서 달라도 너무 다른 서로의 노선 때문이었다. 최근 우리는 전국을 돌아다니면서 연쇄 성폭행을 일삼고 다니는 일명 '발바리'에 대한 프로그램을 준비하고 있었다. 어느 미치광이가 십 년간 전국을 무대로 70여 건에 달하는 연쇄 성폭행을 저지르고 다니는 동안 경찰 수사는 제자리걸음, 범인의 행방은 오리무중 상태였다. 우리는 범행 현장을 찾아다니며 얼굴 없는 범인에 대한 실체를 파헤치고자 나섰다. 그러나 의도가 아무리 훌륭하다 해도 경찰도 접근하지 못한 실체를 우리가 무슨 재주로 밝혀낼 수 있겠는가.

용의주도하기 이를 데 없어서 범행 현장엔 지문 하나 남기는 법이 없고, 피해 여성들을 결박하고 뒤쪽에서 범행을 저지르는 통에, 그의 얼굴을 본 여성은 거의 없었다. 다만 목소리나 말투로 신분을 짐작할 뿐이었다. 그 수법은 또 얼마나 혐오스러운지. 직장여성 혼자 사는 집만 물색했다가 대낮에 멋대로 집에 들어가 샤워까지 마치고 여자가 퇴근하기를 기다리는가 하면, 한 번 성폭행한 여자를 몇 개월 뒤 또다시 찾아가 범할 정도니 말 다했지. 폭행 정도가 심각해서 임신이 불가능하게 된 여성들이 속출하고, 발자국 소리만 들어도 깜짝깜짝 놀라거나 대인기피증까지 생겨서 정상적인 사회생활이 불가능해 직장을 그만둔 여성도 여럿이었다. 인면수심의 파렴치범에 의해 애꿎은 인생이 파탄난 것이다.

변 국장과 불꽃이 튄 건 엔딩 부분에서였다. 정작 피해자 인터뷰 실컷 듣고 참혹한 현장을 영상으로 담았으니 결론을 내려야 마땅한데 의견이 달랐던 것이다.

"시민들 불안이 말도 못해요. 경찰 측이 졸속 수사와 안이한 대응 자세를 버리고 좀더 적극적으로 나설 것을 촉구하는 내용으로 마무리하겠습니다. 범인에 대한 분노가 이제는 무능한 경찰 측으로 옮겨지고 있다고요."

그때 변 국장이 손을 들어 내 말을 가로막았다.

"그건 경찰들이 알아서 할 일이고 이건 시청자들을 위한 방송이니 어디까지나 시청자들에게 맞춰나가야지. 여자들 스스로 범행에 노출되지 않도록 각별히 신경 쓰게 하는 내용으로 끝맺도록 해. 자, 이거 받아."

변 국장이 내미는 종이를 보니 피해 지역 파출소에서 돌렸을 법한 행동 지침서였다. 그대로 받아 쓰라는 것이겠지.

1. 현관에 남자 신발을 내놓을 것.
2. 빨랫줄에 남자 속옷을 걸어둘 것.
3. 방에 불을 켜놓고 다닐 것.
4. 호신용 무기를 휴대할 것.

기가 막혀, 이거 무슨 시트콤도 아니고 뭐하자는 플레이야? 눈을 치뜨고 노려보는 내게 변 국장은 딱 잘라 말한다.

"현실적으로 생각해봐. 경찰을 싸잡아 욕하면 뭐가 달라져? 한심한 정부를 믿느니 시민들 스스로 최소한의 자구책이라도 마련하자, 그거 아냐! 장 작가는 방송 하루 이틀 하나?"

말이야 그럴 듯하다만 그 시커먼 속내를 내가 몰라? 피해자 인터뷰나 원색적으로 내보내면서 시청자들의 싸구려 호기심이나 자극하자는 수작 아니냐고! 정부대책이나 경찰의 성실한 수사를 촉구하는 건 골치 아프고 시청률에도 도움이 되지 않는다는 것이겠지. 성범죄가 터졌다 하면 시청률 구원투수가 돌아왔다는 식으로 침 흘리는 인간이니까.

언젠가 주택가 골목에서 성폭행 당한 후 살해된 여자를 찍어온 테이프를 보고도 천하의 변 국장은 이렇게 일갈했다.

"아이구야, 아무리 급해도 그렇지, 저런 못난 얼굴 보고도 그러고 싶었을까? 하긴, 밤이라 안 보였겠구나."

"어떻게 사람이 죽었는데 그런 말을 할 수가 있어요?"

"깜짝이야, 왜 그렇게 살벌해? 농담이라고 농담!"

"지금 이게 농담이나 할 상황이에요?"

"하여튼 장작은 매사 너무 민감해. 대체 왜 그래? 어려서 성폭행이라도 당한 거야, 뭐야?"

이런 한심한 작자와 코를 맞대고 일하고 있으니, 하루가 다르게 내 쇼핑 품목이 늘어가는 것도 이상한 일이 아니다. 옷장이 터지도록 사들여도 해소되지 않는 증오와 분노는 산재 처리를 해줘도 분이 안 풀린단 말입니다.

이런 비인간적이고 막무가내인 인간의 작태를 더는 용납해선 안 된다. 미국의 범죄 심리학자인 제임스 Q가 말하길, 누군가 유리창을 깨뜨렸는데 그것을 방치할 경우, 범인은 나머지 유리창도 다 깨뜨리거나 심할 경우 건물에 불을 질러도 된다는 신호로 여긴다고 했다. 이게 바로 그 유명한 '깨진 유리창 이론'이다.

"아무리 시청률도 좋지만, 그런 얼뜨기 방편으로 하늘 무서운 줄 모르고 날뛰는 연쇄 성폭행범을 막을 수 있겠어요? 차라리 미아리에 가서 싸구려 부적을 사다 현관문에 붙이라는 게 낫지!"

이번엔 능구렁이 변 국장도 쉽게 물러서지 않았다.

"하여튼 장 작가는 매사에 왜 그렇게 부정적이지? 도대체 일할 맛이 안 나, 일할 맛이! 에이!"

내가 무슨 식품 감미료야? 맛을 내게?

"장 작가, 여기서 이럴 게 아니라 자기 문제가 뭔지 심각하게 고민을 좀 해!"

그러더니 책상 위에 있던 신문을 집어 던졌다. 나는 부아가

치밀어 벌개진 얼굴로 사무실을 나오고 말았다. 웃기고 있네. 문제는 무슨 얼어 죽을 문제? 그런 거 생각할 시간 있으면 다리털이나 밀겠다. 변 국장이 저런 썩은 정신으로 방송국 국장씩이나 하고 있는 세상이니 어딜 가나 다 똑같다. 성범죄 터지면 저들이 하는 수작 좀 보라지.

"저것 봐. 야하게 입었으니 당해도 할 말 없어. 저건 피해자 쪽에서 먼저 범인을 자극한 거라고."

"더 적극적으로 싫다는 의사를 밝혔어야지. 죽기를 각오하고 덤비면 누가 당하겠어? 최선을 다해 방어하지 않은 건 어느 정도 성관계에 합의한 것으로 봐야 옳아."

이런 헛소리나 늘어놓는 걸 보면 칼로 찔러 피를 흘리게 하기 전에는 애초에 범죄라는 인식이 없는 거다. 어떻게 내리는 비조차 사라지게 하는 최첨단 시대에 이런 원시성이 공존하는 걸까?

배웠다는 학자들조차 기껏 한다는 소리가, 남자는 여자와 달라서 흥분을 제어할 수 있는 장치가 약하니 평소에 여자들이 조심해야 한다고 말한다. 제기랄, 맨살 보인다고 무조건 흥분한다면서 정작 샤워하고 슬립만 입고 덤비는 마누라는 왜 밀쳐내는 건데?

이런 인간들은, 전부 "방금 발표한 여학생, 목소리가 교태로워서 좋았다"거나 "네 엄마 유방도 너처럼 크냐?"고 묻고도 여학생회에서 일제히 들고 일어나니까 대체 뭐가 문제인지 모르겠다며 교권침해니 명예훼손이니 길길이 뛰었다는 교수님(아니 교수놈)과 다를 게 없고, 출소 기념으로 남들 두부 먹을 때, 자기는 혼자 사는 여자 방에 들어가 멋대로 바지를 내렸다는 성폭력 전과 7범과도 동급이다. 어쩌자고 지구상에는 이런 한심한 족속들만 복리(複利)처럼 꾸역꾸역 늘어가는 걸까?

가만히 분석해보건대 이게 다 우리네 엄마들의 잘못이다. 애초에 정자를 선착순으로 받는 게 아니었다(선착순으로 딱 한 마리 구제하고, 나머지 1억4천449마리를 변기에 흘려 버렸으니, 인류 최악의 코미디가 아니고 뭔가).

결국 나의 끝도 없는 반발에 질려버린 변 국장은 프로그램의 결말을 놓고 팀 회의에 부쳤다. 젊으나 늙으나 하나같이 '선착순'의 '은혜'를 입어 세상에 나온 인간들이고 보니, 남자 PD들은 하나같이 좋은 게 좋은 거라는 식이다. 남자들은 그렇다 치고 여자들은 다르겠지 했다. 그런데 내부에 적이 있었다. 특히 S가 하는 말 좀 들어보시라.

"저도 같은 생각이에요. 현실적으로 여자들 스스로 조심해서 나쁠 건 없잖아요."

아이고, 퍽이나 생각도 했겠군. 넌 스스로 조심하느라고 그렇게 훌러덩 드러내고 다니니?

S는 얄밉게 한마디 덧붙였다.

"빨리 장 작가님한테도 남친이 생겨야 할 텐데. 제가 좀 알아봐야겠어요. 호호호."

나쁜 것, 솔직히 나는 얼굴이 무기라서 괜찮다. 다 지들 살기 좋은 세상 열어주려고 이러는데 그 따위로 나와? 심지어 이젠 막내 작가조차 선뜻 내 편을 들지 못한다. 사회생활이라고 해보니, 진짜 필요한 생존비법이 뭔지 터득해가는 것이리라. 얼마 전까지만 해도 내가 밥 먹고 코만 풀어도 "어쩜 작가님은 코 푸는 것도 그렇게 멋지세요?" 하고 찬양하더니, 이젠 슬슬 S에게서 가슴 키우는 비법을 전수받는 눈치다.

결국, 프로그램의 결말은 결정되었다. 여자들아, 당하고 싶지 않거든 빨랫줄에 남자 트렁크를 걸어놓아라, 구두 살 돈 줄여 남자 운동화라도 하나 튼튼한 놈으로 골라 현관에 내놓아라, 이런 식의 받아쓰기로 끝났다.

프로그램이 끝나고 엔딩 크레디트에 올라가는 내 이름 석 자를 보고 있자니, 왜 그리 부끄러운지. 차라리 홍등가에서 맨 살 다 드러나는 옷을 입고 웃음을 파는 것이 백 배 낫겠어.

비참한 건 S가 정말 소개팅을 시켜줄까, 은근히 기대하고 있는 나 자신이다.

직장상사와 할리우드 감독의 공통점

남자친구 만들기 214일째
세상에 대한 통쾌한 복수를 꿈꾸는 여자의 소심함.
참자, 참아, 참을 인 세 번이면 살인을 면한다잖아.

'마음 따뜻한 남자가 지적이며 글래머러스한 여성분을 찾는 다' 고?

놀고 있네. 마음 따뜻한 건 무슨 근거로? 심장에 체온계라도 꽂아본 거야? 그리고 지적이며 글래머러스한 여자라는 게 말이 된다고 생각해? 당최 어느 정신 나간 글래머가 수고스럽게 지적이기까지 하겠어. 가슴만 살짝 흔들어주면 런던이 영국에 있는지 프랑스에 있는지 헷갈리는 지능을 가졌다 해도 '맹하게 풀린 당신의 동공이 참으로 아찔하군요' 라는 칭송을 받는 편리한 부류가, 뭐가 아쉬워서 머릿속에 딱딱한 활자나 주입하겠냐고!

애는 또 뭐야? 싸이코가 분명하다. 어느 정상적인 남자가 여자친구를 구하는 광고란에 이상형을 '귀여운 여자'라고 적겠어? 아무렴….

지금 나는 인터넷 펜팔 사이트를 들락거리고 있는 중이다. 정말 면목이 없다. 이런 식으로 망가진 모습을 보여 드리다니. 명품 아니면 상대도 않겠다고 큰소리 칠 때는 언제고.

아무렴 어떤가. 남자? 인터넷에서 클릭하여 구매하면 어떻고, 럭셔리한 노블레스 클럽을 통해 선별해서 만나면 어떤가? 과정은 중요하지 않다. 아무나 한 놈 꿰차면 되는 것 아니겠어? 어차피 남자라는 게 다 거기서 다 거기이다. 무엇보다 이젠 삶의 의미를 다 잃었다. 다 죽은 소라도 일으켜 세워 투우를 할 것 같던 여자가 어쩌다 이렇게 됐냐고?

S가 메인 작가로 승진했다.

일개 서브 작가가 하루아침에 나와 동급인 메인 작가가 되었다니까요, 글쎄.

원래 우리 프로그램은 A조와 B조로 나뉘어 제작하는데 나는 A조를 맡고 있다. B조 메인 작가가 얼마 전 개인 사정으로 그만두었는데, 후임자로 새로운 메인 작가를 알아보지도 않고 S를 그냥 메인 작가로 올린 것이다. 있을 수 없는 일이다. 내가 메인 작가가 되기까지 지샜던 밤이 몇 날이며, 눈가에 자글자글 늘어난 주름이 몇 개인데, 어떻게 가슴 몇 달 흔들고 그 자리를 덜컥 꿰찬단 말인가.

그놈의 가슴골에서 나오는 자력이 심상치 않은 것이 언젠가는 크게 사단이 날 것 같은 예감이 들기는 했지만, 이건 아니다. 아무리 시시껄렁하게 만든다고 해도 명색이 사회 고발 프로그램인데. 일반적으로 시사 고발 프로그램에서 메인 작가의 자리를 따내려면 못해도 경력 오 년은 돼야 한다.

그런데 신문 사회면 한 장 제대로 읽어본 적 없고, 어떤 연예인이 누구랑 사귀는지 줄줄 외는 게 고작이고, 그저 발달한 거라곤 돈 많은 남자 알아보는 눈밖에 없는 아이 아닌가. 남자의 지갑 속엔 어떤 카드가 들어 있는지, 가족 모임이라고 하면 어떤 등급의 사람들이 나오는지, 여름휴가를 쿠바의 캐러비안 베이로 데려갈 녀석인지, 용인의 캐러비안 베이로 데려갈 녀석인지, 그런 데에만 훤한 S를 말이다(부럽긴 하다).

그렇다면 당장 항의하지 않고 뭐 하냐고? 왜들 이러세요. 왜 만날 나한테만 싸우라고 부추기는지 모르겠네요. 자기들은 무슨 일이 생겼다 싶으면 뒤로 살짝 빠지면서 나를 적진으로 밀어넣고는 손가락만 빨고 있다. 그러고는 국장실을 나서는 내 주위로 제비 새끼들처럼 우르르 몰려들어서는 '어떻게 됐어요?'라고 눈을 빛낸다.

나도 상사가 고함치면 겁나고, 흉보고 있다가도 흠흠 헛기침을 하고 지나가면 간밤에 꿈자리가 뒤숭숭하더니 이젠 잘리는구나 싶어 다리에 힘이 확 풀린다. 이유도 없이 변 국장이 눈을 흘기면 불안해서 사흘 밤 잠이 안 온다고.

아무리 그래도 S가 메인 작가로 승급했다는 건, 당장 국장실 문을 박차고 들어가 대들어도 분이 풀리지 않을 일이다. 하지만 소도 비빌 언덕이 있어야 비빈다고, 싸움도 '적어도 죽진 않겠다' 는 계산이 있어야 시작하는 것이다. 내가 아무리 바락바락 대들어도 싸움의 결말이란 뻔하다.

나 - 어떻게 일 년도 안 된 애를 메인 작가로 올려요?

변 - 젊은 CEO가 나오면 선진 경영이라고 환영하면서 무조건 경력과 나이로 사람을 평가하겠다는 발상은 너무 이율배반적인 거 아냐?

나 - 능력이 없잖아요 능력이! 아이템 변별력도 없는데.

변 - 장작, 당신 영화 볼 때 작품성만 갖고 봐? 남자 배우가 잘 생기기만 해도 그 얼굴 보려고 난리잖아. 하물며 방송도 그래. 아이템 잡는 거, 글 잘 쓰는 거 물론 중요하지. 하지만 팀원들 간의 친화력 높이는 것도 무시할 수 없는 능력이라고. 방송은 팀 워크라는 말도 안 들어봤어? 그리고 자꾸 능력, 능력 하는데, 자기가 무척 능력 있는 것으로 착각하는 거 아니야? 칠년 짬밥이 그 정도도 못 하면 그게 더 이상한 거 아냐?

나 - (깨갱)

안 봐도 훤하다. 그것은 우리 여자들이 옷 가게 매장 직원이 말만 비위 상하게 해도 당장 책임자 불러오라고 난리를 치고, 기어이 직원들 서비스 교육이 잘못 됐음을 시인하게 하고, 사

죄의 뜻으로 할인 쿠폰을 왕창 받아 챙길 정도로 똑 부러지게
굴면서도, 회식 자리에서 노래하다 말고 팬티 속에 슬그머니
손을 집어넣는 부장의 만행에 침묵하는 것과 같다. 당최 엄두
가 나야 말이지. 세상은 언제나 강자 편이어서, 피해를 본 우리
에게 가해자의 유죄를 입증하라고 하거든.

저지른 놈은 영양탕 먹고 기름기 자르르 흐르는 얼굴로 살
구씨나 씹으면서 이를 쑤시는 동안, 나는 머리에 꽃을 단 여자
처럼 미친 꼴이 돼서는 증거를 모으러 다녀야 하고, 진단서 끊
으러 다녀야 하고, 당시 현장에 있었던 사람들을 찾아다니며
제발 나를 위한 증언을 해달라고, 본 것만 말해주면 된다며 매
달려야 하지. 그러고도 이길 승산은 글쎄? 한국 축구가 월드
컵 4강에 재진입하는 것보다 희박할걸.

아무래도 세상의 모든 직장 상사들은 점점 할리우드 감독을
닮아가는 것 같다. 남자 배우는 영화에 필요한 사람을 쓰고, 여
자 배우는 곁에 두고 싶은 사람을 쓰지.

하긴 적당히 여기저기서 베낀 말로 대본 쓰고, 인터넷에 떠
도는 것들 퍼다가 자기 생각인 양 위장하고, 뭐 좀 터졌다 하면
메뚜기 떼처럼 달라붙어 재기불능으로 내리찍어놓으면 되는
게 방송인데 무슨 경력과 머리가 필요하겠어? 이런 식으로 드
러내놓고 야비하게 돌아가는 세상 속에서 내가 취할 수 있는
유일한 전술이라곤 '깨진 유리창의 법칙' 좋아하시네, 그저
'고양이 대학살' 밖에 없다.

중세 유럽에선 탐욕스러운 봉건 영주들이 자기들은 호위호

식하면서 인쇄공들에게는 식은 빵 몇 조각 던져주면서 혹사를
시키니, 성난 인쇄공들이 주인이 키우는 고양이들을 잡아다 자
루에 넣고는 피가 홍건히 배어나오도록 몽둥이찜질하는 것으
로 카타르시스를 느꼈단다. 내가 그 꼴이다.

이제 커피 한잔 타오라고 하면 "여기가 다방인 줄 알아요?"
외치는 건 언감생심, 변 국장 면전에 갖다 바치는 커피에 침을
뱉는 것으로 분을 달랜다. 노래방에선 실수인 척 종료 버튼을
눌러버리고는 막 탄력받은 변 국장을 향해 외치는 거다.

"어머, 예약 버튼을 누른다는 것이 그만. 다시 눌러 드릴까
요?"

그러면 '김샜다'는 표정으로 "됐어!" 하고 자리에 앉는 걸
보면서 회심의 미소를 짓는 거다. 그뿐인가. 변 국장이 아무리
웃긴 말을 해도 절대 웃지 않겠다며 나 혼자 어금니를 악물지.

정말 초라하다. 복수라면 무릇 15년 동안 군만두만 먹이다
가 의붓딸과 사랑에 빠지게 하는 영화 〈올드보이〉의 그것까지
는 아니더라도 적어도 상대방으로 하여금 '너 땜에 돌아버리
겠다'는 정도의 항복은 받아내야 마땅하거늘, 여태 주인 집 고
양이나 해코지하고 있으니……. 하지만 어쩌겠는가. 자존심이
카드 대금을 대신 갚아주진 않는데!

그나마 방송작가라는 타이틀이라도 갖고 있으니, 가뭄에 콩
나듯 소개팅 건수라도 들어오는 거다. 잘려봐. 여자 덕 보려고
하는 놈들이 천지에 깔린 마당에 잘도 나를 만나려고 하겠다.

이젠 나조차도 S한테 말이 곱게 나간다. 어쩌다 흥보다 걸리

기라도 하면 '찍혔다'는 생각에 불안해질 정도다.

얼마 전엔 S가 내게 다가와 물었다.

"언니, 혹시 생리대 있어요?"

그때 내가 어쩼게? 딱 하나 남은 생리대마저 넘겨주고 말았다. 돗대는 자기 어머니한테 안 준다는데.

"언니는 어쩌고요?"라는 말에 "난 또 사면 되지, 헤헤" 이랬다니까. 차라리 죽자….

세상에 대한 나의 분노는 고작 이런 수준이다. 이 꼴 저 꼴 안 보려면 빨리 괜찮은 놈 하나 물어서 속세를 뜨고 말아야지 원. 감동적인 글? 높은 시청률? 이제 그런 건 안중에도 없다. 내가 바라는 건 오직 제대로 성장해본 적 없는 가슴이 뒤늦게라도 발육을 하는 것이며, 납작하게 눌려 기 한 번 펴 본 적 없는 엉덩이가 솟아서 마침내 내 몸이 공포의 S라인으로 재탄생하는 것이다. 그리하여 어느 놈팡이와 함께 침실에 들어 그 흔한 유희로 까만 밤을 하얗게 지새는 것뿐이다. 그것만이 내가 아직 이 사회에서 폐기물 처리장으로 갈 신세가 아니라는 것을 증명하는 길이라잖아. 하지만 날 낳은 엄마조차도 남세스럽다고 하는 이 몰골로 그게 되겠냐고요. 우리 엄마, 얼마 전엔 이런 말을 하시더군.

"내가 널 가졌을 때 뭘 잘못 먹어 이러는지 모르겠구나."

아, 정녕 내가 할 수 있는 일이라곤 S의 가슴이 하루 빨리 쳐지길 바라는 것뿐이런가.

여자들은 내놓고 '자랑'할 수 있는 남자라야 '사랑'할 수 있지

남자친구 만들기 221일째
내 생애 최고의 과제는 섹스 앞에서 한없이
쿨해지는 법을 배우는 일일 거야(눈물)

간밤엔 취객과 시비가 붙어 경찰서까지 끌려갔다(잘하는 짓이다). 옆 자리에 앉은 여자가 하도 꼴같잖게 굴기에 티격태격하다가 머리채를 잡는 형국이 되었다. 경찰서에 호송되고 나니, 우리보다 먼저 상대 여자의 남자친구가 와 있었다. 조서를 꾸미는데 계집애, 아까는 독사라도 잡아먹을 기세더니만 남자를 보자마자 빛보다 빠르게 모드를 변환하여 '난 술은 냄새만 맡아도 취해요'라는 얼굴이다.

그런 말도 안 되는 허섭쓰레기 같은 여자를 위해 남자는 심은하 대하듯 한다. 어디서 구했는지 물수건까지 가져와 닦아주며 위로를 하는데, 나 원 참. 그런데 그 남자 무척 준수하게 생겼다. 일방적으로 맞은 게 더 많고 보니 1억이 아니라 10억을 준다고 해도 합의는 어림없다 난리쳤던 나였지만, 그 남자의 선량한 눈빛을 보는 순간 전의를 상실하고 말았다.

'저런 한심한 계집애조차 저런 남자가 둘러붙는데 난 여태 남자 하나 없구나.'

어찌나 부러웠는지 급기야 녀석이 모든 걸 수습하고 정중하게 여자친구를 대신해 사과해올 때는 피 흘리고 있는 건 나인데 오히려 가해자가 된 것 같았다.

"아이, 뭘요. 여자들이 한잔 하다보면 주먹도 오가고 하는 법이죠. 아, 이거요? 걱정 마세요, 계란은 삶아 먹으라고만 있는 게 아니니까요. 머리카락 몇 개 빠진다고 사람이 죽나요. 이 참에 이빨도 새로 몇 개 해넣죠 뭐. 제 걱정은 마시고 여자친구 분이나 잘 챙겨주세요, 많이 놀랐을 거예요."

에구, 뭐라는 거야? 이젠 때리는 놈만 아니면 대충 엎어질까봐.

그렇다고 뚱 PD, 당신은 아니지!

나를 꿈에 부풀게 했던 5번가 점원과 이렇다 할 사건 없이 허무하게 끝나버리고, 전화 한 통 없는 그를 기다리다 지친 나는 세상만사 달관하는 경지에 이르다 못해 한시라도 한 수 지어낼 판이다. 가뜩이나 괴로운데 이젠 대놓고 나를 귀찮게 하는 뚱 PD를 어쩌면 좋아? 이 자식아, 함부로 들러붙지 말라고 몇 번을 말해?

"장 작가, 킁킁… 그러지 말고, 우리 한번 진지하게, 킁… 사귀어봐요. 나도 알고 보면 킁킁… 괜찮은 남자라니까."

어쭈! 어디서 그런 건 주워 들어가지고.

"있잖아요, 아저씨! 우리 여자들은요, 차차 정 드는 거 별로 안 좋아해요. 첫눈에 맛이 확 가는 걸 좋아하지."

뚱 PD, 체지방만 두꺼운 게 아니었다.

"첫눈에, 킁… 맛이 확 가는 남자는 어떤 남잔데요?"

좋다, 주말이라 시간도 남고, 일찍 들어가봐야 동네 비디오가게 아저씨의 동정 어린 시선밖에 더 받겠어? 나는 지난번 K한테 당했던 그 수법 그대로, 비싼 밥과 와인을 사는 걸 조건으로 걸었다.

그래도 마냥 감지덕지하단다. 원….

여자의 마음을 갖고 싶어? 딱 세 가지만 갖추면 게임은 끝나.

우선 그 놈의 치부터 바꿔. 지팡이 없이는 외출할 수 없는 영감님처럼 골골한 자가용으로 뭘 어쩌겠다는 거지?

여자들이 남자를 평가할 때 제일 먼저 보는 게 바로 차란 말이야. 오늘날 자가용은 남성성의 상징이고, 그 남자의 모든 것을 말해주는 신분증이나 다름없어. 하는 일이 무엇이고, 사는 곳은 어디이며, 단골로 찾는 식당은 별 몇 개짜리인지, 아버지는 뭐 하시는 분인지 하는 세세한 문제들이 차 한 대만 봐도 견적이 나오거든.

그런데 사업하는 작은아버지가 실컷 타다 넘겨 준 것 같은 86년식 콩코드나 몰고 다니면 어떤 여자가 나란히 타고 드라이브를 가고 싶겠어?

여자들이 차에 집착하는 또 다른 이유는, 아무리 인내와 인도주의에 입각해서 만났는데도 도저히 사랑할 수 없을 것 같을 때 적어도 차가 좋으면 기사로 활용할 수 있기 때문이야.

백마 탄 왕자에 대한 콤플렉스가 아직도 유효한 우리 여자들은 말이지, 자고로 언제 어디서든 '자기야, 나 피곤해' 한 마디면 주야대기 연중무휴 콜택시처럼 일 분 안에 달려오는 남자라야 '내가 남자를 정말 제대로 만났어!' 하고 생각하지.

아무리 괜찮은 남자라도 차가 후지면 막 구매하려던 전자제품 뒷면에서 '메이드 인 차이나'를 발견하는 기분이라고.

그렇다고 우릴 속물 취급하지 마. 따지고 보면 남자들이 우릴 그렇게 만든 거니까. 어느 날 배기량 3천 시시 정도 되는 근사한 차를 몰고 온 남자친구가 퇴근하는 여자를 기다렸다가 날렵하게 태우고 사라졌을 때, 다음 날 배 나온 부장이 뭐라고 했는 줄 알아?

"이야, 자기 그렇게 안 봤는데, 정말 능력 있던데?"

그건 우리 여자들이 입사한 날부터 그토록 소망했던, 하지만 변기에 코피를 쏟아가며 일했는데도 한 번도 듣지 못한 바로 그 말이었다고. 그리하여 우리 여자들은 마침내, 내 남자의 키는 비교하지 않지만 자동차의 배기량은 무척 민감하게 비교하게 된 거야. 결론이 뭐냐고? 잘빠진 자동차는 남자친구의 얼굴을 가린다, 뭐 이 정도?

자, 차가 갖춰지면 이제 갖춰야 할 건 '스타일'이야.

제발 그 후줄근한 점퍼에 기지바지 좀 탈피할 수 없겠어?

어제도 그 옷, 내일도 그 옷을 입고 다니면 어쩌자는 거야? 아이스크림 하나만 해도 서른한 가지 맛을 즐기고, 서울 시내 전철역보다 더 다양한 '테이스트'의 커피를 마셔본 우리 여자들이란 말이야.

아, 그래. 똥 PD 당신한테는 이런 식으로 말하면 이해가 빠르겠군. 똑같은 삼겹살이라도 와인을 넣어 숙성시킨 삼겹살, 고추장을 발라 통나무 숯불에서 구워낸 삼겹살, 녹차 삼겹살에 이르기까지 다양한 스타일이 존재하고, 그 스타일들이 훨씬 식욕을 자극하잖아. 그 많은 종류의 삼겹살 다 무시하고 주야장천 생삼겹살만 먹자는 동창을 만나봐. 당장 한심한 놈이라는 욕이 나오지 않겠어?

그렇게 단벌로 버티는 사람이니, 뜯어먹고 죽자고 해도 당신에겐 스타일이란 게 존재할 리 없겠지. 좋은 식당이라고 하면 그저 많이 주고 쿠폰 적용되는 집으로만 알고, 삼각 팬티는 게이들이나 입는 것이라며 치욕스러워 하고, '에르메스'가 애견용품 파는 상점인 줄 알고, '발리'가 인도 섬마을 이름인 줄 알고, '빈티지'가 빈티 나는 패션을 말하는 줄 알고, 영어로만 돼 있으면 'BYC'라도 외국 브랜드인 줄 알고, '스니커즈'라고 하면 먹는 초코바를 떠올리면서 입맛을 다시고, 랄프 로렌에서 향수를 만든다는 얘길 들었을 땐 쇼크사할 뻔했다며?

여고 시절, 깜깜한 밤이면 갑자기 나타나서 코트를 확 열어 젖히는 바람에 사람 경기 들게 했던 바바리맨들에 대해 우리 여자들이 왜 그렇게 기겁을 하면서도 곧 '까르르' 웃어대는 관대함을 자랑했는지 알아? 그 와중에도 그들에게는 '바바리'를 걸치고 나오는 스타일이란 게 있었거든. 그치들이 바바리 대신 민방위 훈련 때나 입는 잠바때기를 걸쳤다고 해봐. 떼로 달려 들어 주리를 틀었을걸!

하나를 보면 열을 안다고, 그 정도 스타일도 없는 남자라면 무가당 아이스크림과 뭐가 다르겠어. 어쩔 수 없이 먹기는 하지만 속으론 욕을 하지. '이것도 아이스크림이라고. 무슨 맛에 먹으라는 거야?' 베컴처럼 공 잘 차라는 말은 하지 않을 테니 제발 그의 패션 감각을 좀 흉내내보면 안 될까? 빅토리아라는 그 여자, 해골 같은 몰골 어디에 복이 붙어서 그런 호사를 누리고 사나 몰라.

패션을 모르는 남자에 대해 여자들이 갖는 근본적인 공포의 실체를 알려줄까? 그런 남자는 십중팔구, 여자가 백화점 세일이라고 한 바퀴 돌자고 하면 '너나 많이 돌아라' 하고 퉁명스럽게 말하고, 기껏 새로 산 스카프를 보고는 '그깟 헝겊 쪼가리'가 뭐 그렇게 비싸냐며 윽박지르기 십상이지. 그런 남자는 우리 여자들이 때리는 남자 다음으로 경계하는 대상이야.

같은 여자로서 대한민국 여자들은 정말 대단해. 자기들 하룻밤 술값으로 몇십만 원씩 날리는 건 아무렇지 않게 생각하면서 아내가 몇만 원짜리 팬티 한 장 사는 건 눈에 흙 들어가기 전까진 허락할 수 없다고 난리치는 남자들을 참고 살잖아. 전부 작당해서 레즈비언으로 돌아서지 않는 게 신기할 따름이야.

마지막으로 이 시대 남자들에게 우리 여자들이 희망하는 미덕은, 침실 테크닉이야.

잘빠진 차가 남자의 얼굴을 가리고, 빼어난 스타일이 남자의 몸매를 가려준다면, 근사한 침실 테크닉은 그 남자의 모든 걸 가려주지. 이런, 그렇게 사색이 되면 어떡해? 걱정 마, 우리 여자들이 그래도 착한 구석이 있어서 요란한 걸 기대하는 건 아니니까.

어느 연예인처럼 여섯 시간 러닝타임? 그런 건 기대도 안 해. 아크로바틱을 연상케 하는 현란한 테크닉? 그런 걸 바라는 것도 물론 아냐. 그저 일을 끝내자마자 곧장 화장실로 뛰어가는 것만 참아주면 안 될까? 대신 한 번 꼭 끌어안고 당신 살 냄새는 향수보다 근사해, 뭐 이런 식의 뻐꾸기를 날려주면 좋겠다는 거지.

하는 당신만 낯간지럽겠어? 듣는 우리도 못할 짓이라고. 하지만 돈 드는 것도 아니잖아? 그게 다냐고? 물론 아니지. 아무리 첫 경험은 대학 졸업 후에나 했다며 보수적인 거짓말로 일관하는 우리 여자들이라도 케이블 채널에서 하는 새벽 프로그램은 볼 수 있고, 인터넷 야한 사이트 한두 개쯤은 알고 있는데 마냥 그렇게 소박하기만 하겠어?

좀더 솔직히 말하자면, 요즘 여자들, 웬만해서는 미국, 유럽으로 배낭여행은 물론이고 짧게는 한 달에서 일이 년짜리 어학연수도 다녀왔단 말이지. '외국물 먹어봤다' 는 관용구가 뭘 뜻하는지 그 정도는 알고 있겠지? 그런데도 이쯤에서 강의를을 멈추는 건, 구구단도 못 뗀 꼬마에게 미적분하라고 강요할 수 없기 때문이야.

대한민국 경제가 날로 성장하고 세계 경제대국 10위권의 생산력을 자랑하면 뭐 해? 대한민국 남성들의 침실 테크닉만큼은 아직 후진국 수준인데.

에그, 딴에는 남자라고 자존심 상했나봐? 그 다음 단계는 구구단 떼고 오면 가르쳐줄게. 한 번에 한 가지씩만 하자고.

이런, 꼭 그렇게 불쌍한 얼굴로 쳐다봐야겠어? 좋아, 그동안 함께 일한 정이 있는데 한 가지만 더 알려주지. 곧바로 화장실로 뛰어가는 것을 극복하게 되면 그 다음 단계는 여자에게 크리넥스를 뽑아 건네주는 거야. 에이, 내 그럴 줄 알았어. 그러게 미적분은 덧셈 뺄셈 확실히 떼면 그때 가르쳐준다고 했잖아?

계속 그렇게 난감해할 거야? 짜아식.

5번가 점원과의 재회

더는 못 하겠어.

그냥 빈티도 아니고, 고도빈티씩이나 되는 몸을 이끌고 어떻게든 살아보겠다고 바동대면 동정표라도 던져줄 민하건만, 인생이란 녀석은 시종 인정머리 없다.

이제 직장에선 숫제 S가 선배 노릇이고, MC나 스태프들조차 S한테 모든 걸 묻고 나는 뒷전이다.

망할 S의 가슴은 쳐지기는커녕, 제8의 전성기를 맞은 듯 나날이 부풀어 오르고 있으니, 그 분을 풀기 위해 쇼핑이라도 할라치면 돌려막기 하느라 모든 카드가 정지된 형편이라 이젠 현금다발을 쥐고 가야 옷 한 벌이라도 만져보게 생겼다. 카드사에서는 꼬박꼬박 '선진 금융질서'를 빙자한 협박과 공갈의 수위를 높여가고 있다.

이제 내가 할 수 있는 일이라곤, '나도 들은 얘긴데'라며 우리 프로그램을 진행하고 있는 김 앵커가 게이라는 소문을 퍼트리고 다니는 것뿐이었다. 떠도는 이야기의 99퍼센트는 헛소문이듯 김 앵커는 물론 게이가 아니다. 그런데 왜 그런 짓을 하냐고요? 순진하시네요. 내가 갖지 못하는 건 남도 갖지 못해야 한다, 이겁니다. 이것만이 내가 우울증에 걸리지 않고 버틸 수 있는 유일한 치료제이다.

주변에 있는 괜찮은 남자들은 전부 S라인에 영혼을 저당 잡힌 상태고, 나한테 차례가 오는 남자들이라곤 하나같이 파산한 놈이거나, 플라토닉한 정신적 사랑만을 외치는 녀석이거나(내가 섹스에 연연해할 것 같지 않아 좋다고? 당장 꺼져버려), 여자에게 당한 게 너무 많아서 위로 차원에서라도 한 번 자줘야 할 것 같은 가련한 녀석들뿐이니.

이 와중에, '건포도 클럽'의 또 다른 멤버인 B가 첫사랑 얼간이와 다시 데이트를 시작했다는 소식은 나의 절망에 방점을 찍었다. 무려 삼 년을 사귄 녀석이 그녀를 배신하고 떠나버린 그날로부터 꼬박 이 년 동안 우리 멤버들은 술 꽤나 사면서 그녀를 달랬다. 그런데 보람도 없이 첫사랑 배신자에게 복귀하다니! 어디서 주워들은 말이 생각나서 강하게 반발했다.

"집어치워! 사랑은 무슨 얼어 죽을? 남자가 다시 돌아오는 건 단지 섹스가 생각나서일 뿐이야!"

하지만 말해 놓고 보니 민망하다.

말이야 바른 말이지. 우리 건포도 클럽의 일원과 사귀었던 남자들이 섹스가 생각나서 돌아오는 건, 번개를 맞아 머리가 돌기 전엔 도저히 있을 수 없는 일이다. 손에 땀이 차도록 지겹게 손만 잡고 데이트를 해야 했으니, 애초에 그들이 우리를 버리고 떠난 이유야말로 섹스다운 섹스가 간절해서 그랬을 것이다(여자로 태어나 누릴 수 있는 호사 가운데 하나는 섹스가 생각나서 다시 남자가 돌아오는 것이 아닐까?). 여하튼 B의 배신은 가뜩이나 되는 것 없어 절망하던 내게 테러와도 같은 사건이었다.

이제 우리 같은 여자들에게 남은 거라곤 버렸던 것 중에 혹시 아직 쓸 만한 건 없는지, 쓰레기통을 뒤지는 일만 남은 거야?

남자 하나 없다고 멀쩡한 여자를 낙오자 취급하는 데 분개해서 쓸데없이 '남친 대장정'의 깃발을 휘날렸을 때는 세상을 몰랐다. 세상은 한 여자의 순정을 알아줄 만큼 순수하지 못하다는 걸. 그리하여 마침내 나는 깨끗이 철수하기로 했다. 깃발을 휘날린 지 231일째, 남자와 키스한 지 398일째 되는 날이었다.

반에서 만년 이 등을 탈출하는 데엔 두 가지 방법이 있다. 죽어라 공부해서 일 등이 되는 것과, 자퇴하는 것. 나는 용기 있게 자퇴를 선택했다. 자퇴하는 입장에서 한 말씀. 이 시대 학교는 꿈 많은 소녀의 이상을 실현시키기에는 너무나 부족합니다!

　막상 내 생활에서 남자를 떼고 보니, 이보다 상쾌할 수가 없다. 남자라는 말만 들어도 어서 달려 나가 만나야 할 것 같고, 괜찮은 남자가 어딘가에서 나를 부르고 있을 것만 같은데 일이나 하고 있다니 하는 괜한 불안에 시달리지 않아도 좋았다. 무엇보다 내가 번 돈을 고스란히 나를 위해서만 쓸 수 있게 됐다. 이번 주에 원고료가 들어오는 대로 정지된 휴대폰 요금부터 갚고 슬슬 정상적인 인간의 삶으로 복귀하는 거야!

　하지만 평화는 오래가지 못했다. 너무 창피해서 구구절절 묘사할 기운도 없다. 밤바람은 산들산들 상쾌했고, 친구랑 적당히 나눠 마신 캔 맥주의 여흥이 남아 기분도 제법 좋았던 그날 밤, 제기랄, 내 꿈에 누가 등장한 줄 알아?

　빌어먹을! 변 국장이 나타나 멋대로 지퍼를 내리려고 들었다. 기어코 바닥을 친 것이다.

　그나마 꿈속에서는 최후의 자존심을 잃지 않고 '어딜 함부로?'를 외치며 너 죽고 나 죽자 엎치락뒤치락 목이라도 졸라 바닥에 패대기를 치려던 게 분명하거늘, 흠칫 깨어났을 땐 또다시 결정적인 순간 끼어든 계란 장수의 멱살을 잡고 싶더군. 믿을 수도, 믿고 싶지도 않지만 역시나 내 몸은 뜨겁게 달아올라 있고 말입니다.

　결국, 나는 결코 맞닥뜨리고 싶지 않은 무서운 진리와 맞대면하고 말았다. 남자친구? 아니꼽고 치사하다면 깃발이야 내려도 좋지. 하지만 피 끓는 내 몸은 온갖 호르몬이 퐁퐁 샘솟고 있다는 걸 자꾸만 증명하려드니 파도야, 어쩌란 말이냐!

누가 그랬다지? '리비도'란 풍선과 같아서 한쪽을 누르면 다른 한쪽이 부풀어오른다고. 마땅한 방책은 없고, 밀린 욕구는 말도 못하는 어린 조카를 붙잡고 쪽쪽거리는 것으로 대체하려니, 어린애에 대한 성적 학대(?)를 보다 못한 올케 언니가 나를 저지하고 나선다.

"아가씨, 애도 이젠 혼자서도 잘 놀아요. 바쁠 텐데 주말마다 안 오셔도 돼요."

이런 마당에 내가 신앙으로 모셔마지 않는 각종 패션지에도 약 오르는 기사들이 많기도 하더군.

'혼전 잠자리 상대 평균 4, 5명'

'2, 30대 싱글 여성 평균 섹스 횟수 한 달 3회'

망할 계집애들, 내 앞에선 하나같이 외로워 죽겠다고 난리 치더니 다들 감쪽같이 딴 주머니를 차고 있었던 게지. 주말이면 다들 남자 품을 향해 뛰어가는데 나만 이게 뭔가? 나로 말하자면, 남들 누리는 재화는 죄 입어보고, 발라보고, 먹어봐야 직성이 풀리는 사람 아닌가. 어떻게 된 게 내 인생은 늘 이렇게 평균치를 밑돈다. 신장도, 체중도, 가슴 사이즈도 부족해서 이젠 잠자리 상대마저 평균에 못 미치고 있다. 당장 가스 밸브라도 열어놓고 바락바락 악을 쓰고 싶더군.

"어떤 놈이라도 좋으니 당장 내 앞에 대령하지 못할까?"

그러던 어느 날, 나는 마땅히 데이트도 없고 드라마 재방도 더는 지겹고 해서 모처럼 옷장 정리에 들어갔다.

철 지난 옷들을 안쪽으로 집어넣고 있으려니 기분이 좀 그렇다. 계절이 또 한 번 바뀌도록 아직도 나는 혼자구나. 그런데 구석진 곳에 처박혀 있던 파스텔 톤의 원피스를 끄집어냈을 때다. 주머니 속에서 무엇인가 툭 떨어졌다. 펼쳐 보니 손바닥만 한 쪽지에 출처 불명의 휴대폰 번호가 적혀 있었다.

순간 피가 확 돌았다.

생전 처음 보는 것이 분명하지만, 쪽지에 적힌 열 개의 숫자가 무료한 나를 굉장한 곳으로 안내할 것 같다는 여자의 직감. 하지만 그게 누구 번호인지, 어디서 무엇 때문에 적어놓은 건지 하나도 기억나지 않았다. 자세히 들여다보니 메모지 하단에 남산 모처에 있는 모 호텔의 로고가 찍혀 있었다. 단서를 잡았다! 가만, 내가 언제 이 호텔에 간 적이 있던가? 취재원을 만나 인터뷰를 한 건가? 그런 기억은 없는데… 이런, 이 호텔이라면 바로!

언젠가 차차를 끌고 클럽에 갔다가 엉망으로 취해서는 난동을 부렸던 바로 그 호텔이었다. 그렇다면 이 메모의 주인은 취한 나를 호텔 방에 고이 옮겨놓고 사라진 바로 그 흑기사?

엔도르핀이 확 솟구쳤다. 이내 나는 주술에 걸린 여자처럼 수화기를 들고 쪽지에 적힌 번호를 누르고 있었다. 인연은 만드는 거라잖아!

물론 그러기까지는 짧은 시간 동안 내 머릿속엔 수만 가지 생각이 복잡하게 엉켰다.

그 남자가 아직도 나를 기억하고 있을까? 벌써 몇 달 전 일인데, 나조차도 기억나지 않는데. 하지만 그건 아주 기초적인 고뇌였다. 무엇보다 나를 복잡하게 한 것은 그런 데서 만난 남자를 다시 만나도 괜찮은지 판단이 서지 않았기 때문이다.

이상한 사람이면 어떡하나? 하지만 그날 밤 매너를 생각해 보면 남다른 데가 있는 사람임이 분명하다. 술 먹고 난동 부리는 여자를 고이 호텔 방에 모셔 놓고 가는 예의라면 적어도 소개팅에서 숱하게 만났던 얼간이들보다는 괜찮은 남자 아닐까?

"여보세요."

상대편 남자의 목소리는 서글서글했다.

"아, 안녕하세요?"

뜬금없는 나의 인사에 수화기 너머에선 침묵을 지킨다.

"저… 저는 장만옥이라고 하는 사람인데요, 일전에 남산 밑에 있는 호텔 클럽에서… 그때 제가 신세를…."

"아 예, 장만옥 씨!"

어라? 나는 귀를 의심했다. 그는 분명 나를 기억하고 있다! 더구나 장만옥 씨라고 하는 발음은 왜 그렇게 경쾌하고도 정다운 거야? 순간 혹시나 했던 불안한 마음이 싹 가신다. 자신감에 한 톤 더 높아진 내 목소리.

"그때, 저 때문에 고생 많으셨죠. 늦었지만, 괜찮다면 제가 저녁이라도…."

"아, 기꺼이 초대를 받아들이죠. 시간과 장소 정하십시오."

정말 시원시원한 쾌남아가 아닌가! 전화상으로는 의심할 여지 없이 백 점짜리 남자다. 물론 너무 완벽하게 돌아가는 시나리오라서 불행의 전조가 아닐까 하는 걱정이 잠깐 스친다. 하지만 만나봐서 영 아니다 싶으면 그냥 그것으로 고마워서 인사치레하는 거라고 둘러대면 될 것이고, 괜찮으면 가끔 만나 차도 마시고 영화도 보고 하는 거지. 잃을 것도 없잖아? 이렇게 말하면서도 가슴은 왜 이렇게 뛰는데? 후후, 다 기대하는 게 있어서라고 꼭 말해야 알까.

게다가 그와 나는 거추장스러운 절차나 예의 따위는 무시해도 좋을 간편한 관계가 아닌가. 만약 녀석이 괜찮으면 해가 중천에 걸려 있어도 당장 손목을 잡아끌 수 있다. 더 이상 반 평균 까먹는 인생은 사양하겠다고. 얏호! (엄마, 내가 애초에 이러진 않았다구요. 믿어줘요 제발)

며칠간 잠을 설치고 약속 장소로 향할 때의 기대감은 또 달랐다.

주선자가 '진짜 괜찮은 남자야!'라며 호들갑 떠는 소개팅에 비할 게 아니었다. 아무리 그렇다고 여자가 체면도 없지, 약속 장소에 도착하고 보니 약속 시간이 아직 십 분이나 남았다. 주위를 둘러보니 그날 밤 의인으로 추정되는 남자는 아직 보이지 않았다.

키가 컸던가? 작은 남자는 아닌 것 같고, 안경을 꼈던 것도 같고 아닌 것도 같고…. 좀처럼 기억에 남은 인상이 없으니 그쪽에서 먼저 알아보고 손을 들어주기 전에는 감을 잡을 수가 없었다. 거 봐. 그런 곳에서의 만남이란 다음 날 숙취보다도 더 빨리 지워지는 법이라니까. 흥분과 두려움을 안고 나는 일단 자리를 잡았다.

그런데 '저 도착했어요! 도착하거든 전화 주세요'라는 문자를 보내려는 찰나, 커피숍 로비가 영화의 한 장면처럼 환해지는 게 느껴진다. 반사적으로 신경이 쏠렸다. 와, 한눈에도 굉장한 남자가 들어서고 있었다. 전형적인 비즈니스맨의 풍채로 반듯하게 들어서는 와중에 살짝 휴 그랜트를 연상시키는 저 남자. 엄마야! 헤어스타일이 바뀌긴 했지만 분명 5번가 점원이었다.

휴대폰을 움켜쥔 채 화들짝 몸을 굽혔다.

날 봤을까? 다행히 내가 얼굴을 돌린 게 더 빨랐던 모양이다. 그는 성큼성큼 반대편으로 걸어가 자리를 잡았다. 애써 창밖으로 고개를 돌리고 있으려니, 갑자기 내가 왜 이래야 하는데? 하는 울분이 솟았다. 나쁜 놈, 그렇게 완벽한 데이트를 하고도 연락을 뚝 끊어버려?

차라리 목을 뻣뻣하게 세우고 보린 듯이 옆 테이블로 자리를 옮기고는 저쪽에서 아는 체하기를 기다렸다가 '누구세요?' 하며 고개를 갸웃거리는 건 어떨까? 이미 당신 같은 건 기억에서 싹 지워지고 없다는 식으로 시치미를 떼면, 그럴 듯한 복수가 되겠지!

만에 하나, 사건의 전모를 눈치라도 채는 날엔 '작가님, 이렇게 막 사는 분인 줄 몰랐군요'라며 이상한 눈빛으로 나를 볼

게 빤하다. 일단은 여길 나가자. 그런 다음 클럽 남자한테는 다른 곳으로 오라고 문자를 보내는 게 좋겠어.

행여 들킬세라 까치발을 하고선 현장을 빠져 나오려는데, 아뿔사, 이쪽을 보고 말았는지, 5번가 점원 쪽에서 조심스럽게 나를 불러 세우는 목소리가 들렸다.

"장만옥 작가님…?"

가슴이 철렁! 그 순간 나는 '내 다리 내놔' 하며 달려드는 귀신을 만난 듯 뒤도 돌아보지 않고 그곳에서 달아났다. 일단 커피숍에서 나오는 데 성공한 나는 용의주도한 범인처럼 옆에 있는 백화점으로 급히 몸을 숨겼다. 그리고 만나기로 예정된 남자의 휴대폰으로 문자를 날렸다.

'장소를 좀 바꿨으면 해서요. 호텔 커피숍 말고 그 옆 백화점 7층 커피숍에서 만나요.'

에스컬레이터를 타고 올라가면서 나는 가슴을 쓸어내렸다. 운명의 여신은 어째서 이다지도 잔혹하단 말인가. 7층 커피숍에 앉아서도 내 눈에는 5번가 점원이 로비에서 뿜어내던 광채를 떠올리며 한숨을 쉬었다. 으음, 다시 봐도 역시 멋지군.

그런데 하늘의 장난질은 거기서 끝이 아니었다.

십 분쯤 후. 과연 그날의 흑기사는 어떤 사람일까, 잔뜩 고개를 빼고 기다리는데, 자기 다리 못 찾은 귀신처럼 5번가 점원이 이곳 커피숍으로 들어서는 게 아닌가. 제기랄, 저 남자 지금 뭐 하는 거야? 그렇게 간절할 땐 코빼기도 안 보이더니 오늘따라 왜 이렇게 엮이는 거지?

하도 멍한 상황이라, 미처 내뺄 엄두도 내지 못하고 있는 나를 그가 발견하고 말았다. 그러더니 성큼성큼 내 앞으로 다가와 말을 걸었다.

"기껏 부를 때는 도망가더니 멀쩡한 장소는 왜 바꾸는 겁니까?"

"예에…?"

남자친구 만들기 232일째
막내 작가 가방에서 콘돔이 나왔다.
한 개도 아니고, 박스째!
아무래도 그녀를 선배로 모셔야 할 것 같다.
인생 선배 말이다.

아무래도 신은 내 인생을 '시트콤 모드'로 설정해놓은 게 분명하다. 5번가 점원과의 재회는 나로 하여금 키스한 지 399일째 되는 여자의 꼬리표를 떼게 하는 대역사의 창조로 이어졌으니 말이다.

나는 교육 잘 받고 예의와 명예를 중시하는 가풍 속에 자란 남자들은 절대 성급하게 굴지 않을 줄 알았다. 그런데 아니었다. 역시 양복 입고 넥타이 매는 남자들은 다 똑같은가?

더 황홀한 것은, 커피숍에선 한없이 준수한 매너로 일관했던 그가 호텔 방문이 닫히자마자 '내겐 당신이 샤워하는 시간조차 고문이오!' 라는 식으로 돌변했다는 점이다.

불멸의 A컵 앞에서 이토록 본능적이라니. 이 남자 혹시 변태 아닐까? 퍼뜩 이런 의혹이 스쳤지만, 침대 위 하얀 시트를 벗겨내고 반듯하게 나를 눕히는 것으로 봐서 다행히 그런 부류는 아닌 것 같았다(흐뭇).

온몸에 유명 디자이너 제품을 걸친 남자의 구애는 거칠고 성급할수록 매력적이었다. 어머나, 방금 베르사체 넥타이를 던졌어! 타미 팬티를 아무렇지도 않게 벗어 던지다니!

더구나 그의 벗은 몸은 햇살 받은 이른 새벽의 물고기 비늘처럼 금빛 찬란했다. 이런 경박한 표현을 써서 그에겐 미안하지만, 횡재했다는 생각밖에 들지 않았다. 키, 외모, 직업, 자산 규모에 이르기까지 뭐 하나 흠 잡을 데 없는 남자가 지금 나 때문에 말도 못하게 흥분하고 있잖아!

어찌나 황홀하던지, 숨 막혀 질식하고 싶지 않으면 당장이라도 옷을 찢어야 할 것 같았다. 어떤 소설가는 침대 높이와 흥분의 강도는 비례한다고 했는데, 한강이 내려다보이는 21층에서 벌이는 호텔 침대 위 러브신은 확실히 차원이 달랐다.

아, 신께서 내게 좀더 화려한 필력을 허락하셨다면 이런 희대의 사건은 일필휘지로 기록하여 오늘도 빈티 줄줄 나는 몸 때문에 남 몰래 눈물 찍어내고 있을 수많은 빈티 걸들에게 희망의 증거로 전할 수 있으련만. 아니면 카메라라도 가져올걸. 현장 사진 한 장 없이 내가 이런 애정행각을 벌였다는 걸 백 날 자랑해봐야 누가 믿어주겠어? 이런 건 미니홈피에 '스위트룸에서의 하룻밤'이란 전용 폴더를 만들어 만천하에 자랑해야 마땅한 사태라고. 전국의 빈티 걸들, 나를 추앙하겠다며 대열을 이루겠지?

더구나, 녀석 좀 보게. 이런 부류는 말 한마디에 수백억이 왔다 갔다 하고 한 나라의 경제지표마저 뒤흔들기 마련이어서 어려서부터 감정 표현에 주의해야 한다고 교육받았을 텐데, 감당할 수 없는 쾌락을 감지한 듯 가늘게 탄성마저 토한다.

"오 갓! 오 지저스!"

이건 내 평생 한 번이라도 들어볼까 싶던 꿈의 소리? 정말이지 전성기 시절의 디카프리오와 함께 누워 있는 듯한 판타지를 안겨주더라니까.

이렇게 되면, 이제 남은 건 기·승·전을 거쳐 클라이맥스로 치닫는 것뿐인가? 행복한 결말을 그리고 있는 내게 갑자기 그가 귀에 대고 뭔가 속삭이려 했다. 과거의 악몽이 떠올라 가슴이 콩알만 해진다. 내 귓불에 뜨거운 김을 몰아쉬며 녀석이 계란을 사라고 속삭인다면, 잠에서 깨는 즉시 시내에서 제일 높은 건물에 사제폭탄을 설치하고 말 테다. 하지만 귓가에 들려온 속삭임은 가히 환상 특급이었다.

"우리 같이 살아요!"

계란이라는 단어가 나올까 싶어 신경이 곤두서 있던 나는 긴장이 풀리면서 기절 직전이었다. S의 말대로 아무리 얼얼해질 정도로 화끈한 섹스는 신앙도 부모도 깡그리 잊게 한다고 하지만, 몽정기 소년도 아니고 이런 식으로 성급하게 굴면 나로서는 기쁘면서도 난처한 일이지. 그동안 나 없이 어떻게 살았던 거야? 공포가 사라진 뒤의 쾌감은 극한에 달한다고 하던가? 나는 행복에 겨운 아카데미 여우주연상 수상자처럼 백만 불짜리 눈웃음을 흘리며 앙탈을 부렸다.

"아이, 몰라요."

그랬더니 녀석도 행복감을 주체할 수 없나보다. 내 귀에 대고 재차 확인해야겠다는 듯 말한다.

"꼭 같이 살아요!"

아이 참, 중국제 팬티를 입으셨나 의심은? 여자가 '모른다'고 하는 건 '좋다'는 얘기인 거 모르시나봐~. 확실히 외국 생활을 오래해서 그런지 한국 여자를 잘 모르는군. 내가 뭐라 대답하기도 전에 그는 앵무새처럼 똑같은 말을 되풀이했다.

"같이 살아요!"

뭔가 이상하다. 몽롱하던 정신이 차츰 회복되면서 서서히 분명해지는 저 소리를 한번 들어보시라.

"같이 살아요! 가치 사라요! 가치 사세요! …갈치요, 갈치! 싱싱한 은갈치가 다섯 마리에 오천 원! 목포에서 오늘 새벽 갓 잡아온 싱싱한 은갈치 들여가세요! 자매품 먹갈치는 말만 잘하면 꽁짜로 드립니다! 쭈꾸미도 있어요!"

이 목소리는? 헉, 망할 놈의 계란 장수가 철따라 품목을 바꿔 들고 나타난 게 틀림없다. 눈을 뜨니 나는 내 방 침대에 널브러져 있고, 창밖에는 계란 장수 아니, 갈치 장수 아저씨의 호객 소리가 요란하다. 언제나처럼 내 몸은 뜨겁고 말이다.

나는 어떻게 된 여자가 체면도, 이성도, 상식도 없다. 오매불망 그리던 5번가 점원을 다시 만났다고 해서 이런 해괴한 꿈이나 꾸면 예쁜 여자 교생이 부임해온 날 밤, 야한 꿈에 시달리는 몽정기 소년들과 다를 게 뭐냐고!

냉정을 되찾고, 시점을 5번가 점원과 재회하던 순간으로 되돌려본다. 어찌하여 내 전화를 받고 나온 흑기사가 5번가 점원이었더란 말인가.

그러니까 호텔 클럽에서 엉망으로 취한 내가 "날 버리고 도망 간 남자 빨리 잡아 대령하라"며 난동을 피울 때, 현장에는 5번가 점원이 있었단다. 외국에서 온 젊은 매니저를 접대하고 있는 중이었다나?

술이 막 한 잔 들어가고 기분 좋게 담소를 나누고 있는데, 한쪽에서 웬 소동이 벌어지더란다. 한가운데에서 여자가 고래고래 소리를 지르는데 호기심에 자세히 보니 언젠가 자기 매장에 와서 원피스 값 떼어먹고 달아난 바로 그 여자였다.

처음에는 '저 여자, 정말이지 놀랄 일의 연속이군' 하고 생각했지만 이상하게도 남들처럼 시시덕거리며 그 광경을 구경할 기분이 안 들더란다. 그래도 한 번 얼굴 본 사이라고 정이 든 건지, 부모님 말 지지리 안 듣고 진한 화장과 짧은 미니스커트 차림으로 남자들을 만나고 다니는 누이동생이라도 목격한 심정이 되더라나. 당장 이런 말이 튀어나오려고 했단다.

'저놈의 계집애. 들어오기만 해봐. 당장 머리카락을 잘라

방에 가둬버릴 테다!'

그런데 괘씸한 마음만 다잡고 있기엔 시시각각 펼쳐지는 상황이 가관도 아니더란다. 사람들은 이제 휴대폰을 꺼내 플래시를 터트릴 기세니, 황급히 양복 재킷을 벗어 난동을 피우는 나를 보쌈해다가 호텔 방에 감금(?)했단다.

클럽의 의인은 다름 아닌 5번가였던 것이다. 충격적인 이야기를 듣는 와중에도 그가 양복 재킷을 벗어 나를 감쌌다는 대목에선 고개를 돌리고 몰래 미소 짓지 않을 수 없었다. 내가 남자를 벗기긴 했잖아? 흐흐.

"작가님을 데리고 클럽을 나올 때, 사람들이 일제히 동물원 원숭이 보듯 하며 키득키득 웃는데, 그런 시선은 태어나 처음이었습니다."

그가 고개를 절레절레 흔들었다.

아이고, 그럼요. 잘 자라신 도련님께서 여북했겠습니까.

언제 그랬냐는 듯 쿨쿨 곯아떨어진 나를 확인하고(도무지 숨넘어가기 전에는 난동을 그치지 않을 것 같던 여자도 잠이 들자 얌전해지더라나) 불러나려는데 기분이 영 께름칙하더란다. 이 여자, 평소 성격으로 미루어 짐작하건데 잠에서 깨면 '어떤 파렴치한이 나쁜 짓을 하고 잠든 틈에 달아났다!' 며 소동을 피울 것이 생생하게 그려지더라고.

그래서 '난 한없이 결백하다오' 라는 증거물로 전화번호를 남겼던 건데, 시간이 흘러도 감감무소식이었으니 괘씸한 생각마저 들었단다.

그러고 얼마 뒤, 방송작가 자격으로 초대한 것이기도 하지만, 그래도 패션관 프리 오프닝에 나를 부를 때에는 뒤늦게나마 내가 자신을 기억해주리라 믿고 은근히 재미있는 일이 생길 거라는 기대감이 있었다고 했다.

그런데 날벼락도 유분수지, 이 여자는 자신을 보고 갚을 능력 없으면 장기라도 팔라고 협박하는 악덕 사채업자 취급을 하니, '아, 세상은 내 마음 같지 않아' 하는 자학의 심정이었다고.

듣고 보니 미안하게 됐군. 하지만 금세 돌변해서는 미안하다고 하지는 않을 참이다. 내 쪽에서도 따질 일은 얼마든지 있었으니까.

"연락 없어 괘씸하게 생각한 건 피차 마찬가지네요. 제가 취재 갔던 날 저녁, 그쪽이 먼저 청해서 즐겁게 얘기를 나눴다고 생각했는데 이후 전화 한 통 없던 건 어떻게 해석하면 되죠?"

내 말을 듣자 그는 정색을 하고 설명했다.

그는 정확히 다음 날 급히 출장을 가게 되었고, 공항에서라도 전화를 하려고 했을 땐 예의 B사감 같은 깐깐한 비서가 지금 그럴 시간이 어딨냐며 난리를 피웠단다. 그리고 내 예상대로 전쟁 같은 출장을 마치고 나서 돌아왔을 땐 이미 한 달이 흘러 있었단다. 늦게나마 전화를 해보았지만 내 전화는 고객의 사정으로 당분간 연락이 금지돼 있는 상태였다나?(헉! 이건 전혀 예상치 못한 일이다.)

"지방 취재 갔다가 휴대폰을 바다에 빠뜨렸지 뭐예요."

서둘러 둘러대는 이 임기응변의 달인! 다행히 그는 내 말을 곧이곧대로 믿는 눈치다. 명품 백 같은 남자가 단돈 몇 만 원이 없어 휴대폰이 정지되는 사태를 상상이나 할 수 있겠어?

명품 남자들은 여자친구 집에 왔다가 접대용으로 나온 고기 반찬을 놓고 서로 먹겠다며 으르렁거리는 가족을 보고도 이렇게 해석하지.

"아버님, 어머님! 이렇게 사람 사는 정이 물씬 나는 밥상을 받아본 적이 없어요. 자주 놀러 와도 되죠?"

그러고는 헤어지는 담장 앞에서 이런 엔딩 멘트를 날린다.

"당신을 알고부터 인생을 다시 사는 느낌이오."

어쨌든 마치 말 한마디에 몇 백이 왔다 갔다 하는 계약을 앞둔 사람처럼 최선을 다해 신중하게 자기 입장을 설명하는 그를 보니 황홀해진다.

그도 나를 기억에서 지우지 못했잖아. 역시 만나야 할 사람은 만나게 돼 있어. 크크크. 이제 우리는 밀린 회포나 진하게 풀면 되는 것 아니겠어?

그런데 몽롱한 판타지는 그리 오래가지 않았다. 그가 문득 생각났다는 듯 대뜸 이렇게 따졌거든.

"그게 나인 줄도 몰랐다면, 얼굴도 모르는 남자한테 전화는 뭔 생각으로 한 거요?"

남자친구 만들기 243일째
갑자기 궁금해졌다. 남자들의 콘돔에도 사이즈 구분이 있을까?
막내 작가가 간단히 일갈한다. "그걸 말씀이라고? 당근 있죠!
어머, 장 작가님, 아직 그것도 모르셨어요?"
으음, 역시 인생 선배 맞다니까….

가슴아, 제발 봉긋 솟아주면 안 되겠니?

성형도 본판이 있어야 한다더니, 가슴도 너무 절벽이라 그
런지 아무리 신축성, 통기성, 흡수력 좋은 양말짝이라도 여간
해서는 가슴골을 제대로 만들지 못한다. 잘못했다간 관절염 말
기 환자의 손마디처럼 뭉툭하게 튀어 나온다니까.

이럴 때면, 지난봄, 클럽에서 난동 부리다 잃어버린 양말 한
짝 생각이 더 간절해진다. 그날 밤 종적을 감춰버린 한 짝은 아
직도 찾지 못했다. 양말 제조업체 관계자가 이 글을 보신다면,
제발 양말에 푹신함 좀 가미해 주세요. 휴대폰도 아니고 양말

조차 슬림화돼야 한다는 생각, 시장 특성을 너무 모르시네요.

하루 이틀 하는 것도 아닌데 이젠 익숙해질 때도 됐건만 어떻게 된 게 할 때마다 처음 같고 어렵다. 시간 없는데 대충 하라고? 모르는 소리. 빈티 나는 몸으로 5번가 점원을 만날 수야 없지. 네네, 제대로 들으신 거예요. 저 지금 5번가 점원을 만나러 갑니다. 놀랍죠? 저도 믿어지지 않습니다요.

다시 만난 5번가 점원이 내게 모종의 거래를 제의해왔다.

"호텔에 데려다 준 사람 얼굴도 몰랐다면서, 대체 무슨 생각으로 불러낸 거죠?"

정곡을 찌르는 그의 발언에 구멍 난 속옷을 들킨 기분으로 황급히 일어나 "그럼 이만…" 하고 자리를 뜨려는데 그가 재빨리 나를 붙잡으며 말했다.

"싫은 저도 용건이 있어요. 작가님 도움이 좀 필요한데…"

"네?"

뜻밖의 말이 어찌나 극적인지, 하마터면 '오늘은 그날이라 곤란한데요' 라고 대답할 뻔했다.

"한 달 뒤 뉴욕에서 세계 각국의 패션 중심 소비 계층인 이삼십대 싱글 여성에 대한 컨퍼런스가 열립니다. 발표자 자격으로 초대된 상태라 지금 브리핑 자료를 만들고 있는데, 정보 수집이라든지, 전체적인 구성 부분에 있어서 작가님 도움이 필요해요."

물론 국내외 유수의 MBA 출신들로 이뤄진 연구 단체가 자료수집을 마치고 완성된 보고서를 제출한 상태란다. 하지만 실컷 자료와 통계만을 나열하고, '2, 30대 싱글 여성의 경제력이 갈수록 높아지면서 결혼과 육아에 대한 부담이 적어지고, 미래에 대한 준비보다는 현재의 만족을 위해 소비하는 특성이 있다. 결론적으로 향후 대한민국 패션 산업의 중심 소비층으로 급속히 성장할 것으로 전망된다' 는 식의 뻔한 보고서는, 외국 생활이 길어 대한민국 싱글 여성에 대한 이해가 부족한 자신이 보기에도 허름하기 짝이 없단다.

"당연하죠! 우리가 그런 몇 줄의 문구로 규정될 수 있는 쉬운 존재들이라면 그 많은 카드사와 백화점, 쇼핑몰은 진작에 말라비틀어졌을 거예요!"

나의 대답에 그는 흡족한 웃음을 지으며 말을 이었다.

"그래서 주말이면 백화점에 들러 쇼핑을 즐기고, 친구들과 명품 이야기로 수다를 떨면서 패션 이데올로기를 공유하는 대한민국 싱글 여성에 대해 확실하게 '터치' 하고 싶은데, 그 일의 적임자로 단번에 작가님이 떠올랐습니다."

오홋, 이건 나한테 입질하는 거잖아! 내 기분은 안정제를 과다 투여한 환자처럼 부웅 떠올랐다. 이런 꿍꿍이로 점철된 그러나 아닌 척하는 신선한 멘트를 남자한테 들어본 지 과연 언제였던가. 우리나라가 아직 입헌군주제였을 때?

'우리 한 번 진지하게 사귀어볼래요?' 하는 직접적인 멘트로 나를 안심시켜주었다면 더 좋았겠지만, 아쉬운 대로 이것도 나쁘지는 않다. 일을 핑계로 아무 때나 전화할 수 있고 만날 수 있으며, '말씀하신 자료, 방금 이메일로 보냈어요', '확인하고 또 연락드리지요' 이러다 보면 슬금슬금 정이 드는 법이잖아.

이렇게 되면? 승리 아니면 죽음을 외치는 슈퍼볼 팀의 감독처럼 용의주도하게 구는 일만 남은 거다.

게임은 초반부터 손에 땀을 쥐게 했다.

서로에게 호기심과 호감은 있으되, 신중하게 자기 패를 먼저 내보이지 않은 채 상대방의 의중을 헤아려가며 풀어가는 게임은 얼마나 흥미진진한가.

우선 나는 평생 쇼핑이나 일삼고 밤이면 클럽에서 소동을 피우는 것이 전부인 여자가 아니라는 걸 알리기 위해, 얌전하게 자료를 뒤적이며 한 글자당 만 원 받는 대작가처럼 노트북 자판을 두드렸다. 아닌 척하면서도 그런 내 모습을 5번가 점원이 간간이 훔쳐본다는 것쯤 왜 모르겠는가. 미치기 직전이다, 좋아서!

더구나 그가 나와 눈을 맞추고는 '이렇게 하는 건 어떨까요? 작가님 생각은 어떻습니까?'라며 정중하게 의견을 구할 때면, 나 자신이 굉장한 여자라도 된 것 같았다.

현장 헌팅이 시작되면서부터는 양상이 또 달라졌다. 인터넷이니 자료니 하는 것들이 주는 이론적 분석에 지친 우리는 이삼십대 싱글 여성들이 있는 현장을 직접 발로 찾아다니면서 영감을 얻기로 했다. 현장 탐방으로 그를 유도한 데에는 나의 부인할 수 없는 음모가 숨어 있다. 소비 공간만큼 남녀 간의 간극을 빨리 좁혀주는 곳은 없다. 뭔가를 소비한다는 것은 그 사람이 채우고 싶어 하는 욕구를 그대로 반영하는 것 아닌가. 아무리 난해한 사람이라도 같이 옷 한 벌만 사고 나면, 금세 오래 알고 지낸 듯 친밀한 사이가 되는 것도 그런 이유에서다.

실제로 백화점 매장을 돌며 쇼핑객들을 인터뷰하기도 하고, 세일 현장을 찾아 6미리 영상에 담기도 했는데, 현장에서 보고 듣고 느낀 것들을 이야기하는 사이, 서로에 대해 아는 것이라곤 2퍼센트 밖에 안 되던 우리가 이젠 2퍼센트만 빼고 다 아는 사이처럼 가까워지고 있었다.

그게 나만의 착각이 아니라는 증거가 있지. 한번은 글쎄, 이렇게 귀여운 짓을 하더라니까.

"작가님, 피곤하지 않아요?"

그가 내 얼굴을 들여다보며 걱정스러운 목소리로 물었다. 나는 빈티에도 모자라 이젠 기미까지 비치나 싶어 지레 겁을 먹고 펄쩍 뛰었다.

"아뇨, 저 의외로 체력 좋아요!"

그러자 그는 싱긋 웃으며 이렇게 말했다.

"어젯밤에 제 꿈속을 그렇게 활보하고도 안 피곤해요? 하하하."

아무리 한물간 유머라 해도 남자가 여자를 웃겨주기 위해 인터넷을 뒤진다는 건, 지갑을 여는 것보다 훨씬 감정의 진도가 진행됐음을 뜻한다.

이제 그를 대동하게 되면, "끼얍!" 하고 일제히 탄성을 지르며 쓰러지는 내 친구들을 위해 단골 앰뷸런스 번호를 외우면 되는 것인가?

그런데 술술 풀려가던 상황에 갑자기 위기가 닥쳤다. 계획대로 착착 진행되어 기본 동영상 구성이 끝나고, 가장 중요한 메인 카피를 뽑는 일만 남겨놓고 있을 즈음, 내가 갑자기 페이스를 잃고 말았다. 대한민국 싱글 여성의 심리를 딱 한마디로 정의할 만한 문구가 좀처럼 떠오르지 않았다.

몇 개 적어보기는 했다. '아무리 비싼 구두라도 나를 위한 투자인 만큼 망설임 없이 지갑을 여는 부류!'라든가, '떠난 남자친구가 어떤 배신을 했는지는 잊어도 친구가 한정판매한 명품 핸드백을 들고 나온 건 절대 잊지 못한다'라거나, '앳지(edge, 각)'를 세우기 위해 '칸지(かんじ, 분위기)'를 만든다'. 내놓고도 내 얼굴이 화끈하다. 작가라는 작자가 겨우 이 정도라니 얼마나 진부한가? 인터넷만 검색해도 이런 식의 문구는 좌르르 뜰 텐데. 내일이면 뭔가 떠오르겠지 했던 게 벌써 사흘째.

이렇다 할 만한 카피를 제시하지 못한 채 시간만 야금야금 갉아먹고 있으려니 잠자리도 뒤숭숭하고 불안감이 엄습했다. 굳이 작가를 섭외했을 때엔 자기가 손대지 못하는 부분까지 세련되게 다듬어줄 거란 기대에서였을 것이다. 그것도 작가협회에 등록된 작가만 천 명이 넘는 상황에서 일부러 나를 떠올렸을 땐, 뭔가 특별한 것이 있다고 판단했기 때문일 거라고.

그런데 여전히 방향을 못 잡고 헤매고 있으니, 어쩌면 그는 이렇게 후회하고 있을지 모른다.

'이 여자, 결국 술 먹고 난동 피우는 재주 말고는 할 줄 아는

게 없는 거 아냐?'

그건 마치 데이트 나가서 비싼 레스토랑에서 밥을 먹이고 경치 좋은 곳까지 드라이브를 시켜줬는데, 싱겁게도 섹스가 형편없는 여자임을 알았을 때 느끼는 그런 짜증에 버금갈 것이다. 심지어 일의 진척 상황을 체크하는 B사감 비서마저 나에게 노골적인 경멸의 시선을 보냈다.

'본부장님은 왜 카피 하나 지어내지 못하는 작가를 데려와서 시간을 질질 끌고 계신 거야?'

나는 죄인처럼 고개를 숙이지 않을 수 없었다.

그렇게 불편한 날이 일주일째 계속되던 어느 날, 찔리는 구석도 있고 사무실에서 나오지 않는 머릴 쥐어짜고 있자니 더 답답해지는 생각에 커피 한잔 하자는 말로 그를 이끌었다. 물론 자판기 커피로 때울 요량이었다.

동전을 넣기 위해 지갑을 열 때였다. 조심성 없이 손을 놀리는 바람에 지갑이 훌러덩 뒤집어지면서 동전이며 카드, 미용실 적립카드와 핸드폰 배터리까지 와르르 쏟아졌다. 그는 나와 같이 바닥에 쭈그리고 앉아 떨어진 것을 줍고 있었다. 그런데 그의 발치를 무심코 바라본 나는 흠칫 놀라고 말았다. 하필이면 그의 발 바로 옆에 여우 부적이 떨어질 게 뭔가. 여우 거시기를 말려 만들었다는 백만 원짜리 부적. 차마 손을 뻗지 못하고 망설이고 있는데 그가 성큼 주워 들더니, 호기심이 발동한 아이처럼 신기한 눈으로 물었다.

"이게 뭐죠?"

“아, 그… 그거요? 시골 계신 엄마가 딸 하는 일 잘 되라고 넣어주신 부적이에요. 객지에 혼자 사는 딸 걱정이 여간 아니시죠. 호호.”

나는 재빨리 그의 손에서 부적을 가로채 지갑 안에 넣으며 둘러댔다. 그런데 그가 웃으며 말꼬리를 잡았다.

“교회에 다닌다고 하지 않았던가요?”

그가 크리스천이라기에 공통점 한 번 만들어보려고(좀 얌전해 보일까도 싶고 해서) 적당히 맞장구를 쳤던 건데, 하여튼 머리 좋은 녀석들은 이래서 피곤해.

“천지신명이든, 예수님든, 알라든, 부처든 일단 믿는 구석이 많으면 많을수록 좋지 않겠어요? 제가 꿈이 좀 크거든요.”

이쯤 되면 적당히 끝낼 것이지, 5번가의 끈기는 또 한 번 작렬했다.

“그렇게 간절하게 이루고 싶은 꿈이 뭔지 들어나봅시다.”

“제 꿈이요? 구찌로 가득 찬 옷장을 갖는 거죠… 헙!”

나는 순간적으로 5번가의 꿈틀거리는 눈썹을 보고 황급히 입을 다물었다. 제기랄, 이 중차대한 순간 구찌로 가득 찬 옷장이 웬 말인가, 경박하게스리!

남녀 관계에서 상대방의 꿈을 공유한다는 것은 섹스보다도 위력적인 찬스이다! 숱한 여자들이 번번이 ‘무좀약’에게 통장째 털리는 이유가 바로 “비록 지금은 내 꼴이 이렇지만 언젠가는 말야…” 하고 그윽하게 장래의 꿈을 읊어대기 때문이 아니던가. 나는 마지막 착지에서 발을 살짝 헛디딘 체조선수처럼 식은땀이 났다. 그나마 남은 점수마저 다 까먹게 생겼어. 그런데 내 절망에는 아랑곳없이 5번가는 무릎을 탁 치며 외쳤다.

"그것으로 합시다!"

"뭐, 뭘요?"

"구찌로 가득 찬 옷장을 꿈꾼다는 말! 그보다 더 강렬한 카피는 없을 것 같군."

십 년 동안 닳고 닳도록 뇌까렸던 말이라 그렇게 느낌이 오는 말인가 심히 의심스러운데, 그는 만족한 웃음을 지었다.

언젠가 엄마는 할머니가 삼십 년째 쓰고 있던 요강을 3만 원이나 주고 사간 남정네들을 알 수 없다며 이렇게 혀를 찼다.

"아니, 지린내 나는 저걸 3만 원이나 주겠다며 어서 팔라고 난리를 치지 뭐냐? 모자란 놈들."

내 심정이 꼭 그랬다. 나로서는 지린내 나는 요강일 뿐인데, 그게 뭐 그리 좋다고 무릎을 치는지 원. 난 흡사 3천 원짜리 물건을 사고 5천 원짜리를 건넸더니, 주인 아줌마가 만 원짜리 받은 줄 알고 7천 원을 거슬러 주었을 때처럼 가슴이 뛰었다. 주인아줌마가 알아차리기 전에 어서 그 자리를 빠져 나와야 한다! 나는 확인도장 찍듯 서둘러 물었다.

"그럼, 결정된 거죠?"

윽, 하지만 무사히 해냈다는 안도감은 오래가지 못했다.

프로젝트가 종료됨과 동시에 백화점을 탐방하고, 마주앉아 저녁을 먹고 대화를 나누던 우리의 은밀한 교감 또한 종료된다는 것을 뜻하기에.

그와 마지막 저녁을 먹고 나를 집까지 바래다주는 그의 차 안에서 내 심정은 말도 못하게 착잡했다. 이대로 끝나는 건가? 그는 왜 다음 약속을 청하지 않는 거지? 목마른 사람이 우물 판다고 내 쪽에서 질러볼까?

‘우리 정식으로 한 번 사귀어봐요. 저도 알고 보면 괜찮은 여자라고요!’

아서라, 그랬다가 ‘우리 남자들은요, 첫눈에 확 가는 걸 좋아한답니다’ 라는 말을 또 한 번 듣게 되면 내 심장은 멈추고 말 거다. 하지만 그동안 그가 내게 보인 눈빛이며 다정했던 말투는 단지 프로젝트를 함께하는 동료 이상의 뭔가가 있었다니까. 정말이지 나에 대한 그의 마음이 어떤지 백인 여자와 흑인 남자의 잠자리만큼이나 궁금해 미칠 것 같았다.

집에 거의 다다랐을 땐 슬픔으로 꺼질 듯했다.

"그동안 수고 많으셨습니다."

5번가의 인사를 듣는 순간, 이게 마지막이구나 생각하니 체한 듯 가슴이 답답해졌다. 다시 한 번 남친 만들기 대장정의 깃발은 무참히 꺾이고 마는가.

"본부장님두요!"

애써 밝은 미소를 지어 보이는 나를 5번가가 고개를 돌려 바라보며 물었다.

"언제까지 그렇게 부를 겁니까?"

"네?"

"호칭 말이에요. 계속 본부장님, 본부장님 할 거냐고요?"

너무 좋아서 입이 쩍 벌어졌다. 이거 부적의 끗발인거야, 새벽 기도의 끗발인 거야? 아니면 간절히 원하면 온 우주가 돕는다더니 부처, 예수, 알라 할 것 없이 한데 똘똘 뭉쳐 나를 응원하는 거야?

남자가 호칭을 정비하자는 건 만남을 지속하고 싶다는 것이고, 지금까지와는 다른 차원의 관계를 만들어보고 싶다는 은밀하면서도 가장 노골적인 프러포즈 아니겠어. 그런데 칠칠치 못한 계집애! 너무 뜻밖의 상황인지라 마음의 준비 없이 충격을 받은 나는 그만 마시던 캔 커피를 쏟아버리고 말았다. 하필 이런 극적인 순간에…!

핸드백을 열어봤지만 마침 티슈가 뚝 떨어지고 없었다. 운전 중이던 그 역시 허둥지둥하더니 보조석 앞의 사물함을 열어보라고 했다. 역시나 티슈가 없어 사물함을 닫으려는 찰나, 뭔가 낯익은 것이 눈을 끌었다. 작대기 세 개짜리 양말 한 짝.

"이, 이건…."

요리 보고 조리 봐도, 그날 밤 사라진 내 양말짝이 분명했다. 아니 이게 왜 여기에 있지? 당혹스런 내 심정을 아는지 모르는지 그는 우선 그것으로라도 닦으라고 재촉했다.

그럴 순 없지! 내게 있어 작대기 세 개짜리 양말이 무엇을 의미하는지 안다면 그렇게 말할 수 없다.

"아 참, 그거 혹시 당신 양말 아닌가요? 호텔로 옮길 때 떨어진 것 같은데."

　다음 순간 내가 할 수 있는 일이란, 수세미로 냄비 바닥 닦듯 내 소중한 양말로 커피 얼룩을 야무지게 문질러 닦는 것뿐이었다. 행여 양말짝의 진짜 용도를 눈치 챌세라 의도적으로 박박! 하지만 엎질러진 커피를 다 닦아냈다고 해서 혼미한 정신까지 수습되는 건 아니었다. 그는 이미 모든 걸 알고 나를 비웃고 있는지도 모른다. 평소엔 잘도 재잘거리던 내가 갑자기 입을 꾹 다물고 있으니 5번가 점원이 어색한지 흘끔흘끔 내 눈치를 봤지만 나는 앞만 바라보며 속으로 외쳤다.

　'날 어서 내려줘!'

　이윽고 집 앞에 도착했을 때, 용수철처럼 문을 열고 튀어 나가려는데 그가 나를 제지했다.

　"우리 호칭 아직 못 정했잖아요?"

　"그… 그건 차차 정하죠 뭐."

　"내가 인터넷에서 고른 게 하나 있는데…."

　"네네, 다음에요. 그럼 밤길 조심하시고 안녕히 가세요!"

　부랴부랴 차에서 내린 나는 코가 땅에 박히도록 고개를 숙이고 냅다 달음박질쳤다. 하지만 몇 발자국 뛰지도 못하고 앞으로 고꾸라질 뻔했다. 식은땀이 줄줄 나는 내 등에 그가 인터넷에서 골랐다는 문제의 호칭이 날아와 꽂혔기 때문이다. 딴엔 무척 야심차게 준비했다는 말투로,

　"애기야! 잘 자, 우리 애기! 내 꿈 꾸는 거야."

　"크윽!"

'명품 백'을 남자친구로 둔다는 것의 의미

남자친구 만들기 247일째
카드 대금, 각종 공과금, 주민세까지 각종 독촉 청구서 총 7통.
연체 액수 총 530만 원. 괜찮아, 내 애인이 어떤 사람인 줄
아직 몰라서들 그러는 거라고.

남자친구가 생겼다는 것은, 더 이상 주말 밤 혼자 캔 맥주를 뜯으며 TV드라마에 빠져 있지 않아도 좋다는 것을 말하고, 생리대 사러 나간 대형마트에서 사이좋게 팔짱 끼고 쇼핑 카터를 끄는 커플들의 등에 대고 저주를 퍼붓지 않아도 된다는 것을 뜻하고, 저마다 시내 모처의 모텔로 뿔뿔이 흩어질 때 저것들이 들어가는 방마다 몰카를 설치해서 인터넷 동영상을 만들어 뿌리겠다는 망상에 시달리지 않아도 좋다는 것을 의미한다.

하지만 그것이 '휴대폰'도 아니고 '무좀약'도 아니고 '명품 백'이라고 하면 차원이 달라진다.

5번가 점원은 나만 보면 놀랄 일의 연속이라며 반짝반짝 눈을 빛내지만, 나야말로 그를 알게 되자 하루하루가 놀랄 일의 연속이라 혈압 강하제 정도는 휴대해야 할 지경이 돼버렸다.

향수라는 것은 화장품 기획전에서 절반 가격 이하로 떨어지기 전에는 제대로 된 것 하나 살 수 없던 여자가, 화장실 방향 제조차 이름난 디자이너의 제품이 아니면 쓰지 않는 남자를 만난 것이다. 화장실 냄새라면 무조건 역하다고 것으로 연상하는 나의 고정관념이 세상을 지극히 도식화시키는 무뇌아적 발상이었음을 알고 반성하게 된 건 시작에 불과했다.

조명 좋고 분위기 아늑하면 다 고급 식당이라고 생각했던 여자가, 진짜 고급 식당은 요일별, 시간대별로 주방을 맡는 주방장이(아니, 쉐프라고 하더군) 따로 정해져 있고, 새로운 주방장이 오면 그 주방장 프로필이 회원들에게 일일이 우편 발송된다는 것을 알고는, '세상은 생각보다 훨씬 정교하게 돌아가는군' 하고 이마를 쳐야 했다.

식당을 예약한다는 것도, 단지 '몇 월 몇 일 몇 시에 몇 사람이 갈 것이다'가 아니라는 것도 알게 됐다. 수방장과 음식과 그 음식에 들어갈 소스 그리고 향신료와 와인을 미리 주문해야 하는 복잡다단한 차원이라는 걸 알고, 이렇게 체계적으로 사는 사람들이 있는데 그동안 내가 얼마나 대충 살았나 새삼 돌아보게 되었다.

명품이라고 해서 모두 명품관에 전시되는 것이 아니라는 것도 알았다. 진짜 명품은 매장 디스플레이 단계를 생략하고, 곧

바로 노블레스 명단에 통보하여, 일반인들 눈요기조차 시켜주지 않고 깔끔하게 자기들끼리 처리해버린다는 것을 알고는, 나도 언젠가는 집에 들어앉아 파견 사원의 일대일 상담을 받으며 편안하게 쇼핑해야지 하는 각오를 다지게 됐다.

어떤 것은 제품 출시 전에 미리 '오더'를 내고도, 주문된 상품이 제작되어 바다를 건너 집에 도착하는 데까지 수개월에서 일년이 넘어가기도 하지만, 구매 동기가 '사용하기 위해서'가 아니라 단지 그 제품의 '아우라'를 산 것이므로 불평 한 마디 하지 않는 여유를 볼 때는, 식당에서 부대찌개가 왜 이렇게 늦게 나오냐며 길길이 뛰던 지난날을 반성하기도 했다.

회원카드라는 것도 이동전화를 쓰면 자동으로 따라오는 할인카드만 있는 줄 알았더니, 진짜 회원카드는 국세청을 통해 고객의 재산상태, 소득수준, 세금납부 실적, 쇼핑 취향까지 파악해 개인 재무집사처럼 알뜰하게 관리해주는 멤버십 카드를 말한다는 것도 알게 됐다.

매장에선 옷보다 가격표를 먼저 확인해야 안심이 되던 여자가, 가격표는 보지도 않고 물건만 보고 구매하는 사람들을 보고는 기함하게 됐다. 그러다 카드 사용금액 한도를 초과하면 어쩌려고 저러시나? 하는 걱정도 잠시, 그들의 카드란 사용한도가 애초부터 존재하지 않는다는 걸 알고 아직 내가 더 배워야 할 것들이 많구나 겸허해졌다.

명품이라고 하면 샤넬, 페레가모, 아르마니 등 개그 프로그램에서 회자되던 수준을 못 벗어나던 여자가, 그런 건 개나 소나 다 아는 '매스명품(대중적 명품)'이라고 해서, 진짜 명품을 상대하는 사람들에겐 '세 켤레에 천 원' 하는 길거리 스타킹과 다를 바 없다는 것을 알고는 문화적 충격을 받았다. 수준 차를 줄이기 위해 인터넷을 열심히 두들겨보지만, 검색창에서 말하는 명품조차 샤넬, 페레가모, 아르마니 수준을 못 벗어나니, 진짜 명품을 알기 위해서는 어서 빨리 계급을 바꿔 달아야 한다는 인생 최대의 각성을 하게 되었다.

명품이면 무조건 걸치겠다는 발상만큼 위험한 것이 없다는 것도 알게 되었다. 질 샌더의 면 티셔츠, 발렌시아가의 넥타이, 티파니의 플라티나 반지, 지방시의 구두, 차는 페라리, 물은 에비앙, 핸드백은 에르메스 캘리백처럼 특정 브랜드의 제품과 이미지를 '초이스' 하는 감각이 필요했다.

압권은 명품이라면 무조건 보통 제품들이 감히 넘볼 수 없는 품질과 디자인을 가졌을 거란 믿음에 균열이 생긴 것이다.

여기 '메이드 인 프렌치'의 다이어리가 있다. 프랑스의 국경일과 축제일, 빈티지 와인의 생산 일람표로 가득 차 있다. 그것도 프랑스어로. 오로지 프랑스 사람만 읽고 쓸 수 있는 이런 한심한 다이어리가 무슨 명품일까 싶지만 그건 어디까지나 나 같은 사람 생각이고, 명품을 취급하는 사람들에겐 그래서 명품이란다. 그걸 갖고 다님으로써, '난 평일과 휴일을 지켜 일하고 쉬는 계급이 아니라구요. 호호호' 할 수 있으니 말이다.

장정이 들기에도 무거워 허리가 휠까 심히 염려되는 여행 가방이 있다. 그걸 들고 몇 발짝만 움직여도 당장 욕이 나올 지경이지만, 어디까지나 스스로 가방을 나르지 않는 계급을 위한 브랜드 이미지에 힘입어 상류층 사람들 사이에서는 불티나게 팔린단다.

즉 명품이란, 품질이 좋아서? 디자인이 뛰어나서? 다 웃기는 소리다. 일반 제품들은 꿈도 꿀 수 없는 상식 밖의 상식을 천연덕스럽게 자행할 수 있는 것이야말로 명품의 진정한 가치인 것이다. 보통 사람들로 하여금 '이야, 명품이다. 부러워!' 하는 탄성을 유도하는 것은 지극히 초보 수준이었다. '저런 걸 사다니 미쳤어!' 이런 비난이 쏟아지게 함으로써, '우린 당신들과 다르다'는 계급의 선을 확실히 그을 수 있는 것이라야 진짜 명품이었던 것이다.

이 모든 걸 내가 5번가 점원이 아니라면 무슨 수로 알겠어? 그는 내게 새로운 세상으로 난 창과 같다. 그리고 난 그 창을 통해 그들만의 세계로 유유히 진입하고 있다. 고도빈티 걸에게 찾아온 문화적 충격은 새로운 의미를 갖는다. 그냥 어깨가 아니라 '에르메스 정장을 걸친' 어깨를 빌려주고, 목이 막히면 물이 아니라 '에비앙'을 건네고, 축하할 일이 있으면 샴페인을 터트리는 것이 아니라 '돔페리뇽'을 터트리는 남자와 데이트하다 보면 무슨 일이 일어나는가?

신기하게도 삼십 년 동안 원귀처럼 들러붙어 있던 빈티가 어느새 자취를 감추는 경험을 하고 깜짝 놀라게 된다. 동시에 빈티를 없애기 위해 무수한 돈과 향수와 시간을 낭비했던 지난

날이 억울해 눈물이 왈칵 쏟아지게 된다. 그건 화장을 진하게 한다고 될 일도 아니었고, 속옷 안에 양말 뭉치를 넣어 불룩하게 만든다고 될 일도 아니었다. 변기에 찌든 때를 빼기 위해 강력한 곰팡이 제거제가 나왔다는 것도 모르고 혼자 수세미로 박박 문질러 댔던 꼴이었다. 여자를 빛나게 하는 최고의 액세서리는 '남자'였던 걸 서른이 되어서야 깨달은 셈이다.

"장작, 요즘 좋은 일 있나봐. 혈색이 달라 혈색이…."

비열한 변 국장이 이 따위로 이죽대기 시작한 것도 그즈음이었다. 옛날 같으면 당장 목을 조르고 싶었을 텐데, 그 말이 왜 그렇게 기분 좋게 들리는 거지? 남자가 없어서 매사 부정적이라는 변 국장님의 말씀은 지당했던 거야. 그러고 보니 사랑의 힘이란 정말 대단하다. 나처럼 부정적인 여자를 이렇게 긍정적으로 바꿔놓다니!

얼마 전만 해도 직장 상사의 횡포 때문에 언제 잘릴지 몰라 적금 하나 제대로 들 수 없고, 심심하면 아이템이 펑크 나는 바람에 일 년 계획은커녕, 당장 주말 스케줄조차 잡을 수 없던 날품팔이 하루살이 인생이었던 내게 서서히 안개가 걷히고 미래가 보이기 시작했다. 건실한 남자에게 시집가서 떡두꺼비 같은 아들 낳고 시부모님 봉양하면서 푼푼이 아긴 돈으로 노후를 준비한다는 시나리오? 무슨 섭섭한 말씀!

남자친구의 신분이 '명품 백'인 여자의 머릿속에 그려지는 미래란 대강 이렇다.

아침이면 온통 '제이홈스'로 갖춰진 화려한 침실에서 일어나 러시아 황실 도자기 '그젤'에서 만든 잔으로 커피를 마시고, 이태리 명품 소파인 '라뚜찌'나 미국풍인 '이튼 알렌' 제품이 깔린 거실에서 1925년 덴마크에서 만든 뱅앨올룹슨을 켜놓고 음악을 듣다가 슬슬 심심해지면 머리에서 발끝까지 온통 명품으로 치장한 다음, 아우디 벤츠 클래식을 끌고 나가서 매회 서비스 요금이 기백만 원씩 하는 고급 스파에 들러 머리에서 발끝까지 피부 긴장을 풀어주고 세포의 재생을 촉진시킨다. 그리고 '송아지 정강이찜과 샤프란 리조또'를 절반 가량만 먹고, 서둘러 명품관으로 옮겨 새로 들어온 제품이 없는지 확인하고는 마음에 드는 것을 몇 개 골라 들고 귀가하여 잠자리에 드는 거다. 참, 이불은 까사미아 장미 25호라야 한다.

아이가 태어나면 구찌, 샤넬, 에르메스, 펜디 등을 좌르르 늘어놓고, 나도 이렇게 호들갑을 떨겠지.

"어머, 어머니! 얘가 벌써 구찌를 알아보네요."

어찌나 완벽한 삶인지 날마다 아카데미 시상식에 초대돼 가는 여배우라도 된 듯해서 건물 뒤나 공중전화 박스 안에 파파라치가 숨어 있을까 두리번거리는 버릇마저 생길 것이다. 그동안 나를 거쳐간 무수한 남자들을 일일이 수소문해서 "날 버려줘서 고마워"라는 감사 카드를 보내고 싶어질지도 모른다. 그러고는 장밋빛 인생을 꿈꾸며 일터에서, 도서관에서 코피 쏟으며 공부하고 일하는 여자들에게 이렇게 외치고 싶어질 거야.

"여러분, 저 좀 보세요! '명품 백' 하나 걸치니 인생, 이렇게 쉽네요!"

여자들이여,
바겐세일 사냥꾼의
기상을 회복하자

남자친구 만들기 254일째
가을 정기 대 바겐세일~!
왔노라, 샀노라, 구원받았노라! 할렐루야.

이 몸으로 '명품 백'씩이나 걸치게 됐으니 나도 이만하면 연애 고수 아닐까? 하여 여러분께 살아 있는 연애지침을 내리노라.

외로워서 죽겠다는 여자 분들, 꼭 명심하시고 성공하길 빌어요. 시작하기 전에 이 말을 하고 싶네요. 자신을 믿어라, 아무도 믿어주지 않을 때 더더욱!

자, 그럼 여러분들도 근사한 '백' 하나씩 골라 멜 수 있기를 바라면서 시작할게요. 큼큼(목에 깁스).

1. 어지간한 새것보다는 차라리 중고가 낫다.

부유한 치과의사인 이혼남과, 가난하지만 정직한 총각이 있다고 하자. 양손에 떡을 쥐고 고민하고 있는 내 친구 J양. 선택은 하나다. 당연히 돈 많은 이혼남! J는 그래도 자기는 처녀인데 이혼남을 선택하는 건 왠지 고물을 차지하는 것 같아 자존심이 상한단다. 모르는 소리! 이혼남이란 딱지가 대수인가.

미혼의 신분으로 이혼남을 선택했으니 부부 세력관계에서 일단 우위를 점하고 들어간다. 전 부인이 쓰던 것이면 어떤가? 잘 길들여진 고급 가죽 소파는 이미 광이 번들거리고 있으니 따로 걸레질하지 않아도 좋을 것이다. 백 마디 말이 다 무슨 소용인가? 신형 경차보다는 중고라도 그랜저가 훨씬 낫잖아.

너무 계산적이지 않냐고? 이런, 그래도 우리는 양반이다. 남자들은 어떤 말을 하는지 아는가? "새로 사귄 여자친구 어때?" 이렇게 물어오면 뭐라는 줄 알아?

"으응, 여태 포장도 안 뜯은 거 있지. 밤새 노끈 자르고 박스 뜯어서 포장지 풀고 스티커 제거하느라 혼났어. 어느 세월에 손에 익을지 걱정이야"

"그러게 어설픈 새것보다 중고가 낫다니까, 짜식."

무슨 말인지 알겠어? 시장은 우리가 생각하는 것처럼 그렇게 순진하지 않다.

2. 임자가 있다고 하면 갑자기 괜찮아 보인다.

Q양 집의 변기가 막혔단다. 하루도 아니고 이틀도 아니고

무려 일주일을 채울 무렵, 도저히 안 되겠다는 생각에 직접 뜯었다. 하지만 뜯는다고 다 되면 쉽게?

엉망이 된 화장실 앞에 주저앉아 뼈저리게 후회하고 있는데, 옆집 남자가 우연히 찾아왔다가 맥가이버 수준으로 깔끔하게 고쳐주더란다. 그동안 엘리베이터 안에서 몇 번 나눈 눈인사가 전부였는데, 말을 트고 보니 외모도 쓸 만하고 말도 대화도 잘 통했다. 그런데 직장이 좀⋯. 조그만 무역회사라던가? 녀석에게 끌리던 마음을 잽싸게 접었다.

그러던 어느 날, 옆집 맥가이버가 낯선 여자와 함께 집에 들어가는 것을 목격했다. 얼굴도 예쁘고 몸매도 좋은 여자였다. 잘 배운 티가 나는 그런 조신한 여자였다. 갑자기 아까운 생각이 들었다. 보물을 놓친 건지도 몰라. 집적거릴 때는 별로더니 갑자기 임자가 나타나니 왜 그렇게 괜찮아 보이는 거야? 혹시 무역회사라는 것도 알고 보면 아버지 회사 아닌가 몰라.

하여튼 매장에 걸린 옷이든 남자든, 누가 찜했다면 그 순간 눈이 빛나기 시작하지. 인터넷 쇼핑몰에서 기껏 클릭했는데 '품절'이라고 돼 있어봐. 미치지!

3. 저마다 구매하는 꿍꿍이는 다 다르다.

〈섹스 앤 더 시티〉를 봤던 여자라면, 누구나 사만다가 전동 안마기를 전혀 다른 용도로 쓰는 것을 인상 깊게 봤을 것이다. 시중에 나와 있는 갖가지 물건들은 만든 사람의 의도보다는 구매한 사람의 의도대로 쓰이기도 한다. 저마다 구매하는 꿍꿍이가 다 따로 있다는 말이다.

그런데 허구한 날 남자한테 왜 날 좋아하냐고 물으면, '니가 자취하니까 좋아!' 라고 진실을 말할 남자가 있을까? 내 친구 Y는 사정상 자취를 끝내고 부모님 집으로 들어가는 것과 동시에 남자친구로부터 결별을 통보받았다. 우연의 일치일 뿐이라고? 후후, Y가 출장 갔을 때, 그녀의 남자친구가 주인 없는 자취방을 따고 들어와 다른 여자와 밤을 보냈다는 사실을 내가 모를 줄 알고? 보이는 것만 믿지 마시라!

4. 쇼핑과 연애에 있어 여자친구는 최고의 동지로 보이지만 사실 최악의 적이다.

어려서부터 나를 귀여워했던 이모가 자기 친구의 조카를 소개해준 적이 있다. 한 3개월 쯤 사귀었나? 대학원을 졸업하고 나서 나름대로 탄탄한 외국계 회사에서 근무하던 그는 넉살도 좋고 유머 감각도 있는 것이 첫 만남부터 내 마음에 포근하게 안착했다. 재정 상태가 별로 좋지 않았던 터라 좀처럼 자랑할 게 없었던 그 시절, 나는 당연히 녀석을 내 친구들 모임에 데리고 나갔다. 그는 잘 교육된 준마처럼 매너 좋게 굴었다.

"만옥이 어디가 좋았어요?"

이건 여자들의 교묘한 화법이다. '이렇게 깡마르고 빈티 나는 애가 뭐가 좋다는 거예요?' 라는 속뜻이 담겨 있다.

이 녀석, 은근히 가시 발린 친구들의 말에도 여유 있게 대답하고, 적당한 유머로 분위기를 화기애애하게 푸는 기술마저 갖고 있었다. 약속 있다며 먼저 일어서더니 안주 하나 비싼 것으로 추가해주고는 술값을 미리 계산하고 나가는 매너까지! 모든 게 완벽했다.

문제는 그 다음이었다. 보통 남자친구가 자리를 뜨게 되면 곧바로 여자 친구들의 품평회가 열리는 법이다. 그런데 하나같이 "괜찮다!"를 연발했지만, 적이 안도하는 기색이 역력했다. 순간, 그에 대한 호감이 3단 입체그물 냉장실에 넣어둔 시금치마냥 싸늘해졌다. 나의 여자친구들을 안심시키는 남자친구란 얼마나 밋밋한가.

쇼핑이고 연애고 분야를 막론하고 여자들이란 아군을 가장한 최고의 복병이다. 함께 쇼핑하는 순간을 떠올려보면 이해가 쉽다. 겉으로는 내게 잘 어울리는 옷을 함께 걱정하고 골라주는 척하지만, 사실은 진짜 괜찮은 옷이라도 고를까봐 안절부절못하는 게 여자친구들이다. 정말 괜찮은 옷을 입고 피팅룸을 나섰을 때 숱한 여자 친구들이 했던 말을 떠올려보라.

"괜찮긴 한데, 엉덩이가 좀 커 보이는 것도 같고…."

사라는 건지 말라는 건지 사람 영 헷갈리게 만든다. 기껏 다른 옷을 사면 집으로 가는 전철 안에서 꼭 이렇게 말한다.

"아까 그 옷 괜찮았는데…!"

결국 여자들이란, 내가 완벽하게 빛날 최고의 옷을 만나기라도 할까봐 전전긍긍해하는 속성을 지닌 족속들이다. 내가 정말 죽여주는 원피스를 만나면, 자기 취향도 아니고 곧 죽어도 살 마음이 없으면서도 자기도 입어보겠다며 난리를 피우지 않는가.

중학교 2학년 때, 하루는 긴 생머리를 싹뚝 잘랐다. 당장 엄마가 펄쩍 뛰었다.

"그 탐스럽던 머리를 어떻게 한 거냐?"

"잘라버렸어요. 친구들이 자르는 게 예쁠 거라고 해서요."

어머니는 나를 붙잡아 앉혀놓고 이렇게 말씀하셨다.

"네가 이렇게 순진해서 걱정이다. 여자 말은 절대 믿어선 안 돼. 오죽하면 내 어머니조차, 네 외할머니 말이다. 니 아부지가 밥은 굶기지 않을 거라고 해서 시집왔잖니. 그런데 이게 뭐냐, 평생 돼지만 치고 있으니."

아무리 거울을 들여다 봐도 머리카락이 뎅겅 잘려나간 나는 확실히 이전만 못했다.

사정이 이러할진대, 각본을 짠 듯한 친구들의 환호와 칭찬은 남자친구에 대한 호감과 믿음을 일거에 의심과 부정으로 돌려놓았다. 숱이 좀 적다 싶었던 머리는 결혼과 동시에 홀러덩 벗겨질 것만 같았다. 외국계 회사라는 것도 말이 좋아 외국계 회사지, 정년이 가장 짧은 곳이라잖아. 더 이상 사업성이 없다고 판단되면 곧바로 철수해버리고 철수할 때 인력 고용이니 뭐니 하는 것도 없으니 공무원만도 못하다.

적당히 나온 배도 내가 워낙 말랐고 보니 듬직해 보인 거지, 왠지 침실 유희라도 즐길라치면 금세 숨이 넘어갈 것만 같아 불안해질지도. 차라리 침실에다 돼지를 키우는 편이 백 배 낫겠다고 후회할지 모른다. 안 돼, 돼지라면 어려서부터 지겹도록 쳤단 말이다(대학 합격과 동시에 고향을 뜨기 전날까지도 엄마와 함께 돼지 막사를 돌봤다).

남자친구는 갑자기 싸늘해진 나를 이해할 수 없다며 어안이 벙벙한 표정이었지만, 미안해요 오빠, 제가 꼭 오빠를 이해시켜야 하는 건 아니잖아요?

5. 중매쟁이와 부동산 중개업자의 공통점

남자든 부동산이든 내가 아는 물량이 한정적이다 보니, 자연히 우리는 전문 중개업자를 거칠 때가 많다. 그런데 기껏 믿고 거래를 성사시키고 보면 배신감이 들 때가 한두 번이 아니다. 그 이유가 뭘까?

첫째, 그들의 '물량'에 대한 평가는 주관적일수록 위험하다.

부동산 광고를 보면 하나같이 '환상적'이라든가 '매혹적'이라는 식의 단어를 남발한다. 그건 마땅히 내세울 '거리'가 없다는 증거다. 진짜 괜찮은 부동산을 보라. '화강암 바닥, 대리석 욕조, 참나무 마룻바닥'. 이 얼마나 구체적인가. 남자라고 다를까? 직업, 연봉, 자동차 배기량같이 확실한 것은 구구절절한 설명 없이 한마디로 '진품'이라는 명료한 메시지를 전달해준다.

둘째, 진실은 그 이면에 숨어 있다.

중개업자들이 쓰는 말들은 대개 독특한 뉘앙스를 담고 있다. 그 속에 숨은 뜻을 간파해야 하는데, 가령, '넓은' 집이라는 것은 대개 낡고 비실용적이라는 뜻을 담고 있다. '잘 유지

된'이라는 표현을 쓴다면 오래되었지만 무너져 내릴 정도는 아니라는 뜻이다. 같은 이치로 '그 나이에 대단한 거지'라고 말했다면, 그 남자가 대단하다는 걸 말하는 게 아니라, 나이가 많다는 것을 강조하는 것이다.

셋째, 변두리 정보를 자꾸 갖다 붙인다.

부동산을 거래할 때, '주변 환경이 훌륭하다'는 집은 별로일지 몰라도 주변에 좋은 집들이 많다는 것을 말한다. 도보로 오 분 거리에 대형 할인마트가 있다거나, 조금만 걸어 나가면 수영장이 있다는 말도 의심해야 한다. 도보 오 분이라는 건 손오공의 축지법에 의한 기준일 수 있다.

망설이는 우리에게 '이거 탤런트 누가 입었던 것과 똑같아요'라고 말하는 순간, 우리가 확 엎어진다는 것을 그들은 알고 있다.

넷째, 칼만 안 들었다 뿐이지 공갈 수준의 위협을 가한다.

이거 놓치면 평생 후회합니다, 보고 간 사람이 한 둘이 아니에요, 계약금 걸고 간 사람도 있다니까요…. 우리로서는 어디까지가 진짜고 어디까지가 거짓말인지 알 도리가 없다. 그러다 보니 마음 약한 우리는 덜컥 계약해버린다.

잊지 말자, 그들은 물건이 제대로 팔리는지 아닌지는 관심 없다. 그들의 관심사는 오로지 수수료다. 귀를 반만 열어둬라.

6. 애프터서비스가 좋은 건 자랑이 아니다.

직업도 좋고 외모도 그만하면 괜찮고 특별히 빠질 것 없는

내 친구의 남자친구 R군. 그런데 딱 한 가지, 술만 먹었다 하면
주사를 부린다. 심지어 친구를 두들겨 패기도 한다지? 그런데
술이 깨면 나 죽었네 하며 한 번만 봐달라고 읍소를 하고 매달
린단다. 그러면서 자기 죄를 알고 있으니 엄청 잘해준다고 한
다. 빨래, 청소는 물론 미래의 장인, 장모에게까지 선물을 안기
는 등 비위도 썩 잘 맞춘다. 하지만 술만 먹으면 개차반 같은
버릇이 또 다시 재발하니, 이를 어쩌면 좋은가.

헤어져야지 했다가도 자기 잘못을 뉘우치고 지극정성으로
나오면 다시 마음이 약해지는 악순환이 계속된다. 헤어질 것인
지 말 것인지 고민하는 친구에게 이 말을 들려주고 싶다. 애프
터서비스가 좋은 건 결코 자랑이 될 수 없다. 애프터서비스 할
일이 없게 만드는 것이 월드 베스트를 향한 첫 걸음이란 사실!

7. 뭘 망설여? 샤넬이잖아!

D양의 남자친구는 명문 대학을 나와 안정적인 직업에 종사
하고 있다. 그런데 착하다고만 하기엔 다소 어눌한 언변하며
한 박자 늦는 유머 감각이고 보니, 이렇게 상담을 해온다.

"좋은 간판이 있으면 뭐 하냐? 워낙 어눌해 보여서 대리 딱
지 떼기도 전에 정리해고 당하지 않을까 걱정이야. 대학 간판
은 별로여도 배짱 좋고 추진력 좋은 남자가 더 빨리 출세하지
않을까?"

바보 같으니! 십 년 쇼핑 헛했군. 우리가 명품에 환호하는
게 품질 때문이었나? 디자인 때문이었나? 아니다. 대일밴드만

한 딱지 때문이었잖아. 누가 채가기 전에 당장 사라구!

8. 실패를 부끄러워 말라. 실패를 통해 안목은 자라는 법.

M은 내가 아는 여자 중에 유일하게 선물 옵션이 뭔지 이해하는 친구다. 미국이나 일본은 물론이고, 아랍권에도 친구를 갖고 있다. 아무리 주가가 반 토막 나더라도 그녀가 사들인 주식은 결코 실패하는 법이 없으며, 웹스터 사전에 등재되지 않은 영어 신조어도 그녀에게 물어보면 수 초 후에 답이 날아오며, 암세포보다 더 관리하기 힘들다는 체지방마저도 빈틈없이 관리해서 168센티에 54킬로를 탄력 있게 유지하고 있다.

그런 그녀와 삼 년을 사귄 남자가 결혼엔 자신 없다며 떠나버렸다. 그녀가 맛본 생애 첫 실패였다. M을 더 상심하게 한 것은 그렇게 떠난 녀석이 한 달도 안 돼서 다른 여자와 버젓이 결혼해 잘 살고 있다는 것이다.

엄격한 자기관리를 위해 여섯 시 이후엔 물 한 모금 입에 안 대던 그녀가 자정이 넘도록 양주를 서너 병씩 비웠고, 다음 날 오후 죽음 직전의 상태로 유서와 함께 동료에게 발견되었다.

협상은 대학에서 배울 수 있는지는 몰라도 쇼핑과 연애는 다르다. 지침서도, 교본도, 족보도 없다. 숱한 시행착오를 거친 끝에 비로소 쇼핑 퀸, 연애고수로 우뚝 서는 법이다. 실패 없이 곧바로 고수가 되겠다는 건, 고속도로를 달려 부산에 갈 거면서 통행료를 내지 않겠다고 우기는 것과 같다. 말하자면 실패란, 누구도 예외 없이 지불해야 하는 통행료와 같다. 잊지 말

자. 안목은 실패를 통해 높아진다.

9. 환불 결정은 빠를수록 좋다.

내 친구 E는 동호회에서 한 남자를 알게 됐다. 처음엔 별다른 감정을 느끼지 못했지만, E가 직장에서 물먹었을 때, 위로주를 한잔 하면서 급격히 가까워졌다. 이 남자, 모든 면에서 E의 마음에 들었는데 아쉽게도 딱 한 가지, 잠자리 궁합이 영 별로였다.

당연히 내 친구는 고민에 빠졌다. 친구들은 빨리 환불할 것을 조언했지만 E는 내내 망설였다. 자기 힘들 때 도와준 의리도 있는데 단지 침실 만족도가 떨어진다고 해서 환불한다는 것은 비인간적이고 비도덕적이라는 생각이 들었다고 한다. 하지만 참는 데에도 한계를 느꼈겠지. 고민 끝에 헤어지자고 어렵게 말을 꺼냈는데 남자가 이랬단다.

"여태 갖고 놀다가 단물 빠지니까 버리겠다고?"

어머머, 갖고 놀긴 누가? 단물은 있기나 했던가요? 이 말이 목까지 넘어왔지만, E양은 미안하다며 고개를 조아렸다고. 그러게 환불은 미루는 게 아니다.

10. 충동구매도 한 살이라도 젊었을 때나 가능하다.

H양이 그 남자와 사고를 친 건, 순전히 대책 없이 타락하고 싶게 만드는 그의 근사한 외모 때문이었다고 한다. 그리하여 정말로 대책 없이 타락했던 것인데, 문제는 다음 날 모텔에서

눈을 뜸과 동시에 시작된 후회와 회한!

길 가다가 다시 만나기라도 하면 무슨 망신이며, 직장에서 남자 사원 서넛이 모여 웅성거리기만 해도 'H양 안 그렇게 생겨서는 사생활이 굉장하다며?' 하고 자기 이야기를 수군거릴 것 같고, 데스크진의 호출이 있기라도 하면 '그렇게 안 봤는데…' 라며 회사의 품위를 손상시킨 죄로 책상을 빼라고 할 것 같은 공포에 시달렸다. 하지만 가장 괴로운 건 내가 이토록 헤픈 여자였다니 하는 스스로의 족쇄였단다.

애초에 지르지 말았어야 한다는 입 바른 소리는 사절이다. 인생을 많이 산 것도 아니지만, 인생이 뭔지 하나도 모른다고 하기엔 제법 많이 살았다. 길지도 않은 우리 인생에 단번에 가슴 흔들어놓는 근사한 옷을 만날 수 있는 기회란 결코 자주 오지 않는다. 시간이 지나면 꼭 이렇게 말하잖아.

"그때 그거 사는 거였는데!"

그러니 눈앞에 나타났을 때, 일단 지르고 보는 것도 나쁘지 않다. 더구나 섹스는 동물이 죽음과 바꿔 얻어낸 결정적 행위라고 하지 않던가. 지구의 생물이 처음 생겨났을 때, 동물은 단세포였다. 세포 분열을 통해 번식을 하던 때는 죽음이라는 개념이 없었다고 한다. 하지만 동물은 진화를 통해 무성 생식을 포기하고 두 개의 성으로 나뉘어졌다. 불멸을 포기하고 섹스를 선택한 것이다. 그러니 섹스 앞에 지극히 본능적이었던 그녀에게 누가 돌을 던지랴.

더구나 충동구매? 그것은 한 살이라도 젊었을 때 가능하다.

증거가 필요하다고? 우리 할머니가 어디 가서 충동구매 하시겠니?

자, 나의 연애학개론은 여기까지다. 뭐라? 이렇게 해봤는데 잘 안 된다고요? 미안 미안! 제일 중요한 말을 빼먹었네. 기껏 레시피대로 했는데 맛이 없는 경우가 있잖아요? 그렇다고 절대 요리책을 쓴 사람에게 항의해선 곤란해요. 요리책은 재료와 순서만 알려주면 될 뿐 맛까지 보장하는 건 아니니까요…. 뭐 이런 말이 생각나네요.

'누구나 구찌를 꿈꾼다고 해서 아무나 구찌를 가질 수는 없다.'

치사하게 들릴 수도 있겠지만 생각해보세요. 누구나 구찌를 가질 수 있는 세상만큼 따분한 건 없다고요.

네네, 잘난 저희끼리 다 해먹을게요(제대로 잘난 척)

내게도 드디어
할리우드 여배우와
공통점이 생겼다

남자친구 만들기 262일째
카드빚 야금야금 700의 고지를 향하고 있음
괜찮아, 잘 될 거야~♬

요즘 들어 5번가 점원이 나만 보면 말도 못하게 흥분한다.

바보가 아닌 이상, 그것이 사놓은 주식이 밤새 폭락해서인지, 깜빡이도 넣지 않고 차선을 변경하고 달려든 한심한 차량 때문인지 구별할 수 있다. 교육 잘 받고 자란 남자가 여자 앞에서 흥분할 일이라곤 딱 한 가지뿐이잖아. 하지만 여전히 나는 모르쇠로 일관한다. 지금은 때가 아니니까.

그렇다고 키스까지는 적어도 백 일이고, 잠자리까지는 365일이라고 생각하는 얼뜨기로 보지는 말아주시길. 요즘이 어떤 시대인가. 진짜 '정숙녀' 보다는, '정숙녀 스타일' 이 미덕으로 칭송받는 시대라는 것쯤 나도 잘 알고 있다. 무엇보다 옷장 속이든, 식탁 밑이든 되는 대로 격렬하게 엉키는 것이야말로 내가 성에 눈뜬 그날부터 지금까지 사무치게 꿈꿔온 판타지다.

그런 내가 굳이 인내력과 지구력의 극한을 시험하며 불굴의 투지를 자랑하는 것은, 연애란 철저하게 남녀 간의 주도권 싸움이기 때문이다.

21세기 남녀의 주도권은, 누가 데이트 비용을 많이 지불하느냐 하는 것도, 누가 더 넓은 아파트에 사는가 하는 것도, 누가 더 배기량이 큰 차를 굴리는가에 의해 결정나는 것도 아니다. 남녀 간의 주도권은 오로지 스킨십을 분기점으로 갈린다.

당연히 섹스 전의 주도권은 여자에게 있다. 남자들이 여자친구를 침대에 끌어들이기 위해 얼마나 눈물겹게 구는지 떠올려보라. 필요하다면 당장 무릎이라도 꿇을 기세고, 사나이로 태어나 눈물은 딱 세 번이란 말이 무색하게 시도 때도 없이 읍소 작전으로 일관하고, 오빠만 믿으라고 80년대 버전을 들먹거리는 인간들도 부지기수다.

한겨울에 산수유를 먹고 싶다면 눈밭을 헤치고 산으로 들어갈 태세고, 구두는 그저 발에 편하면 된다고 믿는 남자들이라도 자신의 밀린 카드 대금 결제하기에 앞서 여자친구를 위해 발목이 가늘어 보이는 기십만 원짜리 신상품 구두를 먼저 사다 안긴다.

해외 출장이라도 다녀오는 날이면 영어로 된 마크가 달린 선물 상자를 꼬박꼬박 챙기는 것도 침대에 오르기 전까지다.

여자친구가 조국이 통일되기 전에는 어림없다고 하면 북한 방문단으로 참석해서 김정일 국방위원장과 담판이라도 짓고 내려올걸?

눈덩이처럼 불어나고 있을 사채를 생각하면 좀처럼 집중이 되지 않는다는 여자친구를 위해, 직장 상사를 신용보증인으로 세워가면서까지 마이너스 대출을 받아 깔끔하게 해결해주고 침대에 오르는 데 성공한 남자도 봤다.

그랬던 것이, 모종의 거사를 치르게 되면 이제 체액을 따라 주도권 또한 자연스럽게 남자 쪽으로 전면 이동한다. 뜨거워진 몸이 식기도 전에 남자들의 목에는 뻣뻣하게 힘이 들어가기 시작한다. 남자친구가 그저 뻐끔뻐끔 담배만 피고 있으면 그 옆에서 말도 못하게 복잡해지는 심정, 다들 경험해보지 않았는가? 아무 말 없이 '휴~' 하고 하염없이 내뿜는 것이 담배연기인지, 한숨인지…. 지은 죄도 없이 괜한 죄책감에 괴롭다가도, '자기도 뭐 그리 대단할 것도 없으면서' 하는 생각에 주먹이라도 날리고 싶어지지.

하늘의 별을 따오기 전엔 어림없다며 팅기고 재고 무시했던 황홀한 날은 가고, 침대에서 몸을 일으키는 순간 상황은 잔인하게 치닫는다. 당장 다음 날부터 이제나저제나 남자로부터 전화가 걸려올까 하여 휴대폰을 손에서 떼지 못하며, 기다리다 지쳐 전화를 했다가 "회의 중이야"라는 말이라도 듣게 되면 불안한 마음에 쥐며느리를 붙잡고 사지라도 뜯고 싶어진다.

'내가 싫어진 걸까?' 싶다가도 '간밤에 그렇게 뜨거웠는데 그럴 리가 없다' 는 자신감에 용기를 내서 다시 한 번 전화했다가 "좀 있다 내가 걸게"라는 말이라도 듣게 되면 그때부터는 넋 놓고 시곗바늘과의 전쟁을 시작한다. 오 분, 십 분, 한 시간이 가도 오지 않는 전화를 놓고 과연 '좀' 있다가 건다는 그 '좀' 이란 물리적으로 몇 분을 이야기하는 것인지 심각하게 고민하게 된다.

새삼 한국말이 정확하지 않다는 사실에 세종대왕을 불러 심문하고 싶어지는 동시에 국제표준시각협회 앞에서 '좀' 이란 도대체 몇 분을 이야기하는지 표준 시각을 정하라며 1인 피켓 시위라도 벌이고 싶어질 거라고.

그러다 마침내 두 번째 침실에 들 땐 거의 중전 처소에 머물던 숙종이 간만에 희빈 장씨 처소에 들었을 때와 같이 애틋하고 절절함이 넘쳐 흐른다. 너무 오랜만에 오신 거 아니냐고 투정을 부리면 "여자의 질투는 칠거지악에 속한다는 것을 정녕 모른단 말이오?"라는 말이 아무렇지 않게 날아올 것이다.

잡은 고기에 먹이 주는 남자 없는 법. 이쯤 되면 때 아닌 자기와의 싸움이 시작된다. 야한 동영상이 모니터에 뜨는 날엔 컴퓨터가 바이러스에 걸리는 줄 알았던 순진한 여자라도 최고로 야하다는 비디오만 골라 밤새 독파하게 되고, 인터넷 검색 사이트를 들락거리며 각종 침실 테크닉에 대한 정보를 닥치는 대로 습득하느라 바빠진다.

요즘 안하는 여자 없다기에 덩달아 가입했다가도 잦은 회식과 야근, 의지 부족 등등의 이유로 그만두었던 요가라도 이젠 밥은 안 먹어도 빼먹지 않는다는 일념으로 매달린다. 안 되는 동작을 하느라 허리가 욱신욱신할 때면, 자기도 모르게 절로 욕이 나오지.

"제기랄, 언제부터 전세가 뒤집힌 거야?"

내가 보기엔 여자로 태어나 누릴 수 있는 진정한 화양연화*는 남자친구가 침실에 오르기 위해 갖은 술수와 애교와 작전을 동원하는 며칠이 아닐까 싶다. 여자라고 해서 누구나 누릴 수 있는 것도 아니고, 더구나 나 같은 고도빈티 걸로서는 비싼 달러 빚을 내고도 좀처럼 누리기 힘든 최고의 축복 아닌가! 이런 아름다운 순간을 내 손으로 싹둑 잘라버릴 수는 없다.

신이 남자에게 무릎을 준 건 단지 축구공만 굴리라는 뜻이 아니라구요. 어서 무릎을 꿇고 애원해보란 말야. 더 쉽게 말해줄까? 내겐 좀더 당신을 희롱할 권리가 있다 이거야.

으음, 이렇게 되면 바야흐로 내게도 할리우드 여배우와의 공통점이 생긴 것인가. 침실을 정략적으로 이용한다는 점에서. 와하하하!

*
'화양연화' 란 홍콩 여배우 장만옥이 2000년에 출연한 영화 제목으로 '인생에 있어 가장 아름다운 한 때' 를 뜻함.

빈티 걸 최고의
연애 전략

남자친구 만들기 270일째
야호! 또다시 생리 때가 돌아와 가슴이 커졌다!
하지만 슬프게도 5번가 점원은
전혀 알아보지 못하는 눈치다.

미안하다. 거짓말했다.

5번가 점원과의 스킨십에 있어서 극도로 절제하는 건 결코 화양연화 따위의 문제가 아니다. 물론 여자가 잠자리를 허락한 이상 주도권을 뺏긴다는 생각은 결코 수정할 마음이 없다.

하지만 그것이 보통 여자라는 범주에서 한참 벗어난 빈티 걸이라고 하면 얘기가 좀 달라진다. 선택의 여지가 없는 현실의 문제인 것이다.

'초두효과' 라고 아시는지. 심리학에서 말하는 초두효과란 맨 처음 받아들인 정보를 가장 강력하게 기억한다는 뜻이다.

따라서 그 뒤에 입력되는 정보는 맨 처음 받아들인 정보에 비해 상대적으로 밀린다는 것이지.

가령, 어떤 사람을 소개받을 때 똑같이 '키 작은 남자'를 소개받아도 상대방의 반응은 천양지차다. '집안 좋고 직업도 괜찮아. 테니스도 잘 치고, 그런데 키가 좀 작아'라고 한다면 듣는 여자 입장에선 맨 처음 들은 '집안이 좋다'는 말이 다른 정보에 우선해서 기억되므로 당연히 '집안이 좋다는데 키가 뭐 대순가? 남자 얼굴 뜯어 먹고 사는 것도 아니고. 안 그래?' 하고 생각한다.

반대로 주선자가 '키는 좀 작은데 집안도 좋고 직업도 괜찮아. 테니스도 잘 쳐'라고 소개하면 여자들의 반응은 이렇다.

'그래도 키 작은 남자는 좀 그렇지 않니? 기왕이면 키도 크고 집안도 좋은 그런 남자는 없을까?'

따라서 지상에서 가장 취약한 가슴을 가진 나로서는 철저하게 초두효과를 응용해야 한다.

'우리 애기는 성격도 좋고, 귀엽고 대화도 잘 통해, 다만 몸매가 다소 소녀적이군.'

이렇게 돼야 한다는 말이다. 그러기 위해선 5번가가 내 빈티나는 몸매 따위에 아랑곳하지 않을 때까지 끊임없이 저울질을 해야 한다. 참다 못해 이렇게 절규할 때까지!

"난 지금 사이즈를 따질 이성조차 잃었소! 사랑하오!"

사실 스킨십을 차단하는 데 있어 나보다 더 힘든 사람이 있을까? 이젠 여자라도 덮치게 생겼다. 되는 여자들은 자정이 넘으면 '마차는 사라져요' 하며 본능에 충실해도 미덕이건만, 지지리 빈티 나는 나로서는 인간의 본성조차 거역하며 갖은 술수를 써야 하니 분하고 억울할 뿐이다. 배고파 쓰러질 지경인데도 눈앞에 치즈케이크를 두고 바라만 보는 처지란….

겨우 구사할 수 있는 전술이라곤 말이 좋아 '사이즈를 따질 이성조차 잃었어!'이지, 막말로 '시장이 반찬이다!' 전술이 아닌가. 다시 말해 찬밥이든 더운밥이든 가리지 않고 일단 그릇에 담아주기만 하면 감지덕지 먹을 때까지 잔뜩 뜸 들여야 하는 이 빈티 걸의 비애를 뉘라서 알겠냐고요.

난 결혼하면 절대 딸을 낳지 않을 거야.

김 앵커가 S랑 그렇고 그런 사이라는 소문이 방송국을 강타하고 있다. 하여튼 나는 남 좋은 일만 시킨다. 기껏 '김 앵커는 게이'라고 소문내놨는데 S랑 뜨겁다고 하니, 가뜩이나 몸값 높은 S의 위상만 한껏 높아져버렸다.

"얘, 너 그거 알아? 저 가슴골이 게이조차 전향시켰다잖니."

우, 제기랄!

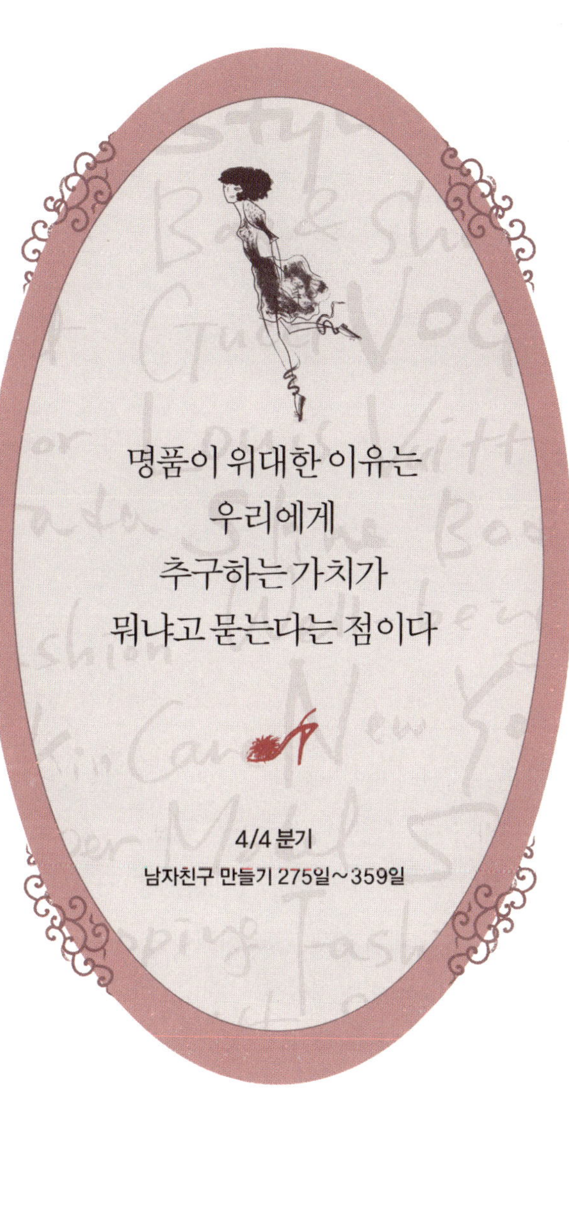

명품이 위대한 이유는
우리에게
추구하는 가치가
뭐냐고 묻는다는 점이다

4/4 분기
남자친구 만들기 275일~359일

라면의 경고

남자친구 만들기 275일째
오늘의 운세 사이트 7회 클릭(요즘 부쩍!)

나 같은 여자한테 역시 5번가 점원은 무리였던 것일까.

남은 거라곤 예식장 알아보는 것과 드레스는 얼마짜리로 할지, 피부 관리는 어디에서 할지 알아보는 일만 남았나 했더니 그게 아니었다. 도대체 양말 신고 샤워하는 것 같은 이 석연치 않은 느낌은 어디서 오는 것일까?

아무리 비싼 저녁을 먹고 와도 집에 오면 밥통째 끼고 앉아 비벼 먹는 밥이 제일 맛있었고, 제아무리 아카데미 시상식 같은 화려하고 격조 높은 데이트를 하고 돌아와도 집에 들어와 불을 켜는 순간, 이제야말로 온전히 혼자가 될 수 있다는 생각에 가슴이 뻥 뚫렸다.

급기야 매일같이 나를 보려는 그가 점점 불편해지기 시작했다. 이런저런 방송국 일을 핑계로 약속을 미루거나 펑크를 내기도 했다. 애인이 생기면 그 애인과 결별하기 전에는 절대 여자친구들을 보지 않는다는 여자들이 신기했다. 재미로 치자면, 차라리 여자친구들을 만나 있는 대로 먹어치우면서 수다를 떨고 목젖이 떨리도록 웃어대는 쪽이 더한데.

처음엔 그것이 이제 막 데뷔한 여배우처럼 최고의 모습만 보여야 한다는 데서 오는 피로나 긴장의 일종인 줄 알았다. 아무리 비싼 옷이라도 편하다고 생각되는 순간, 일상복으로 전락해버리는 사실을 누구보다 잘 알고 있는 나는, 5번가 점원과의 관계에 있어 일명 '슈퍼모델 전략'을 구사하고 있었다.

슈퍼모델이 대우를 받기 위해선 옆집 소녀처럼 친근하고 만만해서는 안 된다. 마치 한 블록쯤 떨어져 있는 것 같은 적당한 거리감, 말하자면 나와 다른 세상 같기도 하지만 어떻게 보면 나와 같은 마을에 살고 있는 듯한 '헷갈림'이야말로 오늘날 숱한 남자들의 꿈에 그들이 등장하고, 많은 남자들이 포토라인을 망가뜨리면서까지 그녀들에게 달려드는 이유일 것이다.

남녀관계도 마찬가지다. 영락없이 내 여자 같다가도 어느 순간엔 아직도 백 미터 밖에 있는 듯한 '헷갈리는' 상태라야, 최고의 몸값을 제시할 수 있는 유리한 국면이 조성된다.

그래서 나는 5번가 점원과의 관계에 있어 '한 블록'쯤 되는 거리를 유지하는 데 굉장한 공을 들였다. 아직 맨 얼굴을 보여서는 안 되고, 땀띠 나는 한이 있어도 작대기 세 개짜리 양말짝을 빼서는 안 되고…. 마음 가는 대로 움직이는 게 최고의 미덕이라는 연애전선에서 5번가의 표정과 말투를 분석해 어디까지 흥정이 진행되고 있는지 꼼꼼히 따지고 그때그때 전략을 짜곤 했으니, 여간 진 빠지는 일이 아니었다. 유지비 많이 드는 차를 굴리는 여자처럼 날마다 숨이 가쁠 수밖에.

처음엔 그저 '슬럼프' 정도로 해석하려고 했다. 그런데 상황은 예상했던 것보다 훨씬 심각했다. 그것이 단순한 슬럼프의 문제가 아니라 궁극적으로 나의 아킬레스건을 건드리고 있음을 깨닫게 된 건 라면의 경고 때문이었다.

그날, 좀처럼 나를 들여보내기 힘들어하는 5번가 점원이 안쓰러워 잠깐 들어왔다 가라고 했다. 출출하다는 그를 위해 냉장고를 열긴 했지만 철거민의 냉장고처럼 먹을 것이라곤 뚜껑 열린 채로 말라가고 있는 참치 캔이 전부였다. 결론은 간단히 라면으로 났다.

그런데 이상했다. 자취하는 여자에게 라면이란 자신의 오른손처럼 익숙한 것이거늘, 내가 끓여낸 맛은 맹맹하기만 한 것이 라면 특유의 감칠맛이라곤 찾아볼 수가 없었다.

맛이 왜 이래? 더구나 라면이라는 건, 혼자보다는 둘이 먹을 때 더 맛있는 음식 아니던가. 처음엔 그냥 입맛이나 날씨 탓으로 해석하고 넘어갔다. 그런데 이후에도 그에게 끓여준 라면 맛은 좀처럼 내 평소 실력을 회복할 기미를 보이지 않았다. 싱거운 것 같아 물을 덜 넣으면 지독하게 짰고, 짠 것 같아 물을 넉넉하게 부으면 영락없이 싱거워져 퉁퉁 불어버리는 악순환의 연속.

그러니 라면 한 번 끓이려면 냄비 앞에 서서 물을 퍼냈다가 다시 부었다 하느라 골치가 아팠고, 그래도 좀처럼 제 맛이 나지 않는 국물은 나를 악에 받치게 했다. 누가 이기나 해보자고!

별것도 아닌 라면 하나 끓인다고 소란을 피우는 내 등 뒤에서 5번가 점원의 말도 못하게 복잡한 표정은 또 어떻고.

"이인분이니까 물을 일인분의 두 배 넣으면 되는 것 아냐?"

쯧쯧, 나만큼이나 문제가 심각한 당신. 라면 물의 양은 단순히 산술의 문제가 아니에요. 일인분보다는 많고 이인분보다는 적은 그 오묘한 지점을 찾아야 한단 말입니다. 그런데 얄궂게도 그것이 분명 존재하기는 하지만 딱 부러지게 찾아낼 수 없었다. 수학으로 치면 'π(파이)'라고나 할까? 존재하는 값이 있긴 하지만 누구도 실체를 확인한 사람은 없지.

한마디로 '감'이라고 하는 고수의 기술이 필요하다. 그런데 그때까지 한 번도 2인분의 라면을 끓여본 적이 없었으니 무슨 수로 π의 지점을 찾아낸단 말인가. 어쨌거나 라면은 이런 방식으로 내게 경고를 보내고 있었다. 너무 오랫동안 혼자였고 보니 모든 면에서 '일인분'에 완벽하게 적응해버렸다.

"섹스 앤 더 시티 할 시간 다 됐네? 우리 이만 일어서요."

"비도 오고 집에서 할 일도 좀 있는데, 다음 주말에 보면 어때요?"

"그럼 난 이 영화 보고, 자기는 그거 보고 끝나면 여기서 다시 만나면 되겠다."

　그렇게 시작된 '일인분 증후군'은 어느새 '코요테 어글리 증후군'으로 번지고 있었다. 21세기 신종 바이러스로 분류된다는 '코요테 어글리 증후군'이란, 실컷 뜨거운 밤을 보내고도 다음 날 아침 자기 옆에 잠든 남자의 얼굴이 코요테처럼 '어글리'하게 보인다는 데서 나온 말이다. 하나같이 관계부적응주의자가 되어버린 요즘 여자들을 빗댄 말이라고 한다. 남자는 그저 하룻밤 잠자리용이고, 욕망이 사라져버린 자리에 남자는 더 이상 효용가치가 없다는 것이다. 그건 모텔이 더 이상 '숙박'의 진지함(?)은 사라지고 간편한 '대실'이 호황을 이루는 이유이기도 하다. 어떻게 남자랑 하룻밤을 보내요? 한 타임이면 충분하죠! 뭐 이런 식 아니겠는가?

　왜 이렇게 됐을까? 외로움도, 스트레스도 모든 걸 쇼핑으로만 해소해온 우리는 옆에 누운 남자가 버거운 것이다. 밖에선 몇 십억짜리 프로젝트도 척척 수행하고, 웬만한 남자들 빰치게 똑 소리 나면서도 실상은 쇼핑 자폐아가 되어 라면 봉지 하나만 들어도 머릿속이 거미줄처럼 뒤엉켜버리는 거다. 실제로 남편도, 애 아빠도 필요 없고 섹스조차 귀찮다며 인터넷에서 키, 몸무게, 학력까지 고려해 맞춤 정자를 구매하는 시대라잖아.

　이러할진대, 이젠 서서히 진지해질 때가 됐다는 메시지를 보내는 5번가 점원의 눈빛이 부담스러울 수밖에. 여차하면 '아버지는 어머니를 세 번째 만나던 날, 청혼했지' 이런 이야기나 늘어놓을 기세다.

가뜩이나 부담스러운 마당에 올 겨울 크리스마스 휴가에 대한 계획을 세우자니 절로 반항기 도는 십대처럼 빽 소리를 지르고 말았다.

"온몸의 털이란 털은 다 밀어버리고 싶은 이 삼복더위에 나더러 한겨울 코트를 결정하란 말예요?"

그렇다고 그렇게까지 신경질적일 건 없었는데….

버럭 신경질을 내자 여태 자기 맛을 찾지 못한 라면을 먹다 만 5번가 점원의 얼굴에는 서운한 기색이 역력했다. 잡혔다고 생각했는데 손을 펴보니 어느새 내가 어디론가 달아나고 없다는 것이겠지. 그걸 알면서도 마땅히 그의 기분을 달래줄 만한 말을 찾지 못했다. 라면 국물 맛을 제대로 내고 싶은 건 내가 더하다. 서른이나 먹고도 이깟 라면 하나 제대로 못 끓이는 내 자신이 얼마나 한심하겠어.

남자만 생기면 모든 게 완벽해질 거라고 생각했는데, 뭐가 이렇게 복잡한 거야? 내 속을 아는지 모르는지 깨철이는 또 이상한 소리를 지껄인다.

"장만옥, 너 그 녀석 사랑하긴 하는 거냐?"

사랑? 짜식, 촌스럽기는. 요즘이 어떤 시대인데 그런 걸 물어? 유효기간이 고작 18개월도 안 되는 호르몬 작용에 왜들 그렇게 의미를 부여하지 못해 안달인지 몰라.

그래도 굳이 내 대답을 원한다면, 난 다만 이렇게 말하고 싶어. 사랑이니 뭐니 하는 것보다 중요한 건 말야, 그를 대동하고 나서는 순간 내 친구들이 일제히 신음하며 쓰러진다는 한 가지 사실이지. 지금까지 살면서 내가 언제 친구들로 하여금 자지러지는 감탄사를 자아낸 적이 있었던가. 그 중 몇 명은 아직도 병상에 누워 링거를 꽂고 있다지, 아마?

남자친구 만들기 281일째
방송국 스태프들 사이에 장본인인 나만 모르는 내 별명이 있었다.
나더러 '짝퉁 장만옥'이라나 뭐라나? 나 원.

미쳤다!

라벨을 확인하기 전에는 아무것도 알 수 없다더니, 누가 뚱 PD의 출신성분을 짐작이나 했겠는가. 냉면 먹을 때조차 땀을 뻘뻘 흘리는 '대졸 얼간이' 정도로 알고 있었는데, 세상에 이름만 대면 모르는 사람이 없는, 내로라하는 집안의 자제였다.

정부의 개각이 단행되면서 새로 입각한 사람들의 명단이 뉴스에 보도되었는데, 흔히 그럴 때 하는 것 있지 않던가. 재산 상태는 어느 정도며, 부인은 누구이며 자녀들은 누구고 어디서 일하는지. 무심코 본 화면에 신임 모 장관의 외아들로 뚱 PD

가 목에 걸고 다니는 신분증의 사진과 똑같은 얼굴이 브라운관
에 둥둥 떠 있었다.

야근을 하고 늦은 저녁을 먹으러 간 청국장 집에서였다. 속
보로 뜬 뉴스를 보고 있던 우리 팀 사람들은 일제히 입이 쩍 벌
어졌다.

"뭐야, 아버지가 장관이었어?"

옷 뒷덜미에 붙어 있는 엄지손가락만 한 라벨이 확인되는
순간, 휘청거리는 사람은 나뿐만이 아니었다. '외아들인 ○○
씨는 현재 ○○방송국 PD로 근무 중입니다' 라는 말이 아나운
서의 또박또박한 발음으로 식당 안에 울려퍼지던 순간, 당시의
정황은 정말로 가관이었다.

변 국장은 그동안 자기가 심하게 구박한 적이 없는지 계산
기를 두드리는 모습이었고, 황 PD는 '제대로 할 줄 아는 게 뭐
있어?', '너 대학은 개구멍으로 나왔지?' 등등의 망발을 퍼부
었던 것을 머리 쥐어뜯으며 자책하는 눈치였다. S는 지금 밥이
목구멍에 넘어가게 생겼냐, 하는 얼굴로 화장실로 달려갔다가
잠시 후, 가슴골이 한층 선연해진 모습으로 나오더니 뚱 PD에
게 웃음을 팔았다. 나? 아직도 멍하다.

다들 그렇게 기민하게 움직이는데 혼자 뭐 했냐고? 가슴 한
쪽에 찬바람이 쌩 훑고 지나갔다.

체지방이 많고 86년도식 콩코드를 끌고 다니고, 매일같이
여자와 셔츠를 갈아치우지 않는다는 이유로 그를 '무좀약' 취
급했으니! 인정하고 싶지 않았지만 그의 86년도식 콩코드는

한마디로 1995년산 모토로라 스타택과 같은 거였다. 지금이야 세월이 흘러 시대에 뒤떨어졌다고 구박을 하지만, 스타택은 당시 그 사람이 얼마나 '있는' 사람인지 말해주는 장치이다. 그 시절 스타택은 백만 원도 넘는 고가였으니.

'라벨'의 효과는 엄청났다. 출신성분을 알고 나니 사람이 왜 그렇게 달라 보여? 지금껏 촌스럽고 미련하고 아둔하기 그지없어 보였던 모든 것이 특유의 개성적인 '콘셉트'로 보였고, 변변한 아이템 하나 집어내지 못한 것도 일회용 프로그램을 만들기엔 너무 고차원적 정신세계를 가져서인 것 같고, 편집 한 컷을 제대로 못 붙이고는 손 놓고 작가의 지시만 기다리는 무능력마저도 굳이 방송국의 알량한 월급봉투 따위엔 연연해하지 않는 자의 여유이자 특권으로 보였다. 그러니 애초에 실수하고 싶지 않다면 일일이 뒤집어 라벨을 확인해야 했다.

그런데 아무리 전세가 역전되었다고는 하지만 정말 여자들은 대단하다. 도무지 체면이고 뭐고 없다니까. 뚱 PD의 신분이 노출됨과 동시에 여자 아나운서부터 작가들까지 순식간에 일렬종대로 늘어서는 것이 아닌가. 특히 S는 눈물겹더군. '너까지 상대하기엔 일주일이 너무 짧아' 하던 태도를 바꾸어 숫제 뚱 PD 전용 서비스의 날을 만들 기세다.

이것아, 이번만은 안 될 거다. 그는 네 가슴골의 위력이 무력화되는 버뮤다 삼각지대거든. 뚱뚱한 남자들이 제일 싫어하는 게 살덩어리라는 걸 아직도 모르니?

나는 이제 미스코리아 선발대회 최종 두 명에 들었다가 마

침내 미의 여왕으로 선정된 여자처럼 감사의 멘트를 날릴 일만
남은 것인가. 뚱 PD의 육중한 86년산 콩코드를 타고 퇴근을
하면서 부러운 듯 바라보는 스태프들을 향해 이렇게 외쳐야지.
특히 S야, 너 잘 들어라.

"옆에 있는 언니가 더 예쁘다고 생각했는데, 제가 일 등이
될 줄은 꿈에도 몰랐어요. 정말 아름다운 밤이에요."

그래도 단둘이 앉아 술잔을 기울일 때, 감격한 것은 나보다
뚱 PD 쪽이었다.

"시간 내줘서 쿵, 고마워요. 쿵쿵!"

바보 같으니, 그동안 왜 신분을 속인 거야. 진작 라벨을 까
보였더라면 시간 낭비하지 않고 좋았잖아! 하긴 그랬으니 내
차례까지 돌아왔겠지만.

우선 나는 지난번에 했던 충고를 가장한 멸시가 떠올라 얼
른 변명했다. 마치 죽도록 구박하던 아들이 장성했을 때, 기력
없어진 부모가 이제 와 용돈이라도 몇 푼 받아보겠다는 듯.

"네가 미워서 그랬겠니? 다 너 잘 되라고 그런 거지."

다행히 뚱 PD는 나의 순정을 믿어주는 눈치다. 역시 체지방
만큼이나 신의도 두텁다니까. 그런데 요즘 내가 의외로 매력이
있나봐. 나랑 단둘이 앉았다 하면 남자들 눈빛이 반짝인다니
까. 하긴 내가 소녀의 발랄함과 노인의 지혜를 갖춘 숨은 진주
라는 것쯤은 매일같이 얼굴 보고 일하던 뚱 PD 쪽이 5번가 점
원보다 먼저 발견했을 거다. 살다 보니 이런 날도 있구나. 우리

빈티 걸 여러분, 삶이 우릴 속일지라도 절대 노여워하지 말자. 개기고 버티다 보면 쨍 하고 해 뜰 날 온다니까.

그럼 5번가 점원하고는 영영 끝나는 거냐고? 그럴 리가. 첫 번째 옷이 마음에 드는지는 다른 열 벌의 옷을 더 입어봐야 확실해진다는 교훈을 피부로 느꼈을 뿐이야.

물론, 2006년식 세단을 타는 남자에 비해 86년식 콩코드를 타는 남자와의 데이트는 확실히 달콤한 면에서는 성능이 떨어졌다. 근사한 저녁이라면, 그저 육질 좋은 고기를 먹는 것으로 알고, 좋은 영화의 기준을 이동통신사 할인 적용 여부에 달려 있다고 믿는 남자라니!

하지만 숨통이 좀 트였다. 5번가와의 데이트가 행여 파파라치들의 앵글에 허점이라도 노출될까봐 잔뜩 긴장되는 것이었다면, 헐렁한 힙합 바지에 장당 만 원짜리 면 티를 입어도 되는 뚱 PD와의 데이트는 엄격한 금식 후 찾아온 휴식 같았다. 스테이크만 먹다 보면 김치찌개가 당긴다더니 정말 그런 건가?

그날은 뚱 PD와 클럽에 갔다.

역시나 뒤로는 남산이, 앞으로는 한강이 내려다 보이는 모 호텔의 나이트클럽이었다. 그런데 뚱 PD는 이런 곳에서 통용되는 공식쯤 자기도 잘 안다는 식으로 어느새 내 허리를 감고 들어오는 게 아닌가. 어쭈, 제법이네.

코앞으로 바짝 다가온 뚱 PD의 번들거리는 얼굴을 보니 나 정말 이래도 되는 건가 하는 마음이 잠깐 들었던 것도 사실이다. 하지만 이성과 시시덕거려본 게 나보다도 더 오래된 남자에게 허리 좀 잠깐 허락했기로서니 지구가 자전을 멈추겠어, 공전을 멈추겠어? 아프리카 오지에 사는 어린애들을 위해 없는 돈을 쪼개 일대일 후원하는 사람들도 있는 마당에.

그런데 춤을 빙자하여 내 허리를 희롱하던 뚱 PD가 주머니를 뒤적거리더니 뭔가를 꺼내 내 손에 얹었다. 아무리 조명이 정신없이 번쩍거린다 해도 본능적으로 알 수 있다. 토스트 한 장만 한 크기의 리본 달린 상자가 무엇을 뜻하는지! 난 마냥 부끄러운 척 내숭으로 일관하며 포장을 풀었다.

"악!"

강심장이 아니고서야 더는 내숭을 떨 수 없었다. 그 안엔 알알이 눈부시게 빛나는 진주 목걸이가 들어 있었다. '미키모토'일 거야! 순식간에 뚱 PD에 대한 호감이 백 배는 강하게 솟구친다. 남자들아, 제발 알아두시길. 이래서 여자들이 명품, 명품하는 거다.

나는 온몸에 퍼진 화학작용을 감지하며, 감정에 충실하기로 했다. '어서 목에 걸어주어요' 라는 메시지를 보내며 얌전하게 머리를 기울였다. 감격에 겨워 눈시울마저 촉촉해졌다. 세상에, 나의 환심을 사기 위해 돈을 쓰는 남자가 있어! 그것을 거절하지 않았다고 해서, 나를 선물 공세 앞에 영혼과 자존심을 파는 여자로 넘겨짚지는 마시라. 만약 내가 이걸 받지 않으면 뚱 PD 목에 걸어야 할 텐데, 사람들이 그걸 보고 뭐라고 비웃겠어. '돼지 목에 진주 목걸이' 라며 깔깔댈 테니, 어디까지나 뚱 PD의 인권을 보호하는 차원이었다구요. 흠흠!

그런데 뚱 PD 쪽으로 한껏 늘여 뺀 목덜미가 간질간질한 것이 저쪽에서 누군가 나를 보고 있는 듯한 따가운 시선이 느껴졌다. 직감은 그것이 5번가 점원일지도 모른다고 경고하고 있었다.

'설마…' 돌아보니 바로 등 뒤에 5번가 점원이 얼음처럼 굳은 얼굴로 서 있었다.

화들짝 놀라 뚱 PD에게서 후닥닥 물러났다. 낭패다. 가뜩이나 지난번 라면의 경고 이후 겉돌기만 하던 우리가 아닌가.

언제부터 보고 있었던 거야?

나는 애써 회식하러온 것처럼 자연스러운 분위기를 연출하려 했지만 그 많은 사람들과 현란한 조명 속에서도 내 속은 다 들키고 있었다. 설상가상, 뚱 PD가 우왁스럽게 나를 자기 쪽으로 끌어당기는 게 아닌가. 당황하여 뚱 PD를 올려다보니 5번가 점원을 알아보고 거친 콧김을 내뿜으며 치열한 눈싸움을 벌이고 있었다.

교배기에 돌입한 암컷을 놓고 싸우는 수컷 침팬지들의 불꽃 튀는 신경전을 보는 듯했다. 뚱 PD도, 5번가도 인터뷰 때 안면이 있어 그런지 한층 험악한 얼굴로 서로를 노려보았다. 이런, 슬퍼서 어쩜 좋아. 두 남자가 나를 동시에 사랑하고 있어(으흐흑… 크하하하!).

일 초가 한 시간 같은 대치 상태가 계속되더니 5번가 쪽에서 먼저 똑바로 걸어와 뚱 PD에게 악수를 청했다.

"지난번에 한 번 뵈었죠? 오랜만입니다."

뚱 PD가 이런 선제공격에 언제 제대로 대응해본 적이나 있겠어? 쥐약 뿌려진 참치를 잘못 먹은 사오정마냥 킁킁거린다.

"네, 기억합니다. 킁킁."

다음 순간, 5번가 점원은 느닷없이 뚱 PD가 잡고 있던 내 손을 확 낚아채더니 일갈했다.

"작가님과 잠깐 얘기 좀 하겠습니다!"

이번엔 뚱 PD도 만만치 않았다. 5번가 점원에게 뺏겼던 내 손을 우악스럽게 잡아채 자기 쪽으로 끌어당겼다.

"나랑 온 거 킁, 안 보여요?"

순간 뚱 PD가 힘 조절을 못 하는 바람에 내 몸이 홱 쏠리면서 발을 빠끗하자 5번가가 재빨리 부축해주었다. 5번가는 냉랭한 눈빛을 나에게서 뚱 PD로 옮겨가더니, 바람처럼 주먹을 날렸다!

상상도 못한 일이었다. 저렇게 점잖고 저렇게 잘 배운 남자가? 좀처럼 남 앞에서 흥분하거나, 몇 백억이 걸린 협상 테이블에서도 절대 표정을 드러내는 법이 없다는 저 남자가? 갑자기 5번가를 바라보는 내 동공이 일순간 확대되면서 그에 대한 호감도가 백 배는 증가한다. 나를 위해 체면도, 이성도 저버리는 남자라니. 자기야, 너무 멋져~!

한편, 뚱 PD는 5번가의 주먹 한 방에 주인공의 발길질에 넘어가는 무술영화 단역배우처럼 형편없이 나가떨어졌다. 그 육중한 몸매가. 그 바람에 뚱 PD의 손에 있던 진주목걸이도 덩

달아 허공으로 솟구치는가 싶더니, 이내 딱딱한 바닥에 떨어져 순식간에 흩어져버렸다.

챙구르르르….

"세상에, 이를 어째!" 나는 기겁을 하며 부르짖었다.

솔직히 뚱 PD는 살집이 좋아서 한 대쯤 맞는다고 어떻게 되진 않을 거다. 하지만 사방으로 흩어져 데굴데굴 굴러가고 있는 진주알은 어찌나 내 가슴을 아프게 하던지! 자기야, 왜 그랬어? 사람 치는 건 죄가 아니지만, 진주를 치는 건 죄라구!

나는 서둘러 몸을 굽혀 바닥을 더듬었다.

젠장, 조명이 번쩍거리니 보였다 안 보였다 하지, 시끄럽지, 온통 취한 사람들이 웅성웅성 우릴 에워싸고 있으니 이런 난리 북새통에 콩알만 한 진주알들을 무슨 수로 찾는단 말인가. 미친 여자처럼 진주알을 찾아 클럽 바닥을 손바닥으로 쓸고 있는 내 눈에 뚜벅뚜벅 다가오는 5번가의 구두가 보였다. 나는 바닥에 엎드린 채 고개를 들었다. 쿵쿵대는 음악 소리가 워낙 요란해 입을 열어 말하는 대신 눈빛으로 호소했다.

'그래요, 당신이 이겼어. 하지만 잠깐 기다려줘요. 이 아름다운 진주알들은 버려두고 갈 수 없잖아요.'

하지만 5번가는 그런 나를 그대로 지나쳐버렸다. 따라가야 한다. 그를 세워 놓고 무슨 말이든 해야 한다. 그런데 이런 상황에서 무슨 말을 해야 하는 거지?

'이것 봐, 5번가 점원 군! 오늘 일은 말이지, 얘네 아빠가 장관이라지 뭐야. 9급 공무원도 하늘의 별 따기라는 시대에, 장관이면 일급이라고 일급! 아차, 내가 지금 무슨 소릴 하는 거야. 그게 아니고 있잖아, 오늘 방송국 회식이 있었어. 단지 3차를 왔을 뿐이야. 아니, 아니지. 그러니까 솔직히 말해서 있잖아. 미련곰탱이 같은 녀석이 나를 짝사랑하는데 내가 그동안 콧방귀도 안 뀌었더니 글쎄, 약을 먹을 기세지 뭐야? 멀쩡한 남자 위세척하게 만들 순 없잖아. 일종의 노블레스 오블리주라고 이해해줘. 아니, 다 거짓말이야. 정말 까놓고 말하자면, 네가 정말 마음에 드는지 확인하기 위해 나는 열 벌의 옷을 더 입어볼 참이야!'

이렇게 혼자 중얼거리는 사이 어느새 5번가는 화가 난 걸음걸이로 사람들 틈을 비집고 클럽 문을 나서고 있었다. 마른침이 꼴깍 넘어갔다. 이대로 그를 보내선 안 돼! 허겁지겁 달려 나가려는 내 손을 거칠게 잡는 손이 있었다. 뚱 PD였다.

이거 놔! 나, 저 사람한테 가야 해! 분명히 그렇게 외치려 했건만 이상한 노릇이다. 이글거리는 눈빛으로 나를 잡고 있는 뚱 PD 앞에서 나는 사마귀 앞에 선 애벌레가 된 것처럼 오그라들었다.

뚱 PD는 옷소매로 코피를 스윽 닦으며 말했다.

"우리 장소 옮겨서 한잔 더 할래요?"

5번가 점원을 따라가야 한다는 것을 알면서도 그에 대한 막연한 부담 때문이었는지, 만만한 뚱 PD에 대한 편안함 때문이었는지, 순간 나는 한 발짝도 뗄 수가 없었다. 다 못 찾은 진주 알을 빨리 찾아야 한다는 생각이 머리를 스쳤기 때문이었던 것도 같고….

　몰라, 이 얼간아. 하여튼 너희 집이 5번가네보다 세금 덜 내기만 해. 소득세, 증여세, 상속세… 또 뭐가 있더라? 아무튼 각종 세금이란 세금은 잽도 안될 만큼 많이 내는 집이어야 해. 안 그럼 죽을 줄 알아!

우리는 가슴 키우는 법뿐만 아니라
싸우는 법도 배우지 못했다

남자친구 만들기 293일째
간밤 꿈에서 진짜 장만옥을 봤어.
(헉, 내 입으로 '진짜 장만옥'이라는 표현을 쓰다니.)

5번가 점원과의 관계는 이제 거의 북핵문제 수준이다.

그대로 둬서는 안 된다는 것쯤은 알겠는데 도대체 어디서 어떻게 시작해야 할지 모르겠다는 점에서. 그에게 별다른 화해의 손을 내밀지 못한 채 날짜만 속절없이 흘러가고 있었다.

일에 집중이 될 리가 있나. 아, 모르겠다. 커피나 한잔 하자.

나는 신선한 공기도 마실 겸, 밖으로 나가 자판기 커피를 뽑아들었다. 두 잔이다. 한 잔은 나를 위한 것, 또 한 잔은 뚱 PD를 위한 것(네네, 저 속물 맞아요). 행여 쏟을까 한 걸음 한 걸음 조신하게 자리로 돌아와보니, 뚱 PD는 무슨 작업엔가 한창 몰두하고 있었다.

잔뜩 골몰하고 있는 뚱 PD 앞에 커피를 쓰윽 내밀자 화들짝 놀란 뚱 PD가 외마디 비명을 지르며 몸의 중심을 잃고 뒤로 자빠져버렸다. 그 바람에 서류에 커피가 엎질러졌고, 당황한 나는 서둘러 화장지를 뭉쳐 엎질러진 커피를 훔쳐냈다. 뚱 PD가 사색이 된 얼굴로 나를 만류했다.

"아, 괜찮아요! 제가 할게요!"

처음엔 그게 나를 생각해서 그런 줄 알았지만 유난스럽게 허우적대는 뚱 PD에게선 뭔가 수상한 냄새가 났다. 흡사 일본군에게 독립자금 건네줄 독립군의 비밀 리스트라도 발각된 것처럼 허둥대고 있지 않은가. 휴지 뭉치가 서류 위에 엎질러진 커피를 족족 흡수하면서 봐서는 안될 것을 보고야 말았다. 작가료 항목에, S의 원고료가 나와 똑같은 320만 원으로 기재되어 있었다.

"이게 뭐야?"

흥분한 내가 독기 오른 눈을 치뜨자, 뚱 PD는 서둘러 나의 시선을 피했다.

원래 작가료에 있어서 내가 편당 320만 원을 받고 S는 280만 원을 받는 것으로 돼 있었다. 지난번에 S가 메인 작가로 승진할 때 S의 모자란 경력을 감안하여 그렇게 협상했던 것이다. 변 국장도 S를 메인 작가로 승진시키는 데에 명분이 부족했던지라, 그런 차선책을 제시했던 것인데 이제 보니 순전히 눈 가리고 아웅이었다. 나한테 숨긴 채 실제로는 S에게 나와 똑같은 원고료를 지급하고 있었다.

도저히 있을 수 없는 일이다. 원고료는 나의 자존심이란 말이다. 얼마든지 나를 빈티 난다고 경멸해도 좋고, 가슴 작다고 놀려도 좋다. 하지만 나의 커리어와 돈을 갖고 장난칠 수는 없다. S에게 신장, 몸무게, 가슴 사이즈, S라인의 굴곡에 이르기까지 모두 뒤떨어진다 해도 경력과 원고료가 많다는 것 하나로 겨우 버텨왔던 나다. 그건 세상이 아무리 내게 '남자 하나 못 꾀는 변변찮은 여자'라며 조롱해도 의연하게 버틸 수 있었던 마지막 지지대였다.

분노한 나는 당장 국장실로 쳐들어갔다. 그것이 문제였다. 싸움에서 이기는 가장 중요한 방법은 충천한 분노에 수면제부터 먹이는 일이라고 하지 않던가. 그러나 단 일 초의 삭힘도 없이 곧바로 국장실부터 쳐들어갔으니….

"국장님, 작금의 원고료 현황을 보면, 당초 저희 팀의 비즈니스 플랜과는 상당한 차이가 있더군요. S작가의 원고료가 애초 책정된 금액과 달리 3백만 원 이상 꾸준히 지출되고 있는 것으로 나타났습니다. 이것은 S의 경력과 능력에 비추어봤을 때 과도한 지출이라 하지 않을 수 없습니다. 업계 관례상도 그렇고, 타 프로그램 현황을 살펴봐도 그렇습니다. 무엇보다 S의 원고료가 상향 조정된 것에 대해 사전에 의견을 수렴하거나, 사후에라도 팀원들에게 고지가 있었던 것이 아닌 만큼 적절한 조절이 시급할 것으로 보이는데, 국장님께서는 어떻게 생각하십니까?"라고 말하려고 했는데, 초반부터 내 혀는 분에 못 이

거 형편없이 꼬여버렸다.

"국장님, 어쩜, 어쩜 이럴 수가… 원고료요 원고료! 어떻게 S랑 저랑… 원고료가… 너무하시는 거 아니에요?"

라면 불 조절만 서툰 것이 아니라 감정 조절에도 서툰 내 인생, 나의 고질병. 나는 서둘러 내 분노에 재갈을 물리고 혓바닥을 정상 궤도에 올려놓으려고 애를 썼다. 이럴 때일수록 논리적으로 처신해야 한다.

조금 전까지만 해도 당황하던 빛이 역력했던 변 국장은 금세 제 페이스를 되찾더니 오히려 눈을 똑바로 뜨고 내게 이렇게 물었다.

"난 또 뭐라고. 원고료가 뭐 어쨌게요?"

사뭇 존댓말까지 하며 침착하게 나오는 변 국장은 나를 휘청하게 만들었다. 내가 원고료의 '원' 자만 꺼내도 변 국장이 궁색한 변명으로 내 비위를 맞춰줄 것으로 예상했다. 하지만 애초에 내가 감정 조절에 완벽하게 실패한 것을 보자, 변 국장은 잽을 날리려고도 하지 않더군. 흥분에 못 이겨 어퍼컷, 훅, 잽을 연거푸 날리는 복서의 결말이란 제풀에 지쳐 자기 발에 걸려 넘어진다는 것을 잘 알기 때문일 것이다.

결국 내 입에서 절대 나와서는 안 되는 말이 나와버렸다.

"정말 자존심 상해서 더는 못해 먹겠어요!"

읍! 내가 지금 무슨 소리를 한 거야. 싸울 때 절대 마지노선은 지켜야 하는 법. 그만둔다는 것은 나의 최후의 협상 카드인 셈인데 그걸 초반부터 불쑥 내밀다니, 에이스가 나왔으면 게임은 이미 끝난 거다.

때를 놓치지 않고 변 국장이 큼큼 헛기침을 하며 자세를 고쳐 앉았다. 전세를 뒤바꿀 확실한 지점을 찾았다는 제스처다. 후회가 막심했지만 때는 이미 늦었다. 변 국장이 날린 펀치는 예상보다 훨씬 위력적이었다.

“아이고, 장 작가. 그렇게 세게 얘기할 것까진 없잖아요? 뭐, 이왕 이렇게 된 거, 나도 전부터 할 얘기가 있었는데 말이에요.”

그 말에 이미 뇌수가 흘러나오는 기분이었다.

“안 그래도 제작비가 축소돼서 작가료 부분도 조정이 불가피하게 됐지 뭡니까. 안타까운 일이긴 한데, 편당 320만 원은 무리가 있어요. 아무래도 원고료를 조정해야 할 듯한데, 3백만 원은 어떻겠어요?”

원고료가 무슨 참외야? 깎고 말게?

‘정말 보자 보자 하니까 너무하시는군요! 계속 이렇게 나올 거예요? 지금 나에겐 총과 삽이 있다구요!’ 라고 멋지게 협박할 생각이었다. 그런데 더욱 격해지는 감정에 입술만 바르르 떨렸다.

지금에 와서 나를 ‘빅맥’ 취급하겠다는 건가? 오늘날 맥도날드가 전 세계 120여 개 국가에 무려 2만 개에 육박하는 체인점을 갖고 있으며 다섯 시간 만에 한 개씩 체인점이 생겨날 정도로 맹위를 떨치게 된 배경에는 싸고 간편하면서도 푸짐하게 즐길 수 있는 빅맥의 공로가 절대적이었다. 하지만 건강에 눈뜬 현대인들이 빅맥을 전 세계 비만의 주범으로 몰아세우자 맥도날드에서는 열심히 대체 메뉴 개발에 열을 올리고 있다. 빅맥의 수훈은 나 몰라라 하고 '몸에 해로운 빅맥 따윈 그만! 이제 웰빙 버거 드세요' 하는 식이지.

국장으로 막 발령받아 프로그램 돌아가는 상황도 파악 안 됐을 땐 나 같은 경력 작가가 편리했겠지. 하지만 이젠 프로그램도 웬만큼 자리를 잡았고 시청률도 안정을 유지하겠다, 말 많고 사사건건 시비를 거는 천덕꾸러기는 필요 없다는 것 아닌가? 뭐든 시켜만 주시면 열심히 할게요라고 속눈썹을 깜빡이는 부류들이 널렸는데 말이다.

토사구팽이라, 이대로 물러설 줄 알고?

하지만 그럴수록 억지로 누르고 있는 눈물샘만 간질간질, 곧 터져버릴 것 같았다. 우리는 왜 싸우는 법을 배우지 못한 거야? 닳고 닳은 세상에 내보낼 때는 우리에게 흥분하지 않는 법을, 분노에 수면제를 타 먹이는 법을 가르쳤어야 옳다. 가슴 키우는 법을 가르쳐주지 않으려면, 적어도 내 한 몸 정당방위 하는 법은 가르쳤어야 하는 거 아냐?

도대체 이놈의 세상은 이류들에 대한 일말의 애정이란 게 없다. 서둘러 생존본능을 발동해 비참한 심정으로 국장실을 나섰다. 그때 하필이면 그때 뚱 PD와 S가 시시덕거리는 장면이 눈에 띌 게 뭔가. 그 순간 어떻게든 살아보겠다고 바둥거리던 나의 마지막 전의는 깡그리 날아가고 말았다.

쪽팔려서 말 안 하려고 했는데 그날 클럽 사건 이후, 뚱 PD

와는 더 이상 개인적인 대화를 제대로 나누지 못했다. 자기가 얼마나 든든한 무기를 가졌는지 알아차린 남자의 변화란 정말 놀라운 것이었다. 나에게 언제 순정을 바친 적이 있었냐는 듯, 감쪽같이 S의 가슴에 얼굴을 묻어버리더군.

심지어 나한테 고백했던 것을 비밀로 해달라고 하더니만, 미안해하기는커녕 실컷 즐기다가 본부인에게 돌아가는 노련한 유부남처럼 '세상만사 다 그런 거 아니겠어?' 하는 태도를 보였다.

주변을 돌아보니 다들 언제 모여들었는지 황 PD부터 막내 작가까지 나를 흘끔거리며 자기들끼리 뭔가를 이야기하다 말고 킬킬거리느라 정신이 없다. 다들 내 흉을 보고 있는 것 같았다. 'A컵도 벅찬 가슴꼴을 하고는 방송국에 남아 있다며? '감히 C컵보다 더 받아야 마땅하다고 저러고 있대.' '말도 마, 남자랑 마지막으로 키스해본 게 지난 대통령 시절이었다잖아. 쯧쯧!'

막내 작가는 이렇게 다짐하고 있겠지?

'난 저렇게 되지 말아야지'.

치사하게 세상은 곳곳에 발목 지뢰를 심어놓고 사람을 골탕 먹인다. 차라리 폭탄을 투하하면 어떻게든 피하기라도 하지. 이건 보이지도 않는 곳에 감쪽같이 심어놓고는 언제 밟으려나 지켜보자는 식이니.

모든 게 싫어진다. 누구 하나 내 편으로 만들지 못하는 허술한 언변하며 허술한 가슴하며….

하긴 애초에 내가 뭘 따질 자격이나 있었나.

변 국장이 S에게 원고료 천만 원을 준다 해도 나는 할 말이 없다. S를 전체 팀장으로 내세운다 해도 그것 역시 '사규'와 '내규'에 보장된 변 국장의 고유 권한이다. 심지어 나더러 내일부터 오지 않아도 된다고 하더라도 고개를 끄덕일 수밖에. 지구상에 이보다 더 절망적인 싸움은 없을 것이다.

차라리 노래방 성추행이라면 당시 함께 마신 음료수 잔에 묻은 지문을 채취하고, 죽어라 뛰어다니면서 목격자를 확보하고, 팬티 속에 난 손자국이라도 본을 떠 국과수에 의뢰하겠지만 이건 어디 하소연할 만한 '증거' 조차 없다.

내가 아무리 피를 줄줄 흘리고 있은들 가해자가 휘두른 깨진 병 조각 하나 발견되지 않으니, 까딱하다간 자작극을 벌였다는 누명이나 쓰기 알맞다. 그것으로 그치면 다행이게? 정신적 피해를 보상하라느니 명예를 훼손했네 하면서 이참에 나라는 인간을 완전히 밟아버리려 들걸?

할 말이 아직 남았으면 어디 한번 해보라는 식으로 나를 빤히 보고 있는 변 국장, S, 뚱 PD, 황 PD, 막내 작가, 거기다 "도대체 무슨 일인데?" 하면서 꾸역꾸역 모여드는 스태프들…. 그 속에서 한없이 초라해지는 나. 차라리 이대로 땅속 깊이 꺼질 수 있다면 그 편이 훨씬 낫겠다. 오늘따라 옷은 또 왜 이렇게 구질구질하게 입은 건지.

남자친구 만들기 312일째
간밤 꿈엔 결국 신체포기각서를 썼다네.

다음 날 나는 조용히 가방을 싸들고 나왔다.

방송작가로 일한 지 칠 년 만의 일이며, 5번가 점원과 서먹해진 지 504시간 만의 일이며, 내 신용카드가 정지당한 지 열닷새 만의 일이며, 새로 나온 구찌 원피스를 찜한 지 일주일째 되는 날이며, 남자랑 키스해본 지 479일째 되는 날이었다.

내가 잘렸는데도 세상은 태연했다.

여느 때처럼 신규 휴대폰은 거리마다 쏟아져 나왔고, 백화점마다 정기 바겐세일 플래카드를 길게 늘여 달았고, 스타벅스에선 새로운 맛과 향으로 무장한 커피를 내놓았다.

　진짜 억울한 건, 변 국장을 향해 최후까지도 '너 이자식, 어디 두고 보겠어!' 하는 눈빛을 날려주지 못한 채 물러 나왔다는 거다.

　해고 다음 날은 확실히 실연한 다음 날보다 몇 배 견디기 힘든 부분이 있었다. 나는 곧 오랫동안 자신을 학대한 남편을 살해해 냉동고에 넣어버린 아내처럼 변해갔다. 토막까진 내서 채워 넣긴 했지만(으음, 역시 제정신이 아닌 게야. 이젠 이런 말도 아무렇지 않게 하잖아), 그 다음엔 뭘 어떻게 해야 한단 말인가.

　모든 면에서 완벽하게 엉망진창이다 보니 오히려 좋은 점도 있었다. 의지할 카드라곤 이제 5번가 점원뿐이었다. 나는 완벽하게 무장 해제된 병사처럼 맥없이 그에게 백기 투항했다.

　역시 5번가는 멋졌다. 마땅한 변명도 해명도 찾지 못해 우물쭈물하며 하마터면 울기나 할 뻔한 나에게, 마치 오랜 가출 생활 끝에 몸과 마음이 망가져 대문 앞에 쪼그려 앉아 있는 여동생을 발견한 큰오빠처럼 굴었다. 감동한 나는 부지런히 라면 2인분 끓이는 법을 연습했고, 그와 나란히 소파에 파묻혀 〈섹스 앤 더 시티〉를 봤다. 그가 변기에 오줌을 흘려도 너그럽게 생각했다.

　'강아지들도 전봇대 밑에 영역 표시를 하는데 사람이 오죽하겠어. 다 나를 사랑해서겠지!'

　그래, 잘리길 잘했다! 내가 언제 한 사람에게 지금처럼 정성을 다해보겠어? 삶에 대해 언제 이렇게 진지해보겠냐구. 달라진 내 태도에 5번가는 오랜 방황이 자기 여동생을 확실히 철들게 했다는 듯 흐뭇한 기색을 감추지 못했다.

이런 나를 기회주의자라고 비난하지 마시라. 소나기가 오면 처마 밑을 찾아 비를 피하는 게 인지상정 아닌가. 나같이 삶에 대해 진지한 여자들을 격려하기 위해 '펫샵 보이즈(Pet shop boys)'는 일찍이 명곡 '렌트(Rent)'를 만들었다.

'사랑해요, 당신이 내 집세를 내주잖아요(I love you. You pay my rent)!'

그렇다고 그날의 키스마저 전략적(?)이었다고 말하고 싶진 않다. 단풍이 점점 고와지는 가을, 청명한 바람을 즐기기 위해 우리도 사람들처럼 도시를 탈출하는 대열에 몸을 실었었다. 그런데 서울로 돌아오는 길에 막히는 도로를 피하겠다고 국도를 탔다가 그만 길을 잃어버렸다.

이게 아닌데 싶을 땐 이미 울퉁불퉁한 어느 시골길로 접어든 상태였다. 이윽고 지친 우리 앞을 폐교가 가로막았다.

"와, 그림 같다!"

정말이지 해맑은 아이들의 웃음과 딱 어울리는 예쁜 교정이었다. 뒤로는 낮은 산이 아담하게 둘러 있고, 텅 빈 운동장엔 뉘엿뉘엿 저물어가는 가을 햇살이 금가루처럼 잘게 부서지고 있었다. 조금 전만 해도 적잖은 피로와 짜증을 느끼고 있던 우리는 금세 동심으로 돌아가 아이들처럼 운동장을 뛰어다니며 즐거워했다.

한참 뛰놀다 말고 그가 운동장 한쪽에 있는 수돗가에서 목

을 축일 때였다. 물을 틀면 아래로 쏟아지는 수도가 아니라, 손
으로 수도꼭지를 잡고 누르면 사내아이 오줌처럼 부드럽게 타
원을 그리며 나오는 그런 수도꼭지였다. 목은 마르지만 폐교된
지 오래라 물을 삼키지는 않고 그냥 마른입을 적시고 있었다.

순간, 기네스 펠트로와 에단 호크가 주연했던 영화 〈위대한
유산〉의 한 장면이 떠올랐다.

가난하지만 화가의 꿈을 키우며 살고 있는 소년 핀은 어느
날, 인근에서 가장 소문난 부자인 노라 여사의 집에 초대를 받
아 가게 된다. 거기서 여사의 어린 조카 에스텔라와 마주치게
되는데, 첫눈에 아름다운 에스텔라에게 반해버린 핀. 하지만
에스텔라는 상류사회 특유의 오만함으로 핀을 대한다. 그러던
어느 날, 자기 모습을 그린 핀의 그림에 깊은 인상을 받은 에스
텔라. 하루는 중세풍의 드넓은 거실 한가운데 있는 분수대에
서 물을 받아 마신다. 그녀에 대한 알 수 없는 동경으로 가득
찬 핀은 그 모습을 물끄러미 바라보고만 있다.

이윽고 몸을 일으키던 에스텔라는 핀에게도 마셔보라고 한
다. 마실 생각은 없지만 거부할 수 없는 에스텔라의 눈빛! 핀
은 그녀가 시키는 대로 뭔가에 홀린 듯 분수대로 다가가 분출
되고 있는 물에 살짝 입술을 벌려 목을 축이는데… 부드러운
에스텔라의 입술이 소년의 입술에 포개진다.

그날 나도 그랬다. 맞은편에서 허리를 굽히고 수돗물을 마
시고 있던 5번가 점원의 입술에 뭔가에 홀린 기분으로 살짝 내
입술을 포갰다. 불시에 공격을 당한 5번가는 영화에서 핀이 그

랬던 것처럼 아무 말도 못한 채 놀란 몸을 지탱하기 위해 분수대를 짚고 있던 손만 쫙 폈고, 나 역시 영화에서 에스텔라가 그랬던 것처럼 당황해 살짝 뒤로 물러나는 그의 입술을 놓치지 않기 위해 한쪽 발끝을 들어 그를 향해 몸을 더 기울였다.

소년과 소녀의 그것처럼 격정적이지도 않고 기교도 없었지만, 무척 부드러웠다. 우리는 그렇게 오래 서로의 입술을 포갠 채 움직이지 않았다. 등에 부서지는 가을 햇살이 따사로운 오후였다.

그리하여 내겐 이런 식의 단꿈에 젖는 일만 남은 줄 알았다.

오늘은 뭘 입을까? 샤넬? 페레가모? 크리스찬 디오르? 어쩜 좋아, 입을 만한 옷이 하나도 없어(우히히).

그런데 복병이 있었다. 동창 모임에 함께 가자는 5번가의 제안에 응하는 것이 아니었는데…. 정말로 5번가가 나가는 동창회란, 전설로만 들었던 '제임스'가 나오고 '찰리'가 나오는 그런 모임이었다. 영어를 섞어가며 나누는 대화 간간히 요란하지 않은 웃음이 터졌다.

대학 시절 폴로 경기를 하던 추억을 되살리며 리포트를 많이 내주던 노 교수님이 얼마 전 돌아가셨다는 얘기를 할 때는 다들 숙연해지기까지 했다. 그 안에서 나는 통역 없으면 대화가 되지 않는 존재였다. 단지 영어 조크 때문만은 아니다. 그 자리는 초대받지 못한 자를 철저히 소외시키는 모임이었다. 아니, 소외시키지 않더라도 알아서 소외되는 편이 현명한 그런

자리였다. 5번가 점원과 단둘이 만나 그의 눈에만 초점을 맞출 때 의식하지 못했다. 그의 신분도, 위치도, 집안도. 그런데 동창들을 만나고 보니, 그때까지는 미처 생각하지 못했던 사실들이 감지되기 시작했다.

가족모임이라고 하면 동네에서 가장 큰 중국집에 모여 팔보채, 탕수육, 고추잡채, 해물누룽지탕을 시키고는 박박 우겨 군만두 서비스를 받아놓고 땡잡았다며 좋아하는 그런 분위기와 차원이 다를 것이다. '수' 자 돌림이나 '경' 자 돌림같이 돌림자를 쓰는 사람들이 뉴욕에서, 남아프리카 공화국에서, 필리핀에서 아무튼 전 세계 곳곳에서 전용기를 타고 와 항렬별로 자리를 잡는 것을 뜻하겠지.

호텔에선 그 가족모임을 위해 일부러 몇 달 전부터 수석 주방장을 스카우트할 거다. 남자들이 포커를 치면서 시가를 피우는 동안 여자들은 옆방에서 담소를 갖는데, 죄 외국에서 공부하고 돌아온 동서들이 일부러 내 앞에서 영어로 애기하면 어떡하지? 화장실을 들락거리며 샤프 전자사전을 두들기느라 손가락이 부러질지도 몰라.

시어머니가 결혼 패물로 물려주는 보석이라고 하면, 부피는 내 가슴보다 더 크고, 무게는 내 몸무게보다도 무거워서 "목걸이 하나 하려다 애 잡겠구나" 하고 상심한 시어머니. 나를 감금하고는 "여기서 십 킬로 더 찌우기 전엔 바깥 공기 마실 생각은 꿈에도 하지 마라!" 호령을 하시겠지? 철창 옆에는 글래디에이터급 보디가드가 지키고 있을 테고.

파티라는 것도 대여점에서 몇 만 원 주고 빌린 드레스 차림에 와인 잔만 제대로 잡을 줄 알면 되는 것이 아니라, 대사 부인, 영사 부인 등 각국의 이름과 지위 있는 사람들이 피아노니 첼로니 하는 것들을 연주하면서 사업상 우의를 다지는 수준일 것이다.

어느 날 회사에서 돌아온 5번가 점원의 안색이 좋지 않다면, 변비가 다시 찾아왔거나 쉬쉬했던 치질이 재발했다는 식의 유치한 상상 따위는 삼류 코미디 작가에게 던져줘야 할 것이다. 그런 경우는 십중팔구 남프랑스 알레 지방에서 뽕나무밭 농민들이 파업을 개시했기 때문이다. 남의 나라 시골 마을 파업이 무슨 상관이냐고? 프랑스 농민들의 장기화된 파업을 빨리 해결하지 않으면, 뽕 수확에 차질이 생길 것이고, 그렇게 되면 뽕잎에서 뽑은 비단으로 칵테일 드레스를 만들어야 하는데 수급에 차질이 생길 것이다.

"내년 상반기 마케팅 영업 이익을 삼십 퍼센트나 늘려 잡았는데 보통 문제가 아니오. 당장 프랑스로 날아가야겠소!"

세상에, 머나먼 유럽의 한 농가에서 발생한 파업이 그들의 생활에 영향을 끼치는 셈이다.

그러니 원만한 부부생활을 원한다면 『CNBC』, 『포브스』, 『월 스트리트 저널』까지 탐독하면서 국제 정세를 파악해, 내 남자의 비즈니스에 미치는 영향 및 결과에 관한 고찰에 시간과 노력을 아끼지 말아야 할 것이다.

행여 녀석이 바람을 피운다고 해도 수도권 모텔을 전전하는 것과는 차원이 다르다. 하늘에 전세기를 띄우거나 바다 한가운데 정원까지 갖춘 요트를 띄워놓고 이제 막 런웨이에 데뷔해 돈 많은 물주에게 기꺼이 몸 바칠 준비가 된 어린 슈퍼모델들을 상대할 테니, 무슨 수로 그 현장을 잡겠는가. 성공률 높은 흥신소라 하더라도 착수금만 수천 달러를 선금으로 요구할 것이다. 홧김에 정원사와 놀아나기라도 할라치면 360도 전방에서 나를 둘러싼 360개의 CCTV에 포착될 것이다.

우울증을 못 견뎌 용케 가출이라도 하면, 분풀이로 친정 엄마가 키우는 돼지를 사는 사람들에게 강력한 세무조사에 들어갈 것이라고 엄포를 놓을지 모른다. 딸 덕에 뒤늦게 허리 좀 펴고 사나 싶던 엄마는 때 아닌 연좌제의 가혹한 올가미에 걸려 여생을 마감해야 할 것이다.

나의 내면 깊숙히 침잠돼 있던 근본적인 공포가 떠오른다. 명품관에 들어갔다고 해서 누구나 명품을 들고 나올 수 있는 건 아니라는 공포 말이다.

방송국에서 잘리기 직전, 나는 청담동에 있는 한 명품관 구찌 매장에 갔었다. 변 국장한테 된통 당하고 악 좀 썼더니 "우리 장작, 생리 휴가 줄까?" 하고 이죽거리는 통에 참을 수 없어 분노에 바르르 떨다 애꿎은 쥐며느리나 죽일 수는 없어 쇼핑을 나선 참이었다. 하지만 문턱이 있다고 모두 넘을 수 있는 것이 아니었다. 입구에서부터 '아무나 날 넘볼 수 없어!' 라고 으름장을 놓는 분위기에 주눅 들어 엄두조차 나지 않았다.

지나가던 여자의 목덜미를 노리는 강간범처럼 두 시간 동안이나 매장 바깥을 빙빙 배회하던 끝에 '설마 죽이기야 하겠어?' 하는 비장한 심정으로 들어갔다.

인기척에 고개를 든 매장 직원들은 나의 몰골을 보더니 노골적으로 '비싼 옷 만지기만 해봐' 하는 표정을 감추지 않았다. 갑자기 부아가 치밀었다. 이것들이⋯. 내가 이딴 거 하나 못 살 줄 알고? 나도 엄연히 돈 버는 워킹걸이다, 이거야.

결과는?

당연히 못 샀다. 홧김에 맞바람을 피운다거나 홧김에 사람 찌른다는 소린 들어봤지만, 제아무리 꼭지가 돌아도 결코 저지를 수 없는 것이 있다. 보란 듯이 구찌 원피스를 집어 들었지만 손톱만 한 가격표를 확인하는 순간, "허업!" 마취제 묻힌 손수건에 입을 막힌 여자처럼 숨조차 쉴 수 없었다. 코믹만화 주인공처럼 슈르르 작아져서는 "잘 봤습니다" 중얼거리며 내려놓고 돌아서는데 뒷목이 왜 그리 욱신거리던지.

비약이 지나치다고?

당장 5번가 아니, '알렉스'의 동창들이 어떤 얼굴을 하고 있는지 보면 그런 말 안 나올걸요. 하나같이 친절한 웃음을 흘리고는 있지만 '짜식, 자선사업을 할 거면 차라리 아프리카 난민을 도울 것이지' 하는 표정이 역력하다. 남자 동창들은 그렇다 치고 홍일점으로 앉아 있는 저 여자 동창은 어떻고. 가슴 큰 여자들이 멍청하다는 말은 누가 지어낸 거야?

그 가슴으로 하버드를 졸업하고 버클리에서 경제를 또다시 공부했다니 나 같은 여자는 명함도 못 내밀겠다. 시종 팔짱을 끼고 딱딱하게 굳은 얼굴로 나를 흘끔거리는 걸 보니 알 만하다. 대학 4년 내내 5번가 점원과 역사를 만들어보겠다고 안달했지만 결국 옷 한 번 벗겨보지 못했겠지. 빛나는 졸업장을 가슴에 안고 사회에 나올 때, 그녀는 오로지 녀석에 대한 빛나는 흑심만을 가슴에 품은 채 주위를 얼쩡거렸을 것이다. 가련하게도! 하지만 '지금까지 봐오던 여자와 다른 여자'를 찾고 있던 5번가의 눈에는 그녀가 보이지 않았겠지.

그런데 마침내 데리고 나타난 여자친구가 월화드라마에서 예비 시어머니가 뒷목덜미를 잡으며 쓰러지기에 안성맞춤이니, 드러내놓고 못마땅한 표정을 짓는 것도 놀랄 일은 아니다.

'저런 하자투성이인 여자를 무슨 생각으로 만나는 거지?'

이런 상황에서 내가 어찌 기를 펴겠는가. 5번가 점원도 불편해하는 내 기색을 살피고는 분위기에 적응할 수 있도록 애쓰는 눈치였다. 하지만 일부러 대화 수준을 조지 소로스의 상반기 투자 실적에서 날씨 이야기로 낮추는 5번가를 보고 있자니 나조차도 민망했다.

그가 '애기야!'라고 부르니, 정말 아기처럼 그가 보라는 것만 보고, 하자는 것만 하면서 뭐가 잘못 되어가고 있는지 몰랐다. 필요한 게 있으면 손가락을 빨면서 '자기야, 나 저거!' 하면 다 되는 줄 알았다.

아니었다. 아무리 그럴듯한 옷을 걸치더라도 옷걸이는 다만 옷걸이일 뿐. 스스로 진화해야 했다. 그런데 제대로 '발육'하지 못한 상태로 5번가 점원과 나란히 공식 무대에 데뷔하다니.

별 다섯 개짜리 호텔 스위트룸에 들어간 얼뜨기 시골 소녀가 된 기분이었다. 뻥 뚫린 거실, 대리석 욕조, 크고 하얀 침대, 탁 트인 전망… 문을 열고 들어가면서 하나하나 확인할수록 턱이 빠지고 감탄사가 절로 나오지만, 마음 한편으로는 초라한 우리 집이 떠올라 뱃속까지 우울할 수밖에.

차라리 5번가 점원이 서출이라면 좋았을 것을. 돈 많은 아버지가 조강지처 버리고 젊고 탱탱한 젊은 여자한테 한눈팔아 낳은 자식이라면 공략해볼 여지가 있을 텐데(그럼 상속은 어떻게 되는 거지). 아니면 침실 임무 수행 불가라면 어떨까?

아니, 내가 지금 무슨 생각을 하는 거야? 그건 비가 새는 우산을 사는 것과 같아. 그렇게 심한 거 말고 보름달이 뜨는 밤이면 온몸에 털이 돋는 늑대 인간이 된다거나 하는 정도라면 좋겠어. 야생 종마처럼 가슴 크고 엉덩이 골격이 발달한 여자들에게 잡아먹힐지도 모른다는 공포가 있어 나 같은 여자 아니면 절대 관계조차 갖지 못하는 병(?)에라도 걸렸다면 어떨까? 그러면 시어머니 될 분의 열렬한 환대를 받으며 그의 집으로 당당하게 걸어 들어갈 텐데.

잠깐, 이거 무슨 상황이지? 기껏 명품 집어 들고 가격표에 깜짝 놀라서는, 하자 있는 거라도 좋으니 반값에 달라고 사정하는 꼴 아닌가. 이러니 나조차도 녀석의 멱살을 잡고 싶다.

'이 자식아, 대체 무슨 생각인 거야? 자선사업이 하고 싶으면 차라리 아프리카 난민을 도우란 말이다!'

비밀인데 나, 힘들다.

여자의
세 가지 부류

남자친구 만들기 321일째
요즘 내게 부족한 몇 가지.
비타민C, 식이섬유소, 주제 파악하는 능력.

오늘날 소비는 신분을 위장하는 가장 확실한 수단이다.

하여, 대한민국 싱글 여성들의 지갑은 일 년 365일 '스탠바이' 상태다. 마음에 드는 물건을 만나면 단 일 초의 망설임도 없이 입을 열어 삼키려 들지. 하지만 '구매능력'과 '결제능력'은 엄연히 구별되기 때문에, 결제 능력에 따라 여자들의 신분은 극명하게 갈린다. 편의상 그것을 블랙카드, 신용카드, 적립카드로 구분한다.

우선 '블랙카드'를 만나 볼까?

〈섹스 앤 더 시티〉와 〈타이라 뱅크스 쇼〉를 원어로 시청하고, 역시 원어로 된 『VAZA』나 『VOGUE』를 읽고, 교보문고가 아닌 아마존에 들어가 '칙릿(Chic lit)'을 주문해 보는 이들은, 보통 여자들에겐 그림의 떡인 연봉협상을 해마다 하면서도 전년도 연봉을 갱신할 수 있는 능력을 가졌으며, 뉴요커들처럼 '브런치'를 먹으며 전날 밤 섹스에 대한 품평을 늘어놓는다.

캐서린이나 크리스티 같은 영문 이름을 갖고 있으며, 3개 국어로 간단한 의사소통이 가능하고, 출장지엔 게이 친구를 두고 있다. 중요한 브리핑이라도 탱크탑을 입고 설 수 있는 자신감과 남성의 그것을 대상으로 한 성적 유머로 초반 분위기를 화끈하게 휘어잡는 배짱도 가졌다. 야근을 하더라도 다음 날이면 화장, 옷, 구두, 향수, 액세서리까지 어제와 다른 것으로 말끔하게 갈아입는다. 밤새 일하느라 부족한 수면은 고급 스파에 들러 손톱, 발톱, 머리카락까지 통째로 '릴렉스' 해주며, 그럴 때에도 해외에서 업무상 걸려온 전화를 유창한 영어로 받는 통에 등에 올라 탄 이십대 초반의 힘 좋은 마사지사 언니들의 동경을 한 몸에 받는다.

오늘 입은 옷은 내년 이맘때나 돼야 옷장에서 다시 꺼낼 이들은 유행 지난 옷을 입는 걸 오 년 전에 한물 간 사업 아이템을 내놓는 것만큼이나 치욕스럽게 여긴다. 이들이 말하는 중저가 브랜드란 곧 죽어도 마돈나가 광고하는 H&M이 마지노선이며, 아무리 명품이라도 OEM인지 In house 제품인지 구별해서 사고, SA급인지 S급인지 따지고, 옷보다 더 많은 패션 액세서리 아이템을 갖고 있다. 홍콩에서 대대적으로 개시되는 쇼핑 시즌에 맞춰 휴가 스케줄을 조절하며, 보졸레 누보가 나오는 시점에 만나는 사교 클럽이 있으며, 휴양지로는 헤밍웨이 소설에나 나올 것 같은 섬 이름을 들먹이고, 하루쯤은 방에 틀어박혀 실오라기 하나 걸치지 않은 몸으로 명상 음악을 듣다가 갑자기 젊다는 것이 서러워 펑펑 울었다고 말한다.

관심사는 당연히 다음 시즌 트렌드이며, 연예인 스타일 따라하기는 죽기보다 싫어하고, 직접 뉴욕이나 파리에서 타전된 패션 핫뉴스를 통해 다음 주 스타일을 결정한다. 신발이든 속옷이든 치수를 말할 땐, '240미리'나 '85'라고 하지 않고, '인치'로 말하며, 몇 년을 기다리고도 차례가 올지 안 올지 모르는 특제 핸드백 대기자 명단에 이름을 올려놓고 있다. 어머니가 물려주신 벌킨백을 갖고 있고, 구두를 백 켤레 정도 사 모아 '슈어홀릭' 소리 듣는 걸 평생의 프라이드로 여긴다.

이런 여성은 우리나라 여성 가운데 상위 1퍼센트나 될까? 이들이 한 번 지갑을 열었다 하면 소비자 물가지수마저 변동시킬 정도니, 사회는 이들에게 '패션 리더'이자 '트렌드 세터'라는 닉네임을 붙여 공을 치하하고, 더더욱 열심히 지갑을 열 것을 독려한다.

'남자친구'로 'Mr. Right'를 찾고, 누구나 구찌를 꿈꾼다고 해서 '아무나 구찌를 가질 수 있는 세상만큼 따분한 건 없다'는 말로 '어디 따라올 테면 따라와봐!'라는 속내를 대신하는 그녀들은 '명품 백'을 발견하면 즉시 이렇게 외친다.

―(시크하게) 카드 되죠?

―그럼요, 몇 개월로 할까요?

―(엘레강스하게) 일시불이요!

'신용카드'로 분류되는 여자들은 대한민국 여성의 8할을 차지하는 그룹으로, '온스타일'에서 재탕, 삼탕, 사탕 중인 〈섹스 앤 더 시티〉를 보고 있으며(정확하게는 자막을 읽는다), 제일 비싼 옷이라면 백화점에서 제값 다 주고 산 옷이며, 진짜 명품은 아직 사본 적이 없다.

그녀들이 갖고 있는 명품이란 이제 막 디자인을 배우기 시작한 여대생들이 피자 시켜 먹으면서 불법으로 카피한 명품 '스탈'이거나, 누구누구 '스탈'에 불과하다. 하지만 짝퉁이라도 당장 마크가 떨어지기 전에는 엄연히 '명품'으로 치자는 암묵적인 합의가 되어 있으며, 취미는 스타벅스 가서 커피 마시기, 특기는 스타벅스 커피 들고 찍은 얼짱 각도 사진을 미니홈피에 올리는 일이다. 어쩌다 태국이나 필리핀 여행을 다녀오면 아예 전용 폴더를 만들어 두고두고 증거로 남긴다. 쇼핑은 주로 동대문에서 이루어지고, 천 원을 깎기 위해 그 바닥을 샅샅이 뒤지고 난 뒤 삼천 원짜리 만두와 떡볶이로 배를 채우며 알뜰한 쇼핑이었다고 자위하는 수준이다.

마음에 드는 것을 사기 위해서는 월급날까지 기다려야 하지만, 정작 월급날이 되면 전달에 쓴 카드 값이 빠져나가고 또다시 잔고 제로. 다음 월급날을 기다리며 손가락을 빤다. '블랙 카드' 그룹이 칼리 피오리나나 콘돌리자 라이스의 책을 원서로 읽을 때, 이들은 베스트셀러 자기계발서를 읽으면서 종종 밑줄 친 구절을 미니홈피에 올려놓고 '나도 이 정도 고민은 하면서 살아요' 라며 뻐기는 게 세상을 향한 유일한 조롱이다.

출근길에 교통사고 나서 한 달쯤 병원에 입원했으면 하는 못된 상사가 있으며, 퇴근 시간에는 회사 앞에 차를 대고 기다리는 남자가 있었으면 하는 소망을 갖고 있다. 실연의 아픔과 실패한 다이어트에 대한 기억을 지문처럼 갖고 있고, 원나잇 스탠드에 대한 호기심과 열망으로 불타면서도 술 취해 저지른 잠자리에 대한 후회 또한 갖고 있다.

본 것은 있어서 〈섹스 앤 더 시티〉의 4인방처럼 '브런치'를 먹으면서 간밤의 잠자리에 대한 수다나 자기를 무시하는 남자들에 대한 험담을 따라 하고 싶지만, '신용카드' 신분으로 브런치가 가능한 곳이라곤 순두부 백반을 전문으로 하는 기사식당 수준을 벗어나기 힘들다. 그럴 때면 브런치 한 번 먹자고 테이블 가격을 9만 원씩이나 척척 내는 여자들은 세 부류의 남자, 즉 아버지나 상사나 남자친구 중 한 명을 제대로 만난 여자들일 거라는 근거 없는 모함으로 슬픔을 상쇄한다.

가끔은 보란 듯 승진해 '나도 한번 카드 팍팍 긁어보자' 하고 진지하게 일해보지만 '어디 아파? 평소대로 해!' 라는 짓궂은 시선뿐이어서 '그래, 그냥 살던 대로 살자' 며 얼른 자아를 회복한다. 웬만한 포기나 절망에도 차츰 익숙해지지만, 그래도 성형수술을 위해 적금을 붓는 최후의 열정만은 시퍼렇게 살아 있다. 이들은 마음에 드는 '명품 백' 을 발견하면 당장 이런 주문부터 외운다.

'내가 뭣 때문에 돈을 버는데, 나를 위해 이 정도도 못해?'

하지만 그것부터가 이미 없어 보인다. 그걸 사고 나면 당분간 웬만한 거리는 걸어다니고 밥은 구내식당에서 해결하고, 커피는 자판기 커피로 때워야 하기 때문이다. 그래도 일단 외치는 목소리만큼은 '블랙카드' 만큼이나 당당하다. 청구서는 한달 후에나 날아올 테니까.

－(당당하게) 카드 되죠?

－그럼요, 몇 개월로 할까요?

－(주저주저) 36개월이요. 무이자 맞죠? 혹시 직원가로 어떻게 안 될까요?

마지막으로 '적립카드' 로 분류되는 여자들은 분명히 존재하지만 실체가 불분명하다는 점에서 북한의 대포동 미사일에 비유될 수 있겠다. 겉으로는 봐서는 전혀 그렇게 보이지 않는다는 점에서도 마찬가지다.

하지만 자신의 정체성을 본인 스스로 잘 알고 있는 이들 '적립카드' 는, '블랙카드' 나 '신용카드' 시절(그런 시절이 있기는 했을까?) 닥치는 대로 사들였던 옷으로 하루하루를 버틴다. 유일한 결제수단이라고는 그동안 쌓인 적립 포인트가 전부이고, 구매 내역의 대부분은 라면, 생수, 쓰레기봉투의 영역을 못 벗어난다. 소비가 신분을 위장하는 수단이라고? 얼어 죽을! 그들에게 소비란 굶어죽지 않기 위한 최소한의 사치일 뿐이다.

실패한 다이어트 기억보다 더 많은 연체의 기억을 갖고 있으며, 앞으로 3개월은 더 결제해야 할 굵직굵직한 품목을 두세 개쯤 갖고 있다. 차곡차곡 우편함에 쌓여가는 각종 체납 고지서들을 보면서 정부가 개개인에게 얼마나 많은 세금을 부과하고 있는지 깨닫고 분통을 터뜨린다. 세금이야말로 대한민국에서 남자들보다 더 빨리 손봐야 하는 대상이라는 데 의견을 같이하지. 과거에는 30퍼센트 세일가에 옷을 사면 30퍼센트 경제적인 소비를 했다고 믿었고, 이것이 모두 좋은 남자를 만나기 위한 '투자'라고 믿었지만, 이제 지갑에서 나가는 돈은 무조건 '지출'일 뿐이다.

샴푸 많이 쓰는 게 아까워 긴 머리도 짧게 자르고 손톱은 네일 케어를 받지 못해 가위로 자를 판이다. 앞머리는 친구 미용실 갈 때 따라가서 해결하고, 동네 찜질방에서 종일 불린 때를 미는 것이 피부를 위한 유일한 호사이다.

현대 여성의 계급을 구분하는 가장 정확한 잣대라는 '브런치' 문화만 봐도 이들의 실상을 짐작할 수 있다. '블랙카드'가 요즘 골치를 앓는 남자친구나 프로젝트 문제를 논하며 호텔식 브런치를 먹을 때, 이들은 식비를 줄이기 위해 아침과 점심을 한 끼로 해결하는 '아점'을 먹으며, 그걸 영어로 하면 어차피 '브런치'가 아니냐고 스스로를 다독인다.

문밖에만 나서면 돈 달라고 입 벌리는 것들 천지니 유일한 친구라곤 인터넷뿐. 테러와 같은 대량 참사가 일어나기 전에는 자기가 행복하다는 걸 느낄 수가 없다. 연예인 커플이 이혼했다는 기사가 제일 반갑고, 악플러들이 달아놓은 '누구누구 X 파일'은 번개같이 클릭한다.

석유의 나라 쿠웨이트에서 넘치는 돈을 주체하지 못해 국민 당 450만 원씩 나눠줬다는 보도를 접하면 '나는 왜 부모 복도, 나라 복도 없을까' 한탄하다가 진지하게 이민을 검토해보지만 당장 체납 세금이며 과태료가 많아 출국심사에서 걸릴 것이 빤하기 때문에 한숨만 쉰다.

마음에 드는 물건이 나타나면 그녀들도 다년간에 걸쳐 쌓아온 학습효과 때문인지 일단 '카드'부터 꺼내긴 한다. 그런데 십중팔구 이렇게 된다.

－(애써 무덤덤) 적립카드 되죠?

－네. 손님, 그런데 적립액이 부족한데요?

－(황망히) 다시 올게요!

그렇다고 이들이 날 때부터 '적립카드'는 아니었다.

과거에는 '신용카드' 정도는 됐었고, 개중엔 '블랙카드'로의 진입을 꿈꿨던 부류도 있었다. 결제일마다 차곡차곡 날아오는 청구서의 사용 내역들이 사실을 증언해준다. 기십만 원에 달하는 옷도 있고, 그걸 안 먹었으면 지금쯤 라면이 몇 봉지야? 싶어지는 비싼 밥도 있다. 그런데 어쩌다 이렇게 됐냐고?

소비는 신분을 위장하는 가장 확실한 수단이라는 말을 맹신한 탓이지. 열정이 너무 과했던 거다. 한번쯤 의심할 만도 했건만, 그러기엔 카드회사 직원들이 너무 친절했고 다정했다. '고객님'을 연발하며 차곡차곡 사용한도를 증액시켜줄 때, 당연히 결제능력 또한 비례하는 것으로 믿을 수밖에.

서운한 건 세상이다.

그저 우리 여자들의 지갑 속에 몇 푼이나 남아 있는지 촉각을 곤두세울 뿐, 정작 우리가 왜 그렇게 기를 쓰고 '명품 백'을 꿈꾸는지에 대해선 도통 알 바 아니라는 식이지.

사랑과 현실 사이

남자친구 만들기 330일째
카드빚 8백만 원 넘어가면서 덩달아 내 숨도 넘어가고 있다.

결국 '적립카드' 여사는 '구매 취소' 버튼을 누르고 말았다.

버틴다고 될 일이 아니니까. 어떻게 된 내막인지 들려줄 테니 제발 보채지 좀 마세요. 그저 남들 깨졌다는 얘기엔 심장이 먼저 뛰지.

겉으로는 멀쩡하지만 속으로는 종양처럼 곪아가고 있는 5번가와의 관계는 시간이 흘러도 호전될 기미가 보이지 않았다. 묘책을 찾지 못하기는 5번가 점원도 마찬가지였다. 도대체 왜 나를 택했냐고 의뭉스럽게 눈을 뜨는 내게 "당신은 내가 알던 여자들과는 다르니까!"라는 대답뿐이니, 나로선 사춘기 소녀처럼 불평 불만일 수밖에 없다.

알던 여자들과 다르다고? 그러시겠지. 뭐가 부족해서 나 같은 A컵을 만나겠어? 사용 중지된 카드나 가지고 다니는 주제에 옷 한 벌 갖겠다고 난동을 부리는 여자를 어디서 구경했겠냐고. 주변엔 호텔 창업주의 상속녀들뿐인데, 나 같은 여자를 만났으니 놀랄 일의 연속일 수밖에. 쳇!

며칠 뒤 기어이 사단이 나고 말았다. 5번가 점원이 사뭇 비장한 얼굴로 나를 찾아왔다.

"당신이 무엇 때문에 힘든지 알아. 나는 그런 것이 껍데기에 지나지 않다고 생각했기 때문에 너무 쉽게 생각했어. 중요한 건 마음이니까."

여기까지는 사랑하는 사람의 진심 어린 위로 쯤으로 들을 수 있었다. 문제는 그 다음이었다. 갑자기 그가 숨을 고르더니 비장한 눈빛과 목소리로 덜컥 이런 말을 꺼내는 것이 아닌가.

"정 그런 게 당신을 힘들게 한다면…."

비상사태였다. 변함없이 나를 바라보는 저 다정한 눈빛으로 미루어 보건대 그가 할 수 있는 말이란 뻔하다.

"당신이 원한다면 이놈의 거추장스러운 신분도 계급도 다 버리겠어!"

일찍이 존 그레이 선생이 『화성에서 온 남자, 금성에서 온 여자』에서 남녀 간 화법의 차이를 그토록 일렀건만, 역시나 남자들은 착각한다. 우리 여자들이 심프슨 부인과 결혼하기 위해 왕관을 버린 영국의 윈저공을 동경한다고. 그게 정신나간 짓이지, 어딜 봐서 멋지단 말인가. 왕관 없는 윈저공은 내가 알던 이전 남자들과 하나 다를 게 없다. 심프슨 부인이 윈저공의 귀에 대고 속삭였을 말을 생각해보라.

"당신의 모든 것을 사랑해요."

그 말인즉슨 그의 머리에 있는 왕관 또한 사랑한다는 뜻이다. 그런데 이제 와서 계급장 떼고 신분증 반납하고 맨몸으로 나한테 오겠다굽쇼? 저런…!

가슴 작은 여자들은 죄다 순수하고 착한 줄 아는 5번가의 입을 잽싸게 막아야 했다. 그런데 어떻게 해야 하는 거야? 서둘러! 저 자식 입이 움직이겠어. 말이 떨어짐과 동시에 내가 쌓아올린 모든 공은 물거품이 되고 말 거야. 야, 장만옥! 어떻게든 해보라구!

그 순간, "흡!" 하는 5번가의 나지막한 비명과 함께 우리 둘 사이에 흐르던 시간이 그대로 정지해버렸다. 녀석의 주의를 다른 곳으로 분산시킬 방법을 못 찾고 바동대다가 하필 거길 건드렸다. 으악, 어느새 이렇게 불룩해진 거야? 변태 같으니!

어쨌거나 일단 녀석의 입을 막는 데는 성공했다. 미처 하려던 말을 잇지 못하고 순식간에 얼굴이 벌개졌으니까. 그러나 그건 더 큰 사건을 불러오는 비극의 예고라는 걸 불과 일 초 만에 깨닫고 말았다. 입을 막는 데는 성공했지만 5번가에게 깊숙이 내재된 '욕망'이라는 이름의 코털을 건드리고 말았으니, 자충수(自充手)였다.

하여튼 나는 뭘 해도 안 된다니까! 나는 또다시 상황을 수습

해야만 했다. 아직 때가 아니니까!

자고로 '시장이 반찬이다' 전략이 제대로 먹히기 위해선 주린 배를 움켜쥐고 찬밥에 물을 말아서라도 먹겠다고 나서기 전까지 움직여서는 안 된다.

하지만 이번만큼은 녀석을 잠재우기가 녹록지 않았다. 흡사 브레이크가 말을 듣지 않는 수학여행 버스처럼 움직였으니까. 나도 슬슬 자포자기가 되려고 했다. 나도 모르는 사이 녀석에 대한 내 마음이 많이 깊어졌나 보다. 지난번 키스 이후론 그의 목덜미만 봐도 멋대로 욕망에 휩쓸리는 나 자신을 발견한다니까. 잔뜩 긴장한 그의 눈과 마주친 것은 그때였다.

사람이 먹을 것을 앞에 두고 긴장하는 데에는 두 종류가 있다. 하나는 내가 스테이크 앞에서 나이프 쥐는 법이 헷갈려서 하는 긴장이고, 또 하나는 5번가가 길거리 포장마차에서 뚝뚝 썰어놓은 곱창 앞에서 하는 긴장이다. 그렇다면 지금의 긴장된 표정은 무엇을 말하는가. 그야 두말하면 잔소리. '저걸 어떻게 먹지?'가 분명하다. 그런 얼굴을 보니 나도 민망해졌다. 지금까지 내 앞에서 긴장한 남자를 본 적이 없거든.

안 되겠어, 장만옥! 더 늦기 전에 이쯤에서 물러서자! 이런 빈티 나는 몸으로 애정사라니, 그는 아마 일을 치른 0.1초 안에 크리스마스 선물을 풀어본 꼬마처럼 굴 테니 말이다.

"애개개, 이게 전부야? 진짜는 따로 있는 거지? 그렇지? 으아앙!"

움찔! 지금 한가하게 상상이나 하고 있을 때가 아니다. 5번가의 손이 어느새 마지노선을 넘어오고 있었다. 불에 덴 듯 화들짝 놀란 나는 황급히 그의 손을 제지했다. 그리고 시작된 양 진영 간의 뜨거운 신경전! 접시에 남은 마지막 도넛을 향해 동시에 손을 뻗은 어린 남매처럼 치열한 것이었다.

누구도 손을 움직이지 않았다. 자칫 팽팽한 힘의 균형이 깨졌다간 도넛 접시가 뒤집히고 말 테니까.

그 상태로 우리는 눈빛으로 대화하고 있었다.

5번가-이 손 좀 치워주겠어?
나-당신이야말로 엉큼한 그 손 치우시지!

그는 모른다. 좀더 애절한 쪽이 바로 나라는 걸!
'너도 다른 남자들이랑 다를 게 하나 없어. 그저 나한테 바라는 거라곤 섹스뿐이지!' 이렇게 악을 쓸 수 있다면 얼마나 행복할까? 하지만 천하의 A컵으로선 벅찬 사치일 뿐이다. 흑! 지금 이 순간, 가슴이 단 일 그램만 커진다고 해도 영혼을 팔 자신이 있다. 악마는 어디 있는 거야? 당장이라도 협상하자고!

내 인생은 '발기불능이 부작용으로 따라오는 발모제'와 다를 게 없다. 효과는 확실해서 기적처럼 머리가 나기 시작하지만 발기불능에 빠질지도 모른다는 식이니, 도대체 약을 복용하란 말인가, 참으란 말인가! 사랑을 택하자니 현실이 울고, 현실을 택하자니 사랑이 우는구나.

어느새 그의 손은 적장의 목을 벨 일만 남은 검투사처럼 날

럽해졌다. 그런데 에그머니, 난 단지 본능적으로 그를 방어할 생각이었을 뿐인데, 빼빼 마른 내 안에 어디 그런 힘이 있었던 거지? 녀석은 그만 중심을 잃고 나자빠졌다.

차라리 그런 순간엔 침묵이 능사인 것을! 분위기 띄워보겠다고 내뱉은 농담이란 게 고작….

"당신도 다른 남자들이랑 다를 게 하나 없어. 그저 나한테 바라는 거라곤 섹스뿐이지!"

조금 전까지는 도넛을 서로 먹겠다고 으르렁거리는 오누이의 익살이 전혀 없지 않았지만, 점점 '이건 아닌데' 싶은 분위기로 흐르고 있다. 녀석의 꼬집어 말할 수 없이 복잡한 저 표정! 저걸 묘사하자면 백 일간 마늘과 쑥만 먹으면서 계룡산 폭포를 맞아가며 도를 닦아야 할 것이다.

그는 싸늘한 눈빛으로 조용히 일어나더니 내게 등을 보이고 돌아섰다. 그렇다고 가버리다니? 일은 내가 만들고도 배신감이 느껴졌다.

설령 내가 헤어지자고 했더라도, 화가 나 주먹으로 애꿎은 벽을 치는 한이 있더라도 절대 먼저 자리를 박차고 나가지는 않으리라 믿었는데. 그건 나만의 편리한 이기주의였을까?

쾅 닫히는 현관문 소리에 모든 것이 확실해졌다.

'이런 바보, 넌 지금 혼자 외롭게 늙어 죽어갈 짓을 한 거야!

깨철이는 이번에도 참지 못하고 끼어들었다.

"대체 뭘 그렇게 재고 따지는 거야? 그 남자야말로 네가 그토록 간절히 원하던 '명품 백' 아니었어?"

뭘 모르는 소리 할 거면 입 좀 닫아라. 차라리 나도 그가 단지 '명품 백'이어서 좋은 거라면 이렇게 헤매진 않을 거라고. 킬러의 총구가 언제 흔들리게? 청부를 의뢰받은 여인을 사랑하게 되면서부터야.

됐다, 그만두자. 네가 무슨 수로 사랑을 알겠니?

나는 내 이야기가 비극으로 끝나는 것을 원치 않는다.

녀석이 사라졌다고 해서 지구가 자전을 멈추는 것도 아니고 중력이 사라지는 것도 아니다. 나는 부자 영감 초상을 치른 젊은 애첩처럼 감쪽같이 이전의 삶으로 복귀했다. 라면은 다시 일인분만 끓였고, 혼자 베개를 끌어안고 소파에 몸을 파묻고 〈섹스 앤 더 시티〉를 봤다.

그가 언제 전화해줄까 기다리며 단세포 동물처럼 굴지 않아도 됐고, 주말이면 또 무슨 옷을 입고 나가나 골치 앓을 필요도 없었다. 외롭지 않았냐고?

일자리 구하랴, 카드 대금 막으랴…. 특히 신체포기각서를 코앞에 들이밀며 지장 찍으라고 으르렁거리는 사채업자들과 한바탕 실랑이 벌이는 꿈에 시달려봐라. 외로움 같은 건 모르게 된다.

우울증, 그것도 알고 보면 부자들의 질병이다. 적어도 날 때부터 몇 천억을 상속받아서 사는 게 무료한 사람 또는 잔디 깎는 정원사나 세금 관리해주는 집사 정도 거느리는 유한부인이라야 걸리는 병이다.

인생 따분해서 미치겠다는 분들, 괜히 약을 구하러 클럽 전전할 필요 없다. 전화 한 통화로 일 분 안에 통장으로 돈이 재깍 들어오는 사채 한 번만 써봐라. 날마다 심장이 뛰고 혈압이 상승하며 동공은 맥없이 풀리기를 반복하니 인생을 비관할 시간조차 없다. 자다가도 카드 대금만 생각하면 벌떡 일어나 앉아 대비책을 강구하게 된다. 잔뜩 밀려 있는 이놈의 카드 값을 대체 무슨 수로 메운다? 어머나, 장기매매 말인가요? 농담을 진짜 믿으셨군요? 실은 알아봤는데요, 이 치사한 자식들이 45킬로 이하는 취급도 않는다네요.

그즈음 S가 약혼 날짜를 잡았다는 소식이 들려왔다.

드라마틱하게도 연말 크리스마스이브에 특급 호텔에서 할 거란다. 상대는? 뚱 PD란다.

뚱 PD라고 하면 사회자가 "아직도 그녀와 키스 안 해본 사람 있나요?"라고 물으면 한쪽 구석에서 "저요…" 하고 손을 들

것 같은 유일한 남자였건만. 뚱 PD 아버지가 9시 뉴스에 나온 지 정확히 두 달 만의 일이다. 하여튼 원천기술을 가진 계집애들의 스피드란 빛보다 빠르다니까.

그래서 '일류'와 '이류'의 차이를 누군가는 이렇게 정의했나 보다. '일류'는 목표물이 발견되는 즉시 미끼를 던질 수 있는 부류지만, '이류'는 목표물에게 던져줄 미끼를 조달하는 데에만 수 년에서 수십 년이 걸린다고. 다들 개구리가 되어 펄쩍펄쩍 계단을 뛰어 오르고 세상을 휘젓고 다니는데, 나만 아직도 올챙이에 머물러 있다. 꼬리는 언제 사라지고, 뒷다리는 언제쯤 나오려나.

그런데 이해 안 가는 것이 있다.

커피 한 잔을 마셔도 유학 다녀온 바리스타가 만든 게 아니면 마시지 않고, 그 흔한 생수라도 미네랄 함량까지 따지고, 원피스의 땡땡이 지름까지 재서 단 0.001인치라도 자기 스타일과 일치하지 않으면 내던져버리던 여자들이, 어찌하여 결혼 취향은 하나같이 돈 많고 이리바리한 남자인 거야? 그 정도 가슴이면 좀더 욕심 부려도 되는 거 아니었어?

그걸 모르는 우린 역시 연애 초보다. 그런 여자들은 더 이상 '아르마니 정장을 입고 겐조 향수를 뿌리는 부류'를 신랑감으로 보지 않는단다. 그건 선생님 몰래 학교를 빠져 나와 전철역 화장실에서 교복을 갈아입고 클럽으로 달려가던 시절부터 지겹도록 상대해온 남자들이기에. 일종의 '한계효용체감의 법칙'이다. 손가락만 까딱하면 넘어오는 그런 남자들은 클럽에

가면 날마다 산지 직송으로 포장도 뜯지 않은 채 공급되고 있
으니, 언제든 필요할 때마다 육중한 문을 열고 들어서면 되는
거란다.

대신 그녀들이 선택하는 건, 클럽에선 콜라 한 잔 제대로 얻
어 마시지 못하고 구석에서 까닥까닥 발로 박자나 맞추고 있는
남자라야 한다. 쇼핑으로 보면, 연애는 립스틱을 사는 것이고
결혼은 장롱을 들여놓는 일이니까.

바야흐로 S는 거실 한가운데 장롱 하나 든든하게 모셔놓고
기분에 따라 립스틱을 장착하면서 살겠다는 제2의 인생 선언
을 한 셈이다. 결국 즐길 거 다 즐긴 여자들은 최후엔 절대 유
행 타지 않을 것 같은 장롱 하나로 기나긴 화류계 대장정을 마
감한다. 날마다 신경 쓸 일이라곤 장롱 속에 차곡차곡 구찌를
채워넣는 일 뿐일 거야.

매일 밤, 구찌가 걸린 옷걸이가 휘도록 엉망으로 뒤엉켜 거
칠게 키스를 하다 그대로 쓰러져 잠이 들겠지. 다음 날 아침,
눈을 뜨고는 이렇게 울먹일 것이다.

"어쩜 좋아, 내 구찌가 엉망이 돼버렸어!"

그러면 남편이란 작자는 이렇게 달래줄 것이다.

"어차피 한 번씩은 다 입어본 것들이잖아. 이참에 베르사체
로 바꾸는 것이 어때?"

쳇, 그게 바로 내 결혼 판타지였는데…. 계집애, 아무래도
수완이 대단해. '펫 샵 보이즈'의 응원가는 너에게 양보하지.

'양말조차 아르마니'와 만나던 그날, 난 스타벅스에서 직원에게 고함을 지르며 화를 내고 있었다.

"내가 시킨 건 토피 넛 라떼가 아니라니까! 당신 귀먹었어?"

그랬다. 이즈음 나는 별것 아닌 것에도 폭발하기 일쑤였다. 역시 프로이트 아저씨 말이 옳았어. 리비도는 적당히 분출돼야 한다. 그런데 당시 나는 장안의 내로라하는 마담뚜의 딸을 납치해서는 "나한테 남자 열 명 소개시켜주기 전에는 두 번 다시 딸의 얼굴 못 보는 줄 알아!" 하고 협박하기 전에는 소개팅 자체가 불가능할 것 같았다.

그뿐인가. 작가 자리가 났다고 가보면 하나같이 '자리 찼는데'라거나 무릎에 앉히기 좋은 애들만 구하는 눈치였다(아쉬운 마음에 나라도 앉혔다간 꼬리뼈에 찍혀 죽을 테니 살상을 막기 위해서라도 내가 포기할 수밖에).

더구나 내가 이렇게 궁상 떨고 있을 때, S는 뚱 기사가 모는 외제차를 타고 출퇴근하고 있단다. 그러게 그때 뚱 PD에게 수완을 가르쳐주는 게 아니었어. 자동차 배기량, 스타일, 침실 테크닉까지. 지금 그 덕을 고스란히 S가 보고 있단 말야. 내가 미쳐요. 아주!

이러니 취미는 폭발이요 특기는 시비 걸기이고, 한번 발끈했다 하면 제멋대로 상승기류를 타는 바람에 좀처럼 진정될 줄 몰랐다. 더구나 그날 내가 '페퍼민트 모카'를 주문하고 치른 4천5백 원은 수중에 남은 마지막 현금으로 산 커피였다. 된장찌개를 사 먹을까 커피를 마실까 무려 이십 분을 고민한 끝에

커피를 선택한 참이었는데 잘못 나온 메뉴를 놓고 오히려 "손
님이 분명 토피넛 라떼를 주문하셨다고요!" 하고 박박 대드니,
머리채를 잡고 패대기쳐도 시원찮을 것 같았다.

그때 한 남자가 끼어들었다. 마침 '토피넛 라떼'를 마시고
싶었는데 그걸 자기가 마시면 안 되겠냐고 속보이는 친절을 베
풀었다. 그러고는 내가 바락바락 외치고 있던 페퍼민트 모카를
주문해주었다. 눈물이 나려고 했다. 내 평생 낯선 남자로부터
그런 친절을 받아본 적이 있던가. 이럴 때, 로맨스가 시작되지
않으면 그게 더 이상하지.

호남형에 보기 드문 언변까지 갖춘 녀석은 양말조차 아르마
니를 신고 있더군. 내가 뭐랬던가. 남자란 무릇 노트북 같아서
안 사고 있으면 점점 더 성능 좋고 저렴한 사양들이 쏟아질 거
라 했잖아.

이제 막 이성에 눈뜬 십대도 아닌데 형식적인 예의와 절차
따윈 생략하기로 암묵적인 합의를 했고, 급기야 그는 내게 차
를 바꿀 건데 함께 가달라며 손을 이끌었다. 남자가 여자에게
함께 차를 보자는 건 함께 속옷을 고르러 가자는 것과는 또 다
르다. 그건 주말이면 아이들을 데리고 주말농장이라도 가꾸자
는 의미를 함축하고 있다는 점에서 미래를 약속하는 것이며,
피곤하면 언제든 드라이브를 시켜주겠다는 진정성의 표출이
고, 무엇보다 돌려 말하고는 있지만 '하고 싶다'는 가장 노골
적인 프러포즈이기도 하다.

음하하햇! 저 정도 배기량이라면 아무리 뜨겁게 엉켜도 정

장 치마라도 구겨지지 않을걸? 큰 차가 기름을 많이 먹는 건
그만큼 뜨겁기 때문이라고.

마침내 차가 인도되던 날, 우린 십대들처럼 들떴고, 경춘국
도를 신나게 내달렸다. 미끄러지듯 춘천국도를 달려 호숫가에
도착했을 때, 나는 약에라도 취한 듯한 콧소리로 물었다.

"제가 어디가 좋아요?"

이런 식상한 질문의 의도는, 손목에서 멈추고 있는 스킨십의
진도를 자연스럽게 촉진하기 위한 윤활제와 같다. 의미 없이
스킨십을 하는 헤픈 여자가 아니라는 자기검열의 의미도 있지.

그런데 귓전을 때리는 대답은 그 이상 추잡할 수가 없었다.

"내 와이프가 아니라서 좋다고 꼭 말해야 아나?"

나는 짐짓 눈을 흘기며 그의 팔뚝을 꼬집었다.

"농담하지 말구요."

그러자 설마 하는 내 눈빛을 녀석은 가볍게 일축했다.

"왜…? 내가 유부남이라는 게 문제가 되나?"

그걸 말이라고 하니, 이 자식아!

"뭐예요? 유부남이란 사실을 왜 말하지 않은 거죠?"

울컥해서 소리를 질렀더니 그는 귀찮다는 듯 대답했다.

"빌어먹을, 가슴 큰 애인들도 개의치 않는데 왜 혼자 그렇게
까칠해?"

으으윽…. 난 이제 남자가 손가락만 까딱해도 넘어가는 쉬
운 여자가 돼버린 거야? 아니면 밥을 사고 차 문을 열어주는
놈이 유부남인지 총각인지조차 파악하지 못할 만큼 내 눈이 멀

어버린 거야? 분하고 심란해 죽겠는데 이 자식은 끈적한 눈빛으로 다가온다.

"이왕 이렇게 됐으니 한번 진하게 놀아보자고."

벌레 물리치듯 몸을 부르르 떨며 노려보는 나를 그는 유치원생 달래듯 말했다.

"요새 아가씨들한테 유부남 애인이 인기라던데 보기보다 순진하구만. 용돈 달라고 들러붙는 어줍잖은 총각 백 명보다는 나와 노는 것이 더 산뜻하고 즐거울 거야."

이런, 미친! 내가 아무리 목이 마르기로서니 식용유를 마실 것 같아? 그러나 이 놈의 파렴치한 유부남은 자기가 투자한 밥값이며 술값을 어떻게든 뽑아야겠다는 식으로 덤벼들었고 위기에 몰린 나는 다급한 나머지 언젠가 강간범에게 잡혔다가 재치 있게 상황을 모면했다는 한 여성의 기지를 써먹을 수밖에 없었다.

"마음대로 하세요! 분명히 말하는데, 저 에이즈 환자에요!"

엉겁결에 외치고 보니 나조차도 쪽팔린다. 하지만 물은 이미 엎질러졌다.

"정말이에요. 사실은 에이즈 걸려서 인생 막 살고…."

그는 몸을 재빨리 젖혀 차문을 오토로 열더니 더 이상 말을 섞기조차 쪽팔린 계집애로군 하는 표정으로 한마디 했다.

"야, 내려라."

차라리 정조를 포기하는 쪽이 덜 치욕적이겠다 싶더군. 그 비열한 녀석은 나를 버리고 BMW 7 시리즈의 우아한 꽁무니를 빼고 가버렸다. 한겨울 칼바람이 몰아치는 춘천국도에 우두 커니 서서 히치하이킹을 하고 있자니, 내가 어쩌다 이렇게까지 전락했는지 눈물이 다 날 뻔했다.

아무리 불안이 내 영혼마저 잠식하려 한다 해도 용서 안 되 는 일이다. 끔찍한 변 국장의 비아냥대로 이거 완전히 '여태 남자 하나 만들지 못한 변변치 못한 여자'라는 것을 스스로 인 정한 꼴이다. 직장에서는 잘리고, 남자친구한테는 차이고, 백 화점에서는 더 이상 나를 환영하지 않는다.

인생이란 싼 맛에 들어간 중국 식당 같다. 음식은 푸짐할지 모르지만, 시끄럽고 불결하고 주인은 불친절하고 여기저기서 아이들은 울고불며 떼를 쓰고 벽엔 바퀴벌레 오줌자국이 누렇 게 번져 있으니 어떻게든 값이 싼 대가를 치러야 하지.

강원도의 칼바람 속에서 두어 시간에 걸친 사투 끝에 가까 스로 화물차의 조수석을 얻어 타고 서울로 올라올 때에는 도저 히 참을 수가 없었다.

도대체 무엇이 나로 하여금 싸구려 중국 식당에 들어가게 한 거지? 오늘 안에 팔지 않으면 개당 450원씩 벌금을 물어야 하는 삼각김밥처럼 조급해진 이유가 뭐냐고. 이런 세상에, 네 꼴을 좀 봐. 넌 이제 겨우 서른이야!

남자친구 만들기 351일째
내 손엔 레몬이 있다. 망고나 오렌지가 아니라고 해서
내가 아무것도 갖지 않았다고 말하는 건 옳지 않다.
누가 뭐래도 난 절대 레몬을 갈아
주스를 만드는 일 따윈 하지 않을 거야.

헥헥, 방금 언덕이 가파른 동네로 이사를 마친 참이다.

날로 늘어나는 카드빚을 감당하지 못해 오피스텔 전세금을 빼고 월세로 옮겼다. 카드 긁어대는 여자들을 보며 무턱대고 '생각 없는 여자들'이라고 손가락질하지 말지어다. 이토록 처절하게 자기 삶을 책임지는 사람, 보기 드문 인간형이 된 지 오래인 세상 아닌가.

하지만 창창한 서른의 나이로 누런 벽지, 덜컹거리는 창문, 구청에서 당장이라도 철거 명령을 내릴 것 같은 낡아빠진 원룸 단지로 이사한다는 건 각오했던 것보다 훨씬 심란했다. 말이 좋아 원룸이지, 단칸방 수준이다. 훤한 대낮 골목 한가운데에서 강아지들이 버젓이 사랑을 나누고 있는 꼴이라니.

'보증금 5백만 원에 월 20만 원'이란 도시 빈민의 또 다른 형용사가 아닌가. 프라다나 이세이 미야케를 형용사로 지향하던 내 삶이 이렇게까지 구차해지다니. 그렇다고 술이나 담배를 사러 슬리퍼를 꿰어 신고 구멍가게로 달려가진 않을 참이다. 냉장고 좀 없으면 어때? 어차피 한겨울에 얼음 씹어 먹을 것도 아닌데. 계단이 좀 많으면 어때? 돈 주고도 못하는 운동, 이참에 건강해지는 거다. 계단을 많이 오르내리면 절로 케겔 운동이 된다잖아. 하지만 아무리 억지를 부려봐도 처연한 마음이 쉽게 달래지지 않는다.

어느 오후, 우편물을 가지러 전에 살던 오피스텔에 갔다.

우편함을 열고 아무 생각 없이 손을 휘저었더니 웬 쪽지가 걸렸다.

'기다리다 못 보고 간다. 우리 아직 끝나지 않은 거 맞지?'

5번가 점원의 메모였다.

지난번에 굴욕적(?)으로 헤어지고 난 뒤, 내가 계속해서 전화도 문자도 받지 않자(잘못은 내가 해놓고) 빈집에 와서 하염없이 기다렸나 보다(이미 나는 쫓겨나고 없는데). 잠깐이지만 후회의 마음이 든다.

그때 돌아서는 그를 잡았어야 하는 건데. 누누이 강조하지만 남자로 말하자면, 고교시절 예쁜 여자들에게 딱지 맞은 경

험 때문에 예쁜 여자 앞에서 긴장을 풀지 못하는 족속이 아닌
가(나에겐 해당 사항 없는 건가? 쩝.) 내 쪽에서 손을 내밀어 잡아줬
어야 했던 거다. 난 왜 S처럼 곰살맞지 못한 거야? 정녕 남자
꼬드기는 능력은 타고나는 것인가?

깨철이는 역시나 이때를 놓치지 않았다.

"그렇게 자학한다고 될 일이 아니란다, 만옥아. 남자들이란,
여자가 깊은 밤 전화를 걸어서 '자기야, 나 지금 뭐 입고 있
게?' 한마디만 해도 당장 심야 모범택시를 잡아타고 달려오는
족속이라니까. 그가 결국 등을 보인 건 무엇을 뜻하느냐 하면
말야, 이제 막 2차 성징에 들어간 여동생 만지는 부도덕한 기
분을 참지 못하겠다, 이런 거라는 말씀!"

제기랄, 녀석의 말은 목사님 설교라니까. 여전히 귀에 거슬
리고 여전히 구구절절 옳다.

해질녘, 이래저래 심란한 마음을 달래려고 뒷산 약수터에
올랐다. 그런데 태양이 사라지고 나니 밤은 모든 것을 보다 선
명하게 투사해버린다. 특히 애써 숨기고 있던 감정을! 하늘엔
별이 빛나고, 발아래엔 무수한 도시의 불빛이 빛나는 걸 보고
있으려니 울컥하는 마음을 달랠 도리가 없었다.

대학생이 되어 처음 자취를 시작했을 때, 서둘러 방 닦고 가
재도구 챙기던 그날 밤이 떠올랐다. 십 년 뒤에는 이 도시 어딘
가에 내 불빛도 하나쯤 반짝반짝 빛나고 있겠지, 하고 생각했
었는데…….

그땐 일 년이 흐른다는 것이 일 년어치만큼 발전하는 것인

줄 알았고, 십 년이 흐른다는 것은 십 년어치만큼 근사해지는 것인 줄로만 알았다. 하지만 서른이 된 지금까지도 내 삶은 제자리에 정박해 있다.

여전히 내 이름으로 된 방 한 칸 없고, 명함을 팔 수 있는 직업도 없고, 힘들 때 어깨를 빌려줄 남자친구 하나 없다. 열심히 카드 긁고 다니면서 차곡차곡 사용한도가 올라가니 내 삶의 지위도 그만큼 격상되고 있는 줄로만 알았다.

'개와 늑대의 시간'에 농락당한 거지.

프랑스 속담에 해가 지고 나서 달이 뜨기 전까지의 시간을 개와 늑대의 시간이라고 한다지? 사방이 어둑해지는 그 순간엔 모든 것이 어슴푸레하게 보이니 개인 것도 같고 늑대인 것도 같다고 해서 그렇게 부른단다. 그런 점에서 카드를 긁고 청구서가 날아오기까지의 시간은 내게 철저히 개와 늑대의 시간이었던 거다. '선 구매 후 결제' 방식이고 보니 열심히 긁어댈 땐 내게 결제 능력이 있는 것도 같고 없는 것도 같고….

서울은 눈 뜨고 코 베가는 곳이라더니, 할머니 말씀이 딱 맞았다. 다 줄 듯이 굴 땐 언제고 눈 깜짝하는 사이 내 지갑을 홀라당 털어먹고는 '더는 너 따위가 발붙일 곳 없다'는 식으로 으름장이니.

그러나!

이류 인생 좋다는 게 뭔가. 반전이 가능하다는, 그 가능성 때문이지. 생각해보시라. 내가 그때 그렇게 엉망으로 무너지고 말았다면 내가 지금에 와서 이런 글을 쓰고 있겠는가. 경제 관료들은 경기가 한없이 추락할 때면 차라리 어서 빨리 바닥을 치기를 '불감청고소원' 한다지? 감히 청을 넣어 바라지는 않지만 은근히 그렇게 되기를 절실히 바란다는 말인데, 바닥을 치면 이제 남은 건 반등하는 것밖에 없으니까.

저물어가는 내 서른 살의 겨울이 꼭 그랬다.

몸무게 44킬로의 볼품없는 몰골로 도시가스마저 끊긴 추운 방에서 곱은 손을 호호 불어가며 모바일에 서비스되는 에로 동영상 원고나 쓰고 있었으니 더 나빠질 것도 없었다. 정확히 그 지점에서 반전 포인트가 찾아왔다. 물론 그 순간엔 그것이 내 생애 최고의 반전이 될 줄 짐작조차 못했지만.

며칠 밤을 새우다시피 해서 완성한 삼류 원고를 넘겨주고 집에 돌아와 보니 뭔가 이상했다. 집을 나설 때와 똑같이 책상도 제자리, 이불도 제자리, TV 리모콘까지 제자리에 있었지만 뭔가 수상한 냄새가 났다. 하지만 나는 〈섹스 앤 더 시티〉가 끝나도록, 그 실체를 파악할 수 없었다. 그러다 자려고 이불을 폈을 때, 뭔가 퍼뜩 스치는 여자의 직관! 역시나 뒤져보니 속옷이 사라지고 없었다.

내 방에 남자가 와주면 마냥 감격스러울 줄 알았는데, 나의 A컵 속옷을 누구라도 거들떠봐준다면 고마울 줄 알았는데 아니었다. 어디선가 나를 응시하고 있을 범인의 존재가 무서워 화장실도 못 가겠더군.

며칠 차차의 집에 피신해 있다 보니 화가 치밀었다.

"내가 왜 벌벌 떨어야 하는데? 제기랄, 깨진 유리창을 당장 갈아 끼워야겠어!"

이것이 얼굴 없는 범인과의 전쟁을 선포한 배경이다.

타고난 작가의 기질을 발휘해 주변 여자들을 탐문했다. 종합하고 보니 그 동네에서 속옷을 도둑맞은 여자가 한둘이 아니었다. 워낙 형편이 빠듯한 사람들이 거주하는 곳이고 보니 방범이 허술할 뿐 아니라, 혼자 사는 여자들이 많은 곳엔 꼭 파리가 꼬이듯 잡범들이 출몰하기 마련이다.

사건이 생길 때마다 경찰을 불렀지만 그들은 대통령 연례행사에 나가야 한다거나, 데모 현장에 출동해야 한다거나, 오늘은 경찰의 날이라 단체 야유회를 간다는 식으로 수수방관했고, 그러다 보니 여태 제대로 된 현장조사 한 번 없었다지 뭔가.

분노한 내가 전화를 걸어 악을 썼다.

"댁들이 그러고도 민중의 지팡이야? 당신들 딸이 사는 동네라도 그렇게 태연할 수 있겠냐고요!"

수화기 너머 경찰은 심드렁한 목소리로 잠깐만 기다리라며 시간을 끌더니 이렇게 답변했다.

"자, 우선 침착하시고요, 일단 제가 불러 드리는 대로 해보세요. 메모 준비됐어요?"

이 사람이 지금 무슨 변변찮은 말을 하려나 싶으면서도 나는 옆에 있는 아줌마에게 손짓을 해 메모지를 가져오게 했다. 그런데 한다는 소리가 기가 막혔다.

"우선 현관에는 남자 신발 몇 켤레 내놓으세요. 없다고요?

재활용 분리수거함 뒤져보면 동네 남자들이 버린 것 몇 개는 나올 거예요. 빨랫줄에 남자 팬티도 좀 걸어놓고요, 혼자 사는 여자 집인지 모르게 방에 불을 켜놓고 다니는 것도 괜찮을 겁니다. 아, 가스총을 휴대하면 효과 직빵이에요. 아가씨 맞죠? 비싼 커피 사 마실 돈 몇 번만 아끼면 가스총 한 자루 값은 빠질 거예요."

거봐, 거봐! 깨진 유리창은 그때 갈아 끼웠어야 한다니까! 갑절로 분노한 나는 전화통이 깨져라 수화기를 던져버렸다. 보자 보자 하니깐 너무들 하시네. 이번만큼은 절대 나의 분노에 수면제 따위를 먹이지 않으리라. 내 손으로 놈을 잡고 말겠어.

구체적인 묘책을 궁리한 끝에 당장 선동에 들어갔다. 동네마다 이런 일에 팔 걷어붙이기 좋아하는 왕언니는 있게 마련, 우리는 '장 미용실' 언니를 필두로 똘똘 뭉쳤다. 솔직히 그때만 해도 학예회 수준이었다. 그러나 서로 갹출해서 CCTV까지 대여해 설치한 순간 우리는 태도부터 달라졌다. 피 같은 돈이 들었으니 이참에 범인의 명줄을 끊어놓고 말겠다는 각오에 불타올랐다.

우린 조를 짜서 밤길 동태를 살폈고, 날마다 회의를 열어 근황을 체크했다. 나는 학예회에 출장 나온 촬영기사처럼 그 모든 과정을 6미리 카메라에 담았다. 제목을 붙인다면, 〈부암동 산 28번지 여자들의 범인 소탕 작전〉쯤 될까?

그때까지만 해도 그게 전국으로 전파를 탈 프로그램이 될 줄은 꿈에도 몰랐다. 다만 배운 게 뭐라고, 좀처럼 의욕을 쏟아부을 대상을 찾지 못해 무기력하던 차에, 흡사 바람난 남편 골탕 먹이는 '조강지처 클럽'처럼 한바탕 수선이나 피워보자는 심산이었다. 카메라가 돌아가면 고사상에 올라간 돼지머리도 더 크게 웃는다더니, 나나 동네 언니들이나 다를 바가 없었다. 피해자 인터뷰를 할 때에는 재연배우 저리 가라 할 정도로 능청스런 연기를 선보인 미용실 언니하며, 시사 프로그램 진행자처럼 정색을 하고 나선 방판 언니까지(방문판매 한다고 해서 별명이 방판이다).

신바람도 잠시, 아무런 물증 없이 일주일이 흐르자 슬슬 돈만 날렸다는 불만이 새어나오기 시작했다. 주동자인 나를 향한 아줌마들의 눈초리가 따갑게 느껴졌고 괜히 일을 벌였나 싶어 중압감에 간이 녹는 듯했다.

궐기한 지 열흘째 되던 날, 무려 세 집이 한꺼번에 털리는 사건이 발생했다. 다행스럽게도 피해자 중 하나였던 방판 언니네 원룸 앞에 CCTV가 설치되어 있었다. 우리는 게릴라들처럼 일사불란하게 모여 테이프 분석에 들어갔다. 어두운 화면 속에 포착된 용의자는 키 180센티 정도에 표준 몸매의 남자였다.

그런데 그것은 또 다른 문제의 시작이었다.

그런 짓 하는 녀석이 뭐가 떳떳하다고 얼굴을 훤히 드러내고 거리를 활보하겠는가. 여성 공공의 적들이 단골 소품으로 애용하는 야구 모자와 마스크로 얼굴을 감쪽같이 가리고 있었다. 다 잡았다고 춤을 췄던 우리는 일시에 침묵에 빠졌다.

"이 정도면 충분해! 더 이상 우리가 뭘 어쩌겠어? 경찰한테 테이프를 갖다 주고 본격적으로 수사하라고 하자!"

말을 마치기도 전에 '보쌈 언니'(놀부보쌈 한다고 해서 붙은 별명이다)는 당장 무뇌아로 전락해야 했다. 경찰들이 어떻게 나올지 뻔한 것을.

"여보쇼, 아가씨들! 서울 시내 CCTV가 몇 대인 줄 알아요? 이렇게 야구 모자 쓰고 마스크 두른 남자는 하룻밤에도 수도 없이 찍힌다고요. 그게 다 범인이라고 잡아들이면 당신들 아마 동남아 남자들 아니면 시집도 못 갈 텐데, 그래도 괜찮겠어"

그럴 순 없지! 결국 우리 손으로 범인을 검거하는 수밖에 없다는 결론에 이르렀다. 하지만 무슨 수로? 언니들이 웅성웅성하는 사이 나는 입가에 야릇한 미소를 띠우며 사태를 관망하고 있었다. 이 장만옥으로 말씀 드릴 것 같으면, 사회의 음침한 곳만 들쑤시고 다니는 고발 프로그램 전문 작가 아니겠습니까? 함정을 파는 거지요.

내 감이 맞다면, 범인은 이 동네 주민일 공산이 크다. 고작 팬티 몇 장 훔치겠다고 먼 동네에서 비싼 휘발유 들여가면서 원정을 오지는 않는다는 것이지.

나는 전철역 바로 앞에 있는 장 미용실 유리에 '3일간 휴업'이라는 공고문을 대문짝만 하게 붙이도록 했다. 분명 우리 주변에 살고 있을 범인은 오다가다 그 공고문을 보게 될 것이다. 참새가 방앗간을 그냥 지나치겠어? 삼 일이나 비는 집이 있는데 어찌 담을 넘지 않겠는가.

하고많은 집 중에서 굳이 미용실 언니네를 택한 건, 미용실

이 전철역 앞에 있어서 이 동네 사람이면 누구나 그 앞을 지난다는 것과 미용실 언니가 사는 원룸에는 길이 한 개뿐이어서 범인의 퇴로를 확실히 차단할 수 있을 거란 치밀한 계산에서였다. 언니들은 나더러 어쩜 그렇게 머리가 잘 돌아가냐고 호들갑이지만, 고발 프로그램 삼 년 해 봐라. 서당 개 삼 년이면 어쩐다고 앉은 자리에서 수사 전략 열두 개도 짤 수 있게 된다. 삼 일간의 전투에 '위험한 휴가'라는 작전명까지 붙이고 보니 더욱 손에 땀을 쥐게 했다.

세부 전략도 마련했다. 미용실 언니네 집을 중심으로 2인 1조로 총 다섯 개 조를 배치했고, 안전을 위해 가스총 다섯 자루를 대여해 조별 한 개씩 나눠주었다. 그리고 몽둥이와 연탄집게류의 가재도구까지 장착하고 나니 흐음, 거의 '밴디트' 수준이었다. 지나치게 사기충천한 동네 언니들의 얼굴을 보고 있자니, 이렇게까지 했는데도 모든 것이 수포로 돌아가면 아마 나를 생포해서라도 가스총을 분사할 것 같은 살벌한 기운이 느껴졌다. 첫째 날은 물론 둘째 날까지도 별다른 기척이 없자 불안한 마음은 극에 달했다.

그런데 역시 범인은 드라마를 너무 많이 본 놈이 분명했다. 극적이게도 마지막 날 밤을 택하더군. 사흘째 되던 날, 자정을 조금 넘긴 시각이었다. 어둠 속에서 용의자가 모습을 드러냈다. 훤칠한 키에 야구 모자 그리고 마스크! 예상대로 놈은 미용실 언니가 사는 원룸의 담을 탔다. 지은 지 20년이 다 돼가는 허름한 건물쯤 자기 손바닥에 있다는 듯 몸놀림이 여간 날

렵한 게 아니었다. 현장을 덮쳐야 할 우리는 얼어붙은 듯 숨어서서 용의주도하게 움직이는 범인을 지켜보고만 있었다.

왜 이렇게 떨리고 살벌해?

들어간 놈은 삼십 분이 넘도록 나오질 않았다. 발바리처럼 혼자 라면 끓여 먹고, 침대에 누워 수상한 짓까지 하고 나오는 거 아냐? 아무리 잡범일 거라고 추측은 했지만 흉기라도 들고 있다면? 이제나저제나 나오기를 기다리는 동안 우리는 각자 위치에서 마른침만 꼴깍꼴깍 삼키고 있었다.

그렇게 한 시간쯤 지났을까? 닫혀 있던 창문이 드르르 열리면서 범인이 모습을 드러냈다. 그때 선두 그룹에 있던 1조와 2조가 일제히 놈에게 달려들었고, 동시에 일 초의 오차도 없이 미용실 언니의 가스총이 분사됐다. 치익~

"악!"

뜻밖의 공격에 범인은 외마디 비명만 남긴 채, 혼비백산 도망치기 시작했다. 아무리 숫적으로 열세라지만 자칫하다간 인생 끝장나겠다는 위기의식 때문이었는지 범인은 초인적인 힘으로 장애물을 헤치고 달아났다. 그 바람에 1조와 2조가 마른 낙엽처럼 힘없이 밀렸다. 우당탕탕! 하여간 남자들은 쓸데없이 힘만 세.

하지만 걱정 마시라. 뒤이어 조를 나눠 배치돼 있던 3, 4, 5조가 번개처럼 튀어 나와 녀석의 앞을 가로막았다. 그리고 준비했던 가스총과 몽둥이를 인정사정없이 휘둘렀다. 아무리 건장한 남자라도 당해낼 재간이 없었을 것이다. 독을 품은 여자들이 보통 살벌한가?

"이 새끼, 너 오늘 죽어봐라…."

"아예 잘라버려!"

온갖 육두문자가 오가고, 소리를 바락바락 질러가면서 난리도 아니었다. 때 아닌 소동에 자다 말고 뛰어 나온 주민들까지 가세하면서 범인은 약 먹은 쥐처럼 허둥댔다. 결국 작전 두 시간 만에 모든 상황 종료! 이미 녀석은 몽둥이찜질에 곤죽이 된 상태였다. 그 와중에도 미용실 언니의 빨간 브래지어를 가슴에 꼬옥 그러안고 있는 처량한 모습이란.

우리 측 피해도 만만치 않았다. 카메라를 돌리느라 앞을 제대로 살피지 못해 넘어진 나의 무릎팍 타박상은 아무것도 아니었다. 미용실 언니는 흥분한 나머지 계단에서 발을 삐끗한 것도 모르고 뛰어다니는 통에 상황이 수습되었을 땐 오른쪽 발이 코끼리 다리가 되었고, 방판 언니는 셔츠가 찢어져 가슴이 훌러덩 드러나 있었다(그래도 부피가 있고 보니 그림은 되더군). 보쌈 언니는 수술한 지 한 딜밖에 안 돼 미처 자리를 잡지 못한 콧날이 삐뚤어졌다며 재수술비를 갹출하라고 악을 써댔다.

그런데 엉망이 된 몰골로 어쩜 이렇게 후련한 거야? 뭐가 그리 신나는지, 말만 한 여자들 깔깔대는 소리가 한밤 주택가를 타고 넘었다.

녀석은 즉시 파출소로 넘겨졌다.

밝은 파출소 사무실에서 녀석의 실체를 확인한 우리는 그만

입이 떡 벌어지고 말았다. 어린 소녀만 골라 성폭행하고 불에
태워 죽였다는 끔찍한 놈이든, 연방 주정부의 건물을 붕괴시켜
하루아침에 수백 명이 넘는 무고한 시민들을 날려버렸다는 놈
이든, 평화로운 교실에 총 들고 들어가 난사해버렸다는 놈이든
잡고 보면 하나같이 주변 사람들을 경악하게 한다. 그들의 아
내나 이웃, 직장 동료들은 뉴스에 나와 이렇게 증언하곤 하지.

"평소엔 바퀴벌레 한 마리도 못 잡는 사람인데요."

"법 없이도 살 사람이 어떻게 그런 일을…."

그 자식이 꼭 그랬다.

전철역 바로 앞 오피스텔 단지에 살고 있는 놈이었는데, 모
르고 보았다면 못해도 '휴대폰' 등급 정도는 될 놈이었다. 2호
선 전철역에서 도보로 오 분 거리에 있는 사무실로 자동차를
끌고 출근하고, 헬스클럽 회원권과 영어학원 수강증을 갖고 다
니며, 가끔은 직장 상사에게 "어이, 김 대리, 이번 회의에서 브
리핑 끝내줬어!"라는 소리를 들을 법한 그런 부류였다.

경찰이 그놈의 집을 수색하자 총각 혼자 사는 오피스텔에서
뭔 놈의 여자들 속옷이 줄줄이 나오던지. 양복 입고 넥타이 맨
남자들이 다시 보일 정도였다. 그런데 어이를 상실한 우리들을
한 번 더 경악케 한 것은 범행 동기를 묻는 경찰에게 태연하게
대꾸하는 범인의 유유자적한 태도였다.

"심심해서요."

그러고는 씩씩거리고 있는 우리들을 향해 메마른 어조로 덧
붙였다.

"이 정도면 양호한 거 아닌가요? 누가 죽은 것도 아니고 피를 본 것도 아니고…. 너무 민감하게들 나오시네. 덕분에 여러분도 모처럼 재미보시지 않았냐고요?"

일말의 미안함도 후회하는 기색도 없이 지껄이는 것으로 봐서, 녀석은 진심으로 그렇게 생각하는 것 같았다. 심심하다고 해서 여자들의 침실을 함부로 능욕하면서, 쥐며느리를 못살게 구는 소년만큼의 가책조차 느끼지 않는 배짱은 대체 어디서 나오는 거야?

남자들에게도 쇼핑을 가르쳐야 한다!

적어도 쇼핑을 아는 우리 여자들은 직장에 불만이 있거나 불안하다고 해서 또는 심심하다고 해서 혼자 사는 남자의 집에 숨어들어가 빨랫줄에 걸린 트렁크를 걷어 오진 않는다. 자기를 배신하고 떠난 옛 애인에 대한 분노와 적개심 때문에 길 가는 애먼 여자를 찌르지도 않는다.

한심한 건 경찰조차 그럴 수도 있지 하는 표정으로 고개를 주억거렸다는 섬이다.

"좋은 게 좋은 거라고… 한창 앞길이 창창한 남자가 전과자 되는 건 좀 그렇지 않습니까? 인명이나 재산 피해가 큰 것도 아니니 서로 잘 애기해서 정리하는 것도 좋겠습니다만."

애초에 지침서 내릴 때부터 알아봤지만 원, 기가 막혀서! 어마마마, 어찌하여 정자를 선착순으로 받으셨단 말입니까!

바로 그때 나는 결심했다.

〈부암동 산 28번지 여자들의 범인 소탕 작전〉을 담은 테이프

(CCTV 녹화분과 녀석의 체포에서 경찰 조사에 이르기까지의 소동을 모두 기록했다)를 방송국으로 보내겠다고. 한심한 경찰 나리의 얼굴과 여전히 자기가 무슨 죄를 지었는지 모르겠다며 되레 불만 가득한 변태 녀석 얼굴 위로 정확히 변 국장의 능글거리는 얼굴이 오버랩되었다. 자존심이 카드 대금을 대신 갚아주지 않기 때문에 끝끝내 삼켜야 했던 말을 이제라도 변 국장에게 날려야 했다. 좋아, 이제라도 깨진 유리창을 제대로 갈아 끼우겠어.

경쟁 방송사로 보내진 테이프는 데스크진의 긴급회의를 통해 방송이 결정됐다. 나? 지극히 평화롭게 앉아 글을 썼지.

방송이 나가고 후폭풍은 대단했다. 나조차도 깜짝 놀라 나자빠질 지경이었다. 왜 아니겠는가? 허구한 날 피해 여성 얼굴만 모자이크해서 인터뷰로 시간 때우기나 하고는 결국 '첫째, 현관에는 남자 신발을 내둘 것. 둘째, 빨랫줄에 남자 속옷을 걸어둘 것. 셋째, 방에 불을 켜놓고 다닐 것. 마지막으로 호신용 무기를 휴대할 것'을 앵무새처럼 되풀이 해온 그간의 방송 현실이었거늘, 이번 나의 프로그램에서는 '그 따위 한심한 발상은 집어치워!'라고 직격탄을 날렸으니!

끝내주는 건, 변 국장으로부터 다시 복직해 달라는 전화를 받았다는 사실이다. 와하하! 역시 죽자고 달려들면 의외로 인생 쉽다니까요. 변 국장의 목소리는 제법 나긋나긋하면서도 다급한 눈치가 역력했다. 경쟁사에서 나를 스카웃해갈까 싶어 조바심을 내는 게 분명했다. 하긴 풍만한 가슴이 높은 시청률을 보장하는 건 아니니까. 팀워크가 너무 좋아서 신선놀음에 도끼

자루 썩는 줄 몰랐겠지.

냉큼 달려가겠다고 소리치고 싶은 마음은 굴뚝같았지만 나의 체면을 위해 뜸을 좀 들이기로 했다.

'변 국장! 신이 당신한테 다리를 준 건 조기축구회에서 공이나 차라는 뜻이 아니야. 어서 내 앞에서 무릎을 꿇어보시지.'

"장작, 아니 장 작가! 그동안 섭섭했던 것들은 다 잊고 새 출발하는 거야, 응? 장 작가 없으니까 우리 프로그램이 얼마나 맥을 못 추는지 몰라. 사무실도 엄청 썰렁하고 말이야. 내가 눈이 멀어서 우리 장 작가의 자리가 얼마나 큰지 몰라 봤어. 이번에 내 꼭 장 작가를 스타 작가로 대우하도록 힘써볼게. 응?"

살살 달래는 변 국장의 이야기를 듣고 있으려니, 제발 한 번만 데이트해달라고 애원하는 녀석을 보는 것보다 백 배 강렬한 쾌감이 솟구쳤다.

서른 살 여자가 데이트하자는 남자 하나 없는 것보다 심각한 건, 같이 일하자는 스카우트 전화 한 통 못 받는 것이 아닐까? 그리고 보면 S만 욕할 것도 아니다. 세상을 온통 할리우드 법칙이 난무하는 정글로 만든 데에는 나의 역할도 컸다. '우리 회사에는 당신 아니면 안 되겠어요!' 라는 스카우트 제의 한 번 받아보지 못한 채 젊은 날이 다 흘러가고 있는데, 데이트 신청하는 남자 하나 없다고 잔뜩 몸이 달아 있었으니 술집에 나가는 여자도 아니고 뭐 하자는 거였담? 오로지 인생에 남자밖에 없는 여자처럼. 쯧.

팅기고 팅기다가 변 국장의 목소리가 '앞으로 자기 생에 남은 일이라곤 장 작가에게 아부할 일밖에 없다'는 투로 한없이 초라해졌을 즈음, 사람 살리는 셈 치고 한번 만나주기로 했다.

평소의 능글능글한 목소리로 '언니야'라거나 '장작'이라고 하지도 않고, 다리를 쩍 벌리지도 못한 채 오그리고 있는 꼴을 보니 통쾌하면서도 이제 복수는 이만하면 됐다 싶더군. 그동안 받아왔던 원고료의 기록을 경신하는 작가료에 합의하고 집으로 돌아오는데, 하늘에서 눈이 내리고 있었다.

첫눈이었다.

명품이 위대한 진짜 이유는, 추구하는 가치가 뭐냐고 묻는다는 점이다

입구에서부터 거부할 수 없는 유혹의 마법을 뿜어내는 럭셔리한 매장!

언젠가 이 앞에서 군침만 삼키며 두 시간 동안 머뭇거렸다는 말을 했던가? 이번엔 달랐다. 내 손엔 빳빳한 현금다발이 있으니까. 지난번 〈부암동 산 28번지 여자들의 범인 소탕 작전〉으로 인해 나는 당당히 방송국에 재입성하게 된 것 말고도 짭짤한 수익을 얻었다. 프로그램 제작비로 적지 않은 돈을 받은 것이다. 지긋지긋한 연체의 터널을 완벽하게 건너고도 돈이 남았다. 세상은 왜 이렇게 아름다운 거야? 그 돈을 쥐자마자 단숨에 구찌 매장으로 달려왔다.

나는 천재적 광기로 번뜩이는 소녀 댄서가 오디션장에 들어서듯 의기양양하게 매장에 들어섰다. 정신이 아득했다. 하나하나 예술품 아닌 것이 없고, 국보급 아닌 것이 없었다. 3차 대전이 발발하더라도 적국의 전쟁 사령탑은 이 매장만은 폭격에서 제외할 것을 명할 것이며, 값나가는 남의 문화유산을 훔쳐 자기네 나라 창고에 처박고 전시하길 좋아하는 프랑스군이 쳐들어온다면 제일 먼저 이곳을 싹쓸이할 것이다.

나를 바라보는 매장 직원들은 보따리 들고 서울역에 막 내린 시골뜨기 보듯 했다. 오 분도 안 돼서 나한테 한 벌 팔아보겠다고 껌 딱지처럼 달라붙어 호들갑을 떨 모습들을 상상하니 짜릿해지는 것이 나 변태가 다 됐나봐. 촌스럽게 오래 둘러볼 필요도 없었다. 내가 원하는 게 무엇인지 확실히 알고 있었으니까. 망설임 없이 벨벳 원피스로 손을 뻗으며 직원에게 물었다.

"이거 44사이즈 있어요?"

귀찮은 기색이 역력한 얼굴로 한 여자 점원이 느릿느릿 움직이더니 사이즈를 찾아주었다.

과연 구찌는 내 기대를 저버리지 않았다. 거울 속의 나는 전혀 다른 여자로 변해 있었으니까. 역시 패션은 진실을 은폐하는 가장 확실한 수단이다. 자신만만한 얼굴로 거울 앞에 서 있는 나를 보자 여자 점원은 뒤늦게 '저 손님, 장난이 아니구나' 싶은지 정색을 하며 달려와 판매사원 제1장 1조에 나와 있는 말을 주워섬겼다.

"어머, 딱 손님 거네요."

이 말을 들어본 게 얼마 만인가! 이제야 내 인생이 제대로 굴러가는 기분이다. 게다가 구찌를 입고 거울 앞에서 우아하게 턴을 하는 순간, 매장 밖에서는 하얀 눈이 펑펑 쏟아지기 시작했다.

때는 바야흐로 크리스마스 이브인 것이다. 눈 내리는 화이트 크리스마스에 평생의 소원이었던 구찌를 입다니. 지금까지 진짜 명품이라곤 귀걸이 한 짝이라도 걸쳐본 적 없는 내가. 겉으로는 진품인 척하고 다녔지만, 사실 내가 걸쳤던 옷이며 구두, 가방들은 솜씨 좋은 위조범의 손을 타고 태어난 짝퉁이다. 이름하여 '메이드 인 반지하'(친구들아, 진짜라고 속인 거 미안).

행여 그것이 오리지널이 아니라 할리우드 유명 배우 누구누구 '스탈'이나, 이태리 무슨무슨 디자이너 '스탈'이라도 골백 번 생각하고 저질러야 했던 나였으니, 진짜 명품을 생애 처음으로 몸에 걸친 이 순간, 어찌 눈물이 핑 돌지 않으리오. 얼마나 명품하고 인연이 없으면, 언젠가 미친 정신과 의사가 건넨 뇌물마저도 짝퉁이었겠냐고요(알고 보니 그렇더라구).

이로써 구찌로 가득 찬 옷장을 갖겠다던 내 꿈에 성큼 다가섰다. 이제 한 벌 생겼으니까, 마흔아홉 벌만 더 장만하면 되는 거야!

계산을 마치고 돌아서는 내게 점원들은 여왕폐하 배웅하듯 머리를 조아렸다. 나는 입이 다물어지지 않는 감흥을 온몸으로 만끽하며 그대로 건포도 클럽 송년회 장소로 발길을 돌렸다.

물론 크리스마스 이브에 여자친구들을 만난다는 건 우울한 일이다. 하지만 오늘은 다르다. 구찌를 걸쳤으니까! 명품의 진가를 실감하는 최선의 방법은 뭐니 뭐니 해도 여자친구들의 입에서 "끼얍!" 하고 일제히 터지는 탄성을 감상하는 일 아니겠는가, 음하핫!

그런데 이럴 수가! 약속 장소에서 아무리 기다려도 여섯 명이나 되는 멤버 중에 코빼기를 내비치는 인간이 하나도 없었다. 이것들이 내가 구찌를 걸친 꼴을 차마 볼 수 없어서 작당이라도 한 거야, 뭐야?

애초부터 100퍼센트 참석률을 기대한 건 아니다. 어차피 크리스마스 이브에 오갈 데 없는 외로운 영혼들끼리 의지하자 해놓고는, 운좋게 '일용할 양식'을 조달하는 데 성공하면 꼬리를 뚝 자르고 도마뱀처럼 내빼는 족속들이 바로 여자들이니까. 하지만 차차만은 믿었다. 다른 멤버들이 다 배신을 해도 자기만큼은 꼭 나와 크리스마스 이브를 보내겠다고 약속했단 말이다. 그런데 그 계집애도 별 수 없군. 클럽에서 만났던 놈팡이와 시시덕거리느라 나를 잊고 있는 게 분명하다. 망할! 몇 번 만나다 그만둘 줄 알았더니, 그런 '무좀약' 같은 남자 어디가 좋다고 아직도 뜨거운 관계를 유지하고 있느냔 말이다.

술에 취해 비틀거리는 클럽에서의 만남이 그렇듯, 알고 보니 녀석은 모든 게 '위조'요 '날조'였다. M&A 전문가라더니 개뿔, 대부업체 영업사원이었고, 나이는 차차보다 무려 일곱 살이나 많다. 말하는 본새나 매너로 봐서 그 대부업체라는 것도 정식으로 법인등록이 된 곳인지 의심스럽다. 말이 좋아 영업사원이지, 출근하면 어느 컴컴한 지하로 사람을 끌고 들어가 "돈이 없으면 몸으로라도 때우시지!"하고 겁이나 주고 있지 않을까 걱정스럽다.

양다리에 삼다리까지 여자관계는 왜 그렇게 복잡한지. 그뿐인가, 과거의 여자들이 차차를 찾아와 대신 돈 좀 갚으라고 으르렁거렸다는 대목에선 기도 안 찼다.

더 한심한 건 차차다.

"그 사람, 그래 보여도 진국이야."

진국이라고? 자기를 빛나게 해줄 뭔가를 찾기 위해 잠자는 시간까지 쪼개가며 백화점과 쇼핑몰을 휩쓸던 여자 입에서 그 소리가 나왔다면, 그건 갈 데까지 다 간 거다. 그 녀석, 차차가 먹는 밥에 몰래 약이라도 탄 거 아니야?

비참하게도 그런 '무좀약' 과의 경쟁에서 내가 뒤로 밀린 것이다. 크리스마스 캐럴이 울려 퍼지고 모두들 짝이 있어 도란도란 즐거운 카페 안에서 통유리 너머로 나보다 더 빈약한 여자들조차 남자한테 대롱대롱 매달려가는 풍경을 시린 가슴을 부여잡고 지켜보았다.

커다란 통유리에 비친 내 모습은 나를 더욱 우울하게 만들었다. 십 년쯤 폭삭 늙어버린 듯 생기라곤 찾아볼 수 없는 표정, 초점 없이 멍한 눈동자…. 어떻게 된 거야? 구찌를 입고도 이런 몰골이라니! 뭐가 잘못된 거지? 그토록 원하던 것을 손에 넣었는데도 패자가 된 것 같은 이 기분은…!

'나 구찌 입었어요. 호호호!'

이러면 세상이 내 앞에 엎드릴 줄 알았는데, 오히려 구찌를 걸치고 있는 삭막한 내 모습은 정면으로 문제를 제기한다.

'네가 원한 게 바로 이런 거였어?'

더는 참을 수 없어 일단 그 자리를 떠야겠다는 생각으로 일어서는데 휴대폰이 울렸다. 차차다.

"야, 너 죽을 줄 알아! 어떻게 나한테 이럴 수가 있어? 앞으로 나한테 생리대 빌릴 생각 꿈에도 하지도 마! 오늘부로 내가 다시 널…."

분노의 언어 폭격에도 아랑곳 않고 차차가 능청을 떤다.

"어때, 이 언니의 크리스마스 선물이?"

"선물? 무슨 소리 하는 거야?"

나는 금세 격앙된 어조를 낮추고 귀를 쫑긋 세웠다.

"오늘 나의 배신은 하나밖에 없는 친구를 위한 뜨거운 우정이라는 걸 명심해. 아직 도착하지 않았나 본데, 좀 기다려봐. 그 자리에 남자가 나갈 테니까."

눈시울이 뜨거워진다. 그렇다. 인간이 할 수 있는 최고의 자선이라는 크리스마스 소개팅을 주선하고 차차는 일부러 자리를 피해주었던 거다. 역시 나의 베스트 프렌드야. 하긴 우리가 자라다 만 가슴을 원망하며 함께 눈물 흘렸던 날이 몇 날인데? 통유리창에 비친 내 모습은 언제 우울했냐는 듯이 반짝거린다. 어쩜! 티파니의 보석이 따로 없어.

어떤 남자일까? 우아하게 창밖을 바라보는 척하면서 한쪽

눈으로는 부지런히 카페 입구만 살피고 있는데 아는 얼굴이 나타났다. 맙소사, 뚱 PD였다! 나는 반사적으로 몸을 일으켰다. 저 녀석이 여긴 왜? 설마 차차가 말한 남자가 바로 저 뚱 PD? 뚱 PD는 거침없이 다가와 내 앞에 앉았다.

"장 작가, 킁! 차차 작가한테 부탁했어요. 많이 놀랐죠?"

"(그걸 말이라고 이 사람아) 오늘 약혼 날 아니었나? S랑…."

채 말이 끝나기도 전에 뚱 PD는 서둘러 내 말을 자르고 들어왔다. 이 녀석이 그렇게 빨리 말을 받아칠 수 있었다니. 이어지는 말은 더욱 놀라웠다.

"저, 장 작가, 킁 우리 다시 시작하면 안 될까?"

이건 또 무슨 수작이야?

"뭔 소리야? 약혼하기로 한 여자가 있는 사람이…."

"우리 깨진 지 좀 됐어. 킁킁."

하마터면 웃음이 터져나올 뻔했다.

그럼 그렇지. 천하의 S가 누구인가. 될성부른 나무인지 아닌지 가늠해본 뒤 빛보다 빠른 타키온의 속도로 쓴맛 단맛 빨아먹고 차버린 것이다. 자동차 배기량이니 스타일이니 하는 것들은 용케 흉내 냈는지 몰라도, 마(魔)의 세 번째 관문, 침실 테크닉에서 덜컥 걸렸겠지. 왜 아니겠어? 겨우 일을 끝내고 화장실로 후닥닥 뛰어가지 않고 크리넥스를 뽑아 건네는 것 정도로 만족하기엔 S의 견문이 다만 넓었을 것이다. 그렇다면 이 자식은 뭐야? 늙고 병드니까 본처한테 돌아오겠다?

"그땐 내가 어리석었어. 킁… 우리…."

웃기네, 그때만 그런 게 아니라 뚱 PD 당신은 지금도 어리석기 짝이 없어. 아무리 목마르다 하여 내가 식용유 따위를 마실 것 같아?

더 용서 안 되는 건 차차다.

망할 계집애! 무좀약 바를 거면 자기나 실컷 바를 것이지, 지금 나한테 무슨 짓을 한 거야? 이런 어설픈 술수를 쓰는 그 속이 빤하다. 하지만 내가 따지면 이런 식으로 변명할 테지.

"흥분하지 마. 크리스마스 이브에 혼자 소파에 누워 비디오를 보는 것보다는 훨씬 낫지. 게다가 뚱 PD는 짝퉁처럼 보이는 진품 명품이란 거, 네가 더 잘 알잖아."

진품 명품 좋아하시네. 나는 저런 녀석이 함부로 들러붙어도 되는 그런 쉬운 여자가 아니라구. 나 장만옥에게 진짜 명품은 적어도…. 순간 가슴이 덜컥 내려앉으며 눈이 확 뜨이는 기분이었다. 알았다!

구찌를 입고도 전혀 행복하지 않았던 이유. 내게 필요한 건 구찌도, 단지 밥이나 술을 사고 가끔 함께 잠자리에 드는 남자도 아닌, 5번가 점원이었다. 나를 가슴 뛰게 하고, 나를 빛나게 했던 유일한 사람!

끝까지 허접하게 들러붙는 뚱 PD를 밀쳐내고 까페를 뛰쳐나와 미친 듯이 휴대폰의 단축버튼 1번을 눌렀다.

"지금 거신 전화는 전원이 꺼져 있습니다."

자기야, 대체 어디에 있는 거야? 발을 동동 구르며 입술을 깨물었다.

도박하는 심정으로 이번에는 그의 사무실로 전화를 걸었다. 일찍 퇴근하고 없다면 여자와 있는 것으로 알고 포기하고, 아직 사무실에서 일하고 있다면 정면 승부를 걸어보는 거다. B사감 비서가 전화를 받았다. 막 퇴근하는 참이었는지 목소리에 불쾌한 기색이 역력하다.

"무슨 일로 본부장님을 찾으시죠?"

깐깐한 B사감 비서는 용건을 상세하게 체크하지 않으면 절대 전화를 연결하지 않을 뿐더러, 가뜩이나 나를 탐탁치 않게 여기고 있으므로 목소리를 바꿔 다른 핑계를 대야 했다.

"인사가 늦었네요. 저는 차차라고 하는 프리랜서 기자인데요, 연말 특집으로 지난 한 해 주목받은 사업가들을 인터뷰하고 있습니다…"

내 말이 끝나기도 전에 비서가 딱 잘라 말했다.

"죄송합니다만 본부장님은 해외 출장 중이십니다."

"예?"

설마 다른 여자와 남태평양에 있는 섬으로 크리스마스 휴가를 떠난 건 아니겠지? 나는 제멋대로 뛰는 심장을 억지로 진정하며 말을 이었다.

"그럴 리가요. 본부장님과 이미 약속이 되어 있는데…"

"저야말로 그럴 리가 없다는 말씀을 드리고 싶네요. 본부장님께서는 회의가 있어서 이미 열흘 전에 뉴욕으로 출국하셨습니다."

이제 어떻게 한다…? 적어도 일 때문에 출장을 갔다니 안도의 한숨이 나왔다. 그때 광화문 사거리 곳곳을 수놓은 수많은 전광판이 초조한 나의 눈에 들어왔다. 그리고 우리의 날개인지 꼬리인지, 한 항공사 광고판에 시선이 멈추었다. 나는 홀린 듯 말을 이었다.

"정말 중요한 인터뷰라서요, 제가 뉴욕으로 보충 취재를 갈 수도 있는데, 지금 묵고 계신 곳을 알 수 있을까요?"

비서는 천천히 되물었다.

"지금 -인터뷰 하러- 뉴욕까지 가신다고요?"

그 말투에는 '이 여자 기자가 아니라 본부장님 스토커 아냐?' 하는 뉘앙스가 느껴진다. 나는 황급히 부연 설명을 했다.

"하하, 제가 이 방면에선 좀 잘 나가거든요. 이 기사는 C일보, J일보, D일보(또 어디 없나?) 아무튼 내로라하는 신문사에서 서로 사가려고 다투는 그런 중요한 기사예요. 주간지들도 마찬가지고요. 그러니 뉴욕 취재쯤은 아무것도 아니죠."

"저희 사업부 관련 기사를 쓰는 기자 리스트쯤은 저도 갖고 있지만 차차라는 성함은 처음 듣는군요."

역시 이 비서 보통내기가 아니다. 전혀 협조할 기미가 없다. 하지만 나도 호락호락하지는 않다. 명색이 작가 아닌가! 나는 일말의 망설임도 없이 천연덕스럽게 말을 이었다.

"사실 본부장님 인터뷰는 한 달 전에 이미 끝냈는데요, 기사에 심각한 오류가 생겨서요. 명색이 내년 상반기 패션 사업의 비전을 보도하는 건데, 아시다시피 비즈니스 인터뷰란 게 인물 이름 하나하나, 수치 하나하나가 굉장히 민감하잖아요? 정 어려우시다면 이대로 기사를 넘기는 수밖에요. 비서실의 비협조로 잘못된 기사가 나가도 본부장님이 괜찮으실지 모르겠어요. 아까 말씀드렸지만 이 기사를 넘보는 신문사가 한두 군데가 아니라서요. C일보, J일보, D일보…."

비서는 어쩔 수 없다는 듯 항복했다.

"알겠습니다. 가르쳐드리지요."

5번가 점원의 뉴욕 체류지 주소며 연락처를 받아 적은 뒤, 나는 의기양양하게 시계를 들여다보았다. 서울과 뉴욕의 시차는 열세 시간. 비행시간은 열세 시간 삼십 분 정도, 오늘 뉴욕으로 가는 비행기는 저녁 일곱 시쯤에 있다. 그걸 잡아타면 뉴욕의 크리스마스 이브를 그와 함께 보낼 수 있다. 남은 것은 그를 만나고자 하는 나의 의지다.

그런데 뉴욕까지 무슨 수로? 비행기가 잡아먹는 기름 값은 택시 따위와는 비교도 안 된다. 그것이 바로 내가 당장 방향을 틀어 구찌 매장으로 달려가는 이유다.

"환불해 주세요. 당장이요!"

쇼핑과 연애의
진짜 중요한 공통점

남자친구 만들기 359일째
하늘에선 눈이 펑펑! 뇌에선 엔도르핀이 팍팍!
심장이 아직 터지지 않은 게 신기해!
여러분 모두 메리 크리스마스!

"이 비행기는 잠시 후 뉴욕 JFK 공항에 도착할 예정입니다."

시시각각 뉴욕에 가까워지자 신경안정제가 절실해졌다. 왜 아니겠는가? 매장에 두고 온 옷을 사러 달려가보긴 했지만 떠난 남자 잡으러 가는 길은 삼십 평생 처음 있는 일인데. 기껏 찾아가서 만날 수 있을지도 의문이고, 만났다 해도 그가 팔을 벌려 나를 안아줄지 자신이 없다.

그의 심장이 이미 싸늘하게 식어버린 상태라면 '러브스토리 인 뉴욕' 은커녕, 나는 뉴욕의 백 레이디(큰 가방에 전 재산과 옷가지를 담고 공원이나 거리를 배회하는 중년 여인)가 되어 혼자 외롭게 늙어 죽어가겠지….

언젠가 읽은 우화 한 대목이 떠올랐다.

어떤 사람이 늪에 빠진 사람에게 물었다.

"바닥이 어때요?"

그러자 늪에 빠진 사람이 대답했다.

"단단합니다."

그 말을 믿고 늪에 뛰어든 남자, 한없이 밑으로 가라앉

자 약이 올라 따졌다.

"바닥이 단단하다고 하지 않았소?"

상대방은 태연하게 대답했다.

"좀더 기다려보세요. 바닥은 단단합니다."

세상엔 두 부류의 사람이 존재한다. 늪의 바닥이 단단하다
는 것을 아는 사람과 그렇지 못한 사람! 이는 곧, 끝까지 가본
사람과 중도에 대충 발을 뺀 사람의 차이일 것이다.

나는 사랑에 있어 한 번도 바닥까지 가본 적이 없다. 중도에
끈적끈적한 느낌이 싫고, 한없이 빠져드는 게 두려워 허우적대
다 말고 서둘러 뭍으로 기어 나왔다.

그러니 사랑을 알겠는가. 남자는 내게 하이힐이었다. 10센
티 하이힐을 신으면 젓가락 같은 몸매라도 S라인 아류 정도는
만들어내니 그럴듯하지만 그렇다고 그걸 날마다 신을 수는 없
다. 관절 부러뜨릴 일이 있어? 그러니 신발장에 잘 모셔 뒀다

가 콧대 세우고 싶은 날만 살짝 신고 금세 집에 돌아와 내팽개 쳤던 것이다. 그러니 '굳은살'이 박일 틈이 없었다.

무릇 구두라면 굳은살 박여가며 자기 신발 만들어가는 재미 아닌가? 그건 내가 봄옷을 입고 만난 남자와는 여름옷을 꺼내 입기 전에 끝내고, 여름옷 입고 만난 남자와는 가을옷으로 갈 아입기 전에 헤어진 이유이기도 할 것이다. 매사 바겐세일 사 냥에 나선 여자처럼 아홉 가지 장점이 있다 하더라도 한 가지 단점을 발견하는 순간 내려놓고 말았고, 차차 겪어보기는커녕 첫눈에 확 당기는 것만 고집하면서도 당연한 소비자의 권리로 믿고 살았다. 가슴에 불이 이는 사람을 만나더라도 어느 순간 냉각되면 다시 불을 지펴볼 생각은 하지 않고, 곧바로 다른 매 장을 기웃거렸다. 세상에 옷은 많고 매장엔 시즌마다 신상품이 차고 넘치는데 겨우 옷 한 벌 때문에 속 끓이고 애 태우는 여자 들을 바보라고 비웃으면서! 삼십 평생 사랑한다는 말은 월급 탈탈 털어 산 구두한테나 해봤고 말이다.

이번엔 달랐다. 한번 끝까지 가볼 생각이다. 늪 바닥이 얼마 나 단단한지 한 번쯤은 확인해볼 의지가 생긴 것이다. 그러고 나서 생각해보니, 5번가 점원은 봄옷 입고 만나서 여름옷, 가 을옷을 거쳐 겨울옷까지 입고 만난 내 인생에 유일한 남자다. 이쯤에서 꼭 끼어드는 녀석이 있어야 하는데 조용하니까 허전 하네. 이 녀석 요샌 어째 뜸한데, 어딜 간거야?

난생 처음 밟아본 뉴욕은 별천지가 따로 없다.

하늘에선 은총처럼 하얀 눈이 펑펑 쏟아지고, 흥겨운 크리스마스캐럴이 울려 퍼지는 거리 곳곳에선 영화의 한 장면처럼 커플들이 뜨거운 키스를 나누었다. 명품의 요람인 5번가는 유리창마다 크리스마스 세일을 알리는 큼지막한 문구를 달고 들뜬 쇼핑객들을 유혹하고 있었다.

그런 가운데 헤어진 남자친구를 찾아 달랑 주소 한 장 들고 뉴욕을 헤매는 깡마른 동양 여자란, 흡사 할리우드판 로맨틱 코미디처럼 달콤한 면이 전혀 없지 않다. 서툰 영어로 택시기사에게 주소지가 적힌 종이를 보여주고 달려가는 동안은 내가 줄리아 로버츠라도 된 기분이더라니까.

5번가 점원은 맨해튼 34번가 빌라 502호에 머물면서, 크리스마스 이브를 맞아 대학 동창들과 대학 시절의 폴로나 조정경기를 떠올리며 영어 섞인 농담을 주고받고 있겠지?

어느새, 짙게 깔린 어둠과 하얗게 휘날리는 눈발 사이로 5번가 점원이 묵고 있는 맨션이 눈에 들어왔다. 1층, 2층, 3층. 저기다, 5층 오른쪽에시 두 번째 창! 새어나오는 불빛만으로도 이미 5번가 점원을 만난 듯 가슴이 뛰었다.

그런데 벅차오르는 감상도 잠시, 내가 무슨 짓을 벌이고 있는지 정신이 번쩍 들었다.

"크리스마스 이브에 이렇게 방 안에만 있을 거예요?"

"미안, 팩스 한 장만 보내고 나면 남은 시간은 온통 당신 몫이야!"

우리가 이런 로맨스를 연출할 사이가 아니라는 것쯤은 누구보다 내가 더 잘 안다. 이 지경이 되도록 판을 깨버린 장본인 또한 나라는 것도. 주저주저하고 있는데 그의 방에 불이 꺼졌다. 이게 무슨 상황이지? 설마 그새 여자친구가 생긴 거야? 불이 꺼진 건, '서방님, 부끄럽사옵니다. 어서 촛불을 끄심이…' 이런 야릇한 시나리오란 말씀? 이런 낭패가 있나.

이국땅까지 와서 남자를 도둑맞은 기분을 아시나요? 안절부절못하며 제자리를 맴돌고 있는데 현관문이 열렸다. 영화배우처럼 코트 깃을 세우며 나오는 남자를 보는 순간 숨이 멈췄다. 5번가 점원이었다.

명품은 역시나 위대하다. 단숨에 사람을 흥분시키잖아.

하지만 역설적이게도 나로선 턱없이 버겁기만 한 '명품 백'이고 보니, 덥석 뛰어가 안길 용기가 나지 않았다. 비행기 안에서부터 지겹도록 나를 괴롭혔던 고민이 멀미처럼 가슴을 비집고 올라왔다. 기껏 좋아서 뛰어갔는데 그가 팔 벌려 안아주지 않으면 어쩌냐고요.

감히 늪 바닥을 확인하겠다고? 그런 건 아무나 하나? 나 같은 여자는 다리가 짧아서 바닥에 닿기도 전에 익사하고 말 거야. 더구나 루이비통 모델처럼 차려입고 급하게 뛰어나오는 저 모습이란, 누가 봐도 여자친구 만나러 가는 꼴이 아니고 뭔가. 그에게 나는 이미 까맣게 잊혀진 존재인 것이다. 장만옥, 이 바보 같으니. 남자에게 순정을 바랐단 말이냐?

슬프다. 다른 것도 아니고 평생 꿈꾸던 구찌를 되팔아 이렇게 날아왔는데, 더 이상 할 수 있는 게 아무것도 없단 말인가?

하지만 어쩌겠어? '명품 백'이 탐난다고 어깻죽지가 벌겋게 벗겨지도록 메고 다닐 수는 없는 노릇이니까. 45킬로도 안 되는 나로서는 무게도, 크기도 다만 과분할 뿐이야.

그때였다!

돌아서려는 찰나, 내 눈에 심상치 않은 그림이 감지되었다.

5번가 점원 앞에 큼지막한 차가 한 대 와서 서더니, 그 차보다 더 큼지막한 가슴을 달고 하버드 걸이 내리는 게 아닌가.

망할 계집애, 죽지도 않고 또 왔군! 잠들어 있던 승부욕에 불이 확 붙었다.

언제는 지불능력이 있어서 질렀던가. 일단 마음에 드는 물건이 있을 땐 먼저 지르고 보는 근성이 내겐 있잖아. 우물쭈물하는 사이 저 여우 같은 계집애가 채가고 말거야! 눈에 뵈는 게 없어진 나는 냅다 녀석을 향해 몸을 날리며 외쳤다.

"안 돼!"

하지만 간절한 나의 절규는 갑자기 도로에 뛰어든 여자를 뒤늦게 발견한 검은색 벤츠의 급정거하는 소리에 묻혀버렸다.

끼익!

눈길이고 밤인 데다 제동거리도 짧았으니, 간단한 문제는 아닐 것이다. 하지만 아무렴 어떤가? 팔목 좀 부러졌다고 죽는 거 아니잖아? 이참에 다리도 하나 새로 해넣지 뭐. 차라리 잘됐어. 적어도 온몸을 석고붕대로 칭칭 감고 나면 동정이라도 받을 수 있을 테니. 그래야 하는데… 자칫하다간 두 번 다시 눈을 뜨지 못할 수도 있을 것 같다. 그렇게 되거든 자기야, 수의는 꼭 구찌로 부탁해… (꼴까닥!)

얼마나 지났을까?

눈을 떠 보니, 소원대로 내 몸이 구찌로 휘감겨 있었다. 정말 내가 죽은 거야? 정신을 차리고 다시 보니, 수의가 아니라 캐시미론 담요였다. 구찌 마크가 박힌.

좀 전의 상황이 떠올라 화들짝 놀라 몸을 일으키는데 줄곧 나를 지키고 있었는지, 5번가 점원이 '정말이지 당신이란 여자는 매일매일 놀라움의 연속이야' 라는 눈빛으로 나를 내려다보고 있었다.

술 취해 난동을 부리던 클럽에서와는 달리 죽은 듯 얌전하게 기절해 있었다지만 길바닥에 쓰러진 여자가 그의 침대에 눕혀지기까지 어떤 소동이 벌어졌을지 어렵지 않게 짐작할 수 있었다. 창피하지만 괜찮다. 이로써 나는 내 남자를 사수하는 데 성공했다. 꼬박 마흔여덟 시간 진통한 끝에 아기를 낳은 산모처럼 어깨가 펴지고 가슴에 불끈 힘이 들어간다. 가슴…? 그래, 가슴, 내 가슴! 뭔가가 이상해. 불길한 예감에 담요 속으로 손을 넣어 슬쩍 더듬어보니, 브래지어 속에 고이 내숭 떨고 앉아 있어야 할 양말 두 짝이 사라지고 없었다. 이런 제기랄, 신은 끝까지 나를 능멸하려 들지. 나의 디바 없이는 아무것도 할 수 없다.

당장 그와 다정하게 팔짱을 끼고 크리스마스 파티에 가는 것부터 포기해야겠지. 아무리 비싼 드레스를 입는다 해도 이 몰골로는 실루엣도 안 살 것이고, 그의 동창들은 일제히 "저 녀석, 끝내 자선사업에 몸 바칠 셈이군!" 하는 표정으로 혀를 찰 게 뻔하니까. 뉴욕까지 와서, 그것도 크리스마스 이브에 그런 눈치를 받는다면 혀 깨물고 죽고 싶어질 거야.

아무리 착한 5번가 점원이라도 라인이라고는 약에 쓰려고 해도 찾아볼 수 없는 내 몸을 보고 말초신경이 자극받을 리 만무하다. 자선사업이라는 게 결코 마음만으로 되는 건 아니라는 것을 뒤늦게 깨달은 5번가는 나를 찬바람 쌩한 겨울 거리로 내쫓겠지. 그러면 나의 빈자리는 가슴 큰 하버드 걸이 차지하고는 보란 듯 뻐길 것이다. 안 돼, 그럴 순 없다. 내가 겨우 그 꼴을 보겠다고 이 난리를 피운 줄 알아?

5번가 점원은 남의 속도 모르고 좀더 누워 쉬라고 말했지만, 그가 눈치 채기 전에 어서 잃어버린 내 양말을 찾아야 했다. 조심스럽게 꼼지락꼼지락 옷을 더듬고 눈으로는 소파 밑이며 바닥을 살피느라 진땀을 빼고 있으려니 불쑥 그가 물었다.

"이걸 찾는 건가?"

고개를 돌려보니, 그가 푹신한 양말 두 짝을 흔들어 보였다. 헉 하고 숨을 들이켜고 반사적으로 뺏으려고 하자 그가 익살스러운 소년처럼 웃으며 휙 뒤로 던져버렸다.

카펫 위를 데굴데굴 구르는 양말 두 짝이라니 나로서는 테러나 다름 없다. 발가벗고 대중 앞에 선 퇴물 여배우라도 이런 복잡한 심경은 못 겪어봤을 것이다. 왈칵 눈물이 쏟아지면서 화가 나 버둥대는데 하필이면 또 거길. 5번가의 얼굴이 삽시간에 붉게 물들었다. 이런 변태 같으니! 허락도 없이 멋대로 불룩해져도 되는 거야? 이번에도 나는 잠들어 있던 그의 욕망이라는 이름의 코털을 또 건드리고 말았다. 아니, 어쩌면 같은 실수를 두 번씩이나 반복하는 내가 변태인지도 모르지.

하지만 이번에도 내가 발을 뺐을 거라 생각하지 마시라. 오늘로 남자랑 나란히 침대에 들어본 지 526일째!

더구나 사랑을 찾아 필사적으로 뉴욕까지 날아온 정성을 긍휼히 여기사, 평생 섹스가 뭔지 모르고 살다 가신 예수님조차 내 편을 들어주실 거다. 아, 눈물 나겠어. 카펫 위를 데굴데굴 구르다 말고 나를 향해 간절한 응원의 메시지를 보내는 작대기 세 개짜리 양말짝 좀 보게나.

"불가능은 없어!"

그래, 이왕 사약을 받기로 했으면 접시까지 먹어치우는 거야! 나는 5번가 점원의 손을 받아들이기로 했다.

댐에 갇혀 있다 풀려난 강물처럼 그의 손은 막힘없이 움직였다. 금세 내 옷에 달린 단추란 단추는 모두 풀렸다. 점점 거칠어지는 그의 숨소리. 금방이라도 '오 갓, 오 지저스'를 연발할 것 같은 그의 거친 호흡은 생각보다 근사했다. 하지만 어느새 내 가슴까지 진격한 그의 손길은 언제 그랬냐는 듯 멈칫하고 만다. 도대체 악마는 어디 있는 거야? 영혼을 팔 테니 가슴을 달라니까!

그도 충격이 컸던 것일까? 잠깐 거친 숨을 멈춘다. 다음 순간 그의 행동은? 일부러 나 들으라고 하는 것인지 아니면 자기 감흥에 못 이겨 한 것인지 모르겠지만 굉장했다. 달빛을 받아

앙증맞게 드러난 내 가슴을 보고 찡긋 귀여운 웃음을 짓는가 싶더니, 가슴에 부드럽게 입을 맞추고는 이렇게 첫 인사를 건넸다.

"헬로, 러블리~"

아, 현기증 나….

그 다음 상황에 대한 구체적인 해명이나 설명을 요구하지 말았으면 좋겠다. 종소리가 났는지 그런 건 더더욱. 나로 말하자면, 방송심의위원회의 심의규정을 준수해야 하는 작가의 신분이 아닌가. 다만, 여기까지 함께 달려온 정을 봐서 이 정도는 고백할 수 있다. 언젠가 일 억을 모았다는 계집애가 꿈의 일 억이 달성된 순간의 기분을 이렇게 표현했다지?

'애매함으로 둘러싸인 이 우주에서 이런 확실한 감정은 단 한 번만 허락되는 거예요. 몇 번을 살더라도 다시는 오지 않을 그런 거요'

소설 『메디슨카운티의 다리』에서 킨케이드가 사랑 앞에 흔들리는 유부녀 '프란체스카'에게 함께 떠나자고 하면서 했던 말을 인용한 거라는데, 우리의 애정행각이 딱 그랬다.

5번가 점원의 마음도 나와 같았을 게 분명하다. 열세 시간을 꼬박 날아온 내게 라면 한 그릇 끓여줄 생각은 않고 이제 막 성에 눈뜬 몽정기 소년처럼 구는 걸 보라고. 45킬로도 안 나가는 몸으로 루이비통 모델처럼 건장한 녀석을 진정시키려니 그건 정말 보통 일이 아니… 엄마야~ 또 시작이네.

정신을 추스르고 난 뒤 자진해서 라면 물을 올렸다. 멀리 뉴욕까지 와서 굶어 죽을 순 없잖아. 더구나 이제야 좀 살 만한데 말야. 옴마야, 왜 또 이러시나? 라면 물 올려놓고 이러면 위험해!

하지만 그에겐 할로겐 렌지 스위치 끄는 시간마저도 고문인가 보다. 어지간히도 기뻤는지 그는 "내가 보고 싶어 뉴욕까지 날아왔다 이거지?"라는 말을 스무 번씩 되풀이하며 내 등에 비비적댔다.

"못 살아 내가. 그만 좀 들러붙어요!"

내가 삐딱한 여자라서 그런가? 싫은 것도 아닌데 슬슬 화가 나는 건 왜지? 뭔가 굉장한 손해를 본 것 같아.

얼마 전까지만 해도 나는 딱 한 가지만 기도했었다. 제발 선물 상자를 풀어본 그가 '에게, 이게 전부는 아니지? 진짜는 따로 있는 거지?' 하는 말만 하지 않게 해주소서.

그런데 그는 어떤가. 지금까지 받아본 크리스마스 선물 가운데 이보다 더 좋은 게 없다, 남자로 태어난 걸 이렇게 감사해보긴 처음이다라는 얼굴로 마냥 행복해하고 있다.

깨철이 녀석은 분명 나를 만지는 것이 이제 막 사춘기에 들어선 여동생을 조몰락거리는 것 같다며 웬만큼 부도덕한 놈 아니고서는 견디기 힘든 감정이라 했거늘…. 이 사람 혹시 변태 아닐까?

"혹시 자기…."

잔뜩 긴장한 게 머쓱해질 만큼, 그가 대번에 내 입술에 쪽 뽀뽀를 하더니 웃으면서 하는 말이 걸작이다.

"바보, 아무리 작다고 남자인 나보다 작겠어?"

워메메, 그런 방법이 있었네?

순간 맥이 탁 풀리는가 싶더니, 그동안 감춰두었던 설움과 자학과 자폐와 굴욕과 억울함이 한데 어우러져 어지럽게 소용돌이쳤다. 이렇게 간단히 해결될 문제를 놓고 여태 험한 길을 돌고 돌아 여기까지 왔단 말이야?

생각해보니, 정말 내 스타일 아니었다. 혹시 "에, 이게 전부야? 진짜는 따로 있는 거지?" 하고 불평하더라도, 나 장만옥은 이렇게 세게 나가야 했다.

"저리 꺼지지 못해? 나를 찬양할 준비가 안 돼 있는 녀석은 강아지 저녁으로나 던져주겠어!"

왜 내게 그런 용기가 없었을까. 나에겐 사랑조차도 구찌 원피스였기 때문이다. '남들 다 입는데 난들 왜 못 입어? 나도 이 정도는 걸칠 수 있다는 걸 보여주겠어' 하는 심정이었으니 좀처럼 뜨거워질 수 없었겠지. 명색이 사랑이라면 신분에도, 신앙에도, 부모에도 그리고 무엇보다 사이즈에도 우선하는 것이거늘, 적당히 발 좀 담갔다가 낌새가 이상하면 덜컥 발을 빼기를 반복했다. 불가능할 것 같다는 자기검열의 덫에 빠져서! 그런 식으로 백날 살아봐야 늪의 바닥이 딱딱한지 물렁한지 무슨 수로 알 수 있었겠는가.

이런, 바보! 이류 좋다는 게 뭔데? 그건 열정적일 수 있다는 거야. 열정이야말로 신이 우리 이류들에게만 허락한 선물인데, 제대로 써먹지 못했다.

이도 저도 안 되면 딱 한 가지만 기억했어도 좋았을 것이다. 마음에 드는 물건을 만나면 앞뒤 잴 것도 없이 일단 집어 들고 정확히 0.1초 안에 외쳤던 바겐세일 사냥꾼의 기상 말이다.

"카드 되죠?"

갑자기 이전과는 다른 성질의 부아가 치밀었다.

나는 뭘 몰라서 그랬다 치고, 이 남자는 뭐야? 왜 좀더 적극적으로 나오지 않은 거야? 사이즈 따윈 문제가 아니라고 진작 달려들었어야지. 내가 무엇 때문에 힘들어하는지 알고 있었으면, 손만 잡고 잘 테니 걱정 말라며 일단 나를 침실로 유인하고 봤어야 하는 거 아니냐고!

그 역시 나름대로는 맺힌 게 많았는지 지지 않고 항변했다.

"도대체 왜 내 마음을 몰라주는 거지? 나는 고교시절 딱지 맞은 악몽 때문에 예쁜 여자 앞에서는 잔뜩 긴장한단 말이야."

하느님 맙소사!

어찌 됐든, 이로써 나의 남자친구 만들기 대장정은 해피엔딩이다. 어이없게 빈티 나는 몸으로도 다른 것도 아닌 '명품백'을 걸치게 됐으니! 물 줘서 잘 가꾼 가슴을 갖고도 여태 동가식서가숙하는 S를 보라고. 크큭!

내친김에 오래도록 미뤄두었던 꿈에 도전하기로 결심했다.

한 글자당 천 원씩 받는 작가 되기. 나 같은 이류에겐 신의 축복마저 '한정상품'일 거라 생각해서 지레 포기했던 바로 그 꿈! 한 글자당 천 원은 너무 심했나? 오백 원으로 할인해 드릴까요?

아니, 지금까지 돌아가는 상황을 보고도 아직도 의심하는 거야? 지금 네 눈빛이 얼마나 찬란한지 그걸 보고도?

좋았어, 해보는 거야. 사약 접시까지 먹어 치울 기세로 덤벼드는 사람에게 불가능, 그것은 아무것도 아니다.

창문을 열지는 않겠다. 지금 밖은 온통 한 수 배우겠다고 몰려든 여자들로 난리가 났을 테니까. 마트에 식료품 사러 나갈 때라도 나와 똑같은 헤어스타일에 똑같은 옷을 입은 여자를 두어 명 먼저 내보내서 주의를 분산시켜야 할 거야. 천지에 파파라치가 깔렸다니까!

위대한 장! 만! 옥!

내가 진짜 놀라는 게 뭔지 알아? 이젠 거울 속의 나를 볼 때면 절로 이런 말이 나온다는 거다.

"헬로, 러블리~"

5번가 점원을 찾아 뉴욕행 비행기에 오를 때만 해도 나는 그와 함께 크리스마스 쇼핑을 하고 박물관도 가보고, 〈섹스 앤 더 시티〉에서 봤던 노천카페란 카페는 다 들러보고, 그들 4인방이 스트레스 쌓이면 달려갔던 클럽에 가서 마티니를 마셔보리라고 단단히 계획을 세웠었다. 그런데 애석하게도, 나의 뉴욕 판타지는 산산이 부서졌다. 왜?

우린 방문을 걸어 잠그고 일주일이 다 되도록 밖으로 나오질 않았으니까. 흡사 '염화미소' 커플이 된 우리는 이제 눈만 마주쳐도 뜨거워졌기 때문에 식사는 배달된 중국 요리로 해결했고, 심심하면 뽀뽀했다가 지루하면 키스하기를 반복했다. 사흘째 되는 날부터는 외부와 단절된 티가 역력했다.

각종 사교모임이며 비즈니스 파티의 일정이 꽉 잡힌 그가 잠수를 탔으니, 자동응답기엔 "알렉스, 도대체 어디 있는 거야?" 금방이라도 FBI에 수사를 의뢰할 것 같은 다급한 메시지가 켜켜이 쌓여갔다. 나 또한 온다 간다 말도 없이 사라진 터여서 메일 수신함은 한국에 있는 차차에게서 온 숨넘어가는 이메일로 넘쳤다. '바보같은 계집애, 뚱 PD도 마다하고 어딜 간 거니'에서 시작해서 '너 설마 외로움을 참지 못해 극약을 삼킨 게로구나. 내가 잘못했어!' 까지. 그제야 나는 여자들이 왜 남자친구 생기면 잠수를 하는지 이해할 수 있었다. 남은 생애 과제라곤 섹스 앞에서 한없이 쿨해지는 법을 배우는 일만 남은 줄 알았던 여자가, 제대로 쿨해지는 법을 배워야 할 판이었다.

좀처럼 뭍으로 나올 것 같지 않던 우리는 한 해의 마지막 날이 돼서야 밖으로 기어나왔다. 드디어 섹스가 지겨워진 거냐고? 그럴 리가! 쇼핑이니 브로드웨이 뮤지컬 관람이니 하는 것들은 미련 없이 포기하더라도 마지막 의식만은 놓칠 수 없었기 때문이다. 타임스스퀘어에서 하는 송년 아듀 키스.

해마다 연말이면, 함께 밤을 보낼 남자가 있는 것도 아니고, 그렇다고 놀아주겠다는 의리 있는 여자친구들이 있는 것도 아니니 '노느니 뭐 해, 돈이나 벌자' 는 생각으로 꼬박꼬박 〈가는 해, 오는 해〉 같은 송년 특집 프로그램의 원고를 쓰던 나였다. 그럴 때면 광화문 앞에 제야의 종소리를 듣기 위해 몰려든 수많은 연인들을 보면시(특히 여자 친구 무동태운 채 카메라에 대고 브이 자를 그리는 남자들, 미웠다) "놀고들 있네" 했었다. 그때마다 언젠가는 광화문이 아니라, 타임스스퀘어에서 지상 최고의 뜨거운 키스를 하고 말리라 위로했다.

난생 처음 밟아보는 타임스스퀘어는 대단했다. 전방 360도를 빙 둘러 굴지의 세계 기업들의 광고판이 저마다 형형색색으로 바뀌면서 돌아가고, 송년 아듀 세레모니를 중계하기 위해 일찌감치 현장에 중계차를 풀고 리허설을 하고 있는 NBC,

FOX를 비롯한 방송사들하며, 숨 가쁘게 멘트를 준비하고 있
는 리포터들이 곳곳에서 분주하게 움직이고 있었다.

어둠이 깔리기 시작하면서 시시각각 몰려드는 인파는 또 어
떤가. 그냥 사람들이 모여드는 것이 아니라 국제 인종 집결지
라는 명성답게 전형적인 앵글로색슨족은 물론이고, 유럽 코카
서스인, 남미 라티노, 아시아계 사람들까지 한데 어우러져 인
산인해를 이루었다. 내가 얼마나 굉장한 곳에 와 있는지 비로
소 실감이 났다. 더구나 자신의 코트 자락을 펼쳐 행여 내가 찬
바람이라도 맞을까, 나를 감싸 안은 5번가 점원이 함께 하고
있으니.

마침내 운명의 카운트다운!

5, 4, 3, 2, 1, 0 (펑!)

하늘에선 하얀 눈이 펑펑 쏟아지는 가운데, 일제히 수천 쌍
이 키스를 하는 건 필설로는 다 풀 수 없는 장관이었다. 우리도
서둘러 대열에 합류해 찐하고도 야한 키스를 퍼부었다. 물론
오래가지 않아 방해를 받았지만.

"끼얍! 자기야, 저것 좀 봐!"

광장 한복판에 있는 전광판에 나와 5번가 점원이 잡혔다.
그걸 알아차린 5번가 점원은, 미처 흥분을 가라앉히지 못하고
손뼉을 치는 내 어깨를 끌어당기더니, 일부러 더욱 장난스럽게
내 입술을 희롱했다.

정말 끝내주는 크리스마스야! 지금 나는 뉴욕에 있고, 사랑
하는 사람과 달콤한 키스를 하고 있어.

잠깐만, 그런데 방금 그건?

전광판을 통해 커플들의 키스 장면을 훔쳐보는 내 눈에 히스패닉계 미녀와 키스하고 있는 한국 남자가 포착되었다.

분명 깨철이다.

설마, 뉴욕이 무슨 KTX 타고 오는 곳도 아니고. 나는 다시 5번가 점원의 입술을 맛보기 시작했다. 달콤하다는 생각도 잠시, 이내 내 머릿속에 깨철이가 치고 들어왔다.

'정말 깨철이었을까? 같이 키스하던 여자는 대체 누구지?'

긴장감이 떨어진 나를 느꼈는지 그가 물었다.

"어디가 불편해?"

"아, 아니."

나도 미쳤지, 이렇게 멋진 남자랑 입을 맞추고 있는데 겨우 깨철이 녀석 따위에게 신경을 낭비하다니, 쳇!

그런데 여전히 집중되지 않았다. 의리 없는 깨철이 자식, 언제까지 나만 보고 있을 것 같더니…. 지금 내 감정은 뭐지? 기껏 고생해서 옷을 사고 백화점을 빠져나오다가 길에서 파는 다른 옷들이 괜히 더 좋아 보이는, 그런 거야? 그러게 좀더 둘러보고 살걸 그랬나?!

한 해를 마감하는 마당에 연말 정산 해볼까나?

총 소개팅 건수 78회, 애프터 받은 횟수 4건, 데이트 비용 97만 원, 의상비 지출 342만9000원, 택시비 43만3000원. 화장품 구입비 62만 원. 다크써클 제거 시술비 70만 원. 일 년 동안 뜯은 캔 맥주 274개, 안주로 뜯은 오징어 못해도 274마리. 카드 연체 7회, 카드 중지 5회…….

오, 어느 것 하나 대한민국 여성들의 평균치에 뒤지지 않아. 정말 열심히 살았군. 좋았어!

잠깐, 정작 가장 중요한 걸 빼 먹었잖아? 함께 잠자리에 든 남자, 달랑 한 명. 뭐야, 평균치에 턱없이 부족해?

이럴 수는 없다. 내가 뭐가 부족해서? 새해엔 좀더 열심히 뛰어야 겠군. 여러분, 응원해 주실 거죠? 기다려 주세요*